Le dernier jour de Rome

DU MÊME AUTEUR

Une journée dans la Rome antique : sur les pas d'un Romain, dans la capitale du plus puissant des empires, Payot, 2020.

Cléopâtre. Sur les traces d'une femme d'exception, HarperCollins, 2019 ; HarperCollins Poche, 2020.

Le Regard de la Joconde : la Renaissance et Léonard de Vinci racontés par un tableau, Payot, 2018.

Les Trois Jours de Pompéi, Payot, 2017 ; Petite Bibliothèque Payot, 2019.

Empire : un fabuleux voyage chez les Romains avec un sesterce en poche, Payot, 2016 ; Petite Bibliothèque Payot, 2018.

ALBERTO ANGELA

Le dernier jour de Rome

Traduit de l'italien par
MARC LESAGE

HarperCollins

Titre original :
L'ULTIMO GIORNO DI ROMA. VIAGGIO NELLA CITTÀ DI NERONE POCO PRIMA DEL GRANDE INCENDIO

HARPERCOLLINS FRANCE
83-85, boulevard Vincent-Auriol, 75646 PARIS CEDEX 13
Tél. : 01 42 16 63 63

www.harpercollins.fr

ISBN 979-1-0339-1105-0

À toutes les personnes courageuses
qui nous aideront à sortir de la nuit.

« Ce jour que tu redoutes comme le dernier de ton existence,
c'est le jour de ta naissance à l'éternité. »

Sénèque, *Lettres à Lucilius*

Introduction

Quand on pense aux grandes figures de la Rome antique, ce sont toujours César, Auguste, Trajan ou Constantin qui nous viennent aussitôt en tête... Mais il est un autre protagoniste qui a marqué l'Urbs de son empreinte, au même titre que ces personnages illustres, voire davantage. Il a donné naissance à une capitale entière et pesé, indirectement, sur le destin de l'Occident, ce qui n'a peut-être pas été sans conséquences sur l'histoire du monde. Il n'en est pourtant jamais fait mention...

Je veux parler du grand incendie de Rome.

Le feu a été un acteur central dans la vie de la cité, dès ses balbutiements. Au fil des années, il est devenu son cœur et son âme, à l'image du feu sacré constamment entretenu à l'intérieur du temple de Vesta. Personne n'aurait pu imaginer qu'il se rebellerait un jour, et que d'une étincelle innocente naîtrait une bête féroce, contre laquelle même les légions aguerries de l'Urbs seraient incapables de l'emporter, un monstre gigantesque qui anéantirait la ville, réécrivant son histoire. Et en partie la nôtre aussi.

Un grand nombre des monuments et des merveilles que les touristes viennent admirer par millions et depuis les quatre coins du monde doivent en réalité leur existence au fameux « incendie de Néron » et aux événements qui ont suivi.

C'est bien simple : sans lui, pas de Colisée. Pas de Domus Aurea non plus. Le Palatin et une portion non négligeable du quartier du Forum auraient, quant à eux, un tout autre aspect. Sans cet incendie, nous serions privés de la chapelle Sixtine, du *Jugement dernier* de Michel-Ange, des fresques des Stances de Raphaël au Vatican ou des autres chefs-d'œuvre du Quattrocento. Il ne serait pas exagéré de dire que la Rome née de la Renaissance puis de l'âge baroque, et dont le visage a été façonné si profondément par les papes, aurait été bien différente… La raison ? Si cet événement terrible n'avait pas eu lieu, la basilique Saint-Pierre, emblème de la chrétienté, n'aurait sans doute pas vu le jour. Elle a en effet été construite à l'emplacement de la tombe de saint Pierre, mort en martyr, comme tant d'autres chrétiens accusés, à tort, d'avoir déclenché le grand incendie. On aurait certes bâti d'autres lieux de culte, tout aussi impressionnants peut-être… Auraient-ils laissé la même empreinte dans l'Histoire au fil des siècles ? Difficile de répondre à cette question, et là n'est pas notre rôle. Mais il est légitime de se la poser.

Il y a de quoi rester pantois devant l'ampleur des conséquences de ce drame… Pourquoi a-t-il été si dévastateur ? Et que s'est-il passé exactement ? Voilà ce que nous tenterons de comprendre.

Étonnamment, le grand incendie de Rome n'a pas souvent été traité et analysé. Rares sont les essais qui dépeignent – de manière plutôt sommaire, d'ailleurs, puisqu'ils se concentrent largement sur deux sujets parallèles aux événements. D'un côté, Néron ; de l'autre, la persécution des chrétiens. Même s'ils sont d'une importance capitale d'un point de vue historique et religieux, ces thèmes ont relégué dans l'ombre ce qui les unit : l'incendie de l'an 64 après Jésus-Christ. Mais est-ce si étonnant ? Vu le peu d'informations dont nous disposons sur ses causes et son déroulement, nous avons tendance à le décrire de manière superficielle, quitte à résumer neuf jours d'enfer en quelques paragraphes. Bref, l'incendie de Rome apparaît comme un sommet inaccessible de l'Histoire (ou presque).

Il y a de bonnes chances pour que Rome ait été la cité la plus peuplée du monde antique. Mais sa taille considérable ne l'a pas empêchée d'être quasiment réduite à néant en à peine plus d'une semaine. N'ayant jamais trouvé dans les rayonnages des librairies un ouvrage qui m'explique, de façon détaillée, à quoi ressemblait la ville au temps de Néron, comment le feu l'a dévastée et, pour finir, quelles ont été les conséquences de cet événement sur les siècles suivants, j'ai décidé d'écrire le livre que j'aurais tant voulu lire.

Sous les pieds des touristes, un monde et une histoire attendent depuis deux mille ans d'être racontés. Je tenterai de les faire revivre à travers les différents volets de cette *Trilogie de Néron*.

Ce premier tome est dédié à la découverte de la Rome néronienne, celle qui sera rayée de la carte par l'incendie. Nous suivrons deux simples pompiers (*vigiles*) dans leur ronde quotidienne, mais également deux personnages illustres de l'Antiquité : j'ai nommé Pline l'Ancien et le futur empereur Titus, sans doute présents l'un et l'autre au moment des faits. L'Urbs, dont les vestiges attirent aujourd'hui tant de visiteurs, était alors très différente de celle qu'ont connue tous les empereurs postérieurs, de Vespasien à Trajan en passant par Hadrien et Marc Aurèle. À l'époque de Néron, Rome avait une apparence plus « médiévale », si je puis dire : la majorité des bâtiments étaient non pas en brique mais en bois, et s'entassaient en un dédale de venelles sombres et de rues aussi étroites que tortueuses.

Il ressortira de ce parcours, vous le verrez, un étonnant tableau de la ville, nourri de reconstitutions inspirées par les hypothèses des historiens et les découvertes des archéologues. J'ai tâché de composer un récit aussi vraisemblable que possible. Les lieux qu'on y croise sont réels, les personnages aussi. Celles et ceux que nous rencontrerons dans les rues ont bel et bien vécu à Rome au cours de cette période. Nous connaissons leur existence grâce à des inscriptions et des textes, entre autres témoignages historiques. Et pour donner plus d'authenticité à cette chronique, j'ai décidé d'appeler les gens du commun qui animent ces pages par leurs noms latins. À l'inverse, pour des raisons pratiques, ceux des personnages les plus connus figurent sous la forme qui nous est familière.

Le deuxième volet sera dédié au récit du gigantesque incendie, sur la base des derniers résultats des recherches archéologiques. Nous constaterons que Néron n'est vraisemblablement pas responsable du désastre et qu'il ne mérite pas l'étiquette d'incendiaire que tout le monde lui colle, loin de là.

Ce qui ressort des fouilles et des découvertes les plus récentes a vraiment de quoi surprendre, je m'en suis immédiatement aperçu. Mais pour avoir une idée de ce qui s'est réellement passé, il faut articuler, relier les événements, comme on le fait avec les étoiles pour voir apparaître une constellation.

Reste la question des lacunes, inévitables. Comment les combler, sachant que cette catastrophe a duré pas moins de neuf jours ? Pour y parvenir, j'ai adopté une approche pluridisciplinaire afin de reconstituer la manière dont les choses se sont probablement déroulées. Je me suis appuyé sur l'expérience et l'expertise d'historiens et d'archéologues qui ont mené des fouilles sur les lieux que nous découvrirons, au contact direct des vestiges et des traces de l'incendie. J'ai également fait appel à des météorologues pour mieux cerner les conditions climatiques qui ont influencé l'évolution du feu. En m'appuyant sur l'aide précieuse des experts et des ingénieurs du corps des sapeurs-pompiers italiens (et notamment de la Direction centrale de la prévention et de la sécurité technique), j'ai essayé de retracer le scénario de l'incendie et les facteurs qui lui ont permis de se propager. Nous nous sommes penchés sur les matériaux utilisés et les techniques de construction de l'époque (pour le Cirque Maxime comme pour les temples, dans les *domus* comme dans les *insulae*), afin de comprendre de quelle manière et à quelle vitesse les flammes les ont dévorés. Les connaissances de l'ensemble de ces consultants ont également été décisives pour retracer les décisions et les stratégies qui ont pu être celles de leurs collègues du Ier siècle face à ce terrible brasier.

Le troisième et dernier volume sera dédié aux conséquences du grand incendie. Il s'agira cette fois de dresser le tableau du « jour d'après », à travers la persécution des chrétiens et toutes ses répercussions historiques, la réédification de Rome (qui a permis, entre autres, à la somptueuse Domus Aurea de voir le jour) et les événements survenus au cours des années suivantes.

La figure centrale de ce dernier volet sera Néron, que nous verrons sombrer irrémédiablement, jusqu'à sa mort.

Vous l'aurez compris : cette trilogie sera, pour paraphraser Jules Verne, un voyage au centre de l'histoire antique.

Un voyage qui n'aurait pas été possible sans l'extraordinaire travail de recherche et d'enquête d'Emilio Quinto, à qui j'adresse tous mes remerciements.

Je dois également remercier vivement un grand nombre d'enseignants-chercheurs et d'archéologues pour leur aide : Antonio De Simone, Romolo Augusto Staccioli, Clementina Panella, Valentina Cosentino, Marialetizia Buonfiglio et Giancarlo Lacerenza. Merci également au lieutenant-colonel Guido Guidi.

Le fait de vivre à Rome depuis cinq décennies et d'y travailler depuis vingt-cinq ans au fil des tournages, des émissions que je réalise et des livres que j'écris m'a offert un privilège inestimable. C'est une ville magnifique, dont je connais bien l'histoire et les recoins les plus secrets. Mais surtout, je connais le souffle qui l'habite, jour après jour, de saison en saison. Ce qui m'a beaucoup aidé à faire resurgir les événements tragiques de l'an 64. Vivre à Rome, c'est savoir saisir ses ambiances, les lumières inouïes qu'offrent ses ruelles, les vents saisonniers (dont celui qui a joué un rôle central dans l'incendie), les températures torrides de l'été, les silences du soir, la clarté des nuits de pleine lune, la poésie de l'aurore sur le Palatin ou les couchers de soleil enflammés sur le Capitole… Autant d'aspects que vous retrouverez dans mon récit de cette page si importante de notre passé commun.

Alors lançons-nous dans ce voyage au cœur de l'Antiquité, qui commencera non pas à Rome mais dans une localité en bord de mer, à une cinquantaine de kilomètres de là, face à un coucher de soleil… de feu.

Bonne lecture !

Alberto Angela

1

Une chaude nuit d'été

Antium, 64 ap. J.-C., vendredi 17 juillet, à l'heure du coucher du soleil

Le disque rouge du soleil vient de se poser sur la mer Tyrrhénienne dans une explosion de couleurs qui incendie le ciel tout entier. C'est un moment parfait, à saisir en silence, avec pour nous bercer le seul bruit des vagues qui s'étirent, fatiguées, sur la plage et la fraîche caresse de la brise sur notre peau malmenée par une journée de feu. Face à ce panorama merveilleux, comment ne pas aimer la vie ? Comment ne pas la remercier de nous offrir des sensations qui n'appartiennent qu'aux rêves ?

Un long soupir accompagne ces pensées… avant de s'évanouir. Le soleil et, avec lui, la mer, les couleurs du ciel se dérobent derrière des paupières qui se ferment. Sur le crépuscule tombe un rideau de cils lourdement maquillés.

Le paysage que nous admirions se reflétait en réalité dans les yeux d'une femme. Et quand, au bout de longues secondes, ceux-ci se rouvrent, c'est pour offrir au monde un regard profond, aussi noir que la nuit qui s'annonce.

Ce regard-là est si extraordinaire qu'il est devenu célèbre dans tout l'Empire romain. Il exerce un charme puissant, capable à la fois de vous faire frissonner des pieds à la tête et de vous inciter à la prudence. Car si jamais vous devenez sa proie… Telle est la force de Poppée, dont la beauté n'a d'égale que la détermination. Une habile stratège qui a appris à maîtriser les moindres ficelles de la vie de cour pour obtenir ce qu'elle veut.

Une fine mèche rebelle, arrachée par la brise, vient fouetter sa joue tandis que l'or rouge du ciel s'embrase encore plus violemment dans la lumière du couchant. Du bout des doigts, Poppée l'attrape et la glisse entre ses tresses dont l'agencement savant compose sa coiffure d'impératrice.

Sa chevelure ambrée est célèbre partout dans Rome. On la trouve même décrite dans un poème signé par Néron en personne. Depuis, les matrones souhaitent toutes avoir la couleur de cheveux de la femme la plus puissante de l'Empire.

D'un geste lent, elle couvre son visage d'un voile, ne laissant apparaître que ses yeux. Une coquetterie bien connue de ses contemporains, comme en atteste l'historien Tacite : « Elle sortait rarement en public, et toujours à demi voilée, pour ne pas rassasier les regards ou afin de paraître plus fascinante. »

Ce regard intense veut se nourrir de chaque nuance du couchant. Les yeux de Poppée restent fixés sur le soleil qui s'enfonce peu à peu dans l'onde. La surface lisse de la mer se confond avec le brasier incandescent de l'astre solaire. L'eau et le feu, déjà… Poppée est loin de s'en douter, mais dans quelques heures ces deux éléments seront synonymes de vie ou de mort pour des milliers de personnes, au cours d'une catastrophe parmi les plus dévastatrices de l'Histoire.

Mais qui pourrait l'imaginer ? Personne. Surtout que le sort semble sourire à Rome en cette journée de juillet 64. L'Empire vit, dans l'ensemble, une période faste et prospère, à peine assombrie par quelques problèmes d'instabilité du côté de ses territoires orientaux. Des soucis quoi qu'il en soit très éloignés de ce bout de la côte du Latium, et plus précisément d'Antium (aujourd'hui Anzio), petite localité à une cinquantaine de kilomètres au sud de Rome, bercée par la seule beauté de la nature et où les crépuscules ont des allures de cadeau des dieux.

Poppée se sent presque désemparée quand le soleil disparaît, son dernier rayon englouti par les flots noirs de la mer Tyrrhénienne. En levant la tête, elle aperçoit une lueur, minuscule, qui n'était pas là auparavant. Celle de Vénus, qui brille déjà dans un crépuscule indigo. Elle sourit. Ce que nous voyons simplement comme une étoile et une planète représente bien davantage dans l'esprit de cette Romaine de l'Antiquité. Ce sont deux divinités : Apollon, qui vient de s'effacer derrière l'horizon au terme de sa course quotidienne à travers le ciel, à bord de son char de feu, et Vénus, la déesse de l'amour, qui fait son apparition dans la voûte céleste.

Poppée abandonne la balustrade en marbre blanc à laquelle elle s'était nonchalamment appuyée pour savourer cet éblouissant spectacle. D'une démarche tranquille, elle foule les élégants motifs géométriques d'une grande mosaïque et s'engage sous un long portique donnant sur la mer.

Elle semble effectivement née pour dominer le monde. De sa mère, elle a hérité une beauté hors du commun ; elle s'exprime de façon chaleureuse et possède une intelligence pétillante. À chacun de ses pas, on croit entendre résonner les mots des auteurs antiques qui ont brossé son portrait. Celui d'une femme prête à tout pour parvenir à ses fins : « Jamais elle ne ménagea sa réputation, ne faisant aucune distinction entre ses maris et ses amants ; sans se laisser lier ni par ses affections ni par celles d'autrui, partout où elle voyait son intérêt, elle portait son caprice. »

Une fois encore, c'est Tacite qui nous l'apprend.

Derrière elle, silencieuses comme des ombres, sa dame de compagnie et une servante, qui veillent à ne pas se faire remarquer. Les silhouettes des trois femmes apparaissent et disparaissent à mesure que défile la colonnade. Les tentures tendues entre les piliers ondoient dans le vent, en se calquant sur le rythme de l'impératrice.

Pour accompagner Poppée sur son trajet, outre le regard discret des hommes chargés de la sécurité du palais, il se trouve de nombreuses statues en bronze, aussi étincelantes que de l'or. Leur fixité leur donne une allure de gardes prétoriens, au garde-à-vous pour honorer le passage de l'impératrice. Toutes sont des chefs-d'œuvre absolus de l'art grec, arrachées à leur terre natale par l'appétit vorace de Rome, qui les a jugées dignes de la demeure des puissants de l'Urbs. Les yeux de Poppée glissent distraitement sur ces sculptures qui attireraient aujourd'hui d'interminables files de visiteurs dans n'importe quel musée. Malheureusement, nous ne les connaîtrons jamais : elles ont été détruites au fil des siècles.

De la même manière, nous ne connaîtrons jamais la majorité des œuvres d'art de ce palais caressé par la mer Tyrrhénienne. La résidence impériale d'Antium n'est pas une simple villa en bord de mer comme les aime l'aristocratie romaine, mais un immense palais, presque une petite cité, où l'empereur et sa cour ont coutume de passer l'été, loin de la chaleur écrasante de Rome. En un mot : un véritable monument qui rappelle à chacun la puissance de Néron. Hélas, il n'en subsiste que de rares vestiges, rongés par le temps. Ils s'étirent jusque sur la plage, où ils font rêver les baigneurs à ce luxe perdu. Les « grottes de Néron », c'est ainsi qu'on appelle ces murs et ces cavités au pied du promontoire du cap d'Anzio. Malgré leur taille imposante, ces ruines peinent à donner la mesure de la magnificence de la demeure impériale et de son port. Quant aux reconstitutions existantes, aussi précises et documentées soient-elles, elles comportent toutes beaucoup de lacunes et restent, pour l'essentiel, de pures hypothèses. Même chose pour les décors du récit qui va suivre.

L'immense belvédère surplombant la mer est célèbre. Par certains aspects, il rappelle la colonnade de la place Saint-Pierre de Rome, avec sa forêt de piliers. On dirait deux bras tendus vers un enfant pour l'enlacer, prêts à accueillir les flots. Difficile de ne pas se croire au centre de l'univers, quand il n'y a face à vous que le ciel, l'eau, et rien d'autre... C'est ici même que se trouvait Poppée quelques instants plus tôt.

Vue du large, la résidence impériale présente des colonnes rigoureusement alignées, comme l'alternance des touches blanches et des touches noires sur un piano. Ces portiques qui invitent à de longues promenades en compagnie d'amis, de philosophes de cour, ou tout simplement de ses pensées, sont une spécificité des villas romaines de bord de mer. En témoignent les nombreuses fresques retrouvées à Pompéi, et datant bien souvent de cette période, ou les mosaïques extraordinaires qui ont refait surface aux quatre coins de la Méditerranée.

À cette heure du crépuscule, on voit s'allumer des centaines de lampes à huile et de flambeaux, qui semblent rivaliser avec les étoiles, de plus en plus nombreuses à se presser dans le ciel. Et voilà que la demeure se transforme en une petite ville, conférant un charme indescriptible à ce soir d'été.

Ce charme-là n'est pas inconnu des marins qui passent au large, à bord des grands voiliers qui croisent en haute mer. À ceux qui viennent d'Égypte, il rappelle le somptueux quartier royal donnant sur le port d'Alexandrie, sur lequel régna Cléopâtre. Le faste et la puissance qui s'en dégagent sont très proches. Et même si cent ans se sont écoulés depuis l'époque de la célèbre souveraine, Poppée représente au fond une autre *femme fatale**[1], appelée elle aussi à entrer dans l'Histoire – d'une façon très différente, néanmoins. Elle a donc pleinement sa place dans ces lieux associés à tant d'autres visages et noms célèbres de l'histoire de Rome. Octave Auguste, le premier empereur, y a séjourné. Après Néron, ils accueilleront Domitien et Hadrien... C'est dire l'importance de cette résidence secondaire hors du commun, si appréciée par les puissants au cours de l'ère impériale.

Ce n'est pas un hasard si Néron est né ici. Il se sent d'ailleurs particulièrement attaché à cette villa. Il l'a lui-même démolie, remaniée et rebâtie, pour la transformer en l'un des plus grands, des plus splendides palais de l'Empire.

Le regard de Poppée tombe justement sur une série de projets architecturaux tracés avec précision sur des papyrus déployés sur des tables en marbre. Des secrétaires sont occupés à enrouler délicatement les feuillets afin de les ranger dans les *capsae*,

1. Les mots en italique suivis d'un astérisque sont en français dans le texte (N.d.É.).

ces étuis peut-être en cuir faits pour contenir des documents et reconnaissables à leur forme cylindrique. L'apparition de l'impératrice leur fait écarquiller les yeux. Aussitôt, ils se raidissent et s'inclinent sans mot dire. De loin, Poppée penche la tête pour mieux voir l'un des dessins : il s'agit du plan d'un quartier avec des habitations en damier, traversé par un canal rectiligne. De toute évidence, c'est l'ébauche d'un nouveau secteur de Rome. Qui sait ce que Néron est encore en train d'échafauder... Une chose est sûre : cette esquisse ne ressemble en rien à la ville que l'impératrice connaît, avec son entrelacs de venelles tortueuses, de rues sombres et de bâtisses immenses, collées les unes aux autres – une sorte de Gotham City de l'Antiquité. Un sourire aux lèvres, elle secoue la tête. Aujourd'hui encore, Néron a travaillé à son grand projet : embellir la capitale de l'Empire.

Mais il n'est pas encore temps d'approfondir ce sujet. Et Poppée semble elle aussi l'avoir compris. Elle reprend donc son chemin, laissant dans son dos les secrétaires immobiles comme des statues.

À son allure alentie vient désormais se mêler un bourdonnement lointain, mais qui s'intensifie à chaque pas. Aux basses fréquences, peu à peu, s'en ajoutent d'autres, plus hautes, jusqu'à ce que les sons se transforment en musique. Non loin de là, un orchestre sculpte l'air de ses notes, en ravissant les oreilles de celles et ceux qui l'écoutent. La musique. En voilà une surprenante forme d'art. Contrairement à la peinture, à la sculpture, à la poésie, ses chefs-d'œuvre ne survivent que dans la mémoire de leur auditoire – il existe les partitions, certes, mais le charme qu'elles opèrent sur les sens n'a rien d'immédiat : il faut les jouer, et l'effet qu'elles produisent n'est pas prévisible puisqu'il dépend aussi de l'exécution. Il est aujourd'hui possible d'enregistrer la musique et de la réécouter à loisir. Ce qui n'était évidemment pas le cas dans l'Antiquité. L'œuvre meurt à l'instant même où elle est créée. Avec la danse, il s'agit peut-être de la plus évanescente des formes d'art, à goûter sur l'instant. Comme le coucher de soleil auquel nous venons d'assister.

À cette heure du crépuscule, tandis que les pièces de la villa s'enfoncent progressivement dans l'obscurité, le portique ressemble à une avenue éclairée, grâce aux flambeaux fixés sur les colonnes. La destination de Poppée se situe là-bas, au bout : il s'agit du grand *triclinium*, la gigantesque salle des banquets.

Tourné vers la mer, en direction du couchant, il offre un spectacle à couper le souffle, qu'aucun artiste ne saurait égaler.

Les villas pharaoniques mises au jour par les archéologues à Stabiae (aujourd'hui Castellammare di Stabia) ont souvent leur *triclinium* orienté vers le couchant, à l'instar de certaines des somptueuses demeures de Pompéi avec vue sur la mer. On peut donc logiquement penser que les dîners de l'empereur sont nimbés de la même atmosphère magique.

La pièce est si éclairée que le soleil lui-même semble s'être invité au banquet. En contrejour, le portique est traversé d'ombres noires. Il s'agit du ballet des esclaves occupés à servir les convives. Sans relâche, des plats croulant sous des montagnes de nourriture modelées comme de véritables sculptures croisent des plateaux vides. Poppée aperçoit également quelques silhouettes titubantes qu'on aide à sortir. Des invités qui ont trop bu, prêts à rendre des mets d'une complexité et d'un raffinement extrêmes, auxquels la majorité des habitants de Rome n'auront sans doute jamais l'occasion de goûter au cours de leur vie.

Les derniers pas de Poppée sous le portique sont rythmés par le salut des gardes prétoriens postés devant chaque colonne. Tous se mettent au garde-à-vous dans une sorte d'effet domino.

Banquet à la cour

Lorsque l'impératrice sort de la pénombre pour pénétrer dans la salle en éblouissant l'assistance par sa beauté, son port royal et l'éclat de sa tenue, un héraut annonce sa présence.

C'est comme si elle entrait dans un autre monde.

Face à Poppée se déploie une véritable débauche de couleurs et de lumières. Cette salle ayant disparu, nous ne pouvons donc qu'en imaginer la somptuosité. Du haut des colonnes, on voit pendre des guirlandes de lauriers et de fleurs qui s'entremêlent à des tentures bariolées. Les rideaux de soie dansent en ondoyant lentement sous la caresse des courants d'air.

Toutes ces couleurs, ces fleurs, ces tenues légères… On se croirait plongé dans *Le Printemps* de Botticelli.

Les fresques murales comptent parmi les plus splendides et les plus élaborées de l'histoire de l'Empire. Elles appartiennent à ce qu'on appelle le « quatrième style » (suivant la classification fondée sur les chefs-d'œuvre découverts à Pompéi) et sont typiques de l'époque néronienne. Contrastant avec les trois styles précédents, plus dépouillés et aux teintes moins agressives, elles donnent à voir de somptueux décors architecturaux (colonnades, pavillons, fontaines), des paysages, des natures mortes, des décorations verticales aux allures de lustres, avec des paons, des panthères, des sphinx, des coupes de fruits, des divinités égyptiennes... Elles foisonnent de tonalités intenses – rouge feu, vert malachite ou bleu ciel. Une véritable patte baroque avant la lettre, pourrait-on dire, et qu'on retrouve sur les fresques de la villa d'Oplontis (aujourd'hui Torre Annunziata, en Campanie), réel petit bijou qui a d'ailleurs de grandes chances d'avoir appartenu à Poppée, ou celles de la Domus Aurea de Rome. On peut ainsi se faire une idée précise du luxe et des ambiances dans lesquels baignaient la cour impériale et l'aristocratie au temps de Néron.

Des dizaines de personnes, allongées sur leurs lits triclinaires, sont en train de manger, discuter et rire tandis que les esclaves leur servent sans relâche de quoi se rassasier et se désaltérer, aussi actifs que les abeilles d'une ruche. On est surtout frappé par les tenues colorées des femmes, qui rivalisent de raffinement et d'élégance. À droite, à gauche, c'est un étalage de soieries, de broderies dorées, de coiffures sophistiquées (qui sont bien souvent des perruques). Sans oublier ces innombrables bijoux étincelants – boucles d'oreilles dont les perles s'agitent au moindre éclat de rire, colliers ras de cou sertis d'émeraudes qui étincellent dès que leurs riches propriétaires tournent la tête vers un convive, bagues ornées de saphirs accompagnant la main qui attrape des figues dans une coupe en cristal, bracelets en forme de serpents qui se dressent au moment de porter un toast, sautoirs en or si longs qu'il faut les enrouler autour de la taille, quitte à comprimer les formes de nombreuses femmes et les empêcher de respirer normalement... Bienvenue à la cour de Néron.

Chaque invité est allongé sur le côté gauche. Une assiette dans une main, on se sert de l'autre pour y déposer de petites portions de nourriture, les Romains n'utilisant pas de couverts à table, hormis des cuillères : les aliments arrivent déjà coupés en petits morceaux. Les lits triclinaires sont disposés suivant un ordre hiérarchique, et le regard des convives est constamment tourné en direction de l'empereur.

Ce que nous avons face à nous est donc un véritable système solaire du pouvoir impérial. Avec au centre, celui autour duquel la pièce entière semble tourner, le « soleil » : Néron, allongé aux côtés d'une poignée de personnes de confiance.

Poppée marche d'un pas lent vers sa place. Les musiciens s'interrompent et toute la cour se lève en silence. Les derniers à le faire sont quelques vieux aristocrates qui ont besoin de l'aide de leur esclave attitré.

De sa démarche royale, Poppée traverse une géographie invisible, qu'on a rarement l'habitude d'explorer : celle des parfums qui envahissent ses narines et se transforment à chacune de ses foulées. Elle est tour à tour cernée par les fragrances délicates dont on a aspergé les tentures, par la senteur des bois orientaux dont sont fabriqués les lits des convives, par les fumées des mélanges d'herbes exotiques se dégageant des braseros, par l'odeur âcre des viandes rôties et des sauces sur les plateaux, ainsi que les huiles et les parfums des femmes. Celles-ci baissent la tête à son passage, avec pour nombre d'entre elles une complaisance forcée dans le regard. Mais ce mépris est réciproque. Les cours ont presque toujours été des nids de vipères, où esbroufe, hypocrisie, jalousies et médisances régnaient sans partage. Celle de Néron ne fait pas exception.

Seul un convive reste allongé et continue de manger : l'empereur. C'est le maître du monde, il fait ce qui lui chante.

La preuve, c'est à peine s'il interrompt sa conversation avec certains de ses hôtes. Parmi eux, son bras droit, Tigellinus, le préfet du prétoire. Auparavant, nous aurions également pu voir Sénèque, le philosophe le plus célèbre de son temps. Mais depuis quelques années, les rapports avec celui qui fut son tuteur se sont dégradés. À la cour, on trouve désormais Pétrone. Grâce à son raffinement et à son *savoir-faire**, cet « arbitre des élégances », comme le surnomme Tacite, est devenu une figure incontournable pour Néron. Depuis quelques minutes, il s'amuse à observer le groupe des *augustiani*, le corps de jeunes « fans » de l'empereur. Entre leurs tenues tape-à-l'œil et leurs cris tonitruants, ils lui offrent une matière inépuisable pour ses écrits satiriques.

Un peu plus loin sont aussi allongés Severus et Celer, les deux architectes de l'empereur. Voilà qui explique les projets de construction que Poppée a entrevus en venant ici. De véritables stars dans leur profession : c'est avec leur concours que Néron travaille à son grand rêve pour Rome.

Le retour de Poppée au banquet, qu'elle avait quitté pour se refaire une beauté et admirer le coucher de soleil, crée un léger blanc. Tigellinus et les autres baissent la tête en signe de respect. Mais cette femme de cour chevronnée n'a aucun mal à remarquer les regards furtivement lancés à ses formes junoniennes.

Et Néron ? Il ne semble presque pas s'être aperçu de l'arrivée de son épouse et reprend la discussion là où elle s'était arrêtée, ses doigts bagués couverts de sauce tendus vers un serviteur, qui se saisit immédiatement d'une coupe remplie d'eau parfumée pour les nettoyer.

Un premier détail frappe chez lui : sa corpulence. C'est un homme massif. Il n'a que vingt-sept ans, mais son corps a déjà perdu une bonne partie de l'agilité de sa jeunesse. Des années de vie oisive, dédiée aux plaisirs et au luxe, ont contribué à l'alourdir, même s'il n'a pas encore ce physique obèse et marqué dont ses derniers bustes en marbre ou les descriptions antiques sont le reflet. Certes, il demeure assez svelte par rapport à la fin de son règne, qui surviendra quatre ans plus tard, mais il a toutefois une bedaine assez proéminente et un double menton pesant, inutilement caché par une barbe juvénile qui descend le long des contours de son visage comme du lierre et court sur toute sa gorge, jusque sous son menton.

Par cette chaude nuit d'été, une myriade de gouttes de sueur constellent son cou épais (dont l'écrivain romain Suétone nous offre une description dans les *Vies des douze Césars*). Deux esclaves ont beau rafraîchir l'empereur en agitant deux énormes éventails en plumes d'autruche, rien n'y fait.

Autre élément étonnant : sa couleur de cheveux. Sont-ils blonds ou roux ? Difficile à dire étant donné qu'ils sont en partie couverts par une couronne de feuilles de laurier dorées. Ils tirent sur l'auburn – ou, du moins, c'est l'impression qu'ils donnent quand on les regarde à quelques mètres de distance. Le front est barré d'une frange courte, dont les mèches arrondies comme des virgules forment une sorte de casque. Pas spécialement élégant, mais à l'époque cette coupe est très à la mode…

Si la couleur de ses cheveux est aussi surprenante, c'est parce que nous ne connaissons Néron qu'au travers de bustes et de pièces de monnaie, donc sans couleurs. Qu'importe : son patronyme nous fournit tous les renseignements nécessaires. La famille dont est issu son père est celle des Ahenobarbus, un terme qui signifie justement… « barbe rousse ».

À sa naissance, il s'appelait Lucius Domitius Ahenobarbus, mais il est passé à la postérité sous le nom de Néron. Pourquoi ? D'après l'historien Romolo Augusto Staccioli, il s'agirait d'un nom d'origine sabine signifiant « fort et valeureux » : le jeune Lucius l'aurait pris à l'âge de treize ans, au moment de son adoption par l'empereur Claude. À compter de cet instant, il a changé d'identité, pour devenir Nero Claudius Drusus Germanicus.

On peut logiquement penser qu'avec ces cheveux blonds, voire légèrement auburn, Néron avait également des yeux qui tiraient sur le vert – plusieurs textes antiques affirment même qu'il avait les yeux bleus. Mais de l'endroit où nous nous trouvons, impossible d'en avoir la certitude. Une chose est sûre : vu son âge, il a toujours une voix de jeune homme. On n'entend pas encore le timbre profond de l'homme mûr.

Néron a désormais les mains propres. Sur ses bras nus, nous apercevons des taches qui, à en croire Suétone, couvrent tout son corps. Une description qui laisse entrevoir une volonté de montrer le tyran monstrueux niché derrière le moindre détail de sa personne. En réalité, il existe peut-être une explication plus banale. Étant donné sa couleur de cheveux et ses yeux bleus ou verts, il n'y a rien d'improbable à ce que l'empereur ait eu la peau très claire, avec des taches de rousseur ou de pigmentation, comme souvent chez les personnes ayant un phototype nordique.

Vous l'aurez compris : il suffit d'aborder la figure de Néron pour être aussitôt assailli par les mille et un clichés qui l'entourent – le monstre, le tyran à l'apparence répugnante, l'homme violent, l'incendiaire, le fou, le dépravé… Mais qu'en est-il vraiment ?

Que savez-vous, réellement, sur Néron ?

Laissez-moi vous citer quelques faits qu'on lui attribue. Nous y reviendrons en détail au fil de cette trilogie pour comprendre comment les choses se sont réellement passées et faire la lumière sur ce personnage si controversé, qu'historiens et archéologues tendent aujourd'hui à réhabiliter, en le débarrassant d'au moins une partie des tares que ses adversaires et des auteurs hostiles lui ont injustement prêtées.

En l'an 64 ap. J.-C., Néron est au pouvoir depuis une décennie. Chose assez sidérante, il est monté sur le trône à tout juste dix-sept ans. L'homme le plus puissant de la terre n'était alors qu'un adolescent, au cœur des tempêtes hormonales et sans la moindre expérience. Voilà qui devait faire trembler n'importe quel membre de sa cour ou de son état-major… Raison pour laquelle, au cours de ses premières années de règne, on l'a flanqué de deux personnalités émérites pour le guider : le philosophe Sénèque et le préfet du prétoire Afranius Burrus. Il pouvait également compter sur la ruse de sa mère Agrippine, la véritable artisane de son irrésistible ascension. On retrouve d'ailleurs cette éminence grise du pouvoir impérial derrière nombre de ses décisions, jusqu'en l'an 59. Après quoi, Néron a commencé à éliminer tous ceux qui, d'une manière ou d'une autre, bridaient sa liberté, y compris sa propre mère et Sénèque, poussé au suicide en l'an 65. Avec le temps, il a délaissé ses devoirs d'empereur. Il se passionne désormais pour le sport et les Jeux olympiques, et notamment les courses de quadriges, lors desquelles ses concurrents s'arrêtent pour le laisser franchir la ligne d'arrivée en tête – quitte, parfois, à attendre qu'il remonte sur son char après une chute. Il compose des poèmes, joue de la lyre et se produit même en public. Il aime aussi bien les hommes que les femmes, ce que la morale romaine trouve au demeurant tout à fait normal. Il s'est marié une première fois en 53 ap. J.-C. avec sa cousine Claudia Octavia, qu'il a fait exiler et tuer afin d'épouser, en 62, sa maîtresse Poppée (qui a dû divorcer de son mari, Othon, que Néron a éloigné en lui confiant une charge au Portugal). La disparition de Poppée, en 65, laissera un vide impossible à combler, auquel il paraît vouloir faire face en s'unissant, à la fin de cette même année semble-t-il, à une femme ayant déjà quatre mariages à son actif, Statilia Messaline. À ces mariages « officiels » s'en ajoutent d'autres, plus excentriques, et glissés par les auteurs de l'Antiquité au détour de ces anecdotes au parfum de scandale qu'ils rattachent à Néron – celui avec l'affranchi Pythagore (un ancien esclave, donc, qu'il employait comme échanson) et celui avec Sporus, un jeune eunuque qui, si l'on en croit Dion Cassius, ressemblait énormément à la défunte Poppée. Aux yeux de certains historiens, il s'agissait d'unions mystiques, liées à des cultes ésotériques.

Néron est une figure complexe, théâtrale presque, qui échappe aux modèles qu'on a coutume d'associer aux rois et aux empereurs. Voilà de toute évidence un homme qui a vu le jour et grandi à la cour, dans le cocon protégé des palais du pouvoir, en bénéficiant de nombreux privilèges et de façon complètement détachée de l'existence des gens ordinaires, sans que personne n'ait jamais osé lui dire non. Comment s'étonner qu'il n'ait pas le sens des réalités ? Il semblerait même qu'il ne soit jamais sorti de l'adolescence. Sa vie durant, il est resté naïf, immature, capricieux. Mais au fond, combien de souverains ont eu la même attitude ? On ne les compte plus !

À partir de sa rencontre avec Poppée et jusqu'à ses derniers jours, il apparaît également que Néron aurait constamment aspiré à une relation fusionnelle avec les personnes chères à son cœur, à commencer par sa mère Agrippine, femme calculatrice à l'ambition dévorante. Un signe du milieu dépourvu de tendresse dans lequel il a grandi ? Possible, mais nous n'aurons jamais la réponse.

Laissons donc de côté ces considérations superficielles, surtout s'agissant d'un être manifestement impossible à définir, à ranger dans une case. Chaque fois qu'on croit avoir cerné son profil psychologique, Néron parvient à nous surprendre, à montrer un nouveau visage. Sous bien des aspects, cet homme est une énigme.

Et pourtant, c'est l'Histoire qui vit en lui.

Auguste était son arrière-arrière-grand-père du côté de sa mère. Et Marc Antoine, son arrière-grand-père paternel. L'empereur Tibère était son arrière-grand-oncle côté maternel. Un autre empereur était son parrain : Claude.

Pour être tout à fait complet, Néron est apparenté, directement ou indirectement, à au moins huit grands hommes qui ont fait l'histoire de Rome, dont trois empereurs et un prince. En plus d'Antoine, Auguste, Claude et Tibère, que nous venons de citer, il faut ajouter son oncle Caligula (du côté de sa mère), Agrippa (son arrière-grand-père maternel), Drusus (son arrière-grand-père paternel) et Germanicus (son grand-père maternel)…

N'oublions pas non plus la partie féminine de son arbre généalogique, qui compte nombre de figures fondamentales dans l'histoire de l'Urbs, telles qu'Octavie (son arrière-grand-mère du côté de son père), Livie (sa trisaïeule maternelle), Agrippine l'Aînée (sa grand-mère maternelle), Messaline (sa cousine du côté de son père) et, bien sûr, son épouse, Poppée...

Bref, vous l'aurez compris, nous ne parlons pas du premier venu : Néron est véritablement le produit du pouvoir à Rome.

Dans ses veines courent plus de cent ans de luttes, d'intrigues, d'assassinats, de batailles rangées sur terre et en mer, de triomphes et de défaites qui ont scellé l'histoire de l'Antiquité et le destin de millions de personnes aux quatre coins de la Méditerranée, à la jonction de trois immenses continents. Dans ses veines court la puissance de l'Empire.

Mais pour l'heure, c'est sur une salle remplie d'invités aux toges tachées que règne Néron. La soirée, déjà bien avancée, a été rythmée par des mets aux ingrédients rares et exotiques, le but étant d'épater la galerie plutôt que de la nourrir. Chaque service a été accompagné par les notes des infatigables musiciens, et Néron lui-même a déclamé des compositions rédigées par ses soins, sous des vivats aussi bruyants qu'hypocrites...

Il est désormais l'heure du *convivium*, le moment le plus intime du banquet. Une poignée d'invités seulement ont été autorisés à rester. Chacun lèvera des coupes remplies des meilleurs vins et portera une interminable série de toasts. Avec des conséquences que je vous laisse imaginer...

Cela fait déjà longtemps que Poppée s'est éclipsée. Elle a regagné la balustrade afin de remplir ses poumons de l'odeur de la mer et ses yeux de l'infini de cette nuit estivale. Mais les étoiles sont moins visibles, ce soir. Depuis quelques minutes, le ciel s'est brusquement éclairé d'une lumière à l'horizon. On dirait les lueurs d'un incendie dans le lointain. Des lueurs qui deviennent de plus en plus intenses... Tout à coup, la lune surgit sans crier gare, pour offrir un nouveau spectacle à couper le souffle. L'immense disque rouge semble avoir pris la place du soleil qui a disparu derrière la mer. Dans l'esprit de Poppée, c'est Séléné, une autre divinité, qui vient la saluer.

Le vent a tourné, lui aussi. L'impératrice frissonne à cause du froid et se drape dans sa précieuse étole brodée de perles et d'or. Tandis que Séléné s'élève, en éclairant les rides des vagues, Poppée note que l'astre n'est pas encore parfaitement rond. Il faudra attendre le lendemain pour assister à cette magnifique nuit de pleine lune, baignée par la magie de l'été. Une nuit à garder gravée au fond de sa mémoire.

Et c'est la vérité. La nuit du lendemain entrera bel et bien dans l'Histoire... Pas comme Poppée l'imagine, mais qui pourrait s'en douter ?

L'impératrice garde son regard pensif levé vers la lune en suspens au-dessus de la mer. Néron, lui, s'est déjà endormi en ronflant. L'Histoire, comme souvent, arrive sans bruit, sur la pointe des pieds. Mais elle balaiera tout. Et tout le monde.

2

La ronde des *vigiles*

Rome, 64 ap. J.-C., samedi 18 juillet, peu avant l'aube

Rome est enveloppée dans l'atmosphère enchanteresse de l'aurore. Les grands temples se dressent dans la nuit, tels des navires amarrés au port en attendant de lever l'ancre. Leurs façades en marbre blanc ressemblent à d'innombrables voiles, prêtes à se laisser gonfler par l'énergie de l'Urbs.

Étrangement, on n'a jamais retrouvé de fresque ou de mosaïque représentant soit la *skyline* de la Rome antique, soit un panorama de la ville. Nous ne pouvons donc qu'imaginer les temples et les bâtiments, aidés en cela par le fait que l'orientation de la lumière et les ambiances n'ont pas changé au cours des siècles. Et pour peu qu'on ait la chance de vivre à Rome, il est possible de les décrire avec exactitude, tels qu'ils étaient il y a deux mille ans.

La lune s'est déjà couchée, laissant Rome plongée dans la faible lueur du jour qui s'annonce. La silhouette de la ville, d'un noir profond, se découpe sur un ciel qui nous offre toute une palette de couleurs. Du bleu à l'est, de l'indigo au-dessus de vos têtes et du noir à l'ouest, dernier refuge de la nuit en train de disparaître. On voit se détacher les statues au sommet des colonnes, les toits des immeubles les plus élevés et le profil des temples sur les collines. Ce sont les seules formes que nous parvenons à distinguer nettement dans cette pénombre. Mais quand nous baissons les yeux, juste en dessous, c'est un labyrinthe d'édifices à l'allure disparate qui s'étendent à perte de vue, comme s'ils étaient empilés les uns sur les autres. Ce sont des bâtisses hautes de plusieurs étages, où vivent la majorité des Romains, entassés. Malgré la pénombre, ce simple coup d'œil résume les nombreux contrastes de la cité des Césars : les chefs-d'œuvre cohabitent avec le dénuement, des fortunes astronomiques avec une misère insondable. Nous aurons bientôt l'occasion de le constater.

Le jour qui se lève nous offre une dernière vision magique. Rome est encore endormie et nos pensées ne sont accompagnées que par les chants d'une poignée de rossignols nichant sur les toits, le glouglou d'une fontaine, un chien qui aboie quelque part, les éclats de voix lointains et indistincts des charretiers qui ont ravitaillé les boutiques de la ville pendant la nuit. Un ultime moment de quiétude avant une nouvelle journée chaotique et bruyante. Il est bientôt l'heure.

D'une flamme à l'autre

Dans l'obscurité d'un temple, au cœur de Rome, une petite flamme danse à la façon d'une ballerine. Le moindre souffle d'air alimente d'une énergie nouvelle sa chorégraphie sinueuse. Une femme suit ces mouvements des yeux, le visage entouré d'un voile élégant qui couvre ses cheveux. Même si elle a le regard perdu dans des pensées lointaines, elle veille à ce que ce feu continue de brûler, sans jamais faiblir. Ces flammes sont sa raison de vivre. C'est une vestale.

Le temple de Vesta représente l'histoire des origines de Rome. Le feu sacré est gardé dans un édifice circulaire aux allures de hutte, très certainement en souvenir des premiers temps de l'Urbs, quand la flamme était conservée dans un endroit abrité (une hutte, précisément) et constamment entretenue, de manière à ce que tout un chacun puisse s'en servir au gré de ses besoins quotidiens. Nous parlons d'une époque où le centre habité était constitué d'un petit village de cahutes sur le mont Palatin.

Très vite, ce feu a acquis une importance centrale, éminemment symbolique. L'outil d'utilité publique est devenu l'âme même de cette communauté ancestrale. Il est désormais conservé au sein d'un lieu sacré et protégé, inaccessible au commun des mortels. Enfin, pas complètement. Dans la Rome de Néron, la flamme sacrée est gardée par six vestales, des prêtresses. Un hasard ? Pas sûr. Cette flamme représente le « foyer domestique » de Rome, qui appartient à la collectivité. Et dans la mentalité romaine, il n'y a rien d'anormal à ce que la chaleur de la flamme la plus importante de la maison (et la plus intime, aussi) soit protégée par une figure féminine, maternelle.

Raison pour laquelle le feu doit être ravivé et entretenu constamment. S'il venait à s'éteindre, ce serait la fin de la ville et de son histoire. Il n'est donc pas anodin qu'on trouve non loin de là une petite pièce (*penus Vestae*) renfermant certains des objets parmi les plus sacrés de l'Urbs. Au nombre desquels le Palladium, une statuette en bois représentant la déesse Athéna (Pallas Athena), qu'Énée aurait prise avec lui au moment de fuir Troie en flammes. Pour l'ensemble de ses habitants, l'origine de Rome est liée à ce héros légendaire. Et cette statue a la réputation de protéger la ville qui la garde, en la rendant imprenable. N'importe qui vous dirait que Troie n'est tombée qu'au moment où Ulysse et Diomède ont pénétré dans la cité à la nuit tombée, grâce au célèbre cheval de bois, et se sont emparés de la statuette en bois abritée dans un temple. Au terme de tribulations diverses et variées, elle serait parvenue jusqu'à Rome, qu'elle aurait toujours protégée. Voilà pourquoi elle est si importante.

Veiller sur le feu sacré et le Palladium est donc la mission des vestales, ces prêtresses révérées par l'empereur lui-même. Elles sont issues des plus puissantes familles patriciennes et commencent leur noviciat très jeunes – généralement entre six et dix ans. Deux impératifs pèsent sur elles : ne jamais laisser s'éteindre le feu sacré de Rome et rester vierges jusqu'au terme de leur charge, d'une durée de trente ans. Elles sont alors libres de rompre leurs vœux et d'abandonner cette vie cloîtrée. Elles peuvent également se marier si elles le souhaitent. Enfreindre l'une de ces deux règles est synonyme d'une mort atroce : la vestale est enterrée vivante, vouée à mourir de faim et de soif à l'intérieur d'une petite cellule souterraine creusée dans le *campus sceleratus*, un lieu à la réputation sinistre situé juste à la sortie de la porte Colline, entre le Quirinal et le Viminal.

Les yeux d'une prêtresse sont remplis de rêves d'une existence normale dont elle est privée, puisque ainsi en ont décidé ses parents. Il s'agit en effet d'un privilège, réservé à une poignée d'élues, la plus haute fonction à laquelle une femme puisse prétendre – après celle de faire partie de la famille impériale, s'entend. On considère les vestales comme des demi-divinités, vénérées partout où elles vont : au Colisée, c'est au premier rang qu'elles s'assoient, à côté des sénateurs.

À quelques centaines de mètres du temple de Vesta ondoie une autre flamme, agitée elle aussi par les courants d'air qui s'insinuent entre les battants usés d'un vieux portail en bois. Là encore, ce sont des yeux de femme qui l'observent – des yeux ensommeillés et perdus dans le lointain. Comme hypnotisée, celle-ci fixe la flamme de la lampe à huile posée sur l'étagère... Impossible de continuer à dormir. La trêve de l'aurore est désormais terminée. Tout autour, on entend progressivement des voix s'élever, accompagnées par les gémissements métalliques des grilles qui s'ouvrent, à quoi se mêlent les hennissements des chevaux et le son de leurs sabots sur le pavé. Une nouvelle journée de courses se prépare au Cirque Maxime. Et dormir dans l'une de ses innombrables *fornices*, les espaces ménagés sous ses arcades, n'a rien d'agréable...

Hélas, cette jeune femme ne peut pas vraiment espérer mieux. C'est une esclave. À côté d'elle, son maître, un affranchi originaire des côtes de Célésyrie (plus ou moins à l'emplacement du Liban actuel), continue de se retourner d'un côté puis de l'autre, en jurant au moindre bruit. Leur lit se trouve perché sur une petite mezzanine en bois, tout près de la voûte en briques écaillée. Au-dessous se déploie un vaste entrepôt rempli de produits variés, dont une enfilade de sacs de céréales, des colonnes de paniers, des amphores d'huile, des nattes enroulées ou bien encore des piles de rouleaux de lin qu'ils sont chargés de surveiller et de gérer pour le compte du propriétaire.

Les *fornices* du Cirque Maxime abritent en effet des échoppes, des lieux pour se restaurer et des entrepôts, donc.

Le regard de la jeune femme se reporte sur la flamme. Il est empreint de tristesse et de résignation. Mais elle est obligée de s'estimer chanceuse : en tant qu'esclave, son sort aurait pu être bien pire. Même si elle déteste cet homme qui dort à côté d'elle, son odeur, ses manières frustes et ses exigences incessantes, ici, au moins, elle est logée et nourrie.

Plus pour longtemps, cela dit. Mais ça, elle l'ignore…

Même chose pour la vestale voilée qui ravive le feu en récitant des prières sacrées dont les paroles ne sont jamais parvenues jusqu'à nous.

Ces deux flammes, séparées par quelques centaines de mètres à peine, résument à elles seules toute l'âme de Rome. Ainsi que le sens de ce livre, au fond.

L'une et l'autre sont liées à l'histoire de la ville. La première représente ses débuts et la seconde, sa fin – car, comme vous le verrez, c'est elle qui provoquera le grand incendie. La première a construit, la seconde va détruire. La première se trouve dans l'un des lieux les plus sacrés, les plus célèbres de Rome, le temple de Vesta, au cœur du Forum ; la seconde, dans l'un des plus misérables, des plus anonymes, un entrepôt sombre et malodorant du Cirque Maxime. La première abrite la puissance des origines de Rome, la seconde renferme la force dévastatrice inhérente à son destin, et sur le point de se déchaîner. Encore une journée et leurs significations pourtant si différentes se confondront, pour devenir le germe de l'avenir de l'Urbs, avec des conséquences qui modèleront l'Histoire jusqu'à aujourd'hui. Pour l'heure, patience…

Quoi qu'il en soit, il ne s'agit que de deux flammes parmi les milliers qu'on éteint ou qu'on allume au lever du soleil, partout dans la ville, qu'elles servent à y voir clair dans la nuit ou à répondre aux besoins du quotidien, à la maison ou au travail. Le feu est chez lui, à Rome. C'est peut-être même son habitant le plus ancien. On le trouve partout, sans aucune distinction de classe, d'âge, de lieu. On pourrait dire que c'est un fidèle animal domestique… mais prêt à bondir sur son maître, telle une bête impitoyable.

Chez Pline l'Ancien

À l'autre bout de la ville, le lever du soleil réveille une habitation privée. À l'aide d'un objet métallique, une femme donne des coups secs sur une petite pierre grise dans le creux de sa main. Le geste rappelle celui qu'on effectue pour tailler un crayon à papier au canif. Chaque impact produit de minuscules étincelles qui suivent le mouvement du bras et atterrissent sur une poignée de feuilles sèches disposées dans une soucoupe. Elles s'éteignent presque toutes en plein vol, mais l'une d'elles semble rester allumée sur le petit tas de feuilles. Aussitôt, la femme se penche afin de souffler dessus. Peu à peu, cela paraît prendre… et ça y est, un embryon de flamme apparaît ! La femme ramasse alors la petite boule de feuilles et la dépose délicatement dans un minuscule « nid » fait de paille, sans cesser de souffler. Très vite, le modeste tison contamine le bord d'un brin de paille, qui se met à virer au rouge. Au bout de plusieurs secondes d'efforts, un filet de fumée s'élève. Elle souffle encore, et c'est une flamme déjà vigoureuse qui finit par naître. La femme l'ignore mais, d'ici quelques heures, le même phénomène touchera l'intégralité de la ville de Rome. À la différence que les étincelles poussées par le vent seront responsables de la mort de milliers de personnes. Pour l'instant, ce feu qui vient de naître est posé au centre d'un amas de brindilles sèches, qu'il commence à dévorer avidement, en crépitant de plus en plus fort. En un rien de temps, les flammes sont assez hautes. La femme les couvre alors de bûches, aussitôt léchées par leurs caresses incandescentes.

Si vous souhaitiez savoir comment les Romains allumaient le feu, vous voilà renseignés. Ce sont ces gestes qu'on répète jour après jour dans toutes les maisons de Rome. Le feu est un ami, un fidèle serviteur qui aide aux tâches domestiques ou prête main-forte au travail. Il suffit pourtant de le lâcher des yeux, rien qu'un instant, pour qu'il devienne un ennemi mortel. Et ça, tout le monde en est bien conscient... La femme pose l'objet métallique avec lequel elle a amorcé la flamme. Maintenant qu'il est entièrement visible, nous nous apercevons qu'il est d'une forme élégante. On croirait voir le profil d'un navire, avec une proue basse et pointue, à l'allure de museau de dauphin, tandis que la poupe s'orne de l'espèce de queue arrondie caractéristique des trirèmes. Les voiles forment deux orifices dans lesquels on glisse les doigts. Ces briquets (*igniaria*) se comptent par millions dans l'Urbs, comme sur tous les sites romains. On en voit pourtant rarement dans les musées parce qu'ils se sont oxydés au fil du temps. Un œil non averti peut spontanément les prendre pour de banals morceaux de métal rouillés et souvent tordus. Ils passent donc inaperçus.

Avec des mouvements qui sont le fruit d'années d'habitudes, la femme se retourne pour attraper une grille munie de pieds et la pose sur le feu. Ne lui reste plus qu'à disposer un caquelon en terre cuite et commencer à cuire des poissons avec de l'huile et des épices. Très vite, un parfum de friture envahit la petite cuisine.

À l'époque romaine, les cuisines ont toujours une taille modeste, ce sont la plupart du temps de simples réduits avec des casseroles, des louches et des herbes aromatiques accrochées aux murs. Il n'existe évidemment pas de gazinières, mais l'équivalent romain est presque identique. Il s'agit d'un plan de travail en maçonnerie de la même forme. Seule différence : au lieu des fourneaux, on trouve une table de cuisson sur laquelle on allume le feu avant d'étaler la cendre, à la manière d'une petite cheminée. En dessous, à l'endroit de la porte en verre des fours modernes, on découvre un autre type d'ouverture – une niche en pierre dans laquelle sont stockées les branches et les petites bûches servant à alimenter le feu. L'équivalent antique d'une bonbonne de gaz, si l'on peut dire.

L'odeur de friture se répand dans la maison. En suivant les courants d'air invisibles, elle se faufile dans un couloir puis pénètre dans l'une des chambres, glisse sur ses mosaïques, embrasse des sandales abandonnées par terre puis s'élève en caressant les draps aux rayures colorées d'un lit encore défait. Dans la pénombre, elle grimpe sur la hampe métallique d'un candélabre élégamment ciselé, sur lequel est posée une belle lampe à huile en bronze. Elle entame alors un corps à corps frénétique avec la flamme qui, tel un trapéziste de cirque, la lance vers le plafond, où elle frôle des stucs dorés d'un grand raffinement. Elle poursuit alors sa route dans le couloir, toujours portée par le courant d'air, rase des fresques représentant différentes divinités et, finalement, entre dans le *tablinum*, le bureau du propriétaire. Partout, des rouleaux de papyrus, certains sur la table, d'autres dans leurs *capsae*, ces fameux étuis de forme cylindrique. Et puis des cartes, ainsi qu'une profusion de livres, empilés sur des tabourets ou des étagères… Aucun doute : nous sommes chez un intellectuel. Mais qui, exactement ?

La réponse nous est donnée par ces effluves qui chatouillent les narines du maître des lieux, assis en train de lire. Ils l'incitent à relever la tête, un sourire plein de gourmandise sur les lèvres. Il s'agit de Pline l'Ancien, naturaliste, chercheur et auteur de plusieurs traités, comme l'*Histoire naturelle*, le seul à nous être parvenu. C'est aussi un militaire, qui a combattu en Germanie. Dans une quinzaine d'années, nous le retrouverons à la tête de la plus puissante des flottes romaines, basée au port de Misène, près de Naples. Une charge qui lui sera fatale. En 79, il assistera depuis cette même ville à la terrible éruption du Vésuve qui détruira Pompéi et Herculanum. À en croire ce que raconte son neveu Pline le Jeune dans une lettre, il cherchera à organiser la première grande opération de secours de l'Histoire. À la tête de ses quadrirèmes, il tentera de sauver les habitants du danger, mais mourra tué par les émanations volcaniques au bout d'une nuit passée sur la terre ferme…

Au moment de bâtir ce récit, nous sommes partis du principe que Pline était en ville ce jour-là, même s'il n'existe aucune source susceptible de confirmer cette information… ou de l'infirmer. Seule certitude : à cette période, il se trouve à Rome, où il se consacre à l'étude de la grammaire et de la rhétorique. Il travaille également à certaines de ses œuvres historiques. Par la suite, il fera partie des sources auxquelles Tacite se référera prioritairement pour raconter la vie de Néron et le grand incendie. Pour autant, il ne subsiste aucune trace des textes qu'il a pu consacrer à cette tragédie. Impossible d'affirmer qu'il y a assisté physiquement, donc.

Pour l'heure, assez lambiné. Pline s'est tellement laissé absorber par sa lecture qu'il est en retard. Or il a beaucoup à faire dans la matinée. Il doit passer en librairie, ou plus exactement dans une *taberna libraria* où l'on fabrique des livres, enchaîner par un saut au Forum, où il a rendez-vous avec un ami cher, puis monter sur le Palatin pour consulter des documents dans la magnifique bibliothèque qui s'y dresse.

Et ce qui mijote en cuisine, alors ? Compte-t-il le manger tout de suite ? Non, sa domestique a simplement lancé la préparation du repas qu'il emportera plus tard, au moment de se mettre en route. Nous supposons en effet que le savant entend régler quelques affaires puis quitter Rome pour l'une de ses résidences de campagne, à l'abri de la chaleur de la ville.

Même s'il possède des esclaves et des domestiques, l'homme de science habite selon toute vraisemblance une *domus* simple mais élégante sur le Cispius, l'un des sommets de la colline de l'Esquilin. Nous n'en avons pas la certitude absolue, mais il est permis de le penser grâce aux sources historiques. Son neveu, Pline le Jeune, était en effet un intime du poète Martial. Dans l'une de ses *Épigrammes*, celui-ci indique où il réside. Il n'y a rien d'improbable à ce que, après la mort de Pline l'Ancien, la maison ait été transmise à son neveu. Le texte de Martial laisse également entendre que la *domus* n'est ni immense, ni luxueuse, ce qui correspond d'ailleurs plutôt bien à l'image qu'on se fait de l'auteur de l'*Histoire naturelle*. Il pourrait y avoir écrit son récit des campagnes contre les Germains, hélas perdu. La demeure a-t-elle échappé à l'incendie ? Difficile à dire, mais c'est probable. Même si les flammes ont dû la cerner de très près, il y a des chances pour qu'elle ait été épargnée. Là encore, c'est de Martial que nous tenons cette information.

« Quand on a traversé Suburre, légère est la fatigue pour venir à bout de la ruelle escarpée. [...] C'est là que se dresse la modeste maison de ton serviteur Pedo, où est sculpté un aigle d'une moindre envergure », écrit-il en effet dans cette épigramme rédigée une quarantaine d'années après l'incendie.

Que faut-il en conclure ? Si Martial mentionne la demeure d'Albinovanus Pedo, célèbre poète ami d'Ovide, cela signifie qu'elle a échappé aux flammes. Par conséquent, il n'est pas déraisonnable de supposer que celle de Pline l'Ancien, située juste à côté, a eu cette même chance.

Retour de patrouille

Dans les ruelles de Rome, une autre flamme attire notre attention. Tel un oiseau, elle est retenue « prisonnière » dans une lanterne qui se balance dans la rue déserte, au rythme des pas d'un homme. Des pas fatigués par de longues heures de marche à travers la ville. La lanterne est de type militaire, avec trois côtés recouverts de cuir foncé, de manière à ce que la lumière n'éclaire que la route, droit devant. Une astuce typique de troupes qui patrouillent dans des zones dangereuses. En effet, Rome n'est pas un endroit sûr, dès la nuit tombée…

L'homme n'est pas seul. Près de lui apparaît une deuxième silhouette. Puis une troisième. Puis une autre encore. On en compte huit. Leurs contours d'un noir profond se découpent sur la lumière bleutée de l'aube, qui envahit les ruelles encore endormies. Chaque pas s'accompagne du son métallique des outils qui pendent à leurs ceinturons. Ils ont également des cloches qui leur permettent de signaler leur présence. On peut même imaginer, sans grand risque de se tromper, qu'on les entend tinter en cadence tandis que les hommes courent répondre à une urgence – ce que signale l'historien Dion Cassius au sujet des rondes de gardes privés – et que leur bruit métallique se mêle à celui des sifflets (déjà utilisés par les légions) et des cors leur servant à se frayer un chemin dans la foule et à prévenir de leur arrivée. Un peu comme la sirène des camions de pompiers d'aujourd'hui, en somme. Et, justement, ces huit hommes forment une patrouille de *vigiles*, des pompiers, de retour d'une ronde de nuit. La plus éreintante.

Des heures durant, ils ont parcouru les ruelles, les avenues et les places de la cité, prêts à intervenir à la moindre alerte, au moindre bruit, dressant l'oreille dès qu'un cri résonnait à l'intérieur d'un lieu habité, guettant chaque lueur suspecte au milieu des formes noires des immeubles.

Arrivés à une intersection, les *vigiles* s'arrêtent. Ils sont à la hauteur d'une niche sacrée à l'effigie d'une divinité, laquelle est entourée de miettes et de restes d'offrandes en nature désormais attaquées par les fourmis. C'est l'un des *Lares compitales* de Rome, sortes de temples miniatures placés aux carrefours (*compita*) et dédiés à de modestes figures sacrées, les Lares, chargées de protéger le quartier (*vicus*). De ce point de vue, ils ne sont pas si éloignés des petites niches abritant des statues de la Vierge que l'on peut voir le long de certaines routes de campagne ou dans le centre des villages.

Du flambeau qui surmonte la niche sacrée, fixé au mur, il ne subsiste qu'une faible flamme, à peine visible. L'un des *vigiles* grimpe (assez vite, étonnamment) aux parois de la niche pour s'assurer que tout fonctionne bien. Il contrôle la quantité d'huile dans le réservoir et, à l'aide de pincettes en bronze, tire un peu de mèche, ce qui permettra à la flamme de repartir de plus belle. Après quoi, il descend d'un bond et poursuit sa route, flanqué de ses camarades. Parmi les missions des *vigiles* au cours de leurs rondes nocturnes figure sans doute celle de contrôler les torches disposées dans les rues, signaler d'éventuels dysfonctionnements et, si possible, les résoudre sur-le-champ. Il faut dire que les rues de Rome sont très sombres. Avec leurs flambeaux, les niches sacrées sont des repères lumineux fondamentaux pour tous ceux qui doivent se déplacer en pleine nuit, au même titre que les lanternes placées à l'entrée des tavernes et des lupanars, qui restent ouverts même à une heure tardive. Raison pour laquelle il est capital de les entretenir.

On y pense rarement mais, des siècles durant, les villes passaient généralement la nuit dans l'obscurité la plus totale. Et s'il a fallu attendre la diffusion de l'éclairage public, d'abord grâce aux lampes à huile puis à gaz, et finalement grâce à la lumière électrique, pour y remédier, l'usage des lumières « sacrées » pour éclairer les rues a perduré au fil du temps. Si vous vous engagez dans les quartiers centraux de Rome, qu'ils soient de style Renaissance, baroque ou XVIIIe siècle, vous remarquerez des images sacrées en haut des murs, avec de grands cadres ornés de nuages et de rayons de lumière – certains de leurs supports métalliques sont même encore visibles. On les trouve souvent aux croisements des ruelles ou sur les places. Elles avaient alors pour fonction d'illuminer plusieurs rues en même temps, mais aussi d'indiquer, dans les grandes lignes, la topographie du quartier malgré l'obscurité.

Mais en cet instant, l'aube vient offrir sa lumière, autrement plus puissante. Le premier rayon de soleil éclaire Rome, en réveillant les dieux, puis les hommes. S'allument d'abord les temples situés sur les collines de la ville, comme celui de Jupiter Capitolin sur le Capitole ou celui d'Apollon sur le Palatin. Presque au même moment, on voit sortir de l'ombre l'immense temple dédié à Claude, sur le Caelius, le Claudianum.

La lumière dorée de l'aurore tombe ensuite sur le centre de la cité, animant les statues perchées au sommet des colonnes et sur les toits des bâtiments sacrés, ainsi que les quadriges sur les arcs monumentaux. Leur bronze aux reflets d'or semble littéralement prendre feu. De loin, on croirait voir des flambeaux allumés aux quatre coins de Rome. Progressivement, les rayons du soleil s'étendent sur les toitures rouges des *insulae* les plus élevées, en inondant les arcades des aqueducs d'un miel étincelant.

Tandis qu'Apollon, c'est-à-dire le soleil, se lève à l'est, aux commandes de son char de feu, Séléné, la lune, disparaît progressivement dans le ciel, effacée minute après minute par la naissance d'une journée de juillet torride. Une de plus.

Les rayons qui colorent l'aube révèlent d'innombrables colonnes de fumée qui s'élèvent au milieu des maisons, produites par des centaines de milliers de foyers allumés tous en même temps. Chacun d'eux est potentiellement un ennemi mortel pour la Ville éternelle.

Le groupe de *vigiles* tourne au coin d'une rue et débouche sur une grande place. Sur un signe de l'officier, les hommes s'immobilisent pour former une ligne, au garde-à-vous. L'aurore éclaire d'une lumière orangée leurs visages fatigués, ce qui nous permet de mieux les voir. Ils sont tous très jeunes, adolescents ou dans la vingtaine. Un indice clair de l'essence militaire du corps des *vigiles* ? Leur uniforme. Ils sont coiffés d'un casque qui rappelle vaguement celui des légionnaires : il n'est ni en bronze, ni en acier, mais en cuir, car, contrairement au métal, celui-ci ne conduit pas la chaleur du feu. On les reconnaît immédiatement à leur tunique de couleur jaune – en réalité, les tenues de chacun sont de tonalités variées, qui vont du jaune au marron (il n'existe pas encore de production industrielle standardisée). Chaque tunique est serrée à la taille par un ceinturon en cuir (*cingulum*) muni d'épaisses franges également en cuir qui descendent entre les cuisses pour protéger leurs parties intimes.

Nombre d'entre eux portent en bandoulière de longues cordes (*funes*) qu'ils enroulent tout autour de leur torse, pareilles à des serpents.

Exactement comme les légionnaires, en hiver, ils portent aussi une cape (*sagum*) – présentement incompatible avec la chaleur estivale.

En outre, ils sont chaussés à la manière des militaires pour protéger leurs pieds durant leurs interventions, avec une sorte de bottine en cuir souple (*soccus*) glissée comme une chaussette dans de solides sandales à la semelle cloutée, les *caligae* – un type de chaussure composée de deux morceaux, dont on a retrouvé des vestiges, incroyablement bien conservés, à bord de la célèbre épave romaine de Comacchio. Voilà quels devaient être les « godillots » classiques des légionnaires, capables de mettre leurs pieds à l'abri des ronces, de la neige, du froid et de la pluie. Et qui s'avéraient sûrement très utiles aussi contre le feu…

Cependant, à l'inverse des légionnaires, il est improbable que les *vigiles* aient des clous en acier sous leurs chaussures. Très pratiques sur le champ de bataille, un peu comme les crampons des chaussures de foot, ils deviendraient particulièrement gênants sur les sols en marbre et les pavés glissants des villes.

À vrai dire, cette reconstitution de l'uniforme des *vigiles* n'est hélas qu'une hypothèse, aucun auteur ne l'ayant jamais décrit dans le détail. Mais à en juger par les nombreuses sources antiques et modernes, cela semble vraisemblable.

Le nombre de *vigiles* qui participent à la ronde nocturne relève lui aussi de l'hypothèse. Le métier est risqué, les hommes ayant également pour mission de maintenir l'ordre public, que ce soit en pacifiant des rixes ou en arrêtant criminels et voleurs. On peut donc raisonnablement estimer les membres de ces patrouilles à huit – un nombre relativement réduit mais correspondant à l'unité de base de la légion, le célèbre *contubernium*, formé de soldats partageant la même tente et la même ligne pendant les marches.

Dans une scène très amusante de son *Satiricon*, portrait de l'époque néronienne, Pétrone décrit un banquet chez Trimalcion, un riche affranchi d'origine asiatique, à la tête d'une fortune astronomique. Désormais ivres, tous les convives se sont procuré des cors et entonnent des marches funèbres. Un esclave pousse même une note aiguë si puissante qu'il réveille l'ensemble du voisinage. La suite, c'est l'auteur qui nous la raconte : « Du coup, les veilleurs de nuit de garde dans le secteur, persuadés qu'il y avait le feu chez Trimalcion, enfoncèrent carrément la porte et, maniant haches et seaux, déclenchèrent le charivari réglementaire. »

De cette scène très savoureuse, nous pouvons tirer deux conclusions. Primo : les *vigiles* semblent bel et bien patrouiller en groupe, à la nuit venue. Secundo : ils interviennent sans perdre de temps, quitte à ne pas faire dans la dentelle. On agit d'abord, on pose les questions après… Pétrone nous informe également que les pompiers de l'Antiquité effectuent leurs rondes nocturnes munis, vraisemblablement, de seaux. Et surtout, de haches (*securis*).

Voilà pourquoi tous les hommes de notre détachement, ou presque, en portent une à leur ceinturon, ou bien un outil similaire, doté d'une tête à deux extrémités, la *dolabra*, qui leur sert de hache ou de pioche pour abattre des murs, défoncer des portes en bois, faire des trous dans le sol, etc.

Et les seaux, alors ? Ils ne sont pas en métal. La majorité des chercheurs s'accordent à dire qu'ils étaient en bois de jonc, sans doute enduits de poix pour les imperméabiliser. Certains estiment même que c'est précisément de cette opération (*vasa spartea pice illita*) que viendrait le surnom donné à cette profession, les *sparteoli*.

Outre ces outils, indispensables pour intervenir lors d'un incendie, on trouve aussi des armes… Comme nous l'avons dit, les *vigiles* forment une unité de police nocturne à l'organisation militaire (plus proches des gendarmes, donc). Étant censés surveiller les rues et pourchasser les criminels ou les esclaves en fuite, ils se doivent d'être armés. En revanche, ne les imaginez pas circuler bardés comme des légionnaires, avec glaives, lances et boucliers (des armes néanmoins prêtes à servir en cas de troubles à l'ordre public et gardées à la caserne, sous la surveillance d'un officier, le *custos armorum*). Leur équipement se réduit à l'essentiel puisque, à la différence des policiers de notre époque qui peuvent compter sur leur véhicule, ces hommes doivent tout transporter eux-mêmes, pendant des heures. Il leur faut des armes légères et peu encombrantes – un poignard (*pugio*) que nous pourrions considérer comme l'équivalent d'un pistolet de service, des fouets, et très certainement des bâtons servant de matraques (*fustis*). Aujourd'hui encore, ces longs bâtons permettant de disperser la foule font partie de l'équipement habituel des policiers dans certains pays (en Inde, par exemple). Même chose pour les *bobbies* londoniens et les policiers français, qui emploient des modèles plus courts.

Un ordre qui claque, et notre groupe de *vigiles* se remet en marche, sans bruit. Retour à la caserne. Le jour va bientôt se lever.

Des rues romaines bien mal fréquentées

Le nom de *vigiles* synthétise la charge qui incombe à ces hommes : patrouiller dans les rues la nuit. N'importe quel spécialiste de la langue latine vous dira que *vigilare* signifie précisément « veiller » – ce qui est formidable quand on est entre amis ou en compagnie de la personne aimée, mais pas forcément si on patrouille dans les rues de la Rome impériale au Ier siècle après J.-C. En témoignent différents auteurs, dont le poète Juvénal qui raconte comment la mort peut, littéralement, tomber du ciel : « Considère maintenant les périls [...] auxquels on est exposé la nuit : les tuiles qui piquent en vrille depuis les toits et viennent vous fracasser le crâne ; les vases réduits en morceaux qui passent à travers les fenêtres, combien de fois, et avec quelle violence, au point d'entamer le pavé. S'en aller souper sans avoir fait son testament et ne pas prévoir les accidents subits, c'est faire preuve d'inconscience ! Le passant a autant de chances de mort qu'il rencontre la nuit de fenêtres ouvertes : n'espérez qu'une chose (et puisse ce vœu modeste s'accomplir pour vous), c'est qu'on se contente de vous inonder du contenu de larges bassines ! »

Sans surprise, les criminels sont le principal danger. Il faut dire qu'au temps des Romains la pègre telle que nous la connaissons aujourd'hui n'existe pas. Les incidents sont le fait de groupes de délinquants, voire d'individus isolés, mais le phénomène n'en reste pas moins inquiétant. Or les *vigiles* ont la difficile mission d'arrêter les nombreux voleurs, pillards (*raptores*), cambrioleurs (*effractores*), assassins (*sicarii*) qui rôdent en ville la nuit. Mais on peut penser que leurs interventions les plus fréquentes (et les plus risquées) consistent à calmer les incessantes bagarres entre ivrognes, véritable plaie pour les habitants de la capitale de l'Empire, comme nous le raconte Juvénal : « Qu'un ivrogne d'humeur belliqueuse n'ait par hasard encore rompu les os à personne, le voilà en proie aux remords, [...] il n'aura de sommeil qu'à ce prix. [...] Il se plante devant moi : "Halte-là !" Il faut bien obéir. Le moyen de faire autrement quand on a affaire à un forcené qui, en outre, est plus fort que vous ? [...] "Tu ne réponds pas ? Parle, ou bien... un coup de talon." [...] Essayer de répondre, faire retraite sans mot dire, c'est tout un. Ils n'en tapent pas moins dans les deux cas, ces furieux-là, et encore vous assignent-ils en justice ! Il ne reste au pauvre hère qu'une issue d'ouverte : bousculé, meurtri de coups de poing, il sollicite, il implore d'eux la faveur de s'en tirer avec quelques dents intactes. »

À la caserne des pompiers romains

Nos *vigiles* sont désormais aux abords de leur caserne. Ils croisent un groupe de collègues, eux aussi de retour de leur ronde. Bilan de la nuit : trois prisonniers arrêtés non loin d'ici. Et à en juger par les visages tuméfiés de deux *vigiles*, ils n'ont pas dû avoir la partie facile. L'un a reçu un coup de couteau et saigne abondamment de la cuisse. Aidé par ses camarades, il clopine jusqu'à l'intérieur. Les trois prisonniers sont, eux, poussés sans grand ménagement, les mains attachées dans le dos, en direction de l'endroit où se tiendra leur interrogatoire. On imagine sans peine le sort qui les attend... Le type de condamnation qui leur sera infligée dépendra d'un large éventail de facteurs : la gravité du délit (donner un coup de couteau à un pompier justifie facilement la peine capitale), les décisions des autorités ou des juges, mais aussi le statut des prévenus. La loi n'est en effet pas exactement la même pour tous. Pour une infraction identique, un citoyen romain recevra une amende, là où un esclave écopera d'une volée de coups de bâton...

Nous voici aux portes de l'édifice. Assez anonyme, camouflé parmi tous ceux qui jalonnent la rue... mais d'une importance fondamentale. Nous sommes au cœur du quartier du Trastevere, un secteur plutôt peuplé de la cité, qui grouille d'échoppes et d'activités liées au port de Rome. Autant de cibles potentielles pour les criminels... et les incendies. Garantir la sécurité de cette zone stratégique, en prévenant les départs de feu et en neutralisant ceux qui cambriolent les maisons ou agressent les passants : telle est la vocation de cette caserne, que tout le monde connaît comme l'*excubitorium* de la VIIe cohorte.

Nos *vigiles* appartiennent donc au septième groupe de pompiers de la ville, en charge de la surveillance du Trastevere, certes, mais aussi des environs du Cirque Maxime. Précisément le lieu où, dans moins de vingt-quatre heures, éclatera un incendie parmi les plus dévastateurs de l'Histoire...

Rome compte sept détachements de pompiers, appelés *cohortes*. Chacune est en charge de la protection de deux *regiones* (des « arrondissements », pourrait-on dire). Afin d'intervenir plus rapidement, chaque cohorte possède deux casernes – la principale (*statio*) implantée dans un quartier, et une seconde, de la taille d'un simple corps de garde, située dans l'autre quartier sous sa surveillance et appelée *excubitorium*.

C'est justement face à cette sorte d'annexe que nous nous trouvons. Précisons que ces distinctions sont encore matière à débat parmi les historiens et les archéologues. Et pour cause : sur les quatorze casernes de pompiers présentes dans la Rome impériale, seules quatre ont été localisées de façon plus ou moins certaine ! S'agissant des dix autres, nous nageons en plein brouillard…

Pour vous faire comprendre la difficulté à décrire le monde des pompiers romains, voici un bref tour d'horizon de nos connaissances : la Ire cohorte avait une caserne non loin de l'actuelle fontaine de Trevi – durant la construction du grand palais Muti Papazzurri, au milieu du XVIIe siècle, on a mis au jour des inscriptions liées à la Ire cohorte et, plus tard, des vestiges des murs. Rien de plus ? Non, mais c'est déjà beaucoup : nous ne savons rien sur la caserne de la IIe cohorte, si ce n'est qu'elle se trouvait vraisemblablement dans la zone de l'actuelle piazza Vittorio, dans le sud de la ville.

S'agissant de la IIIe cohorte, nous disposons d'un indice : la grande carte en marbre (*Forma urbis severiana*) réalisée par les Romains eux-mêmes pour établir le cadastre. La caserne était située non loin du Viminal. Rien de plus à signaler…

La IVe cohorte devait, quant à elle, être installée sur les pentes de l'Aventin, comme nous l'a appris la découverte d'une petite niche comportant des inscriptions. Mais c'est tout ce que nous savons…

Nous avons plus de chance avec la Ve cohorte, dont la base principale a été localisée avec certitude sur le Caelius, au sud de l'actuelle basilique de Santa Maria in Domnica, au niveau de la via della Navicella.

Aucun indice, en revanche, quant à l'emplacement de la VIe cohorte, en dépit de son importance capitale. C'est elle qui protégeait la zone du Forum !

Pour finir, en ce qui concerne la VIIe cohorte, on a retrouvé le célèbre *excubitorium* du Trastevere... mais pas la caserne principale, la *statio*.

Vous l'aurez compris : se frayer un chemin au milieu de toutes ces incertitudes n'a rien d'évident. Une grande partie des éléments décrits dans ce chapitre sont encore matière à débat chez les historiens ou les archéologues. J'ai donc opté pour des solutions de bon sens ou vraisemblables dans les cas où nous sommes privés de données avérées, deux mille ans après les faits. Autant le préciser sans ambiguïté, par honnêteté intellectuelle.

Détail intéressant : il ressort de ces tentatives de localisation que les casernes de Rome se trouvent à environ un kilomètre de distance les unes des autres. Certains voient même un lien étroit avec la plus ancienne fortification de l'Urbs, la muraille Servienne (en référence à celui qui l'aurait fait construire au VIe siècle av. J.-C., Servius Tullius, l'avant-dernier des sept rois de Rome). Il semblerait que les bâtiments étaient situés à proximité de chaque porte du mur d'enceinte.

Quoi qu'il en soit, la trouvaille la plus intéressante des archéologues reste incontestablement l'*excubitorium* du Trastevere, dont la structure remonte à une époque postérieure à celle de Néron – et plus précisément au temps de Septime

Sévère, près d'un siècle plus tard. Elle nous donne néanmoins une bonne idée de l'apparence que pouvait avoir une petite caserne de pompiers à l'ère impériale. Mieux : il est encore possible de la visiter. Ce que nous allons d'ailleurs faire… mais en imaginant qu'il en existait une similaire à l'époque de Néron. Suivons donc nos *vigiles* de retour de leur ronde.

Au cœur de la caserne

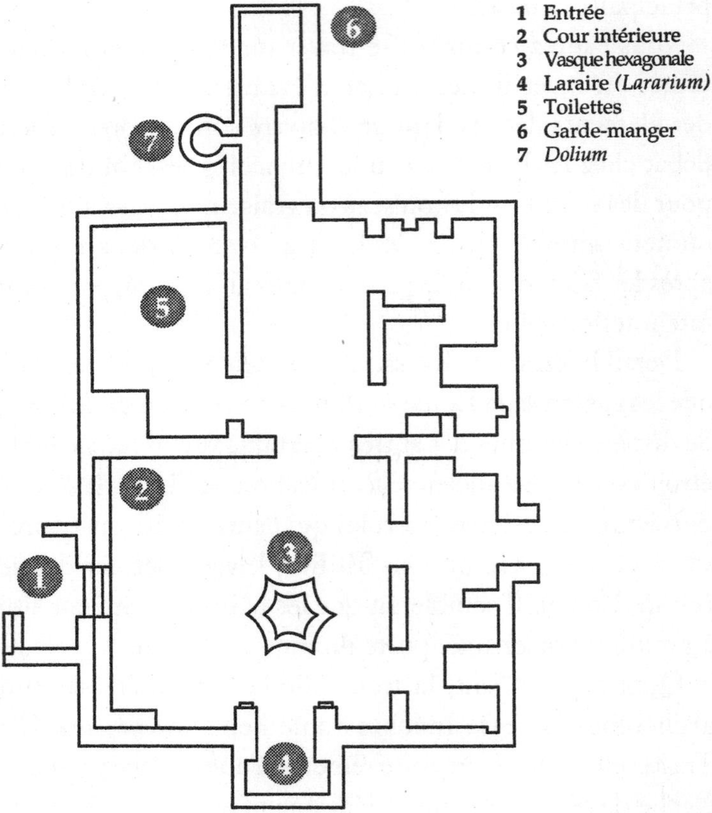

Vue de l'extérieur, la caserne a l'apparence d'une *insula*, c'est-à-dire d'un bâtiment de plusieurs étages (au moins quatre), pas si éloigné de nos immeubles actuels. Il n'est pas à exclure que l'une de ces bâtisses ait été transformée et repensée pour devenir un *excubitorium*. Un bref échange de mots de passe, et la garnison occupant les lieux accepte d'ouvrir l'un des battants du lourd portail orné d'anneaux en bronze.

Après quelques pas, nous débouchons dans une grande cour intérieure éclairée par la lumière d'élégants flambeaux en bronze accrochés au mur et munis de réservoirs d'huile, comme le découvriront les archéologues, près de vingt siècles plus tard.

Au centre trône une vasque hexagonale ouvragée, aux bords concaves. L'atmosphère de la cour est égayée par son jet central dont les gouttes frappent la surface de l'eau avec le son cristallin d'un carillon.

Tout autour de la vasque s'étale une mosaïque simple mais facile à décrypter. Elle représente deux tritons, des êtres mythologiques dont le torse d'homme se termine par une queue de poisson. L'un tient un flambeau éteint, l'autre un flambeau allumé, le doigt tendu vers la mer. La solution du rébus est limpide : le feu s'éteint grâce à l'eau… Cette mosaïque nous fait entrer de plain-pied dans le monde et la mentalité des *vigiles*, en révélant immédiatement leur pire ennemi, le feu, et leur meilleure alliée, l'eau. Leur vie et leur mort tournent autour de ces deux éléments.

Autre preuve de l'existence périlleuse qui est la leur : notre regard est aussitôt attiré par une grande ouverture en forme d'arche, flanquée de deux piliers qui se terminent par de magnifiques chapiteaux corinthiens aux couleurs criardes, le tout surmonté d'un imposant tympan rectangulaire. À l'intérieur se font jour les silhouettes de quelques *vigiles* en train de réciter des prières de remerciement. Sur un côté, au travers des jeux de lumière ondoyants d'une torche, nous entrevoyons un graffiti. « *Gratias agam genio escubitori* », « Je rends grâce au génie de l'*excubitorium* », est-il écrit. Nous sommes en effet dans la chapelle du dieu tutélaire des pompiers, l'équivalent du petit autel figurant dans chaque appartement, dans chaque *domus* de Rome : le laraire. Celui-ci renferme les icônes sacrées dont tout pompier invoque la protection au début de sa journée ou de son service et qu'il prie à nouveau en rentrant de sa ronde ou d'une intervention. Le métier de ces hommes est tellement risqué que cette chapelle constitue littéralement le cœur de la caserne, la pièce la plus importante. Ce n'est d'ailleurs pas un hasard si tous les *vigiles* qui s'y pressent sont ceux qui viennent de rentrer de leur patrouille nocturne.

Mais au fait, combien de temps travaillent-ils quotidiennement ? Difficile de l'affirmer avec certitude mais, par comparaison avec les légions, ils doivent sans doute effectuer quatre services de trois heures chacun.

Dans le brouhaha des litanies rituelles, nous remarquons des centaines de graffitis gravés sur le revêtement des murs, une tradition qui se perpétuera au fil des générations. Le caractère exceptionnel de ces inscriptions (toutes perdues, mais fort heureusement retranscrites au fil du temps, puis étudiées) tient au fait qu'elles nous apprennent une foule de choses sur les pompiers de l'Antiquité.

En les lisant, on croirait presque entendre leurs auteurs parler, se réjouir que leurs camarades soient rentrés sains et saufs (« *salvis comanipulis* »), qu'une ronde se soit passée sans encombre (« *sine querella* ») ou bien que tout soit parfaitement à sa place et à l'abri du danger (« *omnia tuta* »).

À travers ces messages, on devine leur joie d'être rentrés indemnes de leurs rondes. Ce qui, par ricochet, nous laisse entendre à quel point Rome peut être dangereuse la nuit venue, même pour les forces de l'ordre.

Au-delà des risques, on saisit également la dureté de ces tours de garde. Nombre d'entre eux se plaignent : « *Lassus sum successorem date* », « Je suis fatigué, relayez-moi », peut-on lire.

Mais ces inscriptions millénaires ont bien d'autres choses à nous révéler : le nom de certains de ces hommes, leur fonction, le nom de leurs chefs, la date à laquelle ils ont gravé ces quelques mots… D'aucuns remercient les dieux pour leur protection quand d'autres, plus « patriotiquement », souhaitent longue vie à l'empereur. Les inscriptions datent naturellement d'une époque postérieure à celle de Néron (environ cent cinquante, cent quatre-vingts ans après). Pour autant, nous en aurions certainement vu de très similaires en ce 18 juillet 64.

Détail frappant : la lecture de ces inscriptions nous renseigne sur la quantité de fonctions assumées au sein de la caserne, des geôliers (*carcerarii*) aux hommes, sans doute brutaux, chargés des interrogatoires (*quaestionarii*), en passant par les préposés aux thermes (*balnearii*). À près de deux millénaires de distance, leurs noms refont surface : Fortunatus, Doryphorus, Gaetulicus, Rogatus… Mais à quoi ressemblaient-ils ? Avaient-ils une voix grave, haut perchée ? Combien de personnes ont-ils sauvées ? Nous ne le saurons jamais. Il ne nous reste que ces noms gravés sur un mur, pas davantage. Malgré tout, c'est leur univers que nous essayons de faire revivre à travers ce récit.

Une foule animée traverse la cour. Parmi elle, les pompiers à peine rentrés. Pourtant, alors qu'on ne cesse de se saluer et de s'interpeller entre camarades, pas la moindre confusion. Partout, l'ordre et la rigueur règnent en maîtres. L'atmosphère martiale des lieux n'est troublée que par les cris de douleur que le pompier blessé peine à retenir. On l'a déjà fait s'allonger à l'infirmerie tandis que le médecin lui prodigue les premiers soins. À l'entrée de la pièce se masse un petit groupe de collègues, inquiets pour sa santé.

Dans une autre pièce, les trois prisonniers, à genoux et le nez baissé, s'apprêtent à subir leur premier interrogatoire.

Mais où sont passés les autres *vigiles* que nous avons suivis dans les rues ?

Tout autour de nous s'ouvrent des salles décorées de fresques, simples mais finement exécutées, représentant des architectures et des portiques imaginaires, des pavillons stylisés, des temples... Ici et là, on distingue des animaux marins, des oiseaux, des êtres mythologiques... Plusieurs pièces servent de garde-manger, comme nous l'indiquent les énormes amphores enterrées, les *dolia*, contenant du blé, des légumineuses, de l'huile ou du vin. Une autre pièce présente quant à elle une plaque juste au centre des dalles en terre cuite, sans doute un lieu d'aisance. Nous croisons des hommes en charge du secrétariat ou de la surveillance des armes. En revanche, aucune trace de nos *vigiles*.

Où sont-ils ? Le temps d'un dernier rassemblement au garde-à-vous, ils ont certainement rompu les rangs et sont allés se jeter sur leurs lits de camp. Leurs chambrées se situent dans les étages supérieurs. Peuvent-ils enfin dormir du sommeil du juste ? Pas sûr. La caserne s'est désormais réveillée. Dans l'escalier, on entend le martèlement des sandales, les centurions vocifèrent au milieu de la cour et les odeurs des cuisines commencent à s'insinuer un peu partout. Pendant ce temps, les hennissements des chevaux et les braiments des mulets qu'on attelle aux chariots nous signalent que les véhicules des pompiers romains sont garés dans des entrepôts et des box à l'extérieur de la caserne, en pleine rue. Exactement comme de nos jours : les volets roulants s'ouvrent à la moindre alerte, permettant aux camions remplis de matériel et de pompes de partir en trombe en direction d'un incendie.

Ce monde perdu se trouve aujourd'hui à 8 mètres de profondeur par rapport au niveau des voitures et des passants, non loin de l'agitation chaotique du viale Trastevere, une grande artère de Rome. Des siècles durant, il a préservé l'atmosphère magique et le charme hypnotique de ce que vous lirez dans ces pages.

Des armes contre le feu

L'*excubitorium* de la VIIe cohorte, malgré ses dimensions réduites, est tout aussi bien loti que les casernes principales. Il dispose de tout l'équipement et de tous les outils nécessaires pour combattre le feu en première ligne. Prenons la direction des hangars où ils sont entreposés. Nous pourrons ainsi explorer l'arsenal de ces soldats du feu et passer en revue leurs armes.

Sur des râteliers sont méticuleusement alignés des rouleaux de cordes, des échelles et des grappins permettant d'atteindre le haut des maisons. Pour amortir la chute de celles et ceux qui se jettent des étages (pas trop) élevés, nous trouvons des matelas et des sacs remplis de paille. Et pour abattre portes et murs, des haches, des serpes, des scies et des maillets. Lorsqu'il faut détruire des murs, on emploie des crochets, des grappins (reconnaissables à leur forme de petite ancre) et des *dolabrae*. À l'inverse, pour consolider ceux qui menacent de s'écrouler, on a recours à de longues perches. Des paniers chargés d'éponges servent à humidifier et à faire baisser la température des murs soumis à une chaleur trop importante. Certains chercheurs ont émis l'idée qu'elles étaient également utilisées comme masques à gaz de fortune, mais rien ne permet de l'affirmer.

Pour transporter d'éventuels blessés, on dispose également de civières et de *formiones*, des nattes en jonc qui – à l'instar des balais ou même de branchages comme les rameaux de genêt, très répandus dans les campagnes – peuvent également aider à éteindre les flammes de taille réduite. Pelles et bêches sont, elles, utilisées pour creuser des trous, des tranchées ou élargir des issues. Comme on le devine, ce sont des outils simples, tels qu'on pourrait en trouver sur n'importe quelle exploitation agricole, mais essentiels pour affronter un incendie.

Et pour éteindre le feu ? L'arme principale, au Iᵉʳ siècle et depuis toujours, reste le seau d'eau... Plus exactement ce qu'on appelle les *hamae*, des récipients recouverts de poix que l'on fait passer de mains en mains en formant de longues chaînes humaines. Et puis il y a le vinaigre. Oui, vous avez bien lu. Des outres de vinaigre soigneusement rangées dans des casiers constituent, à l'époque romaine, l'équivalent de nos extincteurs. On y plonge de longues perches dont la pointe est piquée d'une éponge ou bien des couvertures faites en peaux ou des tissus cousus ensemble (*centones*) afin de « fouetter » les flammes. Grâce à son pouvoir dissolvant, le vinaigre pénètre dans les fibres : il les rend donc moins inflammables et prolonge leur utilisation. Une technique bien connue des légionnaires en première ligne pour protéger du feu ennemi les machines de guerre ou leur formation – comme la célèbre tortue (*testudo*), où un carré de soldats disposent leurs boucliers au-dessus de leurs têtes et sur les côtés de manière à former un bloc impénétrable tandis qu'ils avancent unis. Il n'est pas à exclure, même s'il est impossible d'en avoir la certitude, que les *vigiles* eux-mêmes s'approchent des flammes en ayant préalablement trempé la partie la plus exposée de leur uniforme dans du vinaigre pour se protéger.

Vous l'aurez compris grâce à cette brève visite des entrepôts de la caserne : le métier de pompier réclame (jadis comme aujourd'hui) d'importantes qualités physiques, analogues à celles d'un légionnaire. Quand vient le moment d'agir, il faut le faire promptement, de façon coordonnée et sans hésitation, exactement comme sur le champ de bataille. Dans ce cas aussi, on est face à un ennemi mortel…

Dans des locaux à part, déjà prêtes à être placées sur les chars pour une intervention rapide, nous apercevons les armes « high tech » des pompiers romains : une série de pompes en bronze (*siphones*) capables d'envoyer des jets d'eau jusqu'à 20 mètres de distance. Mais attendons le prochain volume pour les décrire, puisque nous aurons l'occasion de les voir en action…

De la même façon qu'à la guerre, c'est d'abord en se montrant organisé qu'on arrive à l'emporter contre le feu. Si vous demandez à un expert pourquoi les légions romaines étaient impitoyables et si souvent victorieuses, il vous répondra qu'elles disposaient d'excellents généraux, d'armes et de stratégies redoutables. Certes, mais sans la discipline nécessaire pour appliquer froidement les ordres au cœur de la mêlée (laquelle est d'ailleurs le fruit d'un long apprentissage), tout cela ne sert à rien. Au fond, les *vigiles* ne sont pas si éloignés des légionnaires qui combattent contre les hordes de barbares. Ils sont peu nombreux face à la brutalité d'un ennemi dont la puissance n'a d'égale que la violence, mais souvent désordonné et prévisible, auquel ils viennent opposer la rigueur et l'organisation, de manière à être d'une efficacité meurtrière. Et à vaincre. Ce n'est pas un hasard si l'atmosphère régnant chez les « soldats du feu » se rapproche beaucoup de celle d'une caserne militaire. D'autant que plusieurs officiers sont issus directement des légions.

Pompiers et légionnaires, même combat

L'inspiration militaire du corps des *vigiles* est évidente, surtout en matière de hiérarchies et de rôles. En voyant tous ces hommes qui passent à côté de nous, nous devinons à quel point le corps des pompiers est scrupuleusement organisé suivant un schéma strict et immuable.

Au sommet figure le préfet, qui n'opère pas à partir d'une caserne mais de sa somptueuse *praefectura urbis* sur le Fagutal, l'une des trois élévations de la colline de l'Esquilin, peut-être aux abords de l'actuelle basilique de Saint-Pierreaux-Liens. Qui occupe ce poste en cet été 64 ? Les sources ne mentionnent, hélas, aucun nom. Quelques historiens soupçonnent même que cette fonction n'ait pas été pourvue à ce tournant de l'histoire de Rome. Cette vacance du pouvoir aurait contrarié la prise des décisions qui s'imposaient au cours des premières heures pour étouffer l'incendie dans l'œuf et empêcher ainsi son irrésistible progression.

Exactement comme un général, le préfet est entouré d'un état-major particulièrement efficace et d'une administration si rigoureuse qu'elle peut à tout moment fournir l'intégralité des informations existantes sur les cohortes – de l'équipement disponible aux dépenses en passant par les effectifs en présence et le *curriculum vitæ* de chacun des *vigiles* (nom, caserne d'affectation, qualités, distinctions, et même date de mise à la retraite).

Il est très surprenant de constater que le préfet se trouve au sommet d'une pyramide d'officiers et de sous-officiers semblable à celle des légions. Et dans la mesure où nombre d'entre eux ont déjà servi dans l'armée (les officiers, notamment), on comprend pourquoi la discipline militaire est automatiquement à sa place au sein du corps des *vigiles*.

Le préfet a sous ses ordres sept tribuns, à la tête de chacune des sept cohortes de pompiers de Rome. Chaque cohorte est, à son tour, divisée en sept centuries, chacune commandée par un centurion.

Dans notre imaginaire collectif, les centurions sont des hommes bourrus, sévères, mais aussi très ouverts et paternels avec les recrues. Et c'est le cas. Bien souvent, les centuries portent le nom de leur chef, comme s'il s'agissait d'une famille. Leur bras droit est l'*optio*, un lieutenant qui les remplace en cas de maladie. Dans les centuries, les *vigiles* ne sont pas tous égaux : ils remplissent des fonctions diverses. Dresser leur liste exhaustive serait trop long. Il suffit pourtant d'en passer quelques-unes en revue pour cerner cette organisation parfaitement huilée et visant à une efficacité maximale.

Comme dans les légions, une centurie compte une personne chargée de donner l'alerte par une sonnerie de trompette (ou buccin), le *bucinator*. C'est à un porte-drapeau (*vexillarius*) que revient l'honneur de brandir bien haut le *vexillum*, l'étendard de la cohorte, durant les défilés, tandis qu'un autre pompier a la charge de tenir le portrait de l'empereur (*imaginifer*).

À l'inverse, être *sebaciarius* est la pire chose qui puisse vous arriver. Il s'agit d'une charge temporaire, excédant rarement plus d'un mois, mais particulièrement pénible. Son nom dérive de *sebum*, c'est-à-dire « suif », et renvoie aux flambeaux, formés d'un réceptacle rempli de cette matière graisseuse et muni d'une mèche. Le travail des *sebaciarii* consiste à préparer les torches utilisées lors des rondes nocturnes, de manière à ce qu'il y ait de la lumière d'un bout à l'autre du parcours. Ils doivent également s'occuper de l'éclairage nocturne de Rome durant les fêtes voulues par l'empereur, ou de celui des rues menant aux thermes – quand il sera décidé de les laisser ouverts la nuit, durant le Bas-Empire. Selon certains historiens, ces hommes ont d'autres missions plus périlleuses, comme celle de pourchasser les fugitifs dans des zones périphériques ou dangereuses de la ville. Ce qui expliquerait la profusion de graffitis signés de leur main et à la tonalité souvent déchirante : ils ne manquent pas de raisons de se plaindre…

Accoudons-nous maintenant au rebord de la vasque de la fontaine, et observons les allées et venues. Cela nous permettra de connaître le rôle de chacun.

Ce petit bonhomme dégarni, par exemple. Même s'il ne paie pas de mine, il occupe une place fondamentale dans la vie de la caserne : c'est l'*arcarius*, l'intendant de la cohorte.

Devant l'entrée de la pièce où se trouvent les prisonniers, trois *vigiles* parlent à voix basse. C'est eux qui s'occuperont des détenus. La personne en charge de l'interrogatoire sera le *quaestionarius*, qui pourra d'ailleurs faire usage de la torture pour extorquer les aveux. Raison pour laquelle il aura besoin des bras des deux autres, le *carcerarius* et l'*optio carceris*, responsables des prisons de la caserne…

Trois autres pompiers discutent dans un coin : un *uncinarius*, spécialisé dans l'usage des crochets et des grappins servant à abattre les murs ou à escalader les bâtiments, un *siphonarius*, préposé aux pompes durant les incendies, et un *aquarius*, chargé de coordonner le ravitaillement en eau de ses collègues engagés dans les opérations d'extinction d'incendie – que ce soit en puisant dans les citernes, en formant des chaînes humaines avec des seaux, éventuellement en dépêchant des chariots munis d'amphores… C'est également lui qui s'assure, lors des rondes, que maisons et appartements disposent de réserves d'eau en cas de besoin.

Du lieu de culte situé au centre de la caserne sort le prêtre chargé des rituels, le *victimarius*. Aujourd'hui, il devra sacrifier un taureau en l'honneur des dieux et superviser la préparation de la cérémonie. Mais au fait, quels dieux vénère-t-on dans une caserne de pompiers ? Hélas, nous ne le savons pas précisément. Plusieurs chercheurs mentionnent évidemment

Vulcain, la principale divinité associée aux incendies, mais aussi Stata Mater qui, entre autres choses, protège la pierre du feu. Pour finir, il y a les petites divinités tutélaires de la caserne, appelées les *genii excubitori*. Dans une profession où la mort arrive sans crier gare, s'en remettre à la protection des dieux devient presque un automatisme…

Voilà à présent deux médecins en route pour l'infirmerie. Au-delà de préserver leur propre intégrité physique, les *vigiles* doivent également s'occuper des blessés lors des incendies. Les effectifs de médecins sont plus élevés que dans les légions : il n'y en a pas moins de quatre par cohorte, assistés d'infirmiers et de brancardiers.

Un *bucinator* armé de son instrument en forme de G court se poster au balcon en haut de l'escalier : d'ici peu, il sera l'heure de sonner le rassemblement. En réalité, son rôle devient fondamental en cas d'urgence. En sonnant l'alerte, il permet à ses camarades d'accourir sur les lieux de l'incident et à la population d'évacuer le plus rapidement possible. Personne à Rome n'aime entendre résonner le son du buccin…

Avant de s'engouffrer dans l'escalier pour rejoindre son poste, le *bucinator* frappe à une porte et attend qu'on l'autorise à entrer. Un pompier vient lui ouvrir. Celui-ci tient une lampe à huile. Et pour cause : la pièce doit constamment être éclairée. À l'intérieur, on trouve une grosse clepsydre qui rythme la vie de la caserne. L'*horologiarius* – tel est le titre du pompier en question – est en charge du fonctionnement et de l'entretien de cette grosse horloge à eau présente dans chaque caserne. C'est elle qui indique l'heure de la relève et les moments importants de la journée, signalés par les puissantes sonneries des *bucinatores*. La manière dont on mesure le temps à l'époque romaine est différente de la nôtre. Tandis que nous subdivisons la journée en vingt-quatre heures englobant à la fois le jour et la nuit, les Romains partagent le jour en douze fractions appelées *horae* et la nuit en quatre parties, les *vigiliae* – un terme militaire désignant les tours de garde. La durée des unes et des autres varie en fonction des saisons et se règle sur une constante, midi, et deux variables, l'aube et le coucher du soleil. Ainsi, au solstice d'été, jour le plus long de l'année, l'heure dure environ soixante-quinze minutes, mais elle n'atteint même pas quarante-six minutes au solstice d'hiver.

Un exemple ? Imaginons que vous prévoyiez de rencontrer un ami à la *hora prima*. Si nous sommes au début de l'hiver, vous vous verrez entre 7 h 33 et 8 h 17 ; en automne ou au printemps, ce sera entre 6 heures et 7 heures ; alors que, si nous approchons du solstice d'été, il sera entre 4 h 27 et 5 h 42… Ce calcul, réalisé par l'historien Armando Saitta, montre à quel point le rôle de l'*horologiarius* est plus important qu'on ne pense. Et qu'habiter à Rome implique d'avoir une certaine expérience de la vie quotidienne de la cité, ne serait-ce que pour se dispenser d'attendre son rendez-vous pour rien…

Mais à quoi ressemblent les horloges à l'époque romaine ? Il existe les cadrans solaires, mais dans le domaine militaire on utilise beaucoup les clepsydres. Pour une raison simple : en comparaison des cadrans solaires, elles permettent de mesurer précisément le passage du temps, y compris la nuit. Ce qui est d'autant plus important pour les *vigiles*, avec leurs quarts nocturnes. Les clepsydres sont également très prisées des riches Romains, qui en ornent leurs demeures pour afficher leur statut. Vitruve en décrit différents modèles dans son *De l'architecture*. De quoi avaient-elles l'air exactement ? L'œuvre n'est hélas pas accompagnée d'illustrations ou de schémas, mais il est possible de se faire une vague idée de leur fonctionnement.

Une clepsydre est constituée de deux récipients reliés entre eux, le second actionnant l'horloge proprement dite, qui indique les heures. Le premier récipient, de forme conique, est rempli d'eau. Celle-ci ressort par un petit tuyau situé au fond du cône et alimente, de façon constante mais contrôlée, le second récipient disposé en dessous et contenant un flotteur. À mesure que le niveau d'eau augmente, le flotteur s'élève graduellement en faisant tourner une roue, elle-même reliée à une aiguille indiquant l'heure.

La description de Vitruve précise qu'on décore ces horloges de plusieurs manières. Dans certains cas, outre les aiguilles, il est possible d'actionner de petites figurines ou des statuettes. Dans d'autres, l'horloge est dotée de mécanismes élaborés qui lui permettent de signaler le passage de l'heure en sifflant ou en sonnant. Malheureusement, nous ignorons à quoi ressemble la clepsydre des *vigiles*, mais il n'est pas impossible qu'elle présente quelques décorations. Seule certitude : chaque caserne en possède une.

Après avoir reçu les dernières indications de l'*horologiarius*, le *bucinator* grimpe en haut de l'escalier et attend son signal pour sonner le rassemblement. Une poignée de secondes et c'est chose faite.

Brusquement, le bâtiment entier résonne du son de la trompette. Autour de nous, dans la cour, un instant suffit à faire cesser le brouhaha ambiant. Plus question de flâner. Tout le monde accourt pour se mettre au garde-à-vous, bien en rang.

Le rassemblement n'a pas traîné. Après avoir clamé à haute voix la devise de la VIIe cohorte, les *vigiles* ont rompu les rangs. Ils ignorent que c'est pour la dernière fois avant la catastrophe. La vie de la caserne reprend son cours normal tandis que le soleil s'élève progressivement dans le ciel estival, signe d'une nouvelle journée de canicule. En attendant une nuit de feu…

Le cri poussé comme un seul homme par les *vigiles* résonne dans le quartier du Trastevere, marquant pour tout le monde le début de la journée. Quelques volets commencent à s'ouvrir, des visages ensommeillés apparaissent aux fenêtres. Une multitude de sons nous enveloppent – des portails qui grincent, le chant d'un coq, les jappements de chiens dans le lointain, un couple qui se dispute déjà de bon matin et dont les cris sont couverts par le bruit d'un liquide tombant brusquement sur les pavés… De l'urine, comme nous avait prévenus Juvénal, un peu plus haut.

Une jeune esclave qui se penche par la fenêtre de sa mansarde remarque deux *vigiles* qui sortent de la caserne. Elle en a vu plusieurs entamer leur ronde matinale, mais ce duo a quelque chose d'insolite. L'un marche d'un pas décidé de pompier chevronné. Un vieux de la vieille, comme en témoigne son casque en cuir qui n'est plus de la première jeunesse, et sur lequel on distingue taches et éraflures. L'autre, en revanche, semble peu rassuré, timide, vêtu d'une tunique manifestement toute neuve et coiffé d'un casque flambant neuf lui aussi, qui dodeline à chaque pas. On croirait presque voir un père et son fils. Et pourtant, une petite dizaine d'années seulement séparent les deux hommes. L'esclave devine qu'il s'agit d'une jeune recrue effectuant son premier jour de service actif. Afin de lui faire apprendre le métier, on l'a associé à l'un des vétérans de la caserne.

Les suivre dans cette ronde de formation, un peu plus longue que les rondes normales, va nous donner l'opportunité de nous enfoncer au cœur de la ville. Quoi de mieux pour découvrir la Rome impériale à quelques heures de sa disparition, avec sa vie, ses ruelles et ses atmosphères, avant qu'elles ne soient balayées pour toujours par l'un des plus terribles incendies de l'Histoire ?

Le pompier expérimenté s'appelle Lucius Herennius Vindex, mais tout le monde l'appelle Rufus à cause de ses cheveux roux.

La jeune recrue, elle, est nommée Quintus Saufeius Saturninus.

Ce ne sont pas des noms inventés. Tous ceux que vous trouverez dans ce livre sont le fruit de recherches approfondies. Leur objectif : identifier des habitants ayant réellement existé dans la Rome du grand incendie – gens du peuple, boutiquiers, clients, prétoriens, sénateurs, poissonniers, sans oublier les pompiers, cela va sans dire. Retrouver les membres de la VIIe cohorte du Trastevere, près de deux mille ans après les faits, tenait *a priori* de la mission impossible… Et pourtant des noms ont refait surface. On a notamment mis au jour une stèle funéraire, aujourd'hui conservée au Museo di Villa Vecchia, dans les jardins de la villa Doria-Pamphilj, à Rome. Elle a été rédigée par un des *vigiles* de la VIIe cohorte, Quintus Saufeius Saturninus, en l'honneur de son collègue Lucius Herennius Vindex, peut-être mort en héros ; l'un et l'autre opéraient sous le commandement du centurion Hostilius : « Aux dieux mânes / [en mémoire de] Lucius Herennius Vindex, / pompier de la VIIe cohorte / [membre de la] centurie d'Hostilius / Quintus Saufeius Saturninus et son quartier [ont dédié cette plaque], car il en était digne. » L'inscription remonte au début de l'ère impériale et pourrait donc dater de l'époque que nous décrivons. Par conséquent, rien n'empêche de penser que ces deux hommes puissent s'être retrouvés impliqués dans le terrible incendie de 64, même si nous n'en aurons jamais la certitude absolue.

Le fait qu'ils aient été amis semble parfaitement coller à ce récit des quelques heures qui ont précédé le drame. J'ai imaginé que leur lien s'est tissé au cours de cette ronde, avant d'être scellé par les événements qui ont suivi. Je me suis simplement autorisé à prêter à Vindex un physique imposant et des cheveux roux, eu égard à ses origines gauloises. Il y a de grandes chances pour qu'il s'agisse d'un ancien esclave, affranchi par un membre de la puissante gens Herennia, une famille aux racines séculaires qui a offert à Rome plusieurs consuls sous Auguste.

À l'inverse, nous ne savons pas grand-chose de Quintus Saufeius Saturninus, le commanditaire de la stèle, si ce n'est que la gens Saufeia était une famille romaine de second plan, particulièrement active entre la fin de la République et le début de l'Empire. Il y a donc fort à parier qu'il était un affranchi, lui aussi. Et que c'était sans aucun doute un grand ami du défunt. Bien souvent, les inscriptions funéraires dédiées aux *vigiles* sont l'œuvre de leurs proches mais, surtout, de leurs camarades les plus fidèles.

Leur âge nous est inconnu. Mais en admettant qu'il y a dix ans de différence entre un vétéran et une jeune recrue (l'un âgé de trente ans, l'autre de vingt), nous tenons là les deux pôles de la carrière active d'un pompier. En un sens, la situation n'est pas si éloignée de celle d'un sportif professionnel, footballeur ou rugbyman, par exemple : à de rares exceptions, c'est entre l'âge de vingt ans et celui de trente qu'il donne le meilleur de lui-même. Par la suite, l'expérience prend le relais, les réflexes et la vigueur physique n'étant plus ce qu'ils étaient. Il en va de même pour les *vigiles* romains, dont le métier est tout aussi exigeant : il faut courir, sauter, faire preuve d'une adresse, d'une rapidité et d'une endurance dont seuls les jeunes sont capables.

Dans un monde comme celui de l'Antiquité, où l'espérance de vie moyenne d'un homme tourne autour de quarante et un ans, contre environ quatre-vingts aujourd'hui, il est préférable de ne pas perdre de temps. Chaque année de vie vaut statistiquement deux des nôtres…

Il existe bien sûr des exceptions. Au cœur de la nécropole de Santa Rosa, découverte au centre du Vatican, on a retrouvé la trace d'un homme ayant atteint l'âge de quatre-vingt-dix ans, un record pour l'époque. Il s'appelait Lucius Sutorius Abascantus et, sur sa stèle funéraire, on peut lire : « … *qui vixit annis LXXXX* ».

De l'autre côté du Tibre

Le nom de Trastevere dérive du latin *trans Tiberim*, c'est-à-dire « de l'autre côté du Tibre ». C'est ainsi que les Romains désignent tout ce qui se trouve sur la rive droite du fleuve. Et, effectivement, si vous suivez le sens dans lequel il s'écoule, soit vers le sud, vous noterez que le développement de Rome s'est essentiellement concentré sur sa *rive gauche**.

Trans Tiberim... L'expression désigne le quartier le moins noble de la ville. Une zone encaissée, malsaine, humide et peu ventilée, infestée de moustiques dès l'arrivée de l'été et soumise aux crues incessantes du Tibre. Voilà pourquoi les Romains du temps de la République y ont toujours relégué les étrangers, les prisonniers de guerre et les immigrés en général. À l'origine, les habitations étaient donc modestes et populaires. Et puis les choses ont changé. Dès la fin de la République, on a commencé à voir de luxueuses villas sortir de terre. En partie grâce à Jules César, l'un des premiers à avoir deviné le potentiel du Trastevere, pour lequel il échafaudait un projet de transformation pharaonique. Figurez-vous qu'il rêvait de dévier le cours du Tibre sur plusieurs kilomètres, à savoir depuis le pont Milvius, dans le nord de la ville, jusqu'à l'anse où se dresse aujourd'hui le Château Saint-Ange, lui-même construit sur les vestiges du mausolée d'Hadrien. L'idée était de rattacher le périmètre actuel des Prati di Castello et le Vatican au Champ de Mars, de manière à augmenter la superficie de Rome, en soudant le Trastevere aux quartiers les plus sacrés et les plus importants de la ville, tels que le Palatin, l'Aventin, le Capitole et, précisément, le Champ de Mars. Au lieu du fleuve, il n'y aurait eu que des immeubles et des rues à perte de vue, avec l'île Tibérine transformée en petit promontoire au milieu des habitations.

Avec l'assassinat de César, ce grand rêve est parti en fumée. Le Trastevere est resté isolé par-delà le Tibre, mais il a vu sa cote grimper. Un peu comme le Bronx new-yorkais, qui bénéficie d'un retour en grâce après avoir été un quartier pauvre et difficile pendant des décennies. À l'ère impériale, le site devient peu à peu un lieu prisé des élites et abritant les demeures des VIP de Rome. Nombre d'entre eux (mais pas tous) habitent des zones surélevées, et donc mieux ventilées.

Cléopâtre, par exemple. Lors de ses séjours à Rome, la reine d'Égypte a été hébergée dans une luxueuse propriété appartenant à César dans les hauteurs du quartier, les Horti Caesaris. Un peu plus bas, au niveau de l'actuelle basilique Saint-Pierre, la famille de Néron a toujours possédé des villas agrémentées de jardins et même de cirques pour les courses de chevaux, jusque sur les bords du Tibre (Horti Agrippinae). C'est précisément dans le cirque construit par Caligula au cœur de cette propriété, et utilisé aussi bien par Claude que par Néron (Circus Gai et Neronis), que, quelques mois plus tard, seront massacrés des chrétiens accusés d'être les responsables de l'incendie.

Et pour être tout à fait complet, à l'emplacement de la villa Farnesina, qui accueille aujourd'hui de magnifiques fresques signées Raphaël, se dressait au temps de Néron une autre demeure grandiose : beaucoup estiment qu'elle appartenait à Clodia, la fameuse « Lesbie » de Catulle – et pour d'autres, à Agrippa, le grand amiral ayant servi sous Auguste.

Le tri sélectif, il y a deux mille ans déjà

Les deux *vigiles* arpentent une rue encore vide, en contournant les déchets disséminés sur le pavé. Ils n'y demeureront pas longtemps. Non loin de là, une équipe d'esclaves nettoient méticuleusement la chaussée et les trottoirs à l'aide de balais – en l'espèce, des branches mortes attachées à un long manche. Derrière eux, un gros chariot ramasse les ordures. Ce sont les éboueurs de la Rome impériale.

Nous avons beau traverser une cité chaotique et vieille de plus de deux mille ans, le service de voirie s'avère très développé et efficace. Aux quatre coins de la ville, des équipes identiques à celle-ci ont travaillé toute la nuit pour que les rues soient propres. Il n'y aura plus qu'à acheminer les ordures dans des décharges situées à l'extérieur du centre habité. Rappelons qu'il existe à Rome un gigantesque monceau de tessons d'amphores dans le quartier du Testaccio, au sud du Trastevere, et que Pompéi triait manifestement les morceaux de céramiques et les gravats, découverte récente que nous devons à Allison Emmerson de l'université Tulane de La Nouvelle-Orléans. Preuve que la société romaine était déjà sensible à des thèmes aussi actuels et modernes que le tri sélectif, d'une importance considérable, ne serait-ce qu'économiquement parlant. En ce temps-là comme de nos jours, la gestion des déchets s'avère en effet très rentable. Les entrepreneurs romains de cette époque qui remportent les appels d'offre pour veiller à la propreté au sein de l'Urbs l'ont d'ailleurs très bien compris. Ils constituent désormais une classe émergente au sein du panorama urbain, même si personne ne les regarde d'un bon œil (Juvénal le premier). Leur contrat ne prévoit pas seulement l'entretien des rues. En fonction des demandes, ils peuvent également s'occuper du nettoyage des berges du fleuve, de l'assainissement de son lit ou des ports pour éviter les ensablements, et même du ramassage des cadavres en ville et de leur acheminement dans les zones de crémation.

Pour les Romains, la santé publique dans les centres habités a toujours été un problème de premier plan : la tradition d'un bain quotidien aux thermes ou le drainage des eaux usées à travers un complexe système d'égouts souterrains garantissent l'hygiène individuelle et collective, cruciales dans une métropole de près d'un million d'habitants à la merci des épidémies. Rome se place ainsi à l'avant-garde de l'Histoire, par rapport à d'autres capitales bien plus proches de nous dans le temps, et presque entièrement dépourvues d'infrastructures rationalisées et de stratégies de santé publique. Je pense ici au Paris du Roi-Soleil ou au Londres du XIXe siècle, frappé par des épidémies de choléra dévastatrices.

Il existe notamment un grand collecteur d'eaux usées, la célèbre Cloaca Maxima. À l'origine, celle-ci était à ciel ouvert, avec tous les problèmes de miasmes et d'odeurs nauséabondes qu'on imagine. L'idée magistrale des ingénieurs romains a été d'enterrer les canalisations au sein d'un réseau souterrain. Agrippa a ensuite agrandi les sept grands canaux, à un point tel qu'il a même pu circuler en bateau dans le plus imposant d'entre eux, la Cloaca Maxima justement, afin de contrôler l'avancée des travaux. Une solution étonnamment moderne pour une ville de l'Antiquité…

Le réveil du Trastevere

Les deux *vigiles* laissent derrière eux les éboueurs de Rome. Tout autour, des *tabernae* commencent déjà à ouvrir leurs battants. Les bruits qui résonnent sont typiquement matinaux, comme celui des longs verrous en bronze qui coulissent dans les anneaux dont sont munis les panneaux de bois fermant les échoppes. De l'intérieur plongé dans l'obscurité sortent des esclaves. Le temps d'étouffer un bâillement, ils s'occupent de mettre en place la devanture en disposant des paniers remplis de toutes sortes de marchandises, des épices aux lampes à huile en passant par les sandales.

Devant eux, un enfant traverse la rue. Les cheveux en bataille, il est vêtu d'une tunique maculée de taches et porte autour du cou une *bulla*, une petite bourse en cuir remplie d'amulettes censées éloigner les maladies et le mauvais œil. À n'importe quelle époque et dans n'importe quel endroit du monde, cette scène ferait esquisser un sourire attendri. Mais les deux *vigiles* l'observent d'un regard froid et passablement agacé. Malgré son innocence, ce gamin pourrait causer de vrais ravages, voire semer la mort ! Il tient en effet une coupelle en terre cuite dans laquelle on distingue un tison fumant qui tressaute à chaque pas. Il s'agit là d'une habitude très répandue en ville : pour faire partir le feu quotidien dans la cuisine, au lieu de se servir d'un briquet, on s'en va prélever un bout de bois enflammé tiré d'un autre foyer. À l'image de ce petit garçon envoyé chez un voisin comme s'il s'agissait d'emprunter du sel… De telles pratiques obligent les pompiers à ouvrir l'œil. Malgré les remontrances du vétéran, l'enfant se contente de presser le pas et s'engouffre dans l'entrée sombre d'une *insula*.

Au bout de quelques mètres, les deux *vigiles* croisent un autre danger potentiel. En l'occurrence, un vendeur d'allumettes ambulant. Une figure très commune dans la Rome antique, mais pas seulement – songeons à la petite marchande du conte d'Andersen, écrit en 1848, à une époque où l'on en croisait encore fréquemment dans les villes. Ce métier-là est si humble qu'on assimile ceux qui l'exercent à des mendiants. Quand Martial cite l'un de ces vendeurs dans ses *Épigrammes*, c'est pour le qualifier péjorativement de « chassieux colporteur d'allumettes soufrées ». Grâce à lui, nous apprenons également que les allumettes sont de couleur jaune. Et elles ressemblent beaucoup à celles que nous utilisons : ce sont des bâtonnets dont la tête est recouverte de soufre, permettant une combustion rapide. La grande différence étant qu'on ne les allume pas en frottant leur extrémité, mais en les mettant au contact d'une flamme. En d'autres termes, il s'agit de flambeaux miniatures. Ce qui est très utile afin de transporter plus facilement une flamme d'un endroit à l'autre, donc. On devine sans peine tous les services qu'elles peuvent rendre, par exemple pour allumer les nombreuses lampes à huile d'une habitation à l'arrivée du crépuscule, en commençant peut-être par le fourneau de la cuisine.

À l'époque moderne, allumettes et briquets ont bénéficié d'une diffusion à grande échelle en vue d'allumer les cigarettes, entre autres usages répandus. Cependant, en ce mois de juillet 64, nous sommes encore loin de la découverte du tabac – qui aura lieu en Amérique, des siècles plus tard. L'usage de ces objets est donc étroitement lié aux lampes à huile éclairant les rues ainsi que les boutiques, ou aux petits rituels religieux qu'on accomplit auprès des autels domestiques.

Là encore, ce spectacle déplaît fort à Vindex et Saturninus. Comment s'en étonner ? Le Trastevere est un peu le quartier général des vendeurs d'allumettes. Et à cette heure matinale, avec la reprise des activités privées et commerciales, le moment est idéal pour les affaires. Il suffit d'observer le marchand s'époumoner pour attirer le chaland. Il se dépêche tout de même de prendre la tangente afin d'éviter de croiser le regard des *vigiles*. S'il leur prend l'envie de vérifier la façon dont il protège sa marchandise...

Un bruit sec attire soudain l'attention des deux pompiers. Un commerçant vient de jeter lourdement un tas de peaux sur le plateau en bois qui lui sert de comptoir de présentation. L'homme les aperçoit et s'exclame avec un sourire radieux : « Rufus ! » Il s'agit de Cléoménès, un affranchi d'origine grecque. Une stèle funéraire nous informe qu'il a réellement vécu à Rome au Ier siècle ap. J.-C. Il exerçait la profession de vendeur de peaux et de cuir. Il est donc fort probable que son échoppe se trouvait ici, dans le Trastevere. L'une des activités les plus répandues dans le quartier, à l'époque de Néron, est en effet la peausserie.

Dans l'embrasure obscure de la porte se dessine un homme d'âge mûr, à la barbe blanche. C'est pour lui que Cléoménès gère la *taberna*. Son nom ? Lucius Caelius Ianuarius. Les deux hommes sont unis par une solide amitié. À la mort de Lucius, à l'âge de soixante et un ans, Cléoménès lui dédiera une stèle en marbre qui fera mention de ce lien indissoluble. Nous n'en savons pas plus à leur sujet...

Vindex s'arrête discuter avec ces commerçants qu'il croise à chaque ronde matinale. Les *vigiles* sont des figures bien connues dans les rues de Rome. Au fil des ans, on voit inévitablement se développer une proximité entre les habitants d'un quartier où tout le monde se connaît, pour le meilleur et pour le pire.

Leur discussion est interrompue par un client, un petit homme dégarni et manifestement pressé. Il recherche des peaux pour confectionner des accessoires de théâtre. Il s'appelle Alcimus et c'est un esclave de l'empereur Néron. Il est en charge des décors du Théâtre de Pompée, comme le fera écrire sa femme à l'entrée de son petit tombeau retrouvé dans le secteur – en l'occurrence sous un parking, au cœur de la nécropole de Santa Rosa déjà citée. On le voit représenté armé d'une hache et d'un burin, entouré des outils de son corps de métier.

Lucius étant le plus chevronné, c'est lui qui s'occupe de cet acquéreur exigeant. Pendant ce temps, Cléoménès fait le tour du comptoir et part s'acquitter d'une commission en conversant avec notre pompier. Destination : une tannerie située non loin de là, où il doit récupérer un nouveau stock de peaux. La jeune recrue les suit en silence.

Dès qu'ils tournent à l'angle de la rue, le petit groupe est agressé par une odeur nauséabonde. Elle est si forte que Saturninus a un haut-le-cœur. Les deux autres, eux, s'en tirent avec une grimace dégoûtée, la main plaquée sur la bouche. Des esclaves vident des outres disposées au coin d'une ruelle et servant de pissotières. Mais, comme nous allons le voir, l'urine constitue une ressource très utile pour les teinturiers… d'autant qu'elle est gracieusement offerte par les passants ! Ce qui incitera l'empereur Vespasien à la taxer. Devant les réactions perplexes, notamment celle de son fils Titus, il répondra par une phrase passée à la postérité : « *Pecunia non olet* », « L'argent n'a pas d'odeur ».

À quelques pas de là se dessine l'une des innombrables tanneries de la ville. C'est la première étape de la ronde.

Le dur métier de tanneur

La peausserie est une activité pénible et particulièrement dure, presque toujours assurée par des pauvres et, sans surprise, au mépris des normes anti-incendie les plus élémentaires. Voilà pourquoi des contrôles réguliers s'imposent.

Entrer dans une tannerie de la taille de celle se trouvant face à nous revient à entamer un véritable voyage aux enfers. C'est l'un des visages les plus durs de l'Urbs, mais il est essentiel à son fonctionnement. Les tanneries représentent un moteur de la société antique, les peaux qu'elles produisent servent à réaliser des objets essentiels de la vie quotidienne – sangles pour les lits, selles, brides, sandales, doublures, sacs, étuis en cuir, équipements militaires...

Même si les archéologues n'ont pas encore réussi à trouver une tannerie de l'époque néronienne dans le Trastevere, les vestiges d'une structure du même type – plus tardive, puisqu'elle date de la dynastie des Sévères – ont eux été découverts. De quoi nous donner une idée de ce que les deux *vigiles* pourront voir et sentir dès qu'ils franchiront l'entrée.

L'odeur, tout d'abord... Voici en quels termes, avec son intransigeance coutumière, Martial évoque Thaïs, une femme qui n'aimait guère se laver : « Thaïs sent plus mauvais qu'une vieille jarre de foulon avare qui vient de se briser au milieu de la rue ; plus mauvais qu'un bouc qui vient de faire l'amour, que la gueule d'un lion, qu'une peau arrachée à la voracité des chiens dans le quartier d'au-delà du Tibre. » La référence aux tanneries du Trastevere nous confirme par ailleurs que le secteur devait en regorger.

Les trois hommes montent l'escalier d'un bâtiment aux murs anciens et écaillés. Cléoménès se dirige aussitôt vers le comptoir des livraisons après avoir salué les *vigiles*, qui poursuivent leur inspection.

Vindex cherche du regard le responsable des équipes du matin. Ah, le voilà. Ce dernier est en train de réprimander un esclave si maigre qu'il tient à peine debout. D'un claquement de doigts, l'imposant pompier l'appelle et lui fait signe d'approcher. Le responsable lève les yeux sans masquer son agacement, mais la mine décidée (et le physique musclé) du vétéran l'incite à presser le pas, un sourire de circonstance plaqué sur le visage. Vindex exige de voir le local des réserves d'eau en cas d'incendie. Il souhaite également s'assurer que lampes à huile et flambeaux ne sont pas placés n'importe où, et que les flammes qui circulent sont en nombre limité.

Dans le sillage de cet individu maigre et nerveux, nous allons pénétrer au cœur d'un endroit que vous ne croiserez jamais dans les récits ou les films sur la Rome antique. On se croirait à l'intérieur d'une mine.

À travers la pénombre, les *vigiles* voient se déployer devant eux une enfilade de cuves cylindriques malodorantes. Tout autour, des dizaines d'esclaves, maigres et nus comme des vers pour la plupart, triment dans la chaleur atroce d'un été brûlant. La majorité sont très jeunes, il y a même des enfants. Saturninus se sent mal à l'aise en croisant leurs yeux curieux, qui se détachent de l'obscurité pour le fixer. Bien qu'ayant presque le même âge que lui, leur sort est bien moins enviable. Seules les descriptions que Dante nous a laissées de l'Enfer peuvent nous offrir un aperçu de l'atmosphère qui règne en ces lieux. À une différence près : ceux que nous avons face à nous ne sont pas des damnés forcés d'expier leurs fautes, mais des êtres humains contraints de vivre dans un cauchemar. Uniquement parce que ce sont des esclaves.

La découverte à Rome, il y a quelques années de cela, du cimetière d'ouvriers d'une grande *fullonica* (vraisemblablement une teinturerie ou une tannerie), lors de la mise en chantier d'un échangeur ferroviaire, a révélé des détails glaçants : les squelettes appartenaient presque tous à de très jeunes gens et présentaient de terribles traumatismes, surtout au niveau des articulations, extrêmement usées. La preuve qu'ils s'étaient tués à la tâche dans des conditions qu'on imagine inhumaines.

L'interminable succession de cuves se poursuit dehors, dans la cour du bâtiment. À quoi servent-elles ? À préparer le tannage des peaux, qu'on trempe dans des bains de solutions de chaux (de l'hydroxyde de calcium, $Ca(OH)_2$, pour être exact). Ce traitement sert à séparer le derme de l'épiderme, à dissoudre les substances inutiles et à saponifier les graisses, afin que les tissus, une fois nettoyés, puissent absorber plus rapidement la solution de tannage qui transformera la peau en cuir...

Saturninus se penche pour observer le contenu des cuves. On y a plongé des dizaines de peaux, certainement entre cinquante et trois cents, maintenues par des briques et des pierres. Le principe est simple : après les avoir disposées à l'intérieur, on remplit pour moitié la cuve avec de l'eau avant d'y adjoindre de la chaux éteinte, en vue de produire du lait de chaux. En règle générale, trois bains sont nécessaires, l'opération étant assez longue. Voilà pourquoi il y a autant de cuves. Il est également nécessaire de retourner sans cesse les peaux à l'aide de longs bâtons ou de pinces. Comment ne pas frémir face au spectacle surréaliste de cette multitude d'esclaves en train de touiller le contenu d'innombrables chaudrons avec leurs longues perches ? « Dantesque », le mot n'est pas trop fort.

En poursuivant leur chemin, les *vigiles* découvrent les étapes suivantes du processus, l'écharnage et le confitage (je vous fais grâce des détails), jusqu'au tannage proprement dit. C'est la phase la plus importante : les peaux sont plongées dans différents bains contenant des agents tannants, tels que l'alun ou le tanin. En imprégnant la structure du derme sans l'altérer, ils transformeront la peau en cuir, lequel ne pourra plus pourrir puisqu'il sera peu hydraté.

Vindex et Saturninus longent l'enfilade de cuves et entrent dans les salles de travail. L'atmosphère est nauséabonde. Cernés par des essaims de mouches, des dizaines d'esclaves travaillent les peaux. Les uns raclent le derme côté chair à l'aide d'une lame recourbée, d'autres épilent des peaux de bovins et d'ovins, les rincent ou éliminent les dernières impuretés. Une véritable chaîne de montage. Ce qui il y a peu était un tissu vivant s'est transformé en une matière première servant à fabriquer des objets du quotidien. On trouve des peaux de bœufs, de chèvres et de porcs, mais aussi d'ânes et même… de chiens.

Après avoir examiné les réserves d'eau contenues dans de grosses outres, Vindex se lance aussitôt dans son inspection des flambeaux et des lampes à huile. Il en profite également pour cuisiner leur guide en le bombardant de questions. Peu avant de sortir, ils passent à côté d'une ribambelle de grandes peaux de bœufs mises à sécher. Elles sont si résistantes qu'on peut en tirer d'énormes contenants de plus de cinq cents litres. Ceux-ci sont ensuite fixées à des chariots, comme de véritables citernes. Ce sont les fameux *cullea*.

Encore quelques pas et les deux *vigiles* ressortent de la tannerie. Ils poursuivent leur ronde dans une rue qui commence déjà à s'animer, à mesure que les échoppes ouvrent leurs volets en prévision d'une autre journée infernale.

3

Rome, ville multiethnique

Les porteurs de litière syriens

Le Trastevere s'étend sur une superficie tellement immense qu'il ne compte pas moins de 78 quartiers (*vici*), un record dans l'Urbs ! C'est ce que nous indiquent les « régionnaires » de Rome, rédigés au IVe siècle. Grâce à ces catalogues détaillant chaque *regio*, nous savons que la zone présente 4 405 immeubles (*insulae*), 150 résidences (*domus*), des dizaines de fours et de petits thermes (*balnea*), ainsi qu'au moins 22 entrepôts. Ces données datant d'une époque postérieure à celle de Néron, prenons-les avec des pincettes. Pour autant, les choses ne devaient pas être si différentes en 64 ap. J.-C.

Si nous devions résumer le secteur en trois adjectifs, nous pourrions dire qu'il est dynamique, populaire et... multiculturel.

Avec son activité commerciale trépidante, le Trastevere est le poumon économique de la ville, un véritable moteur.

L'une des raisons de cette réussite tient aux loyers, qu'on imagine modérés. Dans une ville où la moindre location coûte quatre fois plus cher qu'ailleurs, ce n'est pas un détail sans importance. Voilà qui pousse de nombreuses personnes à s'installer ici, même si elles ne travaillent pas forcément en lien avec les ports du Tibre. Au fil du temps, le Trastevere est devenu un quartier densément habité, un peu malfamé (mais largement moins que Suburre), et surtout très populaire puisqu'on y croise beaucoup de gens modestes, comme des charretiers, des dockers, des ouvriers... À quoi il faut ajouter l'influence des étrangers. Le Trastevere est en effet très prisé des communautés allogènes, originaires d'Orient notamment. Au temps de Néron, les deux principales sont celles des Juifs et des Syriens – même si le territoire d'origine de ces derniers recouvrait une partie seulement des frontières actuelles de la Syrie et le Liban.

Les *vigiles* poursuivent leur ronde. Sur une place, ils tombent sur une foule d'hommes qui se sont rassemblés en attendant d'aller au travail. Certains parlent avec leurs camarades, debout, d'autres sont assis sur leurs talons, à la manière des habitants des pays asiatiques. À en juger par leurs vêtements et leurs intonations, on devine immédiatement qu'il s'agit d'un groupe de Syriens.

Ce sont des *lecticarii*, c'est-à-dire des porteurs de litière, un travail particulièrement dur et usant. La majorité d'entre eux sont employés dans les ports fluviaux des environs (le Portus Tiberinus et le Portus Emporium) : ils proposent un moyen de transport aux personnes descendant des embarcations. Ce sont tous des individus costauds et en bonne santé, aux traits orientaux et au regard profond. Un regard qui ne lâche pas une seule seconde les deux pompiers.

Vindex et Saturninus approchent mais sont accueillis avec méfiance. Ils sont membres des forces de l'ordre, la possibilité d'un contrôle n'est jamais loin.

Ils se trouvent désormais assez près de ces hommes pour distinguer leurs noms dans le brouhaha ambiant. Nous découvrons ainsi une communauté très hétérogène, preuve que la Méditerranée orientale était constituée d'un creuset séculaire de peuples bien distincts, de cultures et de langues différentes, mais unis par un ensemble complexe de contacts, d'échanges commerciaux, de migrations, de guerres... L'un s'appelle Aba et il est syrien, peut-être d'origine judaïque ; d'autres, comme un certain Nicéphore et un Nicandre, portent des noms à l'évidence grecs mais répandus dans le bassin méditerranéen comme en Orient. Tous ces noms, retrouvés inscrits sur des stèles funéraires, sont ceux de *lecticarii* qui ont bel et bien existé à l'époque de Néron. Ce qui nous aide à comprendre le caractère bigarré et nébuleux des communautés étrangères habitant ces quartiers populaires.

Un signal, et le silence se fait. Tous se dirigent massivement vers de grandes portes en train de s'ouvrir. Ce sont celles d'un *castrum lecticariorum*, une sorte de hangar (plus proche d'une *statio*, à vrai dire) où sont entreposées leurs litières. Un parking, en somme. C'est à qui ressortira le plus vite pour foncer au port et mettre le grappin sur les premiers riches clients.

À l'origine, les *lecticarii* étaient des esclaves au service des riches citoyens romains. Avec le temps, ils ont fini par fonder une association professionnelle, pour offrir ce que l'on pourrait qualifier de véritable service public. Comme ont pu le faire, plus près de nous, les chauffeurs de taxi des nations occidentales.

À ce propos, il suffit parfois de se rendre à l'étranger pour constater une étonnante similitude entre notre époque et celle des Romains. Si vous montez dans un taxi à New York, par exemple, le conducteur sera rarement américain. La plupart du temps, il sera originaire d'un pays étranger – d'Afghanistan, d'Amérique du Sud ou d'Afrique – et ne maîtrisera pas forcément très bien la langue. Il y a quelques années, il m'est d'ailleurs arrivé de donner des indications à un taxi new-yorkais… à l'aide des quelques mots de swahili qui me restaient de mes années sur les chantiers de fouilles en Tanzanie. Une situation déjà courante dans la Rome de Néron, manifestement…

Porteur de litière n'est évidemment que l'un des innombrables métiers assurés par les Syriens, qui constituent une communauté extrêmement fournie et aux racines ancestrales. Leur venue à Rome a effectivement débuté près de cent ans avant l'avènement de Néron, à l'époque de la République, quand Pompée a conquis la province entre 66 et 63 av. J.-C. Il s'agissait initialement d'esclaves ou de prisonniers de guerre au service des familles riches, pour lesquelles ils effectuaient les tâches les plus humbles – domestiques, masseurs, jardiniers, hommes de peine… Une fois libérés, ils ont pris des chemins divers et variés au fil des générations. On a notamment connaissance d'affranchis devenus astronomes, chercheurs, grammairiens ou chanteurs. Il existait bien entendu des Syriens libres venus chercher fortune à Rome, dotés de grandes connaissances scientifiques pour certains, ou qui ont lancé des commerces florissants et des boutiques d'artisanat.

Dans leurs bagages, ils ont apporté les produits de leur terre natale, mais aussi leurs traditions, leurs coutumes et… leur religion.

Le Trastevere compte en effet des bâtiments sacrés où l'on vénère des divinités typiques du royaume de Palmyre, comme Baal, Malakbel ou Yarhibol. Sur le Janicule, on trouve également des lieux de culte chers à cette communauté et abritant des divinités syriennes… mais au visage « romanisé », à l'image de Jupiter Héliopolitain ou de la déesse Syrie (Venus Heliopolitana). Un habile stratagème de Rome pour respecter les croyances des populations de son vaste empire, mais en les insérant au sein de son panthéon, de manière à ce que la culture, la religion et, surtout, l'administration romaine soient respectées en retour… On s'aperçoit néanmoins que ces Syriens ne constituent pas une communauté homogène, mais une mosaïque d'ethnies qui ont certes une langue en apparence commune et apparentée à l'araméen (qu'ils parlent parfois de façon légèrement différente), mais dotées chacune de leurs propres spécificités en matière de cultes, liées au territoire ou à la ville d'origine.

Il n'est pas inutile de s'attarder sur le cas des Syriens pour comprendre pourquoi ils ne seront pas dans le collimateur de Néron lorsqu'il s'agira de trouver des boucs émissaires après l'incendie. Vu la taille de cette communauté, son importance dans l'économie de l'Urbs et son attitude pacifique à l'égard des Romains, des institutions et de l'empereur, il n'y aura aucune raison de l'accuser – ni aucun intérêt à le faire. Il en ira tout autrement avec les chrétiens, nous le verrons.

Au fil des rues, nos *vigiles* croisent d'autres Syriens. Le jeune Saturninus s'aperçoit avec étonnement que tous ne parlent pas latin. Il faut dire que chaque groupe a son fonctionnement : ceux qui viennent des grandes villes, comme Antioche, Sidon, Tyr, Apamée, s'expriment couramment en grec ou en latin, mais les natifs de Palmyre, beaucoup plus attachés à leurs traditions, communiquent dans leur langue d'origine…

Et les Romains, comment se comportent-ils avec eux ? Dans l'ensemble, les relations sont apaisées, en dépit d'un large éventail de préjugés – ceux qu'ils nourrissent traditionnellement au sujet des peuples d'Orient. On reproche aux Syriens de ne pas avoir la rigueur et le sérieux des Romains, mais aussi d'être originaires de villes dont certaines sont réputées être des capitales de la débauche, à l'image d'Antioche. Ce n'est donc pas un hasard si, près de deux siècles plus tard, l'empereur Aurélien aurait accusé les Syriens de ne pas toujours respecter leurs promesses, comme le rapporte l'un des auteurs de l'*Histoire Auguste*.

Détail intéressant : le développement de cette communauté à Rome s'accompagnera de réactions xénophobes qui en rappellent d'autres, caractéristiques de notre époque… Qu'on en juge avec ces mots du poète Juvénal, en activité quelques années après le règne de Néron : « Il y a beau temps que le fleuve de Syrie, l'Oronte, se dégorge dans le Tibre, charriant la langue, les mœurs de cette contrée, la harpe aux cordes obliques, les joueurs de flûte, les tambourins exotiques, les filles dont la consigne est de guetter le client près du cirque. »

Au-delà des parallèles qu'il serait possible d'établir avec notre temps, apportons une précision importante. En observant le nom de certains habitants de la Rome impériale sur des pierres tombales et des documents, on s'aperçoit qu'une bonne partie d'entre eux proviennent (directement ou au fil des générations) d'Asie Mineure, d'Égypte et d'Afrique du Nord, ainsi que du Proche-Orient. Et si l'on ajoute que beaucoup sont d'origine grecque, on se rend compte que la majorité des personnes croisées dans les rues de la cité… ne sont clairement pas « de Rome ».

Bref, il ressort de ce tableau que l'Urbs et plus généralement l'Empire abritent une société multiethnique, mais pas multiculturelle. En d'autres termes, même s'il est possible d'embrasser sa culture d'origine dans le cadre privé, la vie publique exige que chacun suive les règles dictées par l'État et les lois romaines. De la même façon que, sur l'autoroute, chaque conducteur a une langue, une origine et une culture propres mais se doit de respecter des règles identiques pour tous afin que les choses fonctionnent au mieux.

Le Trastevere, entre moulins et combats navals

Le parcours des deux *vigiles* se poursuit sur du plat, au gré des ruelles du quartier. Vindex explique à Saturninus ce qu'il faut toujours contrôler dans les boutiques, et les astuces des commerçants pour contourner la loi. Le jeune homme a beau être dégourdi, ce qu'il découvre lui donne le vertige. Surtout à présent. Un dernier virage suivi de quelques pas sous une colonnade, et une vision sidérante s'offre à lui : là, juste devant eux, s'étale un lac immense, en plein cœur du quartier ! Mais comment est-ce possible ? Il n'y a pourtant pas de lacs à Rome…

Il s'agit en réalité d'une naumachie, c'est-à-dire d'un bassin artificiel utilisé lors des spectacles de batailles navales, mais aussi de cérémonies et d'événements variés. La structure fait plus d'un demi-kilomètre de long et environ 350 mètres de large. Des dimensions considérables, qui incluent sans doute les travées accueillant le public. On estime que la zone réservée aux spectateurs s'étendait jusqu'en direction du Janicule, la colline surplombant le Trastevere. À vrai dire, aucun archéologue moderne n'a encore été en mesure de confirmer cette hypothèse car cette naumachie n'a jamais été retrouvée (jusqu'à maintenant, du moins). Tout ce que nous savons provient des sources antiques.

C'est à l'initiative d'Auguste qu'a été lancée sa construction, en l'an 2 av. J.-C. L'eau était peu profonde (un mètre et demi environ) et au centre se dressait une petite île dotée d'un pont en bois qui la reliait à l'une des rives. Selon l'archéologue Andrea Carandini, le spectacle inaugural aurait vu s'affronter pas moins de trente embarcations, parmi lesquelles des birèmes et des trirèmes, ainsi que d'autres bateaux plus petits, pour un total de près de 30 000 hommes, sans compter les rameurs...

Les embarcations ont été acheminées jusqu'au lac artificiel grâce à un canal reliant la naumachie au Tibre et lui-même enjambé par un pont mobile, appelé *pons naumachiarius* par Pline l'Ancien, qu'il était possible de lever en cas de besoin. Les manœuvres et l'organisation des batailles navales étaient quant à elles assurées par les marins de la flotte impériale, venus tout droit du port de Classe, aux abords de Ravenne.

Les deux *vigiles* longent le bassin en évitant des pêcheurs assis les pieds dans l'eau. Vous serez peut-être surpris d'apprendre que Néron s'est produit en public ici même, quelques années plus tôt. Imaginez la scène : nous sommes au mois de décembre 59 et Néron a fait organiser des jeux scéniques (Ludi Juvenales ou Juvenalia, les « jeux de la jeunesse ») à l'occasion, semble-t-il... de la taille de sa barbe juvénile, événement consacrant son entrée dans l'âge adulte. Après s'être produit devant l'assistance, il a donné un immense banquet pour le peuple, à bord d'une multitude de barges qui ponctuaient le lac artificiel. À minuit venu, on l'a vu emprunter le canal descendant vers le Tibre et disparaître sous les acclamations des convives, comme une véritable star.

La naumachie n'est cependant pas le seul chef-d'œuvre d'ingénierie hydraulique du Trastevere. L'alimentation en eau de ce bassin artificiel est le fait d'un grand aqueduc, appelé Aqua Alsietina ou Aqua Augusta, qui charrie l'eau du lac de Martignano (le *lacus Alsietinus*, dont est tiré son nom). Le tout sur une distance de 33 kilomètres au bas mot !

De nombreux spécialistes s'accordent à dire que son eau n'était pas potable. La grande structure voulue par Auguste aurait donc eu d'autres usages, mais pas forcément à destination de la population, comme par exemple l'irrigation des Horti Caesaris, l'immense parc ayant appartenu à César, recouvert de jardins et de palais. Ce n'est pas tout : puisque l'eau s'écoulait depuis les hauteurs du quartier (ce que rappelle encore de nos jours la Fontana dell'Acqua Paola, immortalisée dans *La Grande Bellezza* de Paolo Sorrentino), elle alimentait une série de moulins le long de son chemin vers l'aval. Il est même fort probable que le Trastevere ait abrité la majeure partie des moulins de la cité. Une ressource stratégique d'une importance si cruciale que, des années plus tard, l'empereur Aurélien décidera d'entourer le quartier de hautes murailles pour le protéger d'éventuels assauts des barbares.

À titre de comparaison, le site français de Barbegal, ancien complexe romain de meunerie, situé près d'Arles, présentait en son temps deux rangées de huit moulins disposés de part et d'autre d'un canal en pente descendante. On a estimé qu'ils pouvaient produire, à eux tous, environ 4,5 tonnes de farine par jour, de quoi faire du pain pour 10 000 personnes selon certains calculs, voire quatre fois plus selon d'autres. Le débit du cours d'eau ne se contentait pas de faire tourner des roues elles-mêmes reliées à des meules servant à moudre le blé. Il actionnait un étonnant système de poulies et de cordages permettant de remonter des plateaux chargés des sacs de farine fraîchement moulue. Une version antique du funiculaire, en quelque sorte. Rien ne prouve qu'il existait une structure similaire à Rome, au temps de Néron. Malgré tout, l'existence de moulins à eau dans le Trastevere est attestée dans les époques postérieures, sans l'ombre d'un doute. En témoignent les descriptions de Vitruve dans son *De l'architecture* et de Pline l'Ancien dans son *Histoire naturelle*.

C'est justement à l'intérieur de l'un de ces moulins disposés en enfilade que viennent d'entrer les *vigiles* afin de poursuivre leur inspection. On comprend sans peine pourquoi : les structures sont pour l'essentiel en bois, et la poudre de farine est même susceptible d'exploser ! Il est donc nécessaire de s'assurer que tout danger est écarté.

Rencontre avec la communauté juive

Partout dans le quartier déjà réveillé, de nombreuses professions sont à pied d'œuvre. Les chaudronniers ont commencé à battre bruyamment le bronze pour en tirer des plaques qui serviront à réaliser coupes ou plateaux. Un peu plus loin, dans le fond d'un atelier, les sons brefs et réguliers d'un marteau accompagnent la naissance d'une carafe en argent – elle semble voler entre les doigts de l'artisan qui la fait tourner après chaque coup. Nous avons coutume de n'accorder qu'un regard distrait à ces objets quand nous en croisons dans les vitrines des musées. Rares sont ceux qui incitent les visiteurs à s'arrêter, et pourtant... Si vous saviez toute la maestria dont ont fait preuve ceux qui leur ont donné naissance, ces créations vous paraîtraient tout aussi extraordinaires que les chefs-d'œuvre devant lesquels se massent guides et touristes, prêts à se prendre en *selfie* devant eux. Chaque objet, même le plus modeste, est le témoin silencieux d'un monde désormais perdu, où le savoir-faire, l'énergie engagée (parfois jusqu'à épuisement) et la dignité d'un corps de métier, aussi humble soit-il, ont participé à la grandeur d'une civilisation.

En passant devant un immeuble, le plus âgé des deux pompiers remarque aussitôt un détail qui échappe à son jeune collègue. Sur le rebord d'une fenêtre, une lampe à huile. Par chance, elle est éteinte. Car il n'y a rien de pire qu'une flamme laissée allumée pour déclencher des incendies. Voilà pourquoi l'œil exercé de Vindex l'a aussitôt repérée. Un peu plus loin, on en aperçoit d'autres. C'est tout sauf un hasard. Aujourd'hui, nous sommes samedi, jour du shabbat, que les Juifs consacrent au culte et à la prière. Dès le vendredi soir, au coucher du soleil, on allume une lampe à huile qu'on laisse brûler jusqu'à ce qu'elle se consume entièrement. Et si celle-ci est généralement disposée près de la table qui accueillera le dîner, certains auteurs antiques, comme le satiriste Perse, nous informent qu'on la pose aussi sur le rebord des fenêtres, peut-être à cause de l'odeur de fumée, assez désagréable, ou pour éviter des incendies. Suivant les coutumes postérieures, les femmes mariées allument deux lampes, les célibataires, une seule.

Il s'agit quoi qu'il en soit d'une tradition ancestrale dont on trouve une mention dans une lettre de Sénèque à son ami Lucilius : « La manière dont il faut adorer les dieux est un thème ordinaire de l'enseignement par préceptes. Défendons aux dévots d'allumer des lampes le jour du sabbat, attendu que les dieux n'ont nul besoin de luminaire et qu'aux hommes mêmes la fumée n'est pas chose fort agréable. »

Ainsi donc, la lampe à huile sur ce rebord de fenêtre indique qu'ici vit un Juif ou une famille d'obédience judaïque.

Rappelons que nous décrivons une époque sur laquelle nous ne disposons que d'informations partielles, raison pour laquelle il n'existe pas de certitudes absolues, et ce sur plus d'un sujet. Comme le souligne l'historien Giancarlo Lacerenza, la façon dont on célèbre le shabbat à cette période fait débat. Il ne fait aucun doute que l'on s'abstient de travailler, puisque l'interdiction figure dans le dogme biblique. Mais le reste est beaucoup plus flou. Différentes sources datant de l'époque romaine laissent entendre, par exemple, que les Juifs de l'Urbs (et sans doute d'ailleurs) s'adonnent à une sorte de jeûne ou s'interdisent de consommer de nombreux aliments – pratique impensable dans le judaïsme rabbinique, beaucoup plus tardif. Les repas font en outre l'objet de règles strictes. Le premier doit avoir lieu le vendredi soir après le coucher du soleil ; les suivants, le samedi midi et le samedi soir. Il est également interdit de cuisiner et d'allumer le feu.

Hormis ces éléments, mystère. Nous ne disposons d'aucune information sur les pratiques rituelles, pas plus que sur les prières en vigueur. Et il est impossible de produire une description sur la base d'usages qui se sont bien souvent affirmés au cours des siècles suivants. Cette précision méritait d'être apportée avant d'aller plus loin.

De la grande porte de cette *insula* sort quelques secondes plus tard un groupe de Juifs se rendant sur leur lieu de culte. La communauté juive est certes très liée aux traditions de sa terre natale, mais elle s'est également approprié une foule de coutumes propres aux lieux où elle réside et où elle s'est intégrée sans heurts. Il s'agit pour la plupart de gens humbles, mais vêtus avec une élégante sobriété.

Ces hommes se dirigent sans traîner vers l'un des lieux de culte juifs du quartier. À cette époque, les synagogues sont désignées par le terme grec *proseuchai*, « maisons de prière ». Même si elles n'ont pas encore été retrouvées par les archéologues, on considère que le Trastevere en comptait pas moins de huit. Leur aspect, à en croire les spécialistes, rappelle de très près celui des temples grecs et romains classiques, avec frontons, entablements et rangées de colonnes, ainsi que des mosaïques au sol. Cela étant, toutes les *proseuchai* ne peuvent pas se permettre de telles décorations.

Rome abrite, avec Alexandrie, l'une des plus larges communautés juives de tout l'Empire. Celle-ci a commencé à se constituer près de deux cents plus tôt. Les chercheurs estiment ainsi qu'au temps de Néron l'Urbs accueille environ 50 000 Juifs, établis dans différents quartiers, mais c'est dans le Trastevere que se trouve la communauté la plus importante, ainsi que la principale nécropole juive, selon toute vraisemblance. Certes, des vestiges de la synagogue la plus ancienne du monde romain ont été mis au jour dans la zone archéologique d'Ostie, face à l'endroit où se situait alors la plage, et sont encore visitables aujourd'hui. Il est néanmoins probable qu'il en existait de tout aussi anciennes dans le Trastevere. Par ailleurs, Juvénal fait plusieurs fois référence à ces lieux de culte.

Curieusement, si vous arrêtiez n'importe quel Romain de l'Antiquité dans la rue pour lui demander de vous indiquer la synagogue la plus proche, il vous regarderait en fronçant les sourcils, sans comprendre ce que vous voulez dire. Répétons-le : on ne parle alors pas de « synagogues », mais de proseuques (*proseuchai* ou *proseuchae*). C'est pendant la période dite hellénistique, comprise entre le règne d'Alexandre le Grand et celui de Cléopâtre, que naît le terme *synagogai* (« synagogues »). À l'origine, celui-ci désigne la réunion pour la lecture de la Torah et, par extension, la communauté juive d'un lieu donné ou, au sens large, d'une ville. C'est au fil du temps qu'il finira par désigner le bâtiment lui-même dans le langage commun.

Différentes communautés juives sont donc implantées à Rome. Grâce aux inscriptions, nous savons qu'il existe celle des *suburenses* (c'est-à-dire de Suburre) et celle des *tripolitenses* (originaires de la Tripolitaine). Certaines portent les noms de personnes célèbres auxquelles on souhaite rendre grâce, comme les *herodienses* (en référence à Hérode, peut-être Hérode le Grand), les *agrippenses* (peut-être en l'honneur d'Agrippa, le gendre d'Auguste), ou les *augustenses*, en hommage à Auguste, qui avait maintenu et entériné les privilèges que leur avait accordés Jules César. Et c'est justement à cette dernière communauté, située dans le Trastevere, qu'appartiennent les Juifs que nous venons de voir sortir de leur *insula*.

Au cours des époques postérieures, chacune de ces communautés possédera un chef (*archisynagogus*), une assemblée d'anciens (*gerusia*) et un large éventail de charges, toutes structurées suivant une organisation stricte. Mais nous ignorons si c'était déjà le cas au temps de Néron…

Les relations entre les Romains et les Juifs

Le petit groupe s'éloigne vers le proseuque en fendant la foule, jusqu'à disparaître du champ de vision des *vigiles.* L'occasion pour nous de poser la question : quelles relations entretenaient Juifs et Romains ?

Il faut considérer le fait qu'il s'agit d'une communauté parfaitement intégrée dans la ville et sa vie quotidienne. À part peut-être pendant le shabbat, il est impossible de distinguer les Juifs des autres personnes qu'on peut croiser dans la rue. Dans l'ensemble, l'attitude des Romains à l'égard de ces derniers diffère donc peu de celle qu'ils réservent à d'autres communautés ou populations de l'Empire.

On voit par exemple circuler de nombreuses histoires drôles (dignes de celles qu'on peut raconter en France sur les Belges), où sont brocardés tantôt les habitants de certaines villes grecques, tantôt bien les « intellos », c'est-à-dire les philosophes et les penseurs, maîtres dans l'art du raisonnement abstrait, mais au sens pratique assez peu développé…

En tant que conquérants et dominateurs, les Romains s'estiment supérieurs à *tous* les peuples soumis : ces derniers font l'objet d'un véritable mépris, de même que leurs traditions et leurs coutumes. C'est le cas pour les Grecs, les Germains, les Syriens et, plus largement, les « Orientaux »,

Juifs compris. Tel est le contexte général dans lequel s'inscrivent les critiques que différents philosophes, historiens et écrivains adressent à l'encontre du mode de vie des Juifs. Il n'est pas inutile de s'y plonger, ne serait-ce que brièvement, car nombre d'entre elles finiront par prendre pour cible les chrétiens (assimilés hâtivement à une branche dissidente du monde juif), au moment où ils seront soupçonnés d'avoir provoqué l'incendie de Rome.

L'accusation la plus fréquente est sans doute celle de « misanthropie », au sens d'une aversion à l'égard de tous les autres peuples. Beaucoup les accusent également d'être peu enclins à s'adapter aux habitudes et aux règles de vie en société locales. Mais à en croire Giancarlo Lacerenza, il n'est pas impossible que ce second reproche veuille dire l'exact contraire : aux yeux de leurs accusateurs, les Juifs s'adaptent presque trop facilement. Certains écrivains se plaignent même que leurs usages aient supplanté ceux des Romains et contribué (avec ceux de nombreuses autres communautés, ainsi qu'une myriade d'autres facteurs, parfois internes) à la corruption des coutumes ancestrales romaines. On peut citer le repos sabbatique, mais aussi les interdits alimentaires, ou le refus du concept de polythéisme, entre autres exemples emblématiques. Lisez plutôt ce qu'écrit Tacite à ce sujet : « Là-bas est profane tout ce qui chez nous est sacré ; en revanche, est permis chez eux ce qui est pour nous abominable. [...] Ils ne mangent pas de porc, en souvenir de leur malheur, parce qu'eux-mêmes autrefois avaient été souillés d'une sorte de gale, à laquelle cet animal est sujet. Des jeûnes fréquents sont, aujourd'hui encore, l'aveu de leur longue famine de jadis et, pour symboliser la hâte avec laquelle ils s'étaient emparés du blé, le pain juif sans levain est toujours en usage. Le septième jour a été voué au repos, parce que c'est, dit-on, celui qui apporta la fin de leurs épreuves ; plus tard, séduits par l'attrait de la paresse, ils consacrèrent aussi la septième année à l'inaction. »

Et l'historien de poursuivre : « Ils mangent à part, font lit à part, et ce peuple, d'une liberté de mœurs effrénée, s'abstient de coucher avec des étrangères ; entre eux, tout est permis. Ils ont institué la circoncision pour se faire reconnaître par cette particularité. Leurs prosélytes adoptent la même pratique, et les premiers principes qu'on leur inculque sont le mépris des dieux, le reniement de leur patrie, l'idée que leurs parents, leurs enfants, leurs frères ne comptent pour rien. On veille pourtant à l'accroissement de la population ; en effet, c'est un sacrilège de tuer un enfant né après les héritiers, et ils croient à l'immortalité des âmes de ceux qui sont morts au combat ou dans les supplices ; d'où leur désir d'avoir des enfants et leur mépris de la mort. Ils tiennent des Égyptiens leur usage d'enterrer les morts au lieu de les brûler, et ils le font avec autant de soin qu'eux ; ils partagent leurs croyances sur les enfers mais, sur le monde céleste, leurs idées sont opposées. [...] Les Juifs ne conçoivent la divinité que par la pensée, et n'en reconnaissent qu'une seule ; ils considèrent comme des impies ceux qui fabriquent des images des dieux avec des matériaux périssables et sous forme humaine : leur être suprême et éternel est inimitable et indestructible. Aussi ne dressent-ils aucune statue dans leurs villes ni, à plus forte raison, dans leurs temples ; cette flatterie est refusée à leurs rois, cet honneur à nos Césars. »

Un témoignage glaçant par certains aspects et qui nous permet de mieux comprendre le regard que porte une bonne partie de l'aristocratie romaine sur les Juifs. Mais le ventre de la Rome populaire n'est pas en reste : on y colporte des stéréotypes souvent exagérés et malveillants. Détail intéressant : ici, ce sont des poètes comme Juvénal et Martial qui s'en font les porte-voix.

L'une des images les plus courantes est en effet celle du Juif mendiant, en train de demander l'aumône sur les marches des temples, et « auquel sa mère a appris à mendier », renchérit Martial dans l'une de ses épigrammes. Il n'est pas rare non plus que Juvénal revienne sur la pauvreté des Juifs dans ses *Satires*. « Ces Juifs qui ne possèdent en tout et pour tout qu'une corbeille et un peu de foin », peut-on ainsi lire. Mais de telles descriptions correspondent-elles à la réalité ? Évidemment que non.

Précisons que les auteurs comme Tacite, Martial et Juvénal écrivent à un moment particulier dans l'histoire des relations entre les Juifs et les Romains. Nous sommes quelques années après la conquête de Jérusalem par Titus (70 ap. J.-C.), une guerre féroce, que les légions romaines n'ont remportée qu'au prix d'une longue campagne, particulièrement difficile. Ce n'est pas tout : le conflit terminé, des milliers de Juifs ont été conduits à Rome en tant que prisonniers de guerre. Beaucoup ont été réduits en esclavage. D'autres ont rejoint la masse des miséreux errant dans les rues de la ville. Voilà qui jette une lumière nouvelle sur le ton fortement péjoratif à l'égard des Juifs et la perception de leur pauvreté. Peut-être portent-ils la marque de cette période historique spécifique et du prisme déformant qu'elle a représentée.

Quoi qu'il en soit, de nombreux préjugés entourant les Juifs ont perduré à travers les siècles, et il en existait aussi à l'époque de Néron.

Néron et les Juifs

Le règne de Néron présente deux phases distinctes dans la relation entre Rome et les Juifs. Lors de ses premières années au pouvoir, c'est-à-dire jusqu'en l'an 66 environ, les rapports sont au beau fixe : Néron se montre ouvert et prête une oreille attentive à la communauté. Un intérêt qui s'explique notamment par la présence de Poppée, toujours très à l'écoute de leurs requêtes. Tout changera à la mort de l'impératrice, en 65, et avec le déclenchement de la guerre en Judée, qui comptera le futur empereur Vespasien parmi ses principaux acteurs.

Jusque-là, Poppée semble constituer un élément-clé dans cette relation. Et il n'est pas à exclure qu'elle ait joué un rôle crucial lorsqu'il s'est agi de chercher des coupables dans la foulée du grand incendie. L'écrivain et historien juif Flavius Josèphe, auteur de *La Guerre des Juifs*, nous offre de ce point de vue un témoignage éclairant. Ancien chef militaire en Galilée lors de la révolte des Juifs contre les Romains, il se trouve en Italie (et peut-être même à Rome) pendant l'incendie de 64. Âgé de vingt-six ou vingt-sept ans, il a été choisi pour faire partie d'une ambassade incluant d'autres personnages éminents de Jérusalem. Leur mission : libérer des prêtres en détention dans la capitale. Lors du voyage, qui a lieu en 63 ou en 64, le navire qui le transporte coule en pleine mer Adriatique, mais il est sauvé par une embarcation en provenance de Cyrénaïque. Il débarque à Puteoli (aujourd'hui Pouzzoles), où il se lie d'amitié avec Aliturus, un acteur originaire de Judée et très apprécié de Néron, qui le présente à Poppée. L'écrivain raconte avoir sauté sur l'occasion et conjuré l'impératrice d'intercéder en faveur des prêtres détenus. Ce qu'elle a fait sans la moindre hésitation. Elle est même allée plus loin, ajoute-t-il, en le faisant bénéficier de ses largesses avant qu'il ne rentre dans sa patrie.

Si le récit de Flavius Josèphe nous permet de saisir l'attitude bienveillante de Poppée – et même pro-Juifs, à en croire certains chercheurs –, il montre également que des Juifs devaient graviter autour de la cour impériale, à l'image du mime Aliturus. Signalons par ailleurs que l'auteur connaissait et entretenait peut-être d'excellents rapports avec l'un des plus puissants affranchis de Néron, Épaphrodite (Tiberius Claudius Epaphroditus), le *minister a libellis*, sorte de secrétaire chargé d'examiner les suppliques adressées à l'empereur. Flavius Josèphe lui dédiera ses œuvres – mais il n'est pas tout à fait certain qu'il s'agisse bel et bien du même personnage.

À la popina avec les chrétiens

Avant de reprendre la route, les deux *vigiles* décident de s'accorder une pause. Ils entrent dans une *taberna*, un bar de quartier, pourrait-on dire, le temps d'un en-cas. Ces établissements constituent incontestablement l'un des poumons de la vie quotidienne à Rome. Il en subsiste de nombreux vestiges, présents sur tous les sites archéologiques romains, d'Ostia Antica à Herculanum, de Pompéi à Éphèse, en passant par Aquincum (Hongrie), Italica (Espagne) ou Timgad (Algérie). Ils possèdent la plupart du temps un comptoir en forme de L, dont le plus petit côté donne sur la rue, et percé de trous destinés à accueillir de grosses jarres. Vous entendrez souvent ce type d'établissement désigné sous le nom de *thermopolium*, terme utilisé par les chercheurs du XIXe siècle mais très rarement employé dans l'Antiquité, hormis par quelques personnages excentriques, peut-être. On parlait plus volontiers de *popina*.

À cette heure, l'endroit est rempli de clients. Les esclaves qui servent aux tables multiplient les allées et venues, enveloppés d'odeurs de cuisine, de voix et d'éclats de rire... Mais que peut-on bien commander dans un bar de Rome au temps de Néron ?

Il n'est évidemment pas question de demander un expresso ou un cappuccino, pour la simple et bonne raison que les Romains ne connaissent pas le café, dont les arbustes poussent encore, à l'état sauvage, sur les hauts plateaux d'Éthiopie. Ce n'est qu'à la fin du Moyen Âge qu'il commencera à s'implanter dans le monde arabe, avant de se diffuser, essentiellement en Perse, où sa consommation présente presque un caractère rituel... Le terme « moka » dérive lui-même du nom d'une ville de la mer Rouge dotée d'un port de premier plan, Mokha. Preuve de la circulation à grande échelle de cette denrée, et de son succès. Elle n'arrivera en Europe que plus tard, au milieu du XVIIe siècle. Le premier « café » du continent ouvrira ses portes à Venise en 1645...

Le terme cappuccino est d'invention à peine plus récente. En 1683, les armées turques qui assiègent Vienne se retirent dans la plus grande panique à la suite d'une charge héroïque de la cavalerie polonaise. Le principal campement est littéralement balayé. Dans les tentes, on découvre des sacs en toile de jute. À l'intérieur, de drôles de grains dont on tire un breuvage au goût amer. Du café, encore inconnu de la plupart des Européens. Et vu que les sacs de jute rappelaient à s'y méprendre la robe de bure des moines capucins, on aurait spontanément donné à cette boisson le nom italien de cet ordre religieux (*cappuccino*).

Autre explication : le cappuccino tirerait son nom de sa couleur, obtenue en coupant le breuvage avec du lait pour l'adoucir, et proche de celle des robes des capucins. À qui doit-on cette trouvaille ? Certains évoquent le père Marco d'Aviano, présent lors de la bataille et membre de l'ordre des capucins. Pour d'autres, il s'agirait d'un noble polonais ayant lui aussi figuré parmi les protagonistes du siège, Franciszek Jerzy Kulczycki.

Pas de café dans l'Urbs, donc. Aucune importance : on y prend de solides repas qui n'ont rien à envier à l'*english breakfast*. Jambon, œufs, lait, fromage, miel, gâteaux et fougasses composent (en fonction de vos finances et de la qualité des établissements qui le proposent) ce petit déjeuner « à la romaine ». Idéal pour affronter la journée avec le plein d'énergie.

Nos *vigiles* se contentent d'une collation frugale à base de pain et de ricotta agrémentée de miel. Alors qu'ils sont en pleine discussion à leur table, des cris et des insultes les interrompent. Ça vient de la rue. Brusquement, le brouhaha de la *popina* s'évanouit. Les voix se rapprochent et, quelques secondes plus tard, trois personnes font irruption dans l'établissement. Elles invectivent un père et son fils, attablés non loin de Vindex et Saturninus. Le père se lève et répond aux insultes en termes tout aussi fleuris, le majeur levé bien haut. Sous les regards effarés des clients, l'ambiance s'échauffe. Les injures continuent de fuser, on voit même voler des crachats. En prêtant l'oreille à ces échanges de gracieusetés, on devine que les protagonistes se connaissent bien. Des frères, ou peut-être des cousins. Ils sont membres d'une seule et même grande famille, en tous les cas. Le ton est celui d'une violente dispute entre proches. Mais ce qui est surprenant, surtout pour Saturninus, c'est la véhémence de l'affrontement. Il n'est d'ailleurs pas question d'histoires de famille « classiques » mais... de religion.

La scène à laquelle nous assistons se répète de plus en plus fréquemment au sein de la communauté juive depuis quelques années. Elle a déjà brisé des familles entières. Ce père et son fils sont en effet des Juifs partisans du christianisme naissant. Difficile de parler de « conversion », dans la mesure où ses caractéristiques sont encore en formation. Reste que ce choix crée des tensions et des divisions parmi les croyants. La plupart du temps, il donne lieu à des discussions sans fin, dans un climat plus ou moins apaisé, mais qui peuvent déboucher sur de véritables guerres ouvertes, comme c'est le cas ici. Un tel incident aurait été impensable chez des païens. À lui seul, il résume le caractère dramatique et douloureux d'un affrontement au sein d'une même culture à l'histoire séculaire.

Si les esprits se sont enflammés, c'est parce que nous sommes aujourd'hui samedi, jour de shabbat. Mais au lieu de s'abstenir de travailler, père et fils, charpentiers tous les deux, ont décidé d'ouvrir leur atelier. Et le lien unissant tous les protagonistes n'a évidemment rien arrangé. Voir les traditions ancestrales bafouées a mis le feu aux poudres. D'où les insultes.

Des deux côtés, le ton monte. Alors, quand un membre du groupe fait mine d'approcher un peu trop près, Vindex se lève pour lui barrer la route, en le regardant droit dans les yeux, fort de son physique de costaud... et de sa charge de *vigil* qui lui permet d'arrêter toute personne troublant l'ordre public.

Par chance, l'homme n'est pas violent et comprend qu'il s'est laissé entraîner. L'air manifestement gêné, il jette un regard au père et à son fils avant de s'en aller en lançant une ultime bordée d'injures à la cantonade.

Le temps que le groupe disparaisse au bout de la rue, Vindex se tourne vers les deux hommes, qui le remercient d'un signe de tête, puis il regagne sa table. Le pompier explique à son jeune collègue le fin mot de l'histoire. Ce n'est pas la dernière fois qu'il faudra gérer une telle situation dans le quartier...

Jésus est mort depuis environ trente ans, et la toute première communauté de chrétiens de l'Empire est encore très hétérogène. Elle se compose essentiellement de païens convertis et de Juifs qui ont abandonné leur religion traditionnelle pour embrasser la nouvelle doctrine. À ce sujet, soulignons que la question est très complexe, en réalité. Plus que d'un choix radical, nous devrions sans doute parler d'une sorte de « parcours intérieur ». Selon toute vraisemblance, les premiers chrétiens venus du judaïsme n'ont pas eu le sentiment de tourner le dos définitivement à leurs croyances. Tel est l'avis de Giancarlo Lacerenza : l'identification de Jésus au messie des Juifs était probablement interprétée comme une manière de confirmer et de parachever leur foi. Le sujet étant très compliqué, impossible de le traiter en quelques lignes, d'autant que les sources sont lacunaires. Le conditionnel est donc de rigueur.

Ajoutons que, aux yeux des deux pompiers comme à ceux de la majorité des Romains lambda, les chrétiens sont encore entourés d'un certain mystère. On les voit comme une espèce de secte, issue d'une branche dissidente de la religion juive, mais sans qu'on comprenne bien les motifs réels de cette divergence. Dans l'ensemble, les sources antiques laissent entendre qu'ils font l'objet d'une relative hostilité, assez répandue au sein de la population, à cause du caractère plutôt « fermé » de cette communauté dont les membres ne participent pas aux rites ni aux cultes de la religion et de la société romaine.

Nous sommes aux prémices de l'histoire du christianisme. Pierre et Paul sont encore vivants, la communauté de Rome ne représente qu'un nombre limité de personnes, il n'existe pour le moment ni églises ni lieux de culte, et il est très difficile de repérer ces croyants au premier coup d'œil. Bien souvent, nous l'avons constaté, leur présence est révélée par ceux qui les connaissent personnellement, au sein de la communauté juive, du fait de leur changement de foi – mais ce n'est qu'un hasard. Les premiers chrétiens de Rome n'affichent aucun signe distinctif et se mêlent sans peine aux autres habitants de la ville.

Après avoir laissé deux as – soit un demi-sesterce – en échange de leur petit déjeuner, les deux *vigiles* se lèvent et sortent de la *popina*, accompagnés par un nouveau regard reconnaissant du père et du fils. Dans quelques semaines, ils considéreront d'un tout autre œil les forces de l'ordre qui les pourchasseront afin de les mener au supplice, sur ordre de Néron...

Prochaine étape des deux *vigiles* : les bâtiments et les marchés sur l'autre rive du Tibre, dont l'imposant Cirque Maxime. Oui, le Cirque Maxime. Là où éclatera le terrible incendie...

4

Rome à la veille du grand incendie

Les ponts

À l'époque de Néron, Rome ne compte que six ponts, le pont Milvius étant alors situé hors de l'Urbs, en pleine campagne. Les plus importants sont précisément ceux qui relient le Trastevere (où nous nous trouvons en ce moment) au reste de la ville. Les deux *vigiles* ont choisi le pont Aemilius, qu'ils empruntent en fendant la foule. Si vous visitez aujourd'hui la Ville éternelle, vous n'aurez aucun mal à le reconnaître : il s'agit du *ponte rotto*, le « pont brisé » qui se dresse au centre du Tibre et dont il ne subsiste plus qu'une seule arche, coupée des berges, à cause des crues successives. Elle date du XVIe siècle. Ce qu'on peut voir de nos jours est donc le dernier visage de l'ouvrage. Mais son histoire est beaucoup plus ancienne. Il s'agit du premier pont en maçonnerie de Rome. Il se pourrait que sa construction remonte à l'an 241 av. J.-C., soit une vingtaine d'années avant le célèbre pont Milvius. À l'origine bâti en bois, avec des piles en dur, il a été voulu par un héros des guerres puniques, dont la statue équestre attend les deux *vigiles* au bout de l'édifice : Marcus Aemilius Lepidus. Il s'était distingué sur le champ de bataille lors de la seconde guerre punique, peut-être en Afrique au moment de l'expédition d'Attilius Regulus ou durant le siège d'Agrigente, théâtre d'un affrontement féroce entre la cavalerie romaine et celle des Carthaginois ou des Numides. Des histoires dont on a malheureusement perdu la trace mais que toutes les personnes présentes sur le pont en cet instant sauraient nous raconter dans les moindres détails.

La journée s'annonce caniculaire et le pont découvert expose l'ensemble des passants aux premiers rayons brûlants. Les femmes se couvrent la tête avec des voiles et les paysans des campagnes arborent de drôles de chapeaux de paille assez proches de ceux qu'on peut encore voir dans les pays d'Asie du Sud-Est. Mais beaucoup marchent sans protection, parfois en laissant apparaître une peau brunie à force de peiner au soleil – des esclaves, pour l'essentiel.

La traversée prend un certain temps. Le pont, vraisemblablement doté de sept arches aux piles percées d'ouïes qui permettent à l'eau de s'écouler, enjambe le fleuve sur toute sa largeur, là où celui-ci décrit une anse.

Aux yeux des Romains, il s'agit d'une véritable prouesse d'architecture « moderne ». L'ouvrage est constitué de blocs de tuf de Grotta Oscura, reconnaissable à sa couleur jaune, et de lapis Gabinus, un tuf au coloris grisâtre. Il présente d'incontournables couvertures en marbre, dont nous ignorons la provenance. L'intérieur accueille peut-être un aqueduc qui alimente le Trastevere. C'est l'un des symboles de la ville, au même titre que le Golden Gate pour les habitants de San Francisco ou le pont de Brooklyn pour les New Yorkais. Un emblème du savoir-faire romain également, mais que plus personne ne range parmi les splendeurs de la Ville éternelle.

Imitons nos deux *vigiles* et accoudons-nous au rebord. Nous voilà face à face avec l'histoire de Rome et sa vie quotidienne. En premier lieu, le fleuve n'est pas encadré par des digues. Celles que nous pouvons voir aujourd'hui ont été édifiées après l'unification italienne, dans la seconde moitié du XIXe siècle. À l'époque romaine, la cité vit « les pieds dans l'eau » et certains bâtiments descendent presque au ras des flots. La plupart du temps, on tombe sur des berges boueuses, plus ou moins longues, qui serpentent en suivant le fil de l'eau. Une sorte de plage cède le pas, tour à tour, à des touffes de roseaux, à une poignée de bâtiments sacrés et à des moulins. Partout, on voit les enfants faire des plongeons et s'amuser. Un peu plus loin, quelques-uns pêchent à l'aide de cannes en roseau.

En levant les yeux, sur la droite, Vindex et Saturninus aperçoivent un grand pont tout en bois. Le plus ancien de Rome. Pour les habitants eux-mêmes, il s'agit d'un tel bijou d'ingénierie qu'il est considéré comme sacré. Il ne présente pas un seul clou en métal, mais uniquement des coins en bois. Selon de nombreux spécialistes, il devait rappeler un ouvrage du même type, tout aussi impressionnant : celui construit par César – en à peine dix jours ! – pour franchir le Rhin et aller affronter les Germains. Le pont Sublicius tire en effet son nom du terme *sublica*, qui désigne une poutre ou une structure en bois.

Seulement, méfiance : passer sur ce pont en plein été, c'est avoir à supporter une odeur nauséabonde. Légèrement en amont se trouve en effet la sortie de la Cloaca Maxima, le principal égout collecteur de Rome, qui déverse ses eaux usées dans le fleuve en formant une petite cascade méphitique. Comme peuvent le constater nos *vigiles* en se penchant par-dessus le parapet, le niveau du Tibre est très bas. Voilà des jours qu'il n'a pas plu et le fleuve est presque à sec. C'est toujours plus ou moins le cas de nos jours au mois de juillet. Il y a donc de grandes chances pour que la situation soit la même en cet été 64. Y compris du point de vue olfactif...

Le lit du Tibre a beau s'être rétréci, on peut voir sur la droite une multitude de bateliers s'activant à la tête de leurs embarcations. Nombre de ces bateaux présentent un œil peint à la proue, pour les protéger du mauvais sort. Ils s'agitent comme un essaim d'abeilles autour du Portus Tiberinus, ancienne escale fluviale de la ville, désormais relégué au second plan depuis qu'il a été progressivement supplanté par une infrastructure plus grande et plus moderne, l'Emporium, doté de débarcadères et d'entrepôts.

Autour de nos pompiers se déploie un panorama qu'on oublie généralement de décrire dans les livres. Le pont est rempli d'une foule de passants au milieu desquels les rares véhicules autorisés se fraient un passage. Depuis un édit de César, rappelons-le, il est formellement interdit de circuler dans l'enceinte de la cité en journée. Rome est concrètement une grande zone piétonnière. On croirait voir une autoroute vers la civilisation. La ville vous attend avec ses contrastes, ses immeubles mal entretenus jouxtant de somptueuses statues dorées, ses routes en terre battue qui voisinent avec des colonnades et des portiques qui ressemblent à de véritables cascades de marbre, son entrelacs de venelles qui entourent les grandes piscines des thermes... Le tout surplombé par le Capitole, où trône le temple de Jupiter, baigné d'une lumière aveuglante.

Reprenant leur marche, Vindex et Saturninus observent, à leur gauche, une autre présence imposante, tout aussi chargée d'histoire : l'île Tibérine qui occupe le centre du fleuve, flanquée du pont Cestius et du pont Fabricius. En un sens, c'est grâce à elle que Rome a vu le jour. En facilitant la traversée du Tibre, elle a relié, dès l'origine, le nord et le sud du Latium, contribuant ainsi à la naissance de places commerciales sur les berges sud et à l'implantation des centres habités, d'abord sur les collines, puis de plus en plus bas. Dans la Rome des Césars, le souvenir de ces marchés n'a pas disparu : il existe encore un Forum Boarium (le marché aux bestiaux, *boarius* signifiant « bœuf ») et un Forum Olitorium (le marché aux primeurs, *olitorius* désignant les légumes), deux secteurs distincts, comme ils l'étaient des siècles plus tôt.

À la place des deux *vigiles* qui observent l'endroit d'un œil distrait, nous serions littéralement subjugués. L'île a en effet la forme d'une trirème et rappelle la légende de l'arrivée à Rome du serpent d'Esculape. Lorsqu'une grave épidémie frappa la ville, les Romains consultèrent les Livres sibyllins. Le meilleur remède, apprirent-ils, était d'envoyer une délégation à Épidaure, en Grèce, afin de récupérer l'effigie d'Esculape, dieu de la médecine, et de la rapporter à Rome. En plus de la statue, les ambassadeurs regagnèrent la cité avec un serpent, une couleuvre dans laquelle s'était réincarné l'esprit de la divinité appelée à sauver l'Urbs. Mais dès leur arrivée, l'animal s'échappa du navire et flotta jusqu'à l'île Tibérine, avant de se volatiliser.

On érigea en ce lieu un temple en l'honneur d'Esculape, nom latin du dieu grec Asclépios. Au fil du temps, l'endroit commença à accueillir les malades en convalescence – c'est notamment là qu'on enverra de nombreuses personnes gravement brûlées au cours du grand incendie… Voilà pourquoi les Romains ont donné à l'île la forme de la trirème qui avait servi à ce voyage, en façonnant des blocs de travertin encore visibles à l'heure actuelle. Les deux *vigiles* observent donc une « île-bateau ». Face à eux, la poupe, sans doute colorée. Ils arrivent même à entrevoir le petit obélisque égyptien érigé en son centre et qui fait idéalement office de grand mât.

Le port

Le regard des pompiers est désormais tourné vers d'autres embarcations, bien réelles cette fois. De chaque côté du pont, on aperçoit en effet les quais et les débarcadères du plus ancien port de Rome, le Portus Tiberinus. Même s'il est en déclin, on note encore une certaine effervescence. Les pontons sont en bois alors que les quais sont constitués de dalles de pierre fixées sur des fondations en ciment (*opus caementicum*). Un peu partout, des escaliers et des plans inclinés descendent jusqu'au niveau de l'eau pour faciliter le déchargement des marchandises. Mais il y a de quoi être surpris par les grands anneaux d'amarrage, tenus serrés entre les crocs de têtes de lion, de loup ou de serpent en bronze. Chacune d'entre elles est un chef-d'œuvre.

Adossées au quai ou en pleine manœuvre, des embarcations fluviales se pressent sous nos yeux. Ce sont les célèbres *naves caudicariae*, utilisées pour le transport de marchandises, le blé en particulier. Elles remontent le fleuve à contre-courant depuis le port d'Ostie jusqu'à Rome, halées le long des berges par des hommes ou des bœufs à l'aide de longues cordes. Un travail harassant, encore plus humble que celui des porteurs de litière, c'est certain.

Sans un bruit, l'un de ces navires arrive au port. Il s'est élancé la veille et, le temps d'une halte nocturne, il a ensuite profité de l'aurore pour effectuer la dernière partie du trajet en évitant les heures les plus chaudes. Les cordes sont tendues et un groupe d'hommes assez fourni s'occupe de remorquer le bateau, non sans mal. Ils sont vêtus de haillons et marchent penchés vers l'avant, comme s'ils tentaient de braver une tempête. On voit leurs jambes bouger en cadence, les mollets gonflés et crispés à chaque pas. Même d'en haut, l'espèce de mélopée chargée de leur donner la cadence parvient jusqu'à nos oreilles. Ces hommes, appelés *helciarii*, sont presque tous des esclaves « loués » par leurs propriétaires pour effectuer ces besognes éreintantes. Des siècles durant, c'est grâce à eux que Rome a été ravitaillée en produits de première nécessité, que ce soit le blé ou les briques, sans discontinuer. Leur contribution à la grandeur de l'Urbs et à son fonctionnement est fondamentale. Et pourtant, personne ne se souvient d'eux. Tous ont disparu sans laisser de traces, telles des ombres dans l'Histoire.

En plus des embarcations fluviales, une nuée de bateaux à rames circulent entre les pontons pour aider aux opérations de déchargement. À la barre, des bateliers chevronnés qui connaissent le fleuve depuis des générations.

Les deux *vigiles* sont descendus du pont et longent les quais. À mesure qu'ils fendent la foule déjà animée malgré l'heure matinale, ils guettent tout ce qui pourrait déclencher un incendie. Vindex scrute le moindre tas de produits, à la recherche de la silhouette familière d'une lampe à huile oubliée après la nuit ou d'un feu illégalement allumé par un marin, le temps du petit déjeuner. Pas facile, au milieu de cette agitation et de ce vacarme. Des dizaines d'esclaves-porteurs (*saccarii*) s'occupent de décharger des *naves caudicariae* arrimées aux pontons et aux quais. Les marchandises sont aussi abondantes qu'hétéroclites : coupes en céramique au décor en relief (la précieuse « sigillée »), légumes, amphores de vin, bois de construction, blocs de marbre à sculpter, animaux vivants qui seront vendus sur les marchés... L'un de ces petits transporteurs débarque d'énormes quantités de graviers. À quoi peuvent-ils servir ? Ils sont destinés à l'arène du Cirque Maxime, à deux pas d'ici. Études et enquêtes ont en effet révélé que la surface sur laquelle les quadriges filent à toute allure n'est pas composée de sable (qui soulèverait beaucoup trop de poussière) mais de fins gravillons qui permettent, entre autres, un meilleur drainage de l'eau de pluie. Juste en dessous, d'autres strates sont constituées de pierres de plus en plus grosses. Un bon moyen de consolider l'ensemble et d'empêcher l'eau de stagner.

C'est cependant un autre type de produit que cherchent les *vigiles*, infiniment plus précieux pour Rome : le blé. Ils ne tardent pas à repérer une série de navires qui en sont remplis. Une ribambelle d'esclaves en descendent sur des passerelles bringuebalantes, chacun avec un lourd sac sur le dos. Tous se dirigent vers un gigantesque bâtiment rectangulaire, qui renferme quelques-uns des plus imposants greniers de l'Empire : les entrepôts de l'annone.

Une fourmilière au cœur de Rome

Les esclaves marchent en ployant sous le poids des sacs. Certains s'aident d'un long bâton pour alléger un tant soit peu la souffrance inhumaine qui les écrase depuis l'aube. Les deux *vigiles* passent à côté d'eux. À chaque pas, leurs souffles rauques ou l'odeur de leurs corps en sueur les frôlent. Le jeune

Saturninus manque de trébucher, incapable de détacher les yeux de l'immense édifice qui se dresse face à lui. On peut le comprendre : ces entrepôts annonaires sont vraiment impressionnants. Ils se situent à l'emplacement actuel du Palazzo dell'Anagrafe, siège de la mairie du 1er « arrondissement » de Rome et dont les fondations englobent certains de leurs vestiges, comme pour prolonger leur histoire millénaire jusqu'à notre époque.

On ne dira jamais assez l'importance stratégique de ces *horrea* – un nom à la sonorité certes étrange, mais qui est tout simplement le terme latin désignant des entrepôts. C'est ici qu'on stocke le blé qui sera ensuite distribué gratuitement aux citoyens romains. La ville en possède d'autres, qui remplissent le même rôle, mais ceux que nous voyons en ce moment comptent parmi les plus imposants.

Vindex et Saturninus s'approchent du poste de garde à l'entrée du bâtiment afin de décliner leur identité. Une pure formalité puisque l'aîné des deux pompiers connaît par cœur les lieux et ceux qui y travaillent. Le temps de brièvement présenter le petit nouveau, et ils s'engagent à l'intérieur.

Saturninus se retrouve dans un endroit hors norme. Devant ses yeux se dresse un énorme, un gigantesque entrepôt. Pareils à des fourmis regagnant leur nid à la queue leu leu, les esclaves y pénètrent par les larges portes qu'on voit s'ouvrir sous d'immenses arches. Les uns après les autres, ils déchargent les sacs sur de longs tréteaux usés, toujours en obéissant aux ordres aboyés par les responsables du triage qui les accompagnent depuis les navires. Des grues acheminent des plates-formes en bois chargées de rangées de sacs jusqu'aux niveaux supérieurs. La force qui met en mouvement toute cette machinerie est celle de l'homme. À leur base figure en effet une grande « roue à hamster » à l'intérieur de laquelle marchent des esclaves. À chaque rotation, des cordes s'enroulent et font monter progressivement la précieuse marchandise.

Nos pompiers s'enfoncent dans l'obscurité du bâtiment. Nous ne connaissons évidemment pas la planimétrie de ces *horrea*. Mais, en nous appuyant sur des structures similaires qui ont été retrouvées, nous pouvons imaginer, de manière raisonnablement certaine, que tout s'articule autour de grandes cours le long desquelles se déploient des arcades. À l'intérieur, là où ont lieu les opérations de chargement et de déchargement, des murs en pierre et en brique forment des couloirs jalonnés de petites pièces (sans doute sur plusieurs étages).

Pour savoir ce qui se trouve dedans, nous pouvons nous baser sur les entrepôts (à blé, très certainement) voulus par l'empereur Trajan et dont les traces ont survécu à Portus, la « zone industrielle » du port d'Ostie. Le blé devant être conservé à l'abri de l'humidité, le sol n'est pas en contact direct avec la terre. Portus présente ainsi une multitude de murets alignés (*suspensurae*) sur lesquels sont bâtis les espaces de stockage. En plus de les maintenir en hauteur, ils créent dans le même temps un réseau de « canaux » souterrains où l'air peut circuler, ce qui permet de chasser l'humidité sous-jacente. Les murs présentent également de petites cavités, pour la même raison.

Hélas, nous ignorons dans quoi est emmagasiné le grain – peut-être d'immenses jarres en terre cuite, les *dolia*. Il y a néanmoins de grandes chances pour que le blé soit entreposé dans les étages supérieurs, vu les crues incessantes du Tibre et l'humidité remontant du fleuve.

Vindex et Saturninus ont un but précis. La structure, si cruciale pour Rome, abrite en effet un détachement permanent de *vigiles* – ce sont eux qu'ils viennent voir. La présence de leurs collègues en ces lieux n'a rien d'étonnant. Le blé étant une ressource de première importance dans la vie quotidienne de la capitale de l'Empire, il est nécessaire de le protéger de vols éventuels. Mais pas seulement. Chacun de ces espaces de stockage est une potentielle bombe incendiaire prête à exploser. Hormis les briques des murs, tout est inflammable, des poutres en bois jusqu'aux sacs et au blé lui-même.

Mais ce serait oublier la menace la plus insidieuse : la farine, comme nous l'avons déjà évoqué. Même si ce n'est pas ici qu'est effectuée la mouture, il est tout à fait naturel que des grains soient involontairement réduits en poudre lors du transport ou du stockage, vu la grande quantité de matière première.

Les pompiers du XXIe siècle vous le confirmeront : lors de toute intervention dans une boulangerie ou dans une menuiserie, une explosion dévastatrice est toujours possible. En cas d'incendie, la farine ou la poussière de bois qui flottent dans l'air sont susceptibles de prendre feu. Le moindre grain peut se mélanger à l'oxygène, s'enflammer à la manière d'un minuscule tison, et contaminer celui d'à côté. Ce qui déclenche instantanément une réaction en chaîne, accompagnée d'une brusque libération d'énergie. En résulte une explosion d'une extrême violence, aussi destructrice qu'une combustion de gaz.

Une intensité palpable anime les allées et venues du personnel en charge des *horrea*, ce matin. Rappelons que nous sommes en été, saison où il est le plus facile de naviguer en Méditerranée. Ostie connaît donc une arrivée massive de navires remplis de blé. Même chose pour les *naves caudicariae* naviguant sur le Tibre.

Le jeune pompier croit soudain entrevoir des formes noires qui se faufilent au détour des couloirs et entre les jambes du personnel. Il n'est pas à exclure que les Romains aient adopté une stratégie déjà utilisée par les Égyptiens pour protéger leurs greniers des souris, l'autre grande menace qui pèse sur la précieuse ressource avec l'humidité : faire appel à des chats. Dans ce cas, c'est toute une petite armée de félins qui doivent rôder ici… Simple mais astucieux, n'est-ce pas ?

Une voix résonne derrière nos *vigiles*, qui se retournent. Deux hommes leur font de grands gestes. Il s'agit de Successus et de Saturninus, un homonyme de notre personnage. Ces magasiniers (*horrearii*) sont préposés au stockage du blé arrivant ici. Ils s'arrêtent, le temps d'une discussion en coup de vent avec les pompiers. Cette rencontre pourrait bel et bien avoir eu lieu, car ces quatre individus ne sont pas des personnages fictifs, loin de là. À l'instar des deux *vigiles*, ces magasiniers ont vécu à Rome durant le règne de Néron. Successus et Saturninus étaient en effet deux esclaves impériaux dont les noms figurent sur une stèle gravée onze ans après cette journée, en l'an 75, et dédiée au *genius* de ces *horrea*.

À cette même époque vivait également la personne qui passe à côté d'eux alors qu'ils sont en pleine discussion. Il s'agit de Festus, l'archiviste de l'annone, c'est-à-dire de l'administration chargée de distribuer gratuitement le blé. Dans quelques années, il se mariera avec une jeune fille nommée Flavia Cominia, comme en témoigne la stèle qu'il lui dédiera : autour de l'an 71, elle perdra la vie, tout juste quelques semaines après ses dix-huit ans, très certainement en couches. Un triste événement dont il est évidemment loin de se douter. Nous le voyons s'éloigner vivement de son pas chaloupé, des papyrus sous le bras.

Finalement, Vindex et Saturninus rejoignent les locaux occupés par leurs collègues détachés au sein des *horrea*. Tous ont beau se connaître depuis des années et se voir presque quotidiennement, l'entrevue demeure formelle. Le caractère militaire de ce corps de métier n'est jamais très loin…

Un mouvement insolite attire soudain leur attention, un peu plus loin. Des intendants (*vilici*) en charge de la comptabilité, du contrôle et de l'enregistrement des marchandises marchent au pas de course, flanqués de leurs esclaves. On dirait qu'ils se précipitent vers l'extérieur. Méfiance… Pour un pompier, un comportement aussi curieux peut être le signe d'un incendie ou d'une situation d'urgence. Mais pas pour l'heure. Si ces hommes pressent l'allure de la sorte, c'est pour se porter au-devant d'un petit cortège qui s'avance dans la cour. À sa tête, Gaius Poppaeus Sabinianus, le préfet de l'annone, la plus haute autorité du secteur, venu s'assurer en personne du bon fonctionnement de la structure. Et pour cela, rien de tel qu'une visite surprise.

Comme son nom le laisse entendre, Sabinianus est potentiellement lié à Poppée, la femme de Néron. Ce qui expliquerait le vent de panique qui souffle sur les *horrea*. Faisant partie de la même gens que l'impératrice, il est peut-être l'un de ses parents. Parmi les plus proches, d'ailleurs : sa nomination au poste de préfet est intervenue l'année même où elle a épousé Néron, en 62 ap. J.-C. Difficile de n'y voir qu'une simple coïncidence…

Quoi qu'il en soit, la présence du chef de la préfecture dans ces entrepôts n'a rien d'invraisemblable. Il se pourrait même qu'elle ait effectivement eu lieu, même si nous n'en aurons jamais la certitude, pour une raison bien précise.

Quelques semaines plus tôt, Néron a annoncé un déplacement en Orient comprenant une étape en Égypte. Mais à la veille du départ, il y a renoncé, à la surprise générale… En quel honneur ? À en croire ce qu'écrit Tacite, l'empereur aurait tout annulé, entre autres, car « il avait vu les visages attristés de ses concitoyens, il entendait leurs plaintes secrètes à l'idée qu'il allait entreprendre un si grand voyage ». En réalité, les raisons de ce revirement seraient bien différentes, comme nous l'indiquent les spécialistes. Plusieurs éléments laissent entendre que l'approvisionnement régulier en blé de la capitale rencontrait des obstacles. Quitter Rome alors qu'une pénurie de nourriture menaçait ? C'était s'exposer à des protestations et des émeutes. Un risque que même le puissant Néron ne pouvait pas et ne voulait pas prendre.

Au contraire, Néron a toujours veillé à ce que l'Urbs ne manque jamais de blé, érigé en pilier de l'adhésion dont il jouit. Et c'est aussi pour ça qu'il est aimé de son peuple. Ce que confirme d'ailleurs Tacite quand il décrit la réaction des habitants de Rome en apprenant de la bouche de l'empereur qu'il renonçait à son grand voyage : « Ces paroles et d'autres semblables furent agréables à la plèbe, avide de plaisirs et, ce qui est son principal souci, craignant, en cas d'absence, une pénurie de blé. »

Néron a-t-il saisi l'occasion pour exiger que la machine assurant le ravitaillement en blé de la capitale fonctionne au mieux ? Peut-être. D'où les contrôles scrupuleux des fonctionnaires et la possible (voire probable) visite du préfet en charge des entrepôts.

Le blé, pétrole de Rome

À l'heure où nos supermarchés sont constamment remplis et approvisionnés en produits divers et variés, nous avons vu s'éloigner l'une des angoisses qui pesaient communément sur la population des grandes villes au cours des derniers siècles : la peur de ne plus avoir de quoi assurer sa propre subsistance ou celle de sa famille.

Dans les fermes et dans les centres périphériques de taille réduite, on trouve toujours de quoi manger, d'une façon ou d'une autre. Ce n'est pas le cas des grandes métropoles, qui comptent sur des ravitaillements extérieurs, en provenance des campagnes. Mais dans le cas de la Rome impériale, qui abrite près d'un million d'habitants, les campagnes ne suffisent pas et la fabrication du pain dépend largement de la matière première en provenance de rivages lointains, parfois de l'autre côté de la Méditerranée, comme l'Égypte, l'Afrique du Nord ou l'Espagne.

Cette vulnérabilité se manifeste particulièrement dans les périodes de crise. Toutes les personnes qui ont aujourd'hui des cheveux blancs et des petits-enfants âgés d'une vingtaine d'années se souviennent forcément des tickets de rationnement et de la pénurie de nourriture pendant la guerre. Sans parler des files d'attente devant des magasins à moitié vides dans les pays de l'Est, au cours de la guerre froide. L'épidémie de Covid-19 a elle aussi contribué à vider les rayons des supermarchés, de peur qu'ils ne soient plus réapprovisionnés, précisément.

Au temps de la Rome antique, les citoyens vivent en permanence dans la crainte des « ruptures de stock » dues à une mer agitée, aux mauvaises récoltes ou aux ennemis qui empêchent l'acheminement du blé.

Cette céréale a toujours été la principale ressource énergétique de l'Urbs et, plus largement, des sociétés du passé. Mais elle l'est encore de nos jours. Imaginez ce qui se passerait si des changements climatiques minimes diminuaient, fût-ce de façon limitée ou pour une courte durée, la production de blé et donc de pain. En quelques mois, c'est la planète entière qui serait aux abois. Le riz et autres sources alimentaires du même type ne suffiraient pas à le remplacer à l'échelle mondiale. Un enjeu auquel on ne pense pas assez souvent.

De même que le pétrole et les carburants fossiles aident aujourd'hui à faire tourner les industries, rouler les voitures, et à produire de l'électricité, l'Antiquité compte principalement sur le pain (et donc le blé) pour alimenter en énergie ouvriers, esclaves, boutiquiers, commerçants, charretiers, fonctionnaires, soldats, femmes, enfants… En ce sens, le blé est le pétrole des sociétés antiques, et de la société romaine en particulier.

Des lieux comme l'Égypte, capables de produire jusqu'à trois récoltes par an grâce au Nil, ressemblent à ces pays qui, à notre époque, disposent de puits de forage sur leur territoire. Ils sont riches, très riches. Et les grands navires de transport qui font route jusqu'à Rome, ces *naves onerariae* aux cales bien remplies, peuvent être considérés comme les équivalents antiques de nos pétroliers.

On comprend d'autant mieux pourquoi les empereurs suivent d'un œil extrêmement scrupuleux et attentif l'approvisionnement de Rome. Certains prédécesseurs de Néron en ont d'ailleurs directement fait les frais.

Les sources antiques nous apprennent en effet que Claude, à la suite d'une pénurie de blé, a fait l'expérience d'une foule en colère. Quelques années avant la journée que nous décrivons, raconte Tacite, la fin de l'été 51 a vu les prix de cette denrée augmenter à Rome, la faute à une succession très malvenue de mauvaises récoltes. À l'automne, la situation s'est encore aggravée. La mer est devenue impraticable, mettant un coup d'arrêt aux ravitaillements depuis l'Égypte et l'Afrique. Au début de l'hiver suivant a commencé à circuler une rumeur au milieu des ruelles et des échoppes, à la manière d'un véritable incendie : il ne restait plus que deux semaines de stocks dans les *horrea*, disait-on…

La réaction du peuple a été explosive, comme le relate Tacite : « Pendant que Claude rendait la justice, il fut environné de cris séditieux, poussé jusqu'à l'extrémité du forum et violemment bousculé, jusqu'au moment où un peloton de soldats lui permit de percer cette multitude hostile. »

Face à « une foule qui l'accablait d'injures, mais aussi de croûtons de pain », *dixit* Suétone, Claude n'avait pas d'autre choix que de réagir : « Il imagina toutes les mesures possibles pour faire arriver des convois de blé, même en hiver. En effet, il promit des bénéfices déterminés aux négociants, en prenant à son compte les pertes que les tempêtes pourraient leur faire subir, et il assura aux armateurs construisant des navires pour faire ce commerce de grands avantages en rapport avec la condition de chacun. »

De toute évidence, le consensus dont jouit un empereur romain parmi ses sujets réside en grande partie dans sa capacité à assurer la présence de pain sur leurs tables. Mais comment y parvenir dans une ville qui compte près d'un million de personnes ?

C'est pour cette raison qu'a été mis au point un système impressionnant : les distributions gratuites de blé pour les habitants de Rome. Les *frumentationes*, pour reprendre leur nom antique.

De quoi s'agit-il ?

Imaginez l'Urbs comme une grande entreprise ou une société cotée en Bourse qui redistribuerait régulièrement ses profits à ses actionnaires, en l'espèce les citoyens romains, sous la forme de portions de blé. Si l'on poursuit cette comparaison acrobatique, les *frumentationes* sont, au fond, comme des dividendes symboliques reversés aux actionnaires, exactement comme quand on investit en Bourse ou qu'on achète des titres. Dans le cas présent, tout le monde contribue en effet, par son travail et ses impôts, à la grandeur de Rome.

Ce blé n'est évidemment pas qu'un simple « cadeau » : il permet à des dizaines de milliers de familles de survivre. D'après les estimations des chercheurs, ce sont entre 150 000 et 200 000 individus qui ont bénéficié de ces distributions au Iᵉʳ siècle ap. J.-C. Presque toujours des chefs de famille, ce qui implique de multiplier en moyenne par quatre le nombre de personnes effectivement nourries par ce blé. À quoi il faut ajouter les *vigiles*, éligibles aux *frumentationes* au bout de plusieurs années de service, et, grâce à Néron, les prétoriens.

De quels volumes de blé parlons-nous ? La question est sujette à discussion et il n'existe aucune unanimité parmi les spécialistes. Mais si l'on s'en tient aux théories les plus vraisemblables, on estime qu'étaient approximativement distribués entre 40 et 60 millions de *modii* de blé (un *modius* étant une unité de mesure qui équivaut à près de 9 litres), provenant pour l'essentiel d'Afrique, et tout particulièrement d'Égypte.

Les quantités colossales que nos deux *vigiles* ont actuellement sous les yeux dans ces *horrea* – mais qu'on peut trouver dans l'ensemble des entrepôts de la ville – constituent donc une sorte de banque alimentaire dans laquelle on puise à chaque distribution gratuite. Traduction : l'État entretient la population à vie. Ou du moins la part qui a le droit de l'être. Il existe en effet des listes établissant les personnes éligibles. La condition de base est, sans surprise, d'être un *civis romanus*, un citoyen romain. Il faut également résider à Rome. Depuis l'époque d'Auguste, la distribution survient une fois par mois. Il est nécessaire de se présenter avec une sorte de carte en bois sur laquelle sont écrits le nom du bénéficiaire, son adresse, le numéro d'un des quarante-cinq « guichets » où se tiendra la remise du blé, et le jour où il faut se manifester. Les Juifs, en raison des restrictions imposées par le shabbat, sont exemptés de cette dernière contrainte et peuvent retirer leurs rations à divers moments de la semaine. Bien évidemment, l'organisation est réglée au millimètre, avec deux préfets chargés de superviser les distributions régulières et la mise à jour des listes des ayants droit (*praefecti frumenti dandi*).

Panem et circenses, la règle d'or de Néron

« Du pain et des jeux. » La célèbre expression qui figure dans les *Satires* de Juvénal résume l'un des instruments qui ont toujours aidé l'empereur à s'assurer le soutien de la plèbe romaine.

Les champs d'Italie n'étant pas suffisants, le blé destiné au *frumentationes* vient, nous l'avons dit, de différents coins de l'Empire. À l'époque de Néron, vers la moitié du Ier siècle de l'ère chrétienne, un grain sur quatre arrive d'Égypte. À en croire Flavius Josèphe, le blé égyptien nourrit Rome pendant au moins un tiers de l'année. Un chiffre qui nous permet de saisir le pouvoir que détenait Cléopâtre au moment de son accession au trône d'Égypte, en 52 av. J.-C. On ne compte plus les chefs de guerre et puissants Romains qui ont frappé à sa porte, suivant en cela un raisonnement simple : au-delà des faveurs de la plèbe, le blé est synonyme de liquidités, liquidités qui permettent de lever des armées. Et ces armées, à leur tour, donnent le moyen de régner sur Rome…

César, Marc Antoine, Cassius, Dolabella, et même Auguste, tous ont vu l'Égypte comme une sorte de banque susceptible de leur ouvrir les portes du pouvoir. La reine, qui en gardait les clés avec une intelligence remarquable, le savait très bien. Et c'est avec une grande sagesse qu'elle a su se frayer un chemin dans une époque extrêmement agitée.

Maintenant que l'Égypte fait partie du monde romain depuis près d'un siècle, le voyage des gigantesques navires depuis le port d'Alexandrie constitue une sorte de pipeline qui ravitaille en permanence la Ville éternelle de son « pétrole ».

Mais avant d'arriver à Rome, un itinéraire semé d'embûches attend la marchandise. D'Alexandrie, le blé arrive jusqu'à Pouzzoles, où il est en partie stocké dans de grands entrepôts en vue d'être envoyé dans la capitale dans un second temps, et en partie chargé sur des bateaux au tirant d'eau réduit qui remontent la côte jusqu'à Ostie. Une fois sur place, une part du blé est à nouveau emmagasinée dans les gigantesques greniers du port pendant que le reste remonte le Tibre à bord de ces fameuses *naves caudicariae* pouvant contenir jusqu'à 200 tonnes d'après certains spécialistes…

Si l'on considère que la Méditerranée n'est navigable qu'à la belle saison (le mauvais temps imposant un blocus forcé entre octobre et mars-avril), cela veut dire que l'approvisionnement de Rome doit se dérouler en l'espace de six, sept mois seulement. Ce qui suppose une organisation extrêmement rigoureuse d'un bout à l'autre de la chaîne.

Afin de relever ce défi, Auguste a institué dès l'an 8 ap. J.-C. une administration spécifique, la préfecture de l'annone. À la manière d'une grande compagnie aérienne ou d'une entreprise de livraison, l'annone compte des représentants à Ostie ainsi que dans les principaux ports et villes de Méditerranée dont partent les navires. Une machinerie complexe mais particulièrement bien huilée, où rien n'est laissé au hasard. À titre d'exemple, on veille à être en contact permanent avec la personne chargée de garder le Tibre navigable, le *curator alvei Tiberis et riparum*. Parmi ses missions : assurer le nettoyage des berges du fleuve et l'évacuation d'éventuels troncs d'arbre charriés par les crues, mais aussi empêcher l'implantation de constructions nouvelles sur les rives.

Le préfet de l'annone possède évidemment un interlocuteur privilégié : son homologue responsable des pompiers. Et pour cause : une simple étincelle peut suffire à réduire en poussière les efforts titanesques engagés dans le but de faire parvenir le blé jusqu'à Rome. En fragilisant la *pax urbana* au passage…

Ce qui nous ramène à la présence de nos *vigiles* dans le bâtiment. Pour ces hommes, les entrepôts annonaires représentent un véritable cauchemar. Il s'agit d'un des coins de la ville où le risque d'incendie est le plus élevé. Une surveillance de tous les instants s'impose, au travers des rondes menées par les *vigiles* ou les employés de l'annone, sans relâche.

D'autres entrepôts semblables aux « Aemiliana », où nous nous trouvons, ont été dévastés et même complètement détruits par des incendies successifs. Ainsi, le 21 octobre 38, l'empereur de l'époque, Caligula, est personnellement intervenu en vue d'« éteindre un incendie avec des soldats et porter secours aux victimes », comme l'écrit Dion Cassius dans son *Histoire romaine*. Même chose sous le règne de Claude. Pour aider les pompiers, impuissants face aux proportions gigantesques du brasier, ce dernier a fait convoquer les habitants de tous les quartiers de la ville. Planté devant des paniers remplis de pièces, il a exhorté la foule à prêter main-forte, en payant aussitôt les volontaires. Peut-être est-ce même à la suite de ce terrible incendie ayant mis en péril la stabilité de Rome que Claude a décidé d'établir une cohorte de pompiers à Ostie et une autre à Pouzzoles, où se trouvaient des entrepôts similaires…

Néron, empereur attentif et aimé de son peuple

Néron se souvient bien du mauvais quart d'heure que Claude, son beau-père, avait passé face à cette foule réclamant du pain et prête à en découdre. Même s'il était très jeune à l'époque, rien n'empêche de penser qu'il en a directement été le témoin. Une chose est sûre : sa mère Agrippine a retenu la leçon et suggéré à son fils de ne jamais négliger ce sujet crucial. Lui-même a fait son miel de ce conseil. Il se montrera très attentif à cette question au cours de son règne, qui va s'accompagner de plusieurs décisions visant à améliorer l'arrivée du blé dans l'Urbs. Parmi elles :

— L'achèvement des travaux du nouveau port d'Ostie entamés par Claude, chantier commémoré par certaines pièces de l'an 64 ;

— Un projet d'ouverture d'un immense canal navigable reliant Pouzzoles et Rome, creusé à l'intérieur des terres et parallèle à la côte, de manière à approvisionner sans interruption la capitale en blé, trois cent soixante-cinq jours par an, sans crainte des tempêtes : la fameuse *navigabilis fossa* ou *fossa Neronis*, censée prendre son point de départ du lac d'Averne, près de Pouzzoles, et se terminer à Ostie. Une merveille d'ingénierie antique, hélas restée inachevée en raison de la mort de Néron, mais dont on voit encore des traces au nord du lac Fusaro à Bacoli (en Campanie) et près de Terracina (dans le Latium). De la même façon, le célèbre canal de Corinthe, tant admiré, n'a peut-être été ouvert qu'au XIXe siècle, mais sa conception remonte à l'époque de Néron. De quoi vous faire mesurer l'ampleur du projet qu'il avait en tête pour Rome ;

— Un décret visant à juguler le cours du blé, en mettant à disposition les réserves de l'État à la moindre envolée des prix. Un bon moyen de tendre la main à tous ces habitants de Rome ne pouvant pas bénéficier des distributions publiques, parce qu'ils sont étrangers ou pour d'autres raisons ;

— Le développement des importations de blé en provenance de Tunisie et d'Afrique du Nord, acheminables plus rapidement ;

— L'ouverture de nouvelles routes vers la mer Noire ;

— Une exemption de taxes accordée aux vaisseaux transportant le blé à Rome, dans la lignée des initiatives de son prédécesseur, l'empereur Claude qui, comme l'écrit Suétone, avait notamment promis aux commerçants de prendre en charge les pertes provoquées par les tempêtes. À titre de compensation, on obtenait la citoyenneté romaine (encore fallait-il être latin), et les femmes avaient le droit aux exonérations et aux prestations sociales réservées aux mères de quatre enfants. Si l'on était célibataire ou en couple mais sans enfants, on était dispensé de payer les taxes prévues par la loi *Papia Poppaea* promulguée par Auguste. Ces deux derniers aspects nous indiquent que l'État romain récompensait les personnes ayant beaucoup d'enfants, au détriment de celles qui n'en faisaient pas. Voilà qui prête à réflexion, surtout pour nous qui vivons dans une société où les naissances sont limitées : si la communauté vous accorde des privilèges, vous ne pouvez pas en tirer profit sans contrepartie. Afin d'assurer son avenir, la société antique a ainsi besoin que ses citoyens soient en nombre suffisant pour lui assurer les ressources nécessaires à son expansion économique, par leur travail ou par les impôts qu'ils paient, rendant ainsi ce qu'ils ont reçu.

Toutes ces dispositions permettent à Néron de garantir à Rome un apport constant en blé, mais aussi de maintenir des prix fixes, comme en l'an 62, lorsqu'une tempête a fait couler à pic deux cents *naves caudicariae* au mouillage dans le port d'Ostie et qu'un incendie en a détruit cent autres sur le Tibre…

Voilà pourquoi l'empereur est aimé par cette population qui se sent soutenue, protégée par lui. Et qui n'a jamais à se plaindre de manquer de pain. Même ses ennemis les plus acharnés se dispensent de le faire ! Néron gardera d'ailleurs un niveau de popularité élevé jusque dans les derniers mois de son règne, période à laquelle l'approvisionnement en blé depuis l'Afrique diminuera puis cessera presque entièrement... du fait des manigances de ses adversaires.

Des horrea au Forum Boarium

Le temps d'échanger quelques mots avec leurs collègues des *horrea*, sans doute membres de la VIIe cohorte eux aussi, et nos deux *vigiles* quittent la « caserne » miniature, certainement constituée de très peu de pièces, remplies de matériel anti-incendie et de lits où les hommes se reposent à tour de rôle. Spartiate, mais il faut laisser le maximum d'espace aux entrepôts de blé...

Prochaine étape pour Vindex et Saturninus, un autre des poumons économiques de Rome : à savoir, un marché aux bestiaux...

Pour y parvenir, ils passent à côté d'un temple de taille importante, celui dédié à Portunus, encore observable dans son état d'origine, quasiment face à la *Bocca della Verità*.

Ce n'est pas un hasard si cet édifice sacré se situe près du Portus Tiberinus. Le dieu Portunus se trouve être le protecteur des ports et des portes. Il y a de grandes chances pour que sa statue figure à l'intérieur, peut-être avec à la main des clés, un objet auquel la divinité était associée. À côté doit sans doute se dresser une statue de sa mère, Mater Matuta, qui le tient dans ses bras, encore enfant. Mais à propos, comment se fait-il que ce temple soit aussi bien conservé ? C'est parce qu'il a été transformé en église au Moyen Âge, époque à laquelle il a été consacré à sainte Marie l'Égyptienne, patronne… des prostituées repenties.

Encore quelques mètres et nous y sommes. Les *vigiles* sont déjà plongés dans une petite foule qui se dirige vers la ville. Tout le monde semble attiré par le grand aimant qu'abrite la capitale. Autour de nous, des vendeurs ambulants, des porteurs de litière, des marchands, des paysans, des gens du peuple. Mais aussi des *phalangarii*, reconnaissables au premier coup d'œil. Grâce à deux longs bâtons qu'ils mettent sur leurs épaules, comme une civière, quatre d'entre eux arrivent à soulever des charges lourdes et volumineuses. D'autres vont par deux. À l'aide d'une seule perche qu'ils glissent dans les anses, ils transportent de précieuses amphores de vin.

En face, une grande arche engloutit progressivement le flot de passants. De part et d'autre, adossées aux remparts, s'élèvent les maisons-ateliers des artisans et des orfèvres. Nous voici à la hauteur de la Porta Flumentana, l'une des plus anciennes portes de l'Urbs (elle s'ouvre dans la muraille Servienne qui a ceint et protégé la cité depuis la fin de la monarchie). Mais la capitale est prête à les dévorer elles aussi…

La Rome que vous allez à présent découvrir est assez rarement décrite. Nous avons en tête une ville tout en marbre, percée de colonnades et de larges artères, celle de la gigantesque maquette du Museo della Civiltà Romana, qui montre l'Urbs à l'époque de Constantin – une œuvre incroyable, que nous devons à l'architecte Italo Gismondi et qui a été réalisée dans la première moitié du siècle dernier. Mais attention : la cité qui offre ce visage, et dans laquelle se sont succédé les Flaviens, Trajan, Hadrien, Marc Aurèle, n'est pas la Rome de Néron et des empereurs qui l'ont précédé, que ce soit Tibère,

Caligula ou Claude. Ce n'est pas non plus celle de César et Auguste : cette ville qui a vu naître la République puis l'Empire a été balayée par un gigantesque incendie. Et elle était bien différente. Peu de marbre, un dédale de ruelles sinueuses, des bâtisses en bois dont la haute taille n'avait d'égale que le délabrement… Par certains aspects, on se croirait plutôt au cœur d'un bourg médiéval, très loin en tout cas de l'image que nous en offrent les films historiques et les reconstitutions virtuelles. Le but de ce livre est justement de vous emmener à la découverte de cette Rome méconnue. Surprenante. Archaïque. Connaître ses traits distinctifs reste fondamental quand on aime l'histoire de la civilisation romaine.

La plus grande ville du passé

La Rome des Césars n'a pas d'équivalent dans l'Histoire. Elle a été la plus grande ville de l'Antiquité. En cette journée du 18 juillet 64, ce sont entre 800 000 et 1 200 000 habitants qui y vivent – nous ne connaîtrons jamais le nombre exact, raison pour laquelle beaucoup d'historiques arrondissent à un million. La vieille muraille Servienne que nous sommes en train de franchir ne suffit plus et a déjà été débordée par l'expansion de la cité. Détail étonnant : l'enceinte a été reconstruite après un autre incendie d'envergure survenu – coïncidence incroyable du calendrier – un 18 juillet, mais en 390 av. J.-C., quand les Gaulois ont mis le feu à l'Urbs.

Malgré tout, si vous aviez la possibilité de prendre de la hauteur, vous vous apercevriez que Rome n'est pas si étendue. Elle couvre à peine 1 350 hectares, comme nous en informent les sources antiques de l'époque de Vespasien, monté sur le trône un an seulement après la mort de Néron. Et si l'on suit le parcours de la nouvelle muraille Aurélienne, bien postérieure puisqu'elle a été édifiée vers 270-275 ap. J.-C., sous le règne de l'empereur Aurélien, son périmètre n'est que de 19 kilomètres.

D'en haut, vous verriez que la cité s'est développée à un endroit stratégique pour les commerces, les transports et les communications – au niveau de l'île Tibérine, qui a permis dès une époque ancestrale de faire aisément la jonction entre les deux rives du Tibre. À la faveur de ce gué naturel, le nord et le sud du Latium ont pu communiquer et échanger des marchandises, ce qui a conduit à la naissance de plusieurs marchés. Le Forum Boarium et le Forum Olitorium ont beau se trouver au cœur de la Rome antique, leurs racines plongent directement dans ce monde archaïque. Malgré tout le respect dû à ces légendes qu'on vous racontera sur l'origine de la ville. Le trafic fluvial était en effet contrôlé par de petites communautés dont les villages étaient implantés sur des reliefs peu élevés (soit une cinquantaine de mètres au-dessus du niveau de la mer), les sept célèbres collines englobées au fil du temps par l'expansion de l'Urbs : le Capitole, le Quirinal, l'Esquilin, le Viminal, le Caelius, l'Aventin et le Palatin, cette dernière étant littéralement entourée par les six autres.

L'endroit était-il propice pour faire naître un grand centre urbain ? Pas vraiment. Les pentes des collines étaient trop raides pour édifier des constructions, et l'eau qui stagnait en aval formait des marais, comme au pied du Palatin, à l'emplacement du Forum et du Colisée, dont on peut encore explorer les conduites les plus profondes… en tenue de plongée.

Le véritable problème de Rome est ailleurs : la ville s'est développée de manière anarchique, spontanée, sans la moindre logique, en suivant essentiellement la morphologie du terrain. De ce point de vue, le plan hippodaméen adopté par les Grecs était bien plus efficace : il consistait à construire une sorte de damier de rues à angles droits puis, dans un second temps, à élever les bâtiments dans les espaces vacants, de manière à faciliter la circulation, l'approvisionnement et la « respiration » sociale du centre habité. À Rome comme dans tant d'autres cités chaotiques du passé, c'est l'exact contraire qui s'est produit : on a donné la priorité aux bâtiments et, à de rares exceptions, l'espace entre deux constructions a été utilisé comme route. Résultat : une ville constamment congestionnée, avec un entrelacs de venelles tortueuses et de ruelles similaires aux racines tentaculaires d'une plante. Paradoxalement, comme le précise Antonio De Simone, archéologue et spécialiste de l'Antiquité romaine, c'est dans les provinces qu'on observe des centres urbains à la conception plus cohérente, avec de larges routes et des quartiers en damier, suivant un plan orthogonal « à la grecque ».

César et Auguste ont bien tenté d'agencer l'Urbs de façon plus réfléchie, projet contrarié par sa géographie accidentée, entre vallées et collines. Sans compter les lieux sacrés et inamovibles qui s'étaient accumulés au fil des générations, faisant obstacle à la moindre velléité d'amélioration. Tite-Live lui-même n'affirme-t-il pas dans son *Histoire romaine* que Rome ressemblait davantage à une ville occupée que subdivisée rationnellement ? Cela ne l'a pas empêchée de devenir une actrice de premier plan au sein du monde occidental, signe que cet aspect n'a probablement représenté qu'un problème mineur. Gênant, certes, mais sans conséquence… Peut-être était-elle « invivable » mais, en conquérant la Méditerranée et la quasi-totalité de l'Europe, la cité s'est tout de même taillé une place dans l'Histoire.

Rome a eu une grande chance : elle se trouvait au centre d'un réseau commercial très développé, à la fois entre le Nord et le Sud, mais aussi entre la mer (toute proche) et l'intérieur des terres. Un *hub* qu'elle a par la suite élargi à l'ensemble du bassin méditerranéen, en adoptant une approche extrêmement pensée, cette fois. Sans cela, il aurait été bien compliqué pour une ville aussi anarchique de faire vivre un million de personnes chaque jour.

Répétons-le : la Rome que vous verrez au cours de ce voyage est très éloignée de celle que vous avez sûrement en tête. Le Colisée n'existe pas ; les thermes de Trajan, ceux de Dioclétien ou de Caracalla non plus. Il manque une grande partie des forums impériaux, hormis ceux de César et d'Auguste. Le Palatin est encore partiellement occupé par les élégantes *domus* des plus riches habitants ; on n'y trouve ni l'arc de Titus, ni ceux de Constantin ou de Septime Sévère ; le stade de Domitien (qui donnera sa forme à la place Navone) n'est pas encore sorti de terre… mais c'est déjà une ville magnifique, capable de vous ensorceler par ses ambiances et ses contrastes.

Entrons dans Rome…

La Porta Flumentana, tournée vers l'ouest, est évidemment plongée dans l'ombre à cette heure de la journée. Mais en la franchissant et en dépassant les larges blocs de la muraille Servienne, on a la sensation d'être plongé dans l'atmosphère des tableaux de David Roberts, peintre du XIXe siècle auteur de plusieurs vues d'Égypte. Vous les connaissez certainement : ces représentations des imposants vestiges de la civilisation égyptienne qui servent de décor à la vie quotidienne du peuple se déployant tout autour sont particulièrement frappantes. À Rome, il n'y a bien évidemment ni sable, ni sphinx. En revanche, on trouve les mêmes étalages d'épices (fraîchement déchargées des navires amarrés au port) aux auvents à rayures, les vendeurs ambulants de pain tout juste sorti du four qui appellent le chaland, les mendiants et les estropiés qui demandent l'aumône, adossés aux blocs de pierre, les enfants qui passent en courant pour être les premiers à plonger dans le fleuve…

À tous les niveaux, ce premier contact avec la cité est un choc, entre les vociférations des marchands et des nécessiteux, cette masse de gens qui vous entourent, ces odeurs pénétrantes… Tel est le visage de Rome. On dirait plus une jungle qu'un centre habité, l'attention est davantage attirée par la foule que par la beauté des marbres, et les efforts que chacun fournit pour survivre, jour après jour, en font presque oublier l'Histoire racontée dans les livres.

L'entrée en ville est marquée par une arche immense, pourvue de gigantesques portes en bois et en bronze. Sitôt de l'autre côté, on débouche sur une large esplanade, surveillée par un poste de garde. Le trafic est dense. De temps à autre, quelqu'un est arrêté pour être soumis à un contrôle. L'opération de « reconnaissance faciale » s'appuie surtout sur l'expérience des gardes. Les deux *vigiles* saluent leurs collègues et poursuivent leur route.

En quelques secondes, Vindex et Saturninus sont enveloppés par un véritable vacarme nourri de voix, de cris, de mugissements, de grognements… Devant eux s'étale une vaste place encadrée, sur tout son pourtour, de longs portiques. Une sorte de place des Vosges de l'Antiquité, mais sans rien de romantique : elle est occupée à perte de vue par une masse grouillante d'hommes et d'animaux. Au centre se dresse une grande statue de taureau en bronze, symbole de cet endroit. Bienvenue au Forum Boarium, le plus grand et le plus célèbre marché de l'Urbs. S'il porte ce nom, c'est que, depuis les débuts de l'histoire de Rome, la vente du bétail s'est toujours déroulée ici. Il a fallu attendre des siècles – et les dernières années de la République – pour que d'autres marchés spécialisés voient le jour.

Difficile d'apercevoir les dalles en marbre qui pavent le sol. Chaque centimètre carré est recouvert de tentes, d'étals, d'auvents, d'édicules, de clôtures renfermant toutes sortes d'animaux… Et je ne parle pas de la foule, déjà nombreuse à cette heure.

À Rome, les journées où se tiennent les marchés sont appelées *nundinae* et reviennent tous les neufs jours, au bout d'un cycle qui en compte huit – le calendrier romain les indique par des lettres de l'alphabet latin, du A au H.

Rien ne permet d'affirmer qu'un marché a bien eu lieu le 18 juillet 64. Néanmoins, nous avons fait le choix de suivre cette hypothèse pour mieux connaître la vie à Rome.

Les deux *vigiles* se fraient un chemin malgré la confusion. Dans la cohue qui les entoure, ça braille, ça s'esclaffe ; on s'interpelle bruyamment ou on crie les prix des animaux en vente. Le jeune Saturninus se sent malmené, bousculé de toutes parts. Plutôt que de s'imposer, il préfère s'écarter pour ne pas gêner le passage. Mais après un énième coup de coude, lorsqu'il se retrouve coincé contre une barrière, le souffle chaud d'une vache sur le visage, il change radicalement d'attitude : il pousse les gens pour avancer. Et il imite Vindex, le vétéran, qui écarte sans ménagement ceux qui traînent en travers de sa route, quitte à écraser sa large paluche sur le visage d'un esclave qui refuse de s'ôter de là…

Vindex a demandé à Saturninus d'ouvrir l'œil, et le bon. Le risque d'incendie est particulièrement élevé dans un endroit pareil. Entre la paille pour les ovins et les bovins, le bois de leurs enclos, les roseaux des cages dans lesquelles poules et pigeons battent désespérément des ailes, les paniers et l'herbe sèche utilisée pour protéger les œufs proposés à la vente, tout peut se transformer en déclencheur potentiel. Il suffirait de nourrir la flamme d'une lampe à huile pour donner naissance à un véritable brasier. Vindex s'arrête de loin en loin pour houspiller certains vendeurs. Son jeune camarade le voit même attraper par la tunique un homme en train de cuire le morceau de viande qui lui fera office de petit déjeuner… à *ça* d'un tas de foin destiné aux animaux ! Peu après, Vindex exige de voir la cruche d'eau que chaque commerçant est censé avoir à portée de main (sous son étal, par exemple) pour éteindre un éventuel début d'incendie. Ce qui n'est pas une mince affaire. On leur lance des regards noirs, comme s'ils étaient des empêcheurs de tourner en rond ou des fauteurs de troubles. Tout le monde est cependant conscient qu'il ne s'agit pas juste de pompiers mais d'espèces de « gendarmes de l'Antiquité », étant donné leur formation militaire. Protestez un peu trop vivement, et c'est l'arrestation assurée…

Saturninus jette un coup d'œil à toutes les sortes d'animaux qui l'entourent. C'est un aperçu exceptionnel des goûts alimentaires des anciens Romains qui nous est offert. Voilà un enclos renfermant des chèvres qui bêlent, leurs cornes entremêlées. Certaines sont occupées à s'affronter, sans se douter du destin qui les attend. Un peu plus loin, au milieu des tuniques des clients, Saturninus voit surgir les groins de plusieurs cochons. Puis, quelques minutes plus tard, c'est sur les enclos des vaches qu'il tombe.

Toutes ces bêtes ont visiblement une caractéristique qui les différencie de celles de notre époque : elles sont plus petites, d'un tiers environ. Nous sommes loin des techniques d'élevage modernes, où l'alimentation, les croisements et la génétique permettent d'obtenir des variétés plus grandes, parfois dans l'optique de tirer de chaque tête de bétail le plus de viande possible en un minimum de temps. Une chose est sûre : le consommateur de l'Antiquité ne risque pas de manger de la viande gonflée aux hormones ou de boire du lait contenant des traces d'antibiotiques... Les risques qu'il court sont tout autres : la possibilité que la viande pourrisse et, plus largement, tous les soucis liés à une conservation par des moyens traditionnels, moins efficaces que ceux dont nous disposons.

Mais poursuivons notre visite du marché. Voici que nous apercevons, pendues à des crocs, les nombreuses carcasses d'animaux sauvages tués par des chasseurs dans les campagnes environnantes – des quartiers de sanglier ou de cerf sanguinolents, ainsi que des lapins que des bouchers se chargent déjà d'écorcher. Sur un étal trône l'énorme tête coupée d'un taureau, les yeux à moitié fermés et la langue dehors, des nuées de mouches posées dessus. Personne ne se soucie de les chasser. Elles font partie d'une vie quotidienne que nous n'avons jamais connue (et c'est une chance), mais que nos grands-parents pourraient très facilement nous décrire…

En continuant de fendre la foule, nous sentons l'odeur typique d'un poulailler, accompagnée du chant d'un coq et de battements d'ailes frénétiques. Nous sommes dans le secteur des volailles. Ce que nous devinons également grâce aux ribambelles de faisans accrochés au-dessus d'un étal, la tête en bas. À cet endroit, le regard de Saturninus est attiré par des animaux qu'il n'a encore jamais vus : des flamants roses. Ils remuent la tête comme des manches de parapluie auxquels on aurait jeté un sort. De leurs yeux rouges, ils suivent anxieusement ce flot de passants. Vindex rejoint son collègue et lui explique que l'on s'arrache ces volatiles, en dépit de leur prix élevé : la langue de flamant rose est un plat de gourmet, particulièrement prisé par les riches Romains désireux d'épater leurs invités.

La ronde s'achève sous une tente anonyme, dans un coin de la place. Les deux *vigiles* sont accueillis par le regard doux d'une femme aux cheveux blancs rassemblés en chignon. Son mari et son fils s'occupent des ventes mais, comme dans bien des commerces de Rome, c'est elle qui tient la caisse, gère les liquidités et supervise les comptes. Elle connaît bien Vindex. Il y a quelque temps, celui-ci a pris en flagrant délit un voleur qui venait de dérober l'intégralité de la recette de la journée. Depuis, une amitié est née entre eux. Et chaque fois que le pompier chevronné se rend au Forum Boarium, il passe leur rendre visite… d'autant plus volontiers que les meilleurs œufs de caille de la ville se vendent ici. Parfait pour un en-cas !

C'est justement ce que la femme est en train d'offrir aux deux hommes avec un sourire maternel. Elle a aussitôt compris que Saturninus est une nouvelle recrue.

Le jeune homme remarque un autre animal exotique attaché à l'un des poteaux qui soutiennent la tente. Un singe. Un macaque, plus précisément. Il ne cesse de monter et descendre, attiré par le moindre mouvement, le moindre bruit. Pas de quoi s'étonner, cela dit : la présence d'animaux exotiques à Rome n'a rien d'une rareté. Il suffit de regarder les extraordinaires mosaïques de la Villa romaine du Casale, à Piazza Armerina (Sicile), pour découvrir comment ces bêtes étaient capturées et envoyées jusqu'à l'Urbs depuis l'ensemble du bassin méditerranéen, mais aussi depuis l'Afrique et l'Asie (c'est le cas des tigres et des rhinocéros indiens à une corne), avant d'être élevés dans des structures spécifiques, appelées *vivaria*, généralement situées dans les ports de partance ou à la sortie de Rome. La découverte récemment faite à Pompéi d'un os de girafe ne témoigne pas seulement du long voyage qui a été infligé à ce pauvre animal. On comprend aussi qu'il a été abattu, puis mangé…

Tandis qu'ils dégustent leur collation, les deux *vigiles* sont témoins d'une vente. Un homme est venu acheter des œufs en grande quantité et marchande avec le mari de la caissière. De toute évidence, il réclame une ristourne. Il n'est pas inintéressant d'observer leurs gestes. C'est un code. Si nous n'arrivons qu'à compter jusqu'à cinq sur chaque main, les Romains, eux, peuvent monter jusqu'à cent en posant chaque fois le bout du pouce sur une phalange différente. Mais il est possible d'aller encore plus loin. Si l'on en croit Juvénal, la main gauche permet de compter de zéro à cent, quand la droite indique les centaines et les milliers. En combinant certains mouvements, on peut atteindre n'importe quel chiffre. Après avoir convenu d'un prix, le commerçant adresse un signe à sa femme pour lui réclamer la monnaie. L'habileté et la rapidité avec lesquelles elle manipule son boulier pour calculer la somme sont sidérantes. C'est à peine si on arrive à suivre des yeux les petites billes.

Hélas, nous n'avons pas le temps d'assister à la fin de la vente. Des éclats de voix attirent notre attention sur la droite. Un homme prend la fuite tandis qu'un autre crie à tue-tête… Nous n'entendons qu'un mot, parfaitement clair. *Fur, fur !* Au voleur !

Dans la confusion générale, la foule s'agite et le malfrat joue des coudes avec l'espoir de se fondre dans la masse. Mais il a mal calculé son coup. Vindex saute par-dessus une barrière, traverse un enclos d'oies qui s'éparpillent en tous sens, affolées, et lui coupe la route. En un clin d'œil, il le plaque au sol de toutes ses forces. Devant tant d'agilité, Saturninus est lui-même surpris. C'est pourtant une vertu essentielle dans leur métier ! Les curieux s'écartent pour faire cercle autour d'eux. Si on en juge par les encouragements de l'assistance, Vindex est en train de passer le malfaiteur à tabac… Lorsqu'ils se relèvent tous deux, le pompier tient bien haut la bourse dérobée juste auparavant. De l'autre main, il attrape par les cheveux le voleur à moitié évanoui et le nez rougi par un flot de sang. Les spectateurs exultent, des sifflets et des applaudissements retentissent : les pickpockets ne sont pas appréciés ici, ni par les commerçants, ni par les clients.

Avant même que Saturninus n'arrive à se frayer un chemin dans la foule, on voit débarquer deux autres gardes. Ils font partie des cohortes urbaines, qui assurent la sûreté dans Rome en journée, là où les *vigiles* sont essentiellement des forces de police nocturnes (en plus de leur rôle de pompiers). Mais ils peuvent intervenir à tout moment si nécessaire.

Très vite, le criminel est évacué pour un interrogatoire, la victime à deux pas derrière les militaires. Et tandis que le petit groupe disparaît dans la cohue du Forum Boarium, les chalands regagnent les allées du marché, laissant Vindex et Saturninus face à face.

Le regard du jeune homme tombe sur le sol. À ses pieds, un visage sculpté. Ils se trouvent sur une bouche d'égout en marbre de la Cloaca Maxima, qui s'écoule juste en dessous. Elle traverse tout le Forum Boarium pour se jeter dans le Tibre.

Cette bouche d'égout est un réel chef-d'œuvre. Savamment sculptée dans du marbre dit « Pavonazzetto », c'est-à-dire présentant de fines veines de couleur variable, elle mesure 1,75 mètre de diamètre et pèse plus d'une tonne. L'une d'entre elles est connue dans le monde entier : la fameuse *Bocca della Verità*. Oui, ce que nous voyons tous comme un vrai bijou de l'Antiquité était à l'origine… une banale bouche d'égout, aussi ouvragée soit-elle. Incroyable, n'est-ce pas ?

Que représente-t-elle ? Le visage d'une divinité barbue, peut-être Jupiter Ammon ou le dieu Océan, la bouche à moitié ouverte. Tout autour, on distingue divers symboles, très abîmés, qu'il est difficile d'interpréter. Dans la partie supérieure, certains ont pensé voir un scarabée. Et sur les côtés, d'autres ont cru reconnaître deux pinces ou des cornes, ainsi que des têtes de loup. De nos jours, des millions de touristes se font photographier la main dans l'ouverture, imitant Gregory Peck face à Audrey Hepburn dans la célèbre scène du film *Vacances romaines*. Mais allez savoir combien d'histoires pourrait raconter ce disque en marbre. Celle de nos deux *vigiles*, peut-être…

Vindex regarde son jeune collègue. Il est temps pour eux de reprendre leur ronde.

Hercule sur les bords du Tibre

Les deux hommes finissent de traverser la place, en laissant derrière eux d'autres coins intéressants de Rome, comme le Forum Olitorium, marché à l'ambiance très similaire (à ceci près qu'on y vend des légumes et autres végétaux). Mais aussi deux temples jumeaux, collés au pied du Capitole : le temple de la Fortune et celui de Mater Matuta. Ils sont érigés sur un socle de 5 mètres de haut et de près de 50 mètres de côté, ce qui les protège des inondations incessantes du Tibre. À l'époque de Néron, l'un et l'autre comptent déjà près de six cents ans d'existence (ce qui revient, à notre échelle, à admirer une église de la Florence des Médicis). Ils ont été voulus, présume-t-on, par le roi Servius Tullius. Dans le premier, on vénère la déesse Fortune, sans doute dans sa version « Fortuna Redux ». Communément représentée avec un gouvernail et une corne d'abondance, elle protège toute personne revenant d'un long voyage et aide les soldats à rentrer chez eux sains et saufs.

Le second temple est, lui, dédié à Mater Matuta, la déesse du matin et de l'aurore, liée à la naissance et donc protectrice des femmes enceintes. En tant que déesse du matin, elle est également associée à la navigation et protège les voyageurs. Son culte est donc très répandu chez les marins et les marchands, d'où son emplacement à proximité du Portus Tiberinus. Et nombreux sont ceux qui lui apportent des offrandes votives au terme de leur périple pour la remercier d'être rentrés à bon port sans anicroche.

Un peu plus loin, ce ne sont pas moins de quatre temples et lieux sacrés dédiés à Hercule qui se dressent... Pourquoi autant ?

Nous trouvons tous normal qu'une ville antique abrite des temples, de la même façon que les nôtres sont pourvues d'églises. Mais un Romain de l'époque vous dirait que ce n'est pas tout à fait le cas. En réalité, chaque temple raconte quelque chose des origines de Rome ; ainsi l'étude de la mythologie éclaire-t-elle aussi l'histoire et la géographie de ce monde.

En indiquant les quatre temples présents dans la zone du Forum Boarium, ce Romain vous relaterait qu'Hercule, lors du dixième de ses douze travaux, navigua vers l'ouest pour rallier l'île du roi Géryon, un géant qui possédait de précieux bœufs rouges, consacrés à Apollon et surveillés par un chien à deux têtes, Orthros, ainsi qu'un berger. Hercule tua le roi en combat singulier et rapporta les bovins ici même, oui, sur les berges du Tibre. D'une grotte de l'Aventin surgit alors un autre géant, nommé Cacus, qui déroba les bœufs. La suite, vous l'imaginez : Hercule terrassa son adversaire et récupéra le troupeau. Ce faisant, il libéra des exactions du voleur les populations locales, qui le remercièrent en l'honorant comme un dieu. Les habitants ancestraux du Palatin, les Arcadiens, firent même mieux : dans le sillage de leur roi Évandre, ils lui dédièrent un territoire sacré aux abords du Cirque Maxime. Mais que serait un excellent scénario sans un coup de théâtre ? L'histoire ne s'arrête donc pas là. À en croire la légende, ce territoire aurait marqué l'un des quatre coins de la « Rome carrée », le périmètre tracé à l'aide d'une charrue par Romulus et qui donna naissance à l'Urbs. Et c'est ainsi qu'Hercule intégra à son tour le récit des origines de la Ville éternelle. Ce qui explique la présence de ces nombreux lieux de culte consacrés au fils de Jupiter, mais aussi celle du marché aux bestiaux, implanté à cet endroit précis en l'honneur des bœufs rouges conquis de haute lutte.

Et les temples de Mater Matuta et Portunus que nous avons vus un peu plus tôt ? Peu après l'arrivée d'Hercule, vous raconterait ensuite votre interlocuteur, ces rives du Tibre virent également débarquer la divinité grecque Leucothée, accompagnée de son fils Portunus. Hercule se chargea de les accueillir. À compter de ce moment, la déesse prit le nom de Mater Matuta. D'où les deux autels dédiés à ces figures mythologiques…

Bref, en désignant ces temples et en les incluant tour à tour dans son récit, ce Romain ne ferait pas autre chose que nous quand, l'été venu, nous pointons les étoiles l'une après l'autre pour recréer les constellations. Ne reste alors plus qu'à se laisser bercer par le charme de la mythologie. Car même si le culte d'Hercule a cessé d'exister, tout comme ceux qui le révéraient, un emblème de cette croyance est encore visible aujourd'hui. Un vestige archéologique d'un raffinement rarement égalé à l'échelle de la planète.

Je veux parler du temple en marbre le plus ancien de Rome. S'il a survécu, c'est parce qu'il a lui aussi été converti en église au Moyen Âge, à l'instar du temple de Portunus… Impossible de le louper, puisqu'il est également situé face à la *Bocca della Verità*. Le bâtiment n'est pas rectangulaire mais rond. Il s'agit plus exactement d'un cylindre de vingt colonnes surmonté d'un toit conique. Il abrite une cellule, cylindrique elle aussi, dans laquelle devait se trouver la statue d'Hercule, désormais perdue. Il est émouvant de se dire qu'une simple inscription a permis au nom de son sculpteur de parvenir jusqu'à nous : il s'appelait Scopas (surnommé Scopas le Jeune pour le distinguer d'un architecte du même nom actif en Grèce au IVe siècle av. J.-C.). Cette merveille a sans doute été érigée par Hermodore de Salamine, qui a travaillé à Rome environ deux cents ans avant Néron et qui est également le concepteur du temple de Jupiter Stator, au sein du portique d'Octavie.

Ce lieu sacré a été voulu par un marchand romain qui avait bâti sa fortune dans le commerce de l'huile, un certain Marcus Octavius Herennius. Et ce n'est pas un hasard : Hercule était en effet considéré comme le patron de la corporation des *olearii*, les marchands d'huile. Bien des gens le prennent pour le temple de Vesta, à cause de sa forme. À tort. En réalité, il s'agit du temple d'Hercule Victor (« Hercule victorieux ») ou d'Hercule Olivarius…

Superstitions à sens unique

Signalons une dernière anecdote liée aux croyances populaires des Romains de l'Antiquité. Entre les deux temples jumeaux, celui de la Fortune et celui de Mater Matuta, se dresse un grand arc tétrapyle (à la forme cubique et pourvu de quatre ouvertures) surmonté par deux quadriges, chacun tiré par quatre éléphants. Nous ignorons s'il avait précisément cette apparence à l'époque de Néron, car il a subi différentes transformations. Mais chaque général, chaque empereur victorieux mettait un point d'honneur à le franchir lors de son parcours triomphal dans Rome. Le cortège commençait au cirque Flamine, hors les murs, puis entrait dans la ville en passant sous cet arc, qu'on appelait pour cette raison Porta Triumphalis. À cet endroit, le vainqueur descendait de son char pour offrir un sacrifice à Mater Matuta ainsi qu'à la déesse Fortune, devant leurs temples respectifs. Après quoi il remontait sur son char, traversait l'esplanade (vide) des marchés du Forum Boarium et pénétrait dans le Cirque Maxime, où étaient déjà massés des dizaines de milliers de Romains. Entouré par la foule en liesse, il poursuivait alors sa route en traversant la vallée séparant le Palatin du Caelius, faisait son entrée dans le Forum et, pour finir, montait sur le Capitole afin d'y honorer Jupiter Capitolin.

Le poète Ovide écrit par ailleurs que franchir la Porta Triumphalis dans le sens opposé, c'est-à-dire comme pour sortir de la ville, était interdit. On peut même affirmer que cela devait porter malheur. Pour la raison que voici : il s'agit de l'itinéraire qu'aurait suivi l'armée des Fabii, partie combattre les habitants de la cité étrusque de Véies et, au bout du compte, vaincue lors d'une bataille au bord de la rivière Crémère. Des événements survenus plus de cinq cents ans avant la journée que nous décrivons. Mais la mémoire et la superstition des Romains ont la peau dure…

5

Les banquiers de Rome

Des prêts à taux d'usure

Vindex et Saturninus sont entretemps parvenus à l'autre bout du marché et s'engagent sous de longues arcades. Les pupilles des deux hommes sont brusquement obligées de se dilater pour mieux voir. La pénombre qui enveloppe tout s'anime d'un va-et-vient de personnes, qui leur apparaissent tout d'abord uniquement comme des ombres. Le soleil n'arrivera ici que dans l'après-midi… On aperçoit néanmoins de nombreuses lampes à huile allumées, dont certaines à becs multiples accrochées au plafond. La présence des deux *vigiles* n'a donc rien d'anodin. Entre ces lampes innombrables et cette foule immense, un incendie dans ce secteur provoquerait des dégâts absolument titanesques. Surtout qu'il y a les boutiques des banquiers de Rome, les *argentarii*… On trouve ces échoppes partout où il y a des commerces, et particulièrement sur le Forum, ou sur les marchés, comme celui-ci.

Les « banques » des Romains sont très différentes des nôtres par certains aspects. Ce sont plutôt des guérites, dotées de pièces aux dimensions réduites, d'un comptoir en maçonnerie et d'une porte. Mais pour le reste, tout est pareil qu'à notre époque. À l'intérieur, des sommes conséquentes ; à l'extérieur, des agents de sécurité privés. Parmi les principaux services offerts aux clients, il est possible de déposer de l'argent et d'en emprunter, mais avec des marges de gain qui seraient aujourd'hui considérées comme de l'usure... Le taux d'intérêt maximal (*usurae centesimae*) atteint en effet 12 %. Du vol pur et simple, dirions-nous, mais la chose est parfaitement légale dans l'Antiquité. Codifiée, même. Ce pourcentage, introduit dès les Douze Tables (*Duodecim Tabulae*, 451-450 av. J.-C.), est encore en vigueur à l'époque de Néron. Dans le cas des prêts liés au commerce naval, la loi permet d'exiger un taux d'intérêt encore plus élevé, eu égard aux risques de naufrage ou d'actes de piraterie. L'empereur byzantin Justinien abaissera le plafond à 6 %, mais il faudra attendre encore quatre cents ans au bas mot...

Avec l'expansion de l'Empire, les banquiers de Rome sont parvenus à diversifier leurs activités et à s'adapter à un marché financier toujours plus international. Il leur est notamment possible de transférer de l'argent dans des cités à l'étranger, y compris pour solder une dette. Ils commencent même à jouer les intermédiaires lors des ventes et des achats de biens, parfois aux enchères. Bref, un monde de la finance dynamique, géographiquement parlant autant qu'en matière de transactions proposées, où les contrats et les lettres de crédit (héritées des Grecs) sont désormais entrés dans la pratique courante, cela va sans dire.

Un éventail de possibilités d'autant plus remarquable qu'on ne connaît ni les ordinateurs, ni les téléphones portables, ni Internet...

Au grand dam de l'aristocratie romaine et de ses valeurs, de plus en plus de simples roturiers s'enrichissent et gravissent l'échelle sociale grâce à leur condition d'*argentarius*. Il se murmure que les grands-pères d'Auguste et de Vespasien eux-mêmes exerçaient cette profession…

On devine que beaucoup d'anciens esclaves, des affranchis donc, ont emprunté cet ascenseur social afin de faire fortune. À l'image de Trimalcion, le grand protagoniste du *Satiricon* de Pétrone, qui se vante de devoir une partie de sa richesse à son activité de prêteur.

Détail encore plus surprenant : cette corporation a même compté parmi ses membres… un pape ! En l'espèce, Calixte Ier, à la fin du IIe siècle ap. J.-C., durant le règne de Commode. Des années avant de monter sur le trône de Pierre, il tenait un comptoir dans la *regio XII*, aux abords de la *piscina publica* (les bains publics). C'est là qu'il exerçait le métier d'*argentarius* pour le compte de son ancien maître, Carpophore. Parmi sa clientèle, des chrétiens et des Juifs, principalement. Curieusement, le comptoir fit faillite et il se retrouva en fort mauvaise posture.

Les deux *vigiles* marchent d'un pas lent en s'assurant que tout est en ordre. Vindex n'a aucun scrupule à exiger qu'on lui montre les réserves d'eau dans chacune des minuscules échoppes. Ce qui ne manque pas de créer une tension palpable chez l'un des banquiers, forcé de s'interrompre alors qu'il établit les comptes avec son secrétaire, ainsi que parmi les gros bras chargés de la surveillance. Mais ils ne peuvent absolument rien faire. La loi est du côté des *vigiles*.

Pendant ce temps, Saturninus en profite pour jeter un coup d'œil dans la *taberna argentaria*. Exactement comme le montrent plusieurs stèles mises au jour par les archéologues, le banquier est assis sur une chaise au dossier élevé, les pieds sur un petit tabouret. Devant lui, l'élément le plus représentatif de son travail : la *mensa*, le comptoir sur lequel il dresse ses comptes et étale l'argent qu'il encaisse ou qu'il prête. Cet objet est si étroitement lié à cette activité que les banquiers sont également appelés... des *mensarii*. Mais n'est-ce pas la même chose encore de nos jours ? À votre avis, d'où viennent les mots banque et banquier ? Tout simplement de la « banque », cette table à laquelle travaillaient les lointains successeurs des *argentarii* romains, dans les rues de la Florence des Médicis.

Sur un fragment de sarcophage aujourd'hui conservé au Museo Archeologico Nazionale d'Aquilée (dans le Frioul), on peut voir un *arcarius*, à savoir un caissier ou un banquier, posté près de son coffre-fort, la main droite posée dessus pour montrer qu'il en est le propriétaire. C'est justement l'un d'eux que Saturninus est en train d'observer. Les coffres-forts romains ne sont pas en métal. On dirait plutôt de lourdes malles carrées, pas très volumineuses, mais renforcées avec des sangles et des clous en métal. Derrière, de petits meubles contenant des registres, des rouleaux de parchemin et une petite partie des archives (jalousement gardées chez le maître des lieux, avec des contrats et d'autres documents).

Sur la table figurent également les outils du métier : des tablettes en cire servant à rédiger les messages et les courriers à envoyer en ville, mais aussi les documents à archiver comme les reçus, un boulier, une balance pour tester les pièces...

Le bruit de l'argent

Les deux *vigiles* reprennent leur ronde. Depuis qu'ils se sont engagés sous les arcades, leurs oreilles sont assaillies par les tintements métalliques qui résonnent inlassablement sous la voûte. Le bruit d'une pièce de monnaie qui tombe, mille fois de suite. Très agaçant quand on n'y est pas habitué, mais pas pour ceux qui manipulent cet argent, loin de là... Ces sons proviennent des boutiques glissées entre celles des banquiers et tenues par des agents de change (*nummularii*). Les poings sur les hanches, Vindex se trouve justement devant l'une d'entre elles. À l'intérieur, un homme au regard perdu dans le vide, en train de faire rebondir une pièce sur une plaque de marbre encastrée dans le comptoir. Il s'arrête en apercevant le pompier. Le visage éclairé par un large sourire, il le salue d'un geste. C'est Marcus Cornelius Euhodus, un affranchi originaire d'Orient.

Comment savons-nous que cet homme a réellement existé et qu'il exerçait la profession de *nummularius* dans la Rome de Néron ? Grâce à une épitaphe retrouvée par les archéologues dans un columbarium de la villa Pamphilj, sur la via Aurelia Antica.

Les deux hommes se serrent la main et échangent quelques mots. Marcus sert à son visiteur du vin qu'il refroidit en le versant dans un entonnoir contenant de la glace. Vindex commence par refuser, étant de service, mais finit par accepter devant l'insistance de son ami. Et comme le verre n'est pas si grand que ça... Ils discutent de choses et d'autres, y compris de Claudia, l'épouse du *nummularius*. De toute évidence, il s'agit d'un couple fusionnel. On peut le déduire grâce à la pierre tombale que Claudia fera graver quelques années plus tard, au moment de la crémation d'Euhodus, et datée de la seconde moitié du Iᵉʳ siècle ap. J.-C. Ce qui nous permet de connaître le nom complet de cette femme : Claudia Crane. Sans doute s'agit-il d'une affranchie de l'empereur Claude. Hélas, son visage nous restera inconnu pour toujours.

En quoi consiste le travail d'un *nummularius* ?

Pour l'essentiel, c'est un agent de change qui s'occupe d'échanger des devises étrangères contre des devises romaines (*permutatio pecuniae*), en prenant une petite commission au passage. Le change s'effectue en tenant compte des valeurs officielles affichées au Forum, non loin du temple des Dioscures (*aeraria ratio*).

Avec la longue expérience qu'acquiert le *nummularius* à force de manipuler de l'argent du matin au soir, personne n'est mieux placé que lui pour repérer les faux, aussi bien parmi les pièces romaines que celles, innombrables, en provenance d'Orient. Il travaille donc en relation étroite avec les banquiers, même si l'essentiel de sa clientèle est constitué de marchands, de boutiquiers et de voyageurs. Pour attirer l'attention des potentiels clients, il laisse rebondir une pièce par terre ou sur la dalle en marbre de son comptoir. Ce qu'il fait en ce moment même pour montrer à Vindex une fausse pièce qu'un client lui a demandé de contrôler. Au fond, comme l'écrit Pétrone dans son *Satiricon*, le *nummularius* est une sorte de médecin capable de déceler une maladie dans le corps des pièces de monnaie, surtout celles en argent, comme le denier (*denarius*).

Marcus attrape la pièce et, en quelques secondes à peine, use de tous ses sens pour poser son diagnostic : il la touche, observe ses imperfections à contre-jour, la lèche, la renifle, la mord et finit par la faire à nouveau rebondir en écoutant le son qu'elle rend. Ce qui lui permet, conformément à ce qu'affirme Pétrone, de deviner le bronze qui se cache sous l'argent.

Reste un dernier test à réaliser, à l'aide d'une petite balance à deux plateaux (*trutina*). Sur le premier, Marcus pose la pièce, et sur l'autre, la fameuse « pierre de touche », afin de s'assurer que l'échantillon a bien le même poids. L'examen terminé, il esquisse un sourire et rend son verdict : il s'agit d'une contrefaçon. De belle facture, mais pas parfaite. Vindex sourit à son tour : ce denier lui paraissait si vrai...

Marcus récupère la pièce et l'ajoute à l'une des innombrables piles méticuleusement disposées sur le comptoir. Celles des faux...

Bien à l'abri à l'intérieur du comptoir en bois, décoré de losanges et de disques dans le même matériau, on découvre une multitude de petites bourses remplies de pièces déjà testées, comptées et pesées. Chacune est refermée par un nœud auquel est liée une curieuse barrette allongée en os ou en ivoire (*tessera nummularia*). On en voit souvent dans les musées. Elles ont une tête arrondie et un trou par lequel on fait passer la cordelette qui noue la bourse. On y inscrit, entre autres informations, le nom du *nummularius* qui a contrôlé les pièces, preuve qu'elles sont authentiques. Une sorte d'expertise.

La beauté unique des pièces de Néron

Marcus sort un sesterce d'une de ces bourses. Il est tout neuf et sans une égratignure, frappé depuis peu, « en fleur de coin », comme diraient les numismates. Le *nummularius* montre la pièce à Vindex. Le visage de Néron dont elle s'orne est tout simplement parfait.

Ce n'est pas un hasard. Les collectionneurs d'aujourd'hui vous expliqueraient que les pièces frappées à cette époque, dès 64 ap. J.-C., année à laquelle nous nous trouvons, comptent parmi les plus belles jamais produites dans l'histoire de l'humanité. À la Renaissance, on les considérera même comme des chefs-d'œuvre dignes d'être admirés. Pour quelle raison ?

En grande partie parce que Néron est féru d'art. A-t-il tenu à ce que la monnaie véhiculant son visage dans tout le monde connu (et même au-delà des frontières de l'Empire) montre sa magnificence et celle de « son » Empire, y compris d'un point de vue esthétique ? Possible, même si rien ne permet de l'affirmer. Les pièces fabriquées au cours de cette période sont en tout cas l'œuvre de grands maîtres graveurs. Elles représentent Néron de manière réaliste, oui, mais avec la grandeur et l'opulence (à tous les sens du terme) d'un souverain grec. Ce qui correspond parfaitement à son état d'alors, à la fois sur le plan psychologique et physique...

Derrière ces petits chefs-d'œuvre de gravure se cache néanmoins l'une des plus grandes réformes financières de l'histoire romaine. Il règne en effet une grande effervescence sous ces arcades, entre les *tabernae* des banquiers et des *nummularii*. L'activité est plus intense que d'habitude, on les sollicite sans arrêt pour des changes et des dépôts. Car quelques mois plus tôt, au début de l'année, Néron a lancé une refonte monétaire.

Différents facteurs l'ont poussé à prendre cette décision. En premier lieu, les dépenses militaires faramineuses, comme celles entraînées par la guerre en Arménie ou par les révoltes à mater dans la province romaine de Bretagne (recouvrant une partie de l'actuelle Grande-Bretagne), celle menée par Boudicca par exemple. Par ailleurs, selon l'historien Eugen Cizek, Néron veut s'assurer le soutien du peuple et des spéculateurs en prévision de nouvelles dépenses.

Les pièces romaines qui circulent dans l'Empire sont fabriquées à partir de quatre métaux. Les plus précieuses sont en or (*aureus*). Viennent ensuite celles en argent (*denarius*), puis celles en orichalque, un type particulier de laiton ressemblant à l'or mais constitué d'un alliage de cuivre et de zinc (sesterce et dupondius), et, pour finir, celles en cuivre (as, demi-as, quadrant).

Elles ont des équivalences bien précises : 1 *aureus* vaut 25 deniers ; 1 denier, 4 sesterces ; 1 sesterce, 4 as… et ainsi de suite. Ou si vous préférez : 1 *aureus* représente 25 deniers ; 100 sesterces, 400 as…

Curieusement, le célèbre sesterce utilisé au temps de la République était en argent. C'est Auguste qui a souhaité le remplacer par une pièce en orichalque, pesant approximativement une once (soit près de 30 grammes). Un système resté en vigueur pendant deux ou trois générations.

Et Néron, qu'a-t-il fait ? En apparence, pas grand-chose. Il a réduit le poids des pièces d'or et de celles en argent. Le poids de l'*aureus* est ainsi passé de 7,70 grammes à 7,30 grammes, et celui du *denarius* en argent de 3,57 à 3,18 grammes.

Mais surtout, il a diminué la quantité d'argent présente dans chaque denier, qui est passée de 97,35 à 93,48 %. Une broutille, me direz-vous. En dehors d'un *nummularius*, qui saurait repérer que le *denarius* contenait auparavant 3,47 grammes de ce métal, et 2,97 depuis ?

Et pourtant… À lui seul, ce demi-gramme a bouleversé toute l'économie de la Méditerranée. Et voici pourquoi. Pour acquérir, mettons, une pièce d'or, il faut toujours 25 deniers. Mais puisqu'ils contiennent moins d'argent, on économise sur la quantité de métal. Rappelons que dans l'Antiquité les pièces sont comme de petits lingots. Leur valeur équivaut au poids du métal qu'elles contiennent, là où nos pièces représentent surtout une valeur financière symbolique.

Dans la pratique, cette dévaluation a favorisé tous ceux qui utilisent prioritairement des pièces en argent plutôt que des pièces en or dans le cadre de leur travail, ou qui ont choisi de les mettre de côté pour se constituer une sorte d'épargne – c'est-à-dire principalement le petit peuple, les commerçants et les marchands. De cette façon, Néron aide les classes sociales qu'il veut soutenir (les affranchis dans leurs projets, le peuple dans sa vie quotidienne, les entrepreneurs dans leurs affaires) et frappe surtout les sénateurs, ses adversaires, habitués vu leur train de vie à régler leurs dépenses essentiellement en pièces d'or.

La partie orientale du bassin méditerranéen profite elle aussi de la dévaluation. Le denier « allégé » se rapproche de la monnaie qui y circule, la drachme, ce qui facilite les déplacements et le commerce.

Une chose est sûre : cette réforme a stimulé les échanges et l'économie. Mais avec le temps, le fait que les pièces « valaient moins » a inévitablement entraîné une augmentation des prix, dans une spirale inflationniste qui durera jusqu'à la fin de l'ère romaine.

Autre conséquence néfaste, pour Néron uniquement : cette décision impériale ne fera qu'alimenter les braises du complot qui couve déjà parmi les sénateurs et n'aura besoin que d'un an pour déboucher sur la fameuse conjuration de Pison.

6

La matinée de Pline

Un tour en litière

Pendant ce temps, à l'autre bout de Rome, Pline l'Ancien monte sur la litière qui l'attend devant son domicile. Lui-même raconte que, pour éviter de rester englué dans la cohue, il adopte ce moyen de transport, ce qui lui permet de lire ou de se consacrer à ses travaux, et de gagner un temps précieux. Sitôt installé, il se fait donc remettre un papyrus qu'il déroule afin de s'y plonger avidement.

Sa lecture est entrecoupée de quelques quintes de toux, car il a la gorge et les bronches très délicates. Un souvenir de ses années dans la légion, passées sous les climats rigoureux de la Germanie. Et manifestement décidées à lui présenter la facture…

Avant de consulter un *volumen*, il jette un dernier coup d'œil à la porte de son voisin, celle ornée d'un aigle sculpté. Un sourire s'esquisse sur ses lèvres. Chaque fois qu'il le voit, ce détail lui rappelle l'aigle doré des légions en Germanie. L'espace d'un instant, ce sont les visages de ses camarades qui défilent devant lui, mais aussi les armures, les chevaux au galop, les mêlées farouches et le ciel de plomb de cette lointaine frontière de l'Empire...

À son signal, la litière s'élève et se met en mouvement, en ondoyant au fil de la rue.

Le premier monument qu'il croise, presque devant chez lui, est la grande fontaine d'Orphée que Martial décrit dans l'épigramme où il indique l'emplacement de la demeure de son ami Pline le Jeune : « Là, tu verras tout de suite un Orphée, aspergé de gouttes d'eau et dominant un théâtre ruisselant, les bêtes sauvages sous le charme, et l'oiseau royal qui enleva le jeune Phrygien pour le porter au dieu de la foudre. »

Grâce à cette description, nous pouvons même nous représenter sa forme, ses sculptures décrivant le mythe d'Orphée et celui de Ganymède. La figure d'Orphée, nous dit Martial, est visée par les jets d'eau. Tout autour, des statues de bêtes et d'animaux sauvages écoutent le poète légendaire, subjugés. Un peu plus loin, on découvre la scène de l'enlèvement de Ganymède par un aigle qui le conduit jusqu'à Jupiter. Autant d'éléments qui laissent deviner une fontaine de taille imposante. En effet, selon le spécialiste de l'histoire romaine Filippo Coarelli, celle-ci est probablement indiquée sur un fragment de la *Forma urbis severiana*, le plan de Rome gravé sur des plaques de marbre et réalisé au temps des Sévères, sous la forme de trois cercles, dont un plus large au centre. Peut-être les trois vasques au-dessus desquelles se dressaient les statues...

Ne reste plus qu'à imaginer des enfants qui s'amusent à s'asperger malgré les remontrances de leurs mères, le fracas des jets d'eau et, sur les rebords humides, des papillons assoiffés qui boivent en battant lentement des ailes. Le tout pendant que la litière de Pline s'éloigne au milieu des passants qui discutent, dans la chaleur estivale.

Mais où nous trouvons-nous exactement ? Comme nous avons déjà eu l'occasion de le dire, nous sommes sur l'Esquilin, la plus grande et la plus étendue des sept collines de Rome. En réalité, elle se compose de trois élévations. À l'ouest, le Fagutal, qui tire son nom du fait qu'il était à l'origine recouvert de forêts de hêtres (*fagus*), ainsi que l'indique Varron dans sa *Langue latine* ; au sud, l'Oppius, qui borde la vallée sur laquelle sera érigé le Colisée ; et pour finir, au nord, le Cispius – où réside sans doute Pline l'Ancien. À l'heure actuelle, c'est dans cette zone que se dresse la basilique de Santa Maria Maggiore, à deux pas de la gare de Termini. De là, on descend vers le secteur du Forum et du Colisée, en empruntant des rues en pente, telles que la via Cavour. Mais c'était déjà le cas pour Pline à bord de sa « voiture avec chauffeurs », la litière.

La cité qu'il voit défiler en cours de route est évidemment sans rapport avec la Rome moderne. Pas de larges avenues, pas d'immeubles fin XIXe. C'est un dédale de ruelles et de boyaux tortueux, coincés entre d'immenses bâtisses, les *insulae*. La pauvreté est palpable, il y a des enfants qui courent, des ordures à tous les coins de rue, des commerces aux étalages peu engageants. On pourrait presque imaginer du linge mis à sécher aux fenêtres ou sur les toits, même si, comme le souligne Antonio De Simone, un détail aussi spécifique de la vie quotidienne n'est attesté par aucune description littéraire (récits ou citations d'auteurs antiques), aucune figuration (à travers des œuvres d'art), aucun élément matériel (comme des trous laissés par des clous sur les murs extérieurs d'*insulae* ou des bouts de corde).

La rue est également animée par une véritable marée humaine qui vous empêche d'avancer en ligne droite. Mais, au-devant du moyen de transport de Pline, un esclave solidement bâti ouvre la voie en créant de l'espace au milieu de la foule... Bienvenue dans Suburre, le quartier le plus populaire de Rome.

Certains l'ont comparé aux favelas de Rio de Janeiro, d'autres au Bronx new-yorkais ou bien encore aux banlieues de Paris. La vérité, c'est qu'il est indéfinissable. Il a une âme propre. Et c'est uniquement en s'y plongeant, comme nous sommes en train de le faire, qu'il est possible de la découvrir.

Par cette journée de juillet brûlante, les pas de milliers de personnes sur la chaussée en terre battue soulèvent une poussière désagréable qui fait tousser et s'envole jusqu'au troisième étage des immeubles. Les yeux peinent à affronter les visages et les regards de tous ces gens qui marchent dans le sens opposé. Essayez de tourner la tête pour observer les produits en exposition et vous trouverez la même profusion d'objets et de couleurs, qui changent d'échoppe en échoppe : des alignements de sandales, de couteaux et de lames, des rouleaux de tissus éclatants, des tas de légumineuses ou des empilements de paniers de tailles et de formes diverses et variées. Attention à ne pas heurter l'un de ceux qui sont accrochés aux enseignes au-dessus de vous...

Tous vos sens sont agressés, d'une manière ou d'une autre. Vos oreilles sont envahies par le bruit sourd d'une feuille de boucher qui coupe net une tête de cochon ; puis par les piaillements de poussins proposés à la vente ; le crissement d'un mortier broyant des pigments se mêle à un éclat de rire dans votre dos ; les coups de burin nerveux d'un sculpteur qui ébauche le portrait d'un défunt sont couverts par les beuglements d'un vendeur d'eau ambulant…

Les narines sont elles aussi malmenées par les notes piquantes des épices et par les effluves de basse-cour nauséabonds qui flottent autour des canards et des poules enfermés dans des cages en bois, par la senteur du pain tout juste sorti du four et présenté sur le comptoir d'un boulanger, la puanteur des eaux usées d'une ruelle… Tout est mélangé à la façon des couleurs sur la palette d'un peintre. Sans parler de l'odeur de transpiration de certains hommes de peine et des parfums frais des femmes qui passent à côté de vous en poursuivant leurs emplettes. Une claque suivie d'une caresse, en l'espace d'une poignée de secondes…

La rue que nous arpentons en ce moment est l'Argilète (Argiletum, de son nom latin), une rue qui descend de Suburre vers le Forum. On l'appelle ainsi en raison de la nature argileuse du sol ou, selon d'autres, à cause de la quantité de boutiques vendant des objets en terre cuite – cruches, statuettes votives, assiettes, amphores et lampes à huile. Mais ce n'est pas la seule particularité de cette zone. C'est également ici que se trouvent les meilleures librairies de la ville. Si nous vivions en l'an 64 ap. J.-C., le livre que vous êtes en train de lire serait en vente ici…

Les librairies de Rome

Alors que la litière de Pline couvre les dernières encablures de l'Argiletum, une forte odeur de cuir tanné se fait sentir.

Nous sommes au croisement du Vicus Sandalarius où, comme son nom l'indique, se pressent de nombreuses boutiques de cordonniers (*sutores*). Les sandales et les chaussures fermées (*socci*) neuves exhalent une odeur si puissante qu'elle imprègne l'air de la ruelle, d'un bout à l'autre. Pline a beau être absorbé par la lecture de ses notes, ces effluves ont le même effet qu'un parfum de cuisine qui vous donne l'eau à la bouche. Il lève la tête, un sourire aux lèvres. La librairie n'est plus très loin, désormais. Pline écarte légèrement le rideau qui l'avait jusque-là protégé des regards des badauds et jette un coup d'œil aux échoppes qui défilent devant lui.

Il y a de quoi être impressionné par la quantité de chaussures exposées. On aperçoit des sandales d'été ou encore des modèles pour femme dont l'empeigne en cuir est aussi ouvragée que de la dentelle.

L'œil de Pline reconnaît aussitôt des souliers d'hiver accrochés en hauteur. Ils font partie de l'équipement des soldats. Manifestement, la clientèle des boutiques est largement composée de légionnaires, ou de membres du personnel militaire en partance pour le front du Nord. Mais il n'est pas rare non plus que les *vigiles* de l'Urbs viennent acquérir ces chaussures protectrices.

Soudain, la litière du savant s'arrête et s'abaisse doucement jusqu'à toucher le sol. L'esclave chargé de disperser la foule écarte le rideau et Pline descend avec une agilité insoupçonnée. Une fois sur ses pieds, il rapproche ses omoplates pour s'étirer. Le voilà pile devant sa librairie préférée, celle de Dorus, un célèbre libraire de l'époque de Néron, désormais très âgé. Ce dernier a réellement existé – Sénèque l'évoque même dans son traité *Des bienfaits*, composé entre 56 et

62 ap. J.-C. Certains libraires de la ville sont connus bien au-delà des frontières de Rome, à l'image des frères Sosies, contemporains d'Auguste et cités par Horace. Non contents de les vendre, ils publiaient aussi des livres. Sur un papyrus retrouvé en Égypte qui traite d'aspects grammaticaux de l'*Iliade* et rédigé par Apollodore d'Athènes, leur nom apparaît, cité en grec (*Sosioi*). D'après l'archéologue allemand Horst Blanck, il s'agirait vraisemblablement d'une œuvre publiée par ces deux frères. Qu'un traité produit à Rome il y a deux mille ans ait pu faire un tel trajet, à la manière d'une édition étrangère, voilà qui est étonnant, non ? Mais vous l'aurez désormais compris : si le monde antique nous déstabilise, c'est que nous avons l'habitude de le considérer comme inférieur au nôtre. Ce serait oublier que celles et ceux qui ont vécu à cette période ne sont pas si différents de nous, bien au contraire. En un sens, c'est comme si nous nous voyions projetés dans une autre époque, avec notre créativité, nos qualités et nos défauts. Voilà pourquoi l'Antiquité est si surprenante. À tort, d'ailleurs : la meilleure science-fiction ne se trouve pas dans le futur, mais dans le passé…

D'un regard, Pline embrasse toute la rue et aperçoit les enseignes des autres boutiques de libraires qui se pressent ici, dans cet ultime tronçon de l'Argiletum. Pour lui, ce coin de Rome est comme une pâtisserie pour un enfant : plein de petites merveilles à découvrir. C'est vraisemblablement ici même que se trouvent les librairies citées une vingtaine d'années plus tard par Martial, comme celles de Tryphon, Secundus ou Atrectus : « Sans doute t'arrive-t-il tous les jours de passer près du quartier de l'Argilète. À l'opposé du forum de César, il est une boutique dont la porte, du haut en bas toute revêtue d'inscriptions, te permettra de lire d'un coup d'œil les noms de tous les poètes. C'est là qu'il faut venir me chercher. Tu n'auras même pas à adresser une demande à Atrectus (tel est le nom que porte le patron de la boutique). Prenant dans le premier ou le deuxième casier où je niche, il te tendra pour cinq deniers un Martial poli à la pierre ponce et élégamment enveloppé de pourpre. "Tu ne vaux pas cela", vas-tu dire. Tu es homme d'esprit, Lupercus ! »

Martial vient de nous révéler à quoi ressemblent les librairies à l'ère romaine. Sur les portes d'entrée, des inscriptions signalent aux passants les dernières nouveautés et les textes des auteurs proposés à la vente. Un système proche des vitrines de nos librairies. À une différence près : vous ne verrez jamais un ouvrage exposé dehors. Parce que ces boutiques ne comptent pas de vitrine, certes, mais surtout parce que le risque de vol est trop élevé. Et pour cause : les livres sont des produits aussi luxueux que les tableaux de maître de nos jours. Faits main, ils n'existent qu'en une poignée d'exemplaires.

Petit manuel de fabrication d'un livre romain

À peine entré dans la *taberna libraria*, Pline est assailli par l'odeur typique de ces endroits, celle de l'huile de cèdre. Vous comprendrez bientôt pourquoi… Il est immédiatement accueilli par le propriétaire, parfois appelé *bibliopola* (du grec *bibliopoles*, qui signifie précisément « vendeur de livres »), qui le salue chaleureusement. Pline devait sans doute être ce qu'on appelle aujourd'hui un gros lecteur… À l'intérieur, les murs sont recouverts de rayonnages sur plusieurs niveaux, avec des sections spécifiques, exactement comme dans les librairies actuelles. Sur ces étagères en bois sont alignés les best-sellers de l'Antiquité. Ne vous attendez pas à trouver des livres reliés : ils ne deviendront courants qu'à partir du siècle suivant. Ici, tout est écrit sur des rouleaux (*volumina*) de papyrus ou, beaucoup plus rarement, de parchemin. Librairies et bibliothèques sont remplies de rouleaux disposés en pyramide. Mais certaines d'entre elles présentent des rayonnages formant une kyrielle de losanges, afin d'accueillir les rouleaux disposés en « pyramide inversée ». On ne peut plus pratique pour les consulter ! Et toute la pile ne risque pas de tomber par terre quand on retire un *volumen*.

Mais à quoi ressemble un livre, au juste ? Pline porte son choix sur un ouvrage, il se penche afin de lire son titre (*titulus*) et le nom de son auteur sur une bande de cuir qui pend au centre du rouleau. Une fois le *volumen* retiré du tas, il l'ouvre en le déroulant.

À l'époque romaine et grecque, un livre est constitué d'une vingtaine de feuillets, presque toujours en papyrus, collés les uns aux autres sur le plus petit côté de manière à former une longue bande dont le bout est ensuite fixé sur un court bâtonnet en bois, l'*umbilicus* (qui peut aussi être en os ou en ivoire). L'ouvrage entier est enroulé autour de ce cylindre qui, dans les éditions les plus raffinées, présente deux pommeaux à ses extrémités, blancs ou noirs. On le lit en déroulant le *volumen* à l'horizontale, un peu comme si vous ouvriez un journal. Le texte, écrit en petits caractères sur une seule face du feuillet, est subdivisé en colonnes (*paginae* ou *plagulae*) et suit les fibres du papyrus. Il n'y a donc pas de pages à tourner à proprement parler : on se contente de dérouler le *volumen* d'une main, petit à petit, tout en le réenroulant de l'autre.

En règle générale, on peut estimer à vue de nez la valeur d'un ouvrage antique en le regardant sous toutes les coutures. Les éditions plus économiques et les brouillons ne présentent aucun *umbilicus*. À l'inverse, les versions de luxe incluent un bâtonnet en ivoire mais également un feuillet protecteur (*protokollon*), souvent de couleur pourpre et collé à la première page, qui enveloppe le parchemin à mesure qu'on l'enroule.

Et ces livres, qui les achète ? Pas le petit peuple, précisons-le d'emblée. Les *volumina* sont l'apanage d'une élite. Une clientèle triée sur le volet, passionnée et généralement aisée. Les livres servent essentiellement dans le domaine de l'éducation, de la recherche érudite… mais aussi en tant que *status symbol*. De nombreux Romains possèdent de véritables bibliothèques chez eux, essentiellement pour apporter à leur demeure une touche d'élégance et afficher leur niveau social. Pas vraiment par réel intérêt pour les œuvres ou la lecture.

Un aspect d'ailleurs critiqué par plusieurs intellectuels romains. Comme Sénèque, qui s'insurge : « À quoi bon d'innombrables livres, à quoi bon des bibliothèques, si leur propriétaire peut à peine, en toute une vie, lire la totalité des titres ? […] Du raffinement ? De la sollicitude ? Bien plutôt une orgie culturelle, même pas culturelle d'ailleurs, car ils avaient conçu cette bibliothèque non pour la culture mais pour le prestige ; de même, combien de gens n'ont pas le plus élémentaire savoir et trouvent dans les livres non le moyen d'apprendre mais une décoration de salle de réception ! »

Avec délicatesse, Pline attrape à présent un autre *volumen*, sous le regard heureux mais inquiet du patron de la librairie. C'est un exemplaire unique… Pour reconnaître un livre de valeur, rappelons-le, différents éléments s'offrent à nous. La qualité de l'édition, en premier lieu. Le papier est un bon indicateur. Les ouvrages les plus importants sont rédigés sur ce qu'on appelle le « papier d'Auguste », un type de papyrus de très haute qualité, présentant peu de veines sombres et de taches. Il provient des ateliers d'Alexandrie, la plupart du temps. L'odeur et la couleur des feuillets ont également leur importance. Afin de les protéger des insectes et de la moisissure, on les badigeonne d'huile de cèdre, ce qui leur donne une teinte jaune pâle et une odeur reconnaissable entre mille... qui imprègne également la *taberna libraria*. Dérouler un *volumen* donne envie de fermer les yeux et de savourer ce parfum, exactement comme quand on ouvre un livre neuf aujourd'hui...

Quant aux prix, ils ne sont pas si prohibitifs, en réalité. Martial, dans ses *Épigrammes*, précise que le coût d'un *volumen* de qualité moyenne ou basse oscille entre deux et quatre sesterces (ce qui pourrait représenter entre douze et vingt-quatre euros, environ). Un ouvrage de qualité supérieure se négociera jusqu'à deux fois plus cher. Un peu comme nos beaux livres illustrés. Pour que vous ayez un élément de comparaison plus précis, prenons l'exemple parlant donné par l'archéologue Valentina Cosentino. Dites-vous que quelques années plus tard, à Pompéi, un verre de très bon vin, comme le *falernum*, coûtera parfois un sesterce. Mais nous avons connaissance de livres autrement plus chers, comme nous l'indique là encore Martial quand il affirme qu'une belle reliure ne saurait transformer un auteur médiocre en grand poète : « Tu es dans l'erreur, cupide détrousseur de mes livres, si tu t'imagines qu'on peut devenir poète au prix que coûte un manuscrit ou un rouleau de vulgaire papyrus : les bravos ne s'achètent pas pour six ou dix sesterces. »

Profession libraire-éditeur

Martial souligne un autre aspect surprenant : aucun éditeur, semble-t-il, ne paie ses auteurs. Contrairement à aujourd'hui, les écrivains ne reçoivent pas de rémunération établie par contrat. Quiconque veut publier un livre le fait à ses frais, et sans contrepartie... Exactement comme quand on commande une table à un menuisier. Les auteurs ne vivent donc pas de leur plume, mais grâce à leurs fortunes personnelles et aux revenus qu'ils tirent d'autres activités.

Détail intéressant : les propriétaires des *tabernae librariae* sont à la fois libraires et éditeurs. Ils ne se limitent donc pas à vendre les livres, ils les publient également. C'est à eux qu'il incombe d'acheter les feuilles de papyrus, de mettre en page le texte et de relier plusieurs exemplaires.

Inutile de rappeler que l'Occident ne connaît encore aucune forme d'imprimerie à caractères mobiles – elle ne sera mise au point qu'en 1455 par Gutenberg. Une fois qu'ils ont reçu le manuscrit original de la part d'un poète ou d'un auteur, les libraires mettent donc au travail des copistes. Nous ne sommes pas si loin des scribes égyptiens ou des amanuensis du Moyen Âge. Dans un coin particulier de la librairie, parfois dans des pièces à part (l'équivalent de l'arrière-boutique), les copistes sont penchés sur des tables et réécrivent l'intégralité de l'œuvre dans une écriture soignée. Des photocopieuses humaines, pourrait-on dire, qui produisent des fournées de *volumina*, semaine après semaine. Tantôt des ouvrages différents, tantôt plusieurs copies du même titre. Voilà pourquoi si peu de textes antiques nous sont parvenus. La fragilité des rouleaux de papyrus est évidemment en cause, mais le nombre restreint d'exemplaires en circulation n'a rien arrangé…

Exception faite des papyrus égyptiens, souvent fragmentaires et incomplets (ce qui n'est pas le cas des livres des morts retrouvés dans les tombes et de quelques autres), ceux retrouvés à Herculanum dans la « villa des Papyrus » figurent parmi la petite poignée d'ouvrages complets et originaux qui sont arrivés jusqu'à nous. D'où l'importance considérable de ces *volumina* et, surtout, de ceux qui restent encore à découvrir sur ce site archéologique : il s'agit certainement des livres les plus anciens qu'il vous serait donné de voir. Sans compter les rares à avoir refait surface au cours des derniers siècles, il y a de bonnes chances pour que les sédiments volcaniques renferment encore une bibliothèque entière qui attend patiemment de revoir la lumière du jour, avec (a priori) ses deux sections, l'une en grec, l'autre en latin. En espérant que ces précieux ouvrages ne se désintègrent pas dans l'intervalle…

Les libraires-éditeurs de la Rome antique sont donc des personnages très influents dans le monde intellectuel. Certains, comme Dorus, sont de vraies célébrités. Leurs *tabernae librariae* sont les maisons d'édition de l'époque et comptent donc un large groupe de personnes à leur service, des copistes aux relieurs en passant par les vendeurs qui accueillent les clients. La relation avec les potentiels acquéreurs est délicate et essentielle pour le maintien de l'activité, vu que c'est l'élite urbaine qui achète les livres. Mais il est peu probable qu'un riche Romain fasse le déplacement jusqu'à une *taberna libraria* : il charge ses esclaves d'acheter les dernières nouveautés à sa place. Ceux-ci sont facilement reconnaissables parce qu'ils portent en bandoulière les *capsae* dans lesquelles ils rangent les rouleaux à peine achetés. Certains ont des boîtes rectangulaires en bois, les *scrinia*, dont dérive le mot « écrin ».

Au même moment, un vendeur appelé par son patron émerge de la soupente d'escalier où se trouve la réserve, comme dans de nombreuses librairies (c'est Cicéron qui nous l'indique). Il traverse la *taberna*, passant à côté de chaises et de tabourets sur lesquels sont assis des clients, et va accueillir l'un de ces esclaves. En l'occurrence, un gamin de treize ou quatorze ans, qui boite. Il a beau ressembler à un adolescent parmi tant d'autres, il est appelé à devenir un philosophe stoïcien des plus renommés. Son nom ? Épictète. Hormis le fait qu'il est né à Héliopolis, en Phrygie, nous savons peu de choses tant sur son apparence que sur son vrai nom : le terme *epiktêtos* signifiant « homme acheté » ou « serviteur », Épictète n'est de toute évidence qu'un surnom. C'est un esclave, arraché très jeune à ses parents, eux-mêmes esclaves, pour être emmené à Rome, où il a été acheté par un affranchi de Néron, le puissant Tiberius Claudius Epaphroditus ou Épaphrodite, qui pour l'heure est à Antium avec l'empereur. Il semblerait, sans qu'on sache pourquoi, que le nouveau maître du garçon lui ait brisé la jambe, le laissant boiteux pour le restant de ses jours... même si certains auteurs estiment qu'il souffrait de cette infirmité dès l'enfance. Seule certitude : Épaphrodite a compris très tôt qu'il avait affaire à un esclave hors du commun, doté d'une très grande intelligence et d'un esprit rare. L'affranchi de Néron lui a donc permis de suivre l'enseignement d'un grand philosophe stoïcien, Gaius Musonius Rufus. Ce dernier se trouve justement au fond de la salle, en train de s'entretenir avec d'autres savants et lettrés.

Nous n'avons aucun mal à imaginer l'admiration qui se peint sur le visage d'Épictète tandis qu'il glisse quelques mots au vendeur venu l'accueillir, le regard tourné vers son maître vénéré. « Rufus a l'habitude de dire : "Si vous trouvez le temps de me louer, c'est que ma parole est vaine." Tout autour de lui, chacun d'entre nous s'imagine qu'on a dévoilé ses fautes, tant il touche du doigt notre état actuel, tant il nous confronte à nos propres misères. L'école d'un philosophe est un véritable cabinet médical. »

Les phrases d'Épictète que vous venez de lire sont parvenues jusqu'à nous par l'intermédiaire de l'œuvre d'Arrien de Nicomédie. Je me suis permis de les réutiliser dans cette conversation imaginaire au cœur de la *taberna*, en adaptant légèrement une traduction existante.

Épictète a parfaitement assimilé le regard que Musonius Rufus porte sur l'existence, suivant la vision stoïcienne. Il a compris que seule la raison peut offrir la liberté intérieure à une personne cultivée. Connaître ses limites et savoir distinguer clairement ce qui dépend de nous de ce qui est hors de notre portée, voilà la clé. L'humilité et la sagesse ont déjà jeté des racines profondes chez ce jeune garçon boiteux, elles lui permettront de laisser une empreinte au fil des siècles. Après avoir consulté deux nouveaux titres, dont un qu'il écarte aussitôt, le jugeant de peu d'intérêt pour la bibliothèque de son maître, Épictète va vers son professeur et s'assied pour l'écouter en silence.

Le vendeur s'est, pour sa part, approché d'un nouveau client, qui baisse aussitôt la voix. L'homme est à la recherche d'un livre interdit... Oui, il existe également des auteurs bannis et, pour cette raison, très recherchés. Un exemple ? Les *volumina* d'Aulus Didius Gallus Fabricius Veiento, qui a écrit une série d'ouvrages remplis d'attaques outrancières ciblant des prêtres et des sénateurs. Des textes qui ont assuré sa célébrité tout en lui conférant une réputation sulfureuse, un peu à l'image de ceux qui, de nos jours, pratiquent la satire politique et religieuse. Mais s'il a pu se le permettre, c'est parce qu'il était un ami de Néron. Depuis, cette amitié a volé en éclats et l'empereur l'a banni hors d'Italie, tout en ordonnant de brûler ses livres... Mais je laisse Tacite nous raconter la suite : « [Les livres de Veiento] furent recherchés et avidement lus tant qu'il y eut péril à se les procurer. Puis, quand on eut licence de les avoir, ils tombèrent dans l'oubli. »

Intellectuel à Rome, un dur métier

Approchons-nous de Musonius Rufus. Il est assis au fond de la salle avec d'autres philosophes et auteurs. Certaines *tabernae* sont en effet de véritables lieux de rendez-vous pour les intellectuels, à la façon d'un cercle culturel. Une pratique courante, dont Aulu-Gelle nous donne un témoignage dans ses *Nuits attiques* : « Nous nous trouvâmes dans le [vicus] Sandalarius chez des libraires quand, là, au milieu d'une foule nombreuse de personnes, Sulpicius Apollinaris, un homme savant plus que les autres à notre époque, se moqua d'un personnage qui faisait étalage et ostentation de l'explication de Salluste, et il s'en joua avec ce genre d'ironie si spirituelle dont Socrate se servait à l'adresse des sophistes. »

Les librairies du Vicus Sandalarius offrent donc l'opportunité de croiser une foule d'écrivains, poètes et intellectuels qui feraient le bonheur de nos professeurs de latin et de nombreux érudits…

Qui sont ceux assis devant nous ? Par chance, il y a là quelques-uns des plus brillants penseurs de cette époque. Tous ne s'apprécient pas, loin de là. Les petites rivalités ne sont-elles pas monnaie courante entre lettrés ? Leur latin est néanmoins parfait et la conversation riche en réflexions philosophiques de haut vol. Mais aussi en traits d'esprit et en anecdotes savoureuses, cela va sans dire.

On aperçoit Lucius Annaeus Cornutus, un homme d'âge moyen, aux cheveux bouclés et aux traits nord-africains, qui s'exprime avec un accent punique très prononcé. Il est en effet natif de Leptis Magna, en Libye, et c'est un philosophe stoïcien de renom, membre de la gens Annaea, la même lignée que Sénèque et Marcus Annaeus Lucanus, qui est son élève avec Aulus Persius Flaccus. Il a déjà écrit de nombreux traités de philosophie et de grammaire. Dans un an, il sera exilé par l'empereur pour avoir commis une bévue vis-à-vis de sa personne. C'est Dion Cassius qui nous la raconte. : « [Néron] se disposait à écrire en vers l'histoire entière de Rome. Plusieurs estimant qu'il devait écrire quatre cents livres, [Cornutus] avait dit que c'était beaucoup et que personne ne les lirait. Puis, comme on lui eut répliqué : "Cependant Chrysippe, que tu loues et que tu cherches à imiter, en a composé bien davantage", il avait répondu : "Oui, mais ces livres sont utiles à la vie de l'homme." Cornutus donc fut puni de cette réponse par l'exil. »

On ne plaisante pas avec le maître de Rome…

Toutes les personnes présentes ici peuvent confirmer que la vie des intellectuels gravitant autour de l'empereur n'est pas un long fleuve tranquille, surtout quand la politique a le malheur de s'en mêler. Ce que pourrait facilement confirmer Curtius Montanus, assis à côté de Cornutus. C'est un jeune sénateur et poète satirique. Il fait partie du cercle culturel de Publius Clodius Thrasea Paetus (un autre sénateur, farouchement opposé à Néron). Raison pour laquelle dans deux ans, en 66 ap. J.-C., il sera lui aussi condamné à l'exil, mais se verra amnistié grâce à l'intervention de son père. Seule contrepartie : interdiction pour lui de s'occuper de politique à l'avenir…

Les deux intellectuels assis le long du mur auront plus de chance. Le premier est Fabius Rusticus, un historien réputé, grand ami de Sénèque, et l'une des principales sources du récit consacré par Tacite à la figure de Néron. Il ne sera ni exilé, ni tué, et vivra jusqu'à un âge fort respectable. À côté de lui, le célèbre grammairien et professeur de rhétorique Lucius Statius Ursulus. Originaire de Tolosa (Toulouse), déjà actif sous Claude, il est d'un âge avancé, comme le prouvent ses cheveux blancs. Sagement, il écoute en silence.

Un éclat de rire sonore attire à nouveau notre attention vers Gaius Musonius Rufus, le maître d'Épictète. Né à Bolsena, en Étrurie, il a une quarantaine d'années et, même s'il appartient à l'ordre équestre et jouit d'une forte influence, il n'a jamais exercé de charge officielle. Ce qui ne l'empêchera pas de subir deux exils, presque coup sur coup. Le premier en l'an 65, quand Néron l'accusera (à tort) d'avoir été impliqué, de près ou de loin, dans la fameuse conjuration de Pison. Il sera obligé de partir dans l'archipel des Cyclades, pour quatre ans.

Mais à en croire Tacite, l'empereur le fera en réalité exiler pour avoir commis le crime... d'être trop célèbre auprès de ses jeunes admirateurs. Avec Néron, il est préférable de ne jamais être trop en vue. Musonius Rufus rentrera à Rome sous le règne de Galba... pour subir un nouvel exil, orchestré par Vespasien, et dont là encore il reviendra, à la demande de Titus. Le cas du fervent stoïcien le confirme : les intellectuels ont la vie dure au temps des empereurs.

L'auteur de la boutade qui a tant fait rire Musonius Rufus est un poète bien connu, à la fois *enfant prodige** et *enfant terrible** de la Rome de Néron : Marcus Annaeus Lucanus, alias Lucain. Né en Espagne, à Corduba (Cordoue), il est le neveu de Sénèque. Le dernier membre de la petite assemblée a une solide formation en humanités et s'est distingué en rhétorique. Comme nous l'avons dit, il a étudié auprès d'Annaeus Cornutus et a été nommé au poste de questeur avec quelques années d'avance sur les délais prévus par le *cursus honorum*. Un passe-droit sûrement dû à l'influence de Sénèque et à l'amitié qui unit le poète à l'empereur.

Enfin, qui l'unissait, car leurs rapports se sont dégradés depuis. Près de deux ans avant notre récit, en l'an 62 (ou 63), Lucain a publié les trois premiers livres de son œuvre la plus célèbre, la *Pharsale*, poème épique sur la guerre civile survenue dans les dernières années de la République, avec dans les premiers rôles César, Pompée et Caton d'Utique, inlassable défenseur du régime républicain contre la tyrannie et les monarchies orientales (dont Néron s'inspirait de façon tout à fait explicite). Habitué aux poèmes racontant la prise de Troie avec pour personnages Hector ou Achille, l'empereur n'a pas goûté cette relecture moderne. Mais ce sont surtout le succès et le talent de son ami qui lui sont restés en travers de la gorge. Par pure jalousie, il lui a interdit d'exercer, ou du moins d'exprimer ses talents littéraires en public. Il finira par le pousser au suicide (très exactement le 30 avril 65), pour avoir pris part à la conjuration de Pison. Autre règle d'or pour un intellectuel au temps de Néron : ne jamais, au grand jamais, écrire des œuvres susceptibles de susciter la jalousie de l'empereur, incapable de rivaliser…

Mais comment le faire comprendre à Lucain ? En cet été 64, c'est un jeune homme de vingt-quatre ans déjà célèbre, ayant une assez haute idée de lui-même et désireux d'apparaître comme un « anti-Virgile », comme l'a pointé l'historien Eugen Cizek dans son ouvrage sur la Rome de Néron. Il est surtout motivé par une haine personnelle farouche à l'égard de celui qui l'a relégué dans l'ombre, et pas qu'une fois. D'ici quelques mois, il signera un poème outrancier qui révulsera à la fois Néron et ses amis parmi les puissants. De quoi compromettre encore un peu plus une situation déjà précaire…

Dans moins d'une heure, à la fin de cette réunion, il sera le protagoniste d'un curieux épisode, non dénué d'une certaine ironie, mais suffisamment grave pour peser dans sa condamnation future. Lorsqu'il se lèvera de son tabouret, Lucain se rendra dans une latrine publique et, après un pet tonitruant, il récitera un vers de Néron – « L'on dirait un tonnerre souterrain » – provoquant la fuite des personnes présentes, terrorisées à l'idée de possibles représailles.

Pline s'approche du petit groupe puis, le temps d'échanger quelques mots et de saluer chacun, il regagne sa litière.

Ce passage à la *taberna libraria* nous aura permis d'apprendre une chose. Le monde intellectuel romain est très dynamique et témoigne d'une véritable effervescence. On y croise des esprits brillants et venus de tous horizons, de l'Afrique à la péninsule Ibérique, de la Gaule à l'Italie, comme pour souligner le caractère multiethnique de la culture à l'époque, un trait pour le moins « moderne ».

Malgré tout, il n'est pas bon de trop sortir du lot, de trop afficher ses succès personnels ou de faire de l'ombre, ne serait-ce que légèrement, à la figure de l'empereur. Et pour peu que vous suscitiez sa jalousie, vous risquez l'exil, dans le meilleur des cas, voire la mort, purement et simplement.

Un crochet par le Macellum Magnum

Après avoir quitté la *taberna libraria*, la litière de Pline se fraie un chemin au milieu de la foule qui obstrue les derniers mètres de l'Argiletum. L'esclave chargé de dégager le passage a de plus en plus de mal à avancer. Autant imaginer une citadine qui tenterait de traverser une zone piétonnière noire de monde... Le Forum n'est plus très loin, mais ce tronçon est vraiment difficile à franchir. La raison ? La présence d'un autre marché, le Macellum Magnum.

Les échos de cet endroit très fréquenté parviennent aux oreilles de Pline, mais il est trop occupé à dévorer le nouveau *volumen* qu'il vient d'acheter. Et pourtant, autour de sa litière, c'est l'un des hauts lieux de la vie quotidienne de Rome qui se déploie.

Le Macellum se trouve face au Forum, juste derrière la basilique Aemilia, à l'endroit précis où, dans quelques années, Vespasien fera édifier le temple de la Paix (*templum Pacis*), projet qui aura certainement suscité colère et protestations chez les personnes habituées à faire leurs courses ici, dans ce lieu si bigarré et populaire.

Mais ne brûlons pas les étapes. Pourquoi le marché s'appelle-t-il « Macellum », terme qui sera progressivement adopté pour désigner génériquement l'ensemble des marchés de l'Empire ? La réponse risque de vous étonner.

Dans la tradition romaine, cette appellation semble dériver du patronyme d'un brigand, Manius Macellus. Il sévissait en compagnie d'un autre criminel, Numerius Equitius Cuppes et, selon l'archéologue Andrea Carandini, leurs repaires étaient situés à cet endroit même. Les deux hommes ont été arrêtés, jugés puis condamnés à l'exil, et leurs maisons, rasées. À la place, on a exposé les biens qui leur avaient été confisqués, et notamment des denrées alimentaires, mises à la disposition du peuple. La zone a donc reçu le nom de Macellum, en référence au premier brigand. Dans le même temps, une autre zone attenante, située aux abords d'un petit bois de cornouillers (*corneta*), dédiée à la gourmandise et aux mets recherchés, a été surnommée Forum Cuppedinis (en référence au brigand Cuppes), mais également Forum Cupidinis, c'est-à-dire « Forum du désir ». Logique, vu toutes les petites merveilles qui y étaient proposées… Néanmoins, à en croire Giancarlo Lacerenza, il existe une explication encore plus curieuse. Depuis longtemps, on a en effet formulé la possibilité d'une origine sémitique, et plus précisément punique, du terme *macellum*, à partir de la racine « *'kl* » (manger). D'où l'hypothèse « *m'kl* » : « lieu de la nourriture ».

Pour clore le sujet, sachez que *macellum* a donné, au fil du temps, le terme italien *macello*, qu'on emploie pour désigner un abattoir et, par extension, une situation confuse.

Au point où nous en sommes, une question se pose : que vend-on, sur ce marché ? De tout. Suivons un instant le vol d'un moineau. D'en haut, nous nous apercevons que l'espace est découpé en secteurs spécifiques. On trouve de la viande, du poisson, des plats tout prêts et même… des cuisiniers à louer !

Le temps d'emprunter l'un des accès au marché (*fauces macelli*, en latin) depuis l'Argiletum, nous découvrons aussitôt le coin réservé aux marchands de poisson (*forum piscarium* ou *piscatorium*). Détail pittoresque : il est adossé à la basilique Aemilia, qu'il enveloppe d'odeurs pas toujours agréables pour ceux qui travaillent non loin de là. La raison de cet emplacement est peut-être d'ordre pratique : ce côté est orienté vers le nord et donc largement plus couvert par l'ombre de la basilique que le reste du marché. Très utile pour garder le poisson au frais.

Il n'est pas à exclure qu'on vende également les crabes qu'on déniche sous les dalles en marbre d'une partie des « nouveaux » forums, comme celui d'Auguste. Aujourd'hui encore, ce lieu abrite une communauté de crabes d'eau douce étudiée par les scientifiques et dont l'origine reste en partie un mystère. Il se pourrait que les tout premiers spécimens se soient, justement, échappés du Macellum Magnum et qu'ils aient trouvé un habitat humide idéal sous le sol du Forum – jadis un marais, ne l'oublions pas… Quoi qu'il en soit, jusqu'au début du siècle dernier, certains restaurants des environs mettaient encore à leur carte des spaghettis au crabe. En terme de circuit court, difficile de faire mieux !

Les poissonniers de l'ère romaine n'ont évidemment pas des étals aussi variés que les nôtres. Les leurs semblent même assez modestes. À de rares exceptions, les produits sont essentiellement locaux. Mais ils ont l'avantage d'être bien plus sains que ceux de notre époque. Pas de microparticules de plastique, pas de traces de métaux lourds. Vous risquez également de voir des denrées de luxe, comme les huîtres, très prisées des riches Romains. La mode a été lancée quelques décennies plus tôt par le sénateur Caius Sergius Orata et a survécu jusqu'à nos jours. On trouve aussi des langoustes, peut-être originaires d'Afrique du Nord et de belle taille, celles recherchées par le célèbre gastronome Marcus Gavius Apicius. Elles sont acheminées jusqu'à Rome à la faveur de leur capacité à résister à de longs voyages… mais toujours au prix de mille précautions.

L'ambiance qui plane ici rappelle l'effervescence des marchés du Moyen Orient. C'est un vrai défilé de tuniques colorées, d'esclaves portant des paniers remplis de petits poissons, de produits exposés de façon ordonnée et avec le plus grand soin. Le tout dans un brouhaha qui vous enveloppe et vous agresse sans crier gare, dès qu'un vendeur interpelle ses esclaves.

Un peu plus loin, nous tombons sur le coin dédié aux plats cuisinés. Surprise : nombre des individus que nous voyons debout en train de discuter ou assis dans l'attente d'un client sont… des cuisiniers à louer.

La raison qui pousse les Romains à les engager est presque toujours la même : l'envie d'épater leurs invités lors des banquets qu'ils organisent chez eux.

Les « chefs » que vous pouvez embaucher proposent parfois des plats extrêmement raffinés… à condition d'y mettre le prix. Il existe d'ailleurs de véritables stars des fourneaux, mais vous les trouverez difficilement dans cette zone du marché, appelée *forum coquinum*, où le niveau est assez bas. Une chose est sûre, l'art de cuisiner et la bonne chère à la romaine ont perduré au fil des siècles. La preuve : leur écho résonne encore dans les vocables par lesquels on désigne un cuisinier. En italien, *cuoco* dérive du latin *coquus*, terme lui-même emprunté au verbe *coquere*, « cuire » ; en anglais, *cook* ; en espagnol, *cocinero* ; en allemand, *Koch*... et ainsi de suite.

En plus du pavillon central couvert (*tholos*), structure typique de tous les marchés romains et abritant souvent une vasque utilisée comme vivier pour les poissons (ou, plus rarement, une simple fontaine), nous distinguons le secteur réservé aux ventes aux enchères (privées uniquement, les ventes publiques se tenant sur le Forum ou dans le temple de Jupiter Stator), et ceux des boutiques de vêtements, de chaussures, de tissus... et d'êtres humains. Oui. Au Macellum Magnum, on vend aussi des esclaves et des prostituées, considérés comme des objets du quotidien.

Entre le Forum et la basilique Aemilia

La litière de Pline s'extrait de la foule de l'Argiletum pour enfin s'engager sur le Forum. Très vite, elle passe à côté du grand bâtiment de la basilique Aemilia, c'est-à-dire plus ou moins là où passent aujourd'hui les touristes pour visiter le Forum, à la hauteur de la via dei Fori Imperiali.

Nous nous apprêtons à faire notre entrée dans un lieu qui incarne à lui seul la vie de Rome et l'histoire de l'humanité. Tout autour de nous, du marbre, des colonnes, et rien d'autre. Un quartier intégralement construit en pierre qui jure avec le reste de la ville, dont les bâtiments sont essentiellement en bois et en argile. Imaginez la place Saint-Marc à Venise, avec ses longues arcades et la silhouette monumentale de la basilique, ajoutez-y la colonnade blanche de la basilique Saint-Pierre, l'allure imposante du monument romain dédié au roi Victor-Emmanuel II, avec ses différents niveaux... et vous obtiendrez le Forum, qui les contient tous, fusionnés ensemble. C'est ici que s'exprime toute la puissance commerciale de l'Urbs. Chaque dalle, chaque colonne provient de carrières de marbre éparpillées aux quatre coins de l'Empire, parfois à des milliers de kilomètres.

En ce mois de juillet torride, la réverbération du soleil sur la pierre est aveuglante, les gens sont forcés de marcher la main en visière devant leurs yeux. Et ils sont très nombreux à se presser au Forum à cette heure. C'est une foule colorée qui glisse, pareille à des vagues incessantes, le long de la litière de Pline. On remarque deux sénateurs, vêtus de leur toge blanche caractéristique, ornée de deux bandes pourpres. Ce n'est pas un hasard. Non loin de là se dresse la Curie (*Curia Iulia*), siège emblématique du Sénat. Une seconde plus tard, les deux hommes sont engloutis par la foule qui se referme tel un rideau.

À leur place, on voit surgir un enfant d'environ huit ans. Il marche à côté d'une femme, peut-être sa mère ou une gouvernante. Il nous regarde un instant puis poursuit son chemin en agrippant la tunique de celle qui l'accompagne, pour ne pas se perdre au milieu de la marée humaine. Si le livre que vous lisez en ce moment a pu être écrit, c'est justement grâce à cet enfant, Publius Cornelius Tacitus. Mieux connu en français sous le nom de Tacite... Il est encore tout jeune, mais sa reconstitution de l'incendie, fondée à la fois sur ses souvenirs et sur le récit de Pline l'Ancien, constituera pour l'ensemble des historiens un vrai coup de projecteur sur cette période. Même si elle est émaillée de petites imprécisions et empreinte d'une réelle hostilité à l'égard de Néron, son œuvre reste fondamentale.

L'enfant et la femme disparaissent le long de la majestueuse colonnade de la basilique Aemilia. Très imposante, cette dernière délimite l'un des côtés de la grande place du Forum.

Mais de quoi parle-t-on, exactement ?

L'édifice réunit trois bâtiments modernes en un. Elle abrite les procès les plus importants, ce qui en fait un équivalent de l'ancien Palais de justice de Paris ; la quantité de négociations commerciales qui s'y tiennent la rapproche de la Bourse ou d'une grande chambre de commerce ; enfin, ses portiques accueillent boutiques, banques, étalages et *popinae*, à la manière d'un centre commercial.

Ses vastes salles intérieures ne sont pas très fréquentées en ce torride mois de juillet. L'été venu, les gens préfèrent rester dehors plutôt que d'étouffer entre quatre murs. Dans son ensemble, ce bâtiment fait la taille d'une gare de grande capitale européenne.

De forme rectangulaire, le rez-de-chaussée est entouré d'immenses arcades (semblables, par l'effet qu'elles produisent, à celles de la place Saint-Marc à Venise, donc). Il est surmonté d'un bâtiment jumeau, de taille légèrement inférieure, et lui aussi ceint d'une longue colonnade, dont la base est légèrement surélevée.

Tout autour des parapets se dressent des dizaines de statues, à l'image de la colonnade de la place Saint-Pierre.

De quoi renforcer le caractère flamboyant de l'édifice. Pour finir, encore plus en hauteur, un long toit est percé de larges fenêtres latérales qui éclairent les vastes salles centrales.

Nous ne pouvons pas nous en apercevoir d'ici, mais l'intérieur de la structure rappelle une cathédrale avec ses cinq nefs séparées par des rangées de colonnes en marbre dit africain (mais provenant en réalité d'Asie Mineure).

Soulignons que le terme *basilica* (« basilique ») employé par les Romains n'a rien de religieux. Il désigne simplement un bâtiment public, une sorte de forum couvert permettant aux activités officielles de se poursuivre même en hiver. C'est avec l'avènement du christianisme que le nom acquerra une dimension religieuse : il indiquera essentiellement un lieu de culte.

Tandis que la litière de Pline s'avance sur l'esplanade du Forum, l'effervescence qui anime le grand portique de la basilique nous saute aux yeux. Outre les boutiques et autres lieux de restauration, des passages permettent d'entrer dans l'édifice et des escaliers mènent aux étages supérieurs.

Comment décrire ce que nous voyons ? En recourant à la seule comparaison adéquate : la basilique Aemilia ressemble à un énorme paquebot amarré au port avec, sur le quai, une foule de passagers qui montent à bord et la frénésie qui précède toujours les départs. Le plus étonnant reste néanmoins cette affluence monstre sous les larges arcades. Le long de tout le périmètre du portique, voilà des générations que s'est implanté un véritable petit marché. L'atmosphère rappelle celle de certaines fresques retrouvées à Pompéi, montrant les vendeurs sous la colonnade du Forum. Chaussures ou ustensiles domestiques, ex-voto à accrocher dans les temples ou tableaux (car on en vend déjà à l'époque, ornés de cadres sans grande valeur), on trouve vraiment de tout...

En souvenir de César

Les visages qui nous entourent sont ceux d'hommes et de femmes du peuple. D'où une question : dans quelle ville moderne pourrions-nous retrouver cette typologie d'habitants ? La variété des traits, des couleurs de cheveux et des carnations est celle qu'on voit de nos jours à Rome, Madrid ou Paris. Cependant, n'oublions pas les deux siècles d'expansion de l'Empire romain en direction de la Grèce, de la Turquie, de la Tunisie, de la Libye, de l'Égypte et du Proche-Orient, à travers les échanges commerciaux, la venue d'immigrés, l'importation d'esclaves, qui ont été libérés par la suite, etc. Par conséquent, la population que vous croisez au Forum se rapproche de celle qu'on observerait dans une ville méditerranéenne plus que dans une ville d'Europe centrale ou d'Europe du Nord. Les personnes au teint mat et aux cheveux noirs représentent une majorité, même si la présence de blonds et de roux n'est pas rare (Néron en est un exemple éloquent).

En ce sens, on peut dire que Rome constitue un véritable melting-pot de l'Antiquité. Gardez bien en tête que vous vous trouvez dans la ville la plus peuplée de la planète, qui attire des personnes venues de trois continents. Et continuera de le faire, de génération en génération.

La litière de Pline affronte la foule de la place. Elle longe un bâtiment qui, aux yeux des Romains, possède une dimension symbolique non négligeable : le temple dédié à Jules César (*aedes Divi Iulii*). D'une blancheur immaculée, il se dresse en haut d'une magnifique volée de marches. Contemplé d'en bas, il semble encore plus élancé grâce aux colonnes de sa façade, très proches les unes des autres. À son sommet, on distingue des décorations aux couleurs éclatantes, avec des feuilles d'acanthe, des visages de Méduse (*gorgoneia*), des figures féminines ailées…

Encore quelques mètres et la litière arrivera à destination. Pline écarte le rideau et observe le temple distraitement. Il sait que l'intérieur abrite la statue dorée de César, la tête surmontée d'une étoile en souvenir de la comète qui était apparue dans le ciel après sa mort, nommée *sidus iulium* (ou « étoile julienne »), symbole de sa transformation en divinité. Son surgissement n'a pas été perçu comme un mauvais présage, une fois n'est pas coutume. On a préféré y voir la preuve de l'apothéose de César, que les dieux venaient d'accueillir parmi eux.

En réalité, Pline songe en cet instant à un autre chef-d'œuvre.

Outre une partie du butin accumulé lors des victoires romaines en Égypte, l'édifice recèle une foule d'œuvres d'art d'une qualité exceptionnelle. De façon générale, les temples antiques sont de véritables musées, où l'on peut admirer des trésors dont, au mieux, nous avons seulement pu recueillir des descriptions.

Un exemple ? La « Vénus sortant de l'onde », *Afrodite anadyomene*, un tableau qui, raconte-t-on, aurait été réalisé pour Alexandre le Grand par le célèbre peintre Apelle, vrai Raphaël de l'Antiquité. La légende veut que pour représenter Vénus (Aphrodite, pour les Grecs), l'artiste ait pris pour modèle une femme à la beauté hors norme, Campaspe, une ancienne maîtresse d'Alexandre… Ce n'est pas un hasard si les pensées de Pline se dirigent vers cette œuvre. Nous savons qu'il l'a vue de ses yeux. Lui-même explique que Néron aurait souhaité restaurer le tableau (le bas étant très abîmé). Mais n'ayant trouvé personne en mesure de relever le défi, l'empereur l'a remplacé par une copie réalisée par le peintre Dorotheus.

Tandis que sa litière s'éloigne, le naturaliste repense alors à l'autel rond placé au centre d'une volée de marches aux allures d'ailes. C'est à cet endroit que le corps de César aurait été brûlé. De ce temple, presque entièrement détruit au cours de la démolition du Forum voulue par le pape Jules II, ne subsistent aujourd'hui que les fondations et quelques moignons en maçonnerie, ainsi que le socle de cet autel circulaire, probablement érigé à l'emplacement du bûcher funèbre. De nombreuses personnes, touristes ou passionnés d'histoire, y laissent encore des fleurs, des pièces ou des messages adressés au grand conquérant…

Mais cet autel, Pline ne peut pas le voir : il est masqué par un mur édifié par Auguste, peut-être pour que le « Divin Jules » ne fasse pas d'ombre à sa réputation, comme nous le rapportent les auteurs antiques.

Devant l'escalier, ou peut-être légèrement à l'écart (difficile à dire à cause de la foule), se trouve une tribune en marbre où des rassemblements s'organisent et où l'on tient des discours. Ce sont les fameux Rostres impériaux (*Rostra Augusti*), dont le nom dérive des *rostra*, les éperons des bateaux de Cléopâtre, défaits lors de la grande bataille navale d'Actium, laquelle a scellé la victoire d'Octavien (le futur empereur Auguste) sur Marc Antoine et sur la reine d'Égypte.

Pour commémorer ce succès, Auguste a également fait bâtir un arc à trois ouvertures à côté du temple, appelé arc d'Actium ou Arc actiaque, surmonté d'une statue en bronze doré le représentant aux commandes d'un grand quadrige, à la façon d'Apollon sur son char solaire.

Résumons-nous. Les Rostres, l'Arc actiaque, le temple consacré à César renfermant le portrait d'Aphrodite (c'est-à-dire Vénus, dont est censée être issue la gens Iulia)… On devine assez nettement que la célébration de la figure d'Auguste n'est pas le seul enjeu de ces bâtiments. Les choses vont bien plus loin. Dans la mesure où Auguste se présente comme le fils (adoptif) et l'héritier de César, lui-même descendant de Vénus, l'équation est simple. Ainsi que le fait remarquer Andrea Carandini, tout concourt à mettre en valeur « la personne et les exploits du seul mortel qui peut se définir comme le fils d'un dieu ».

Phénomène intéressant, l'Histoire se souvient de Néron comme d'un fou mégalomane, capable notamment d'ériger une énorme statue du dieu Apollon à sa propre effigie. En revanche, personne n'a jamais émis de critiques à la vue d'un quadrige d'Auguste-Apollon au cœur du Forum, pourtant tout aussi discutable…

D'un côté, nous avons un empereur dont les coups de folie lui ont valu une *damnatio memoriae*. De l'autre, le fondateur incontestable de l'Empire romain, le grand bâtisseur d'une civilisation qui fait rêver encore aujourd'hui, mais aussi un homme passé maître dans l'art de promouvoir son image à travers un travail de propagande d'une intelligence redoutable. Un stratège calculateur doublé d'un fin politique, dont les habiles manœuvres lui ont permis d'anéantir tous ses adversaires, des décennies durant… Et qui est parvenu à ses fins : on l'a d'abord perçu comme le fils d'un dieu, puis comme le

« père de la patrie ». Des mots que nous ne pouvons entendre sans frémir. Car, derrière cette formule, c'est toujours à une dictature que nous avons affaire.

Certes, nous parlons d'époques lointaines, aux croyances et au fonctionnement très différents des nôtres. Malgré tout, a-t-on raison d'assimiler Néron à l'un des pires fléaux de toute l'ère romaine ? En dépit de sa cruauté et de ses actes inacceptables, qui sont largement connus, n'a-t-il pas payé un trop lourd tribut à l'Histoire ? Beaucoup d'autres étaient tout aussi cyniques que lui, mais savaient mieux le cacher, et gouvernaient d'une façon si stricte que, à l'aune nos propres critères, on pourrait qualifier ces régimes d'autoritaires.

La rive gauche du Forum

La litière a effectué sa traversée du Forum. Désormais à bon port, elle s'abaisse lentement sur les dalles usées par les allées et venues incessantes d'une marée humaine ininterrompue. Pline descend et s'étire tout en observant l'architecture majestueuse de la basilique Iulia qui lui fait face.

Son regard tombe ensuite sur un petit groupe de femmes qui fendent la foule tout en discutant, suivies par une escorte inhabituelle : des gardes prétoriens ! Il se trouve que ces dames ne sont pas les premières venues. Il s'agit en effet des anciennes nourrices de Néron, Églogue et Alexandrie, accompagnées de l'affranchie Akté. L'empereur leur voue une grande affection. Ce sont elles qui prendront soin de son corps après sa mort, quatre ans plus tard. Mais pour l'heure, ce jour reste bien lointain. Et pour tout dire, chacun trouverait la perspective absurde. Les trois femmes s'éloignent dans un grand éclat de rire, en direction du Palatin.

La basilique Iulia tire son nom de Jules César, qui avait souhaité la bâtir là où se dressait jadis la basilique Sempronia. Sa structure est très semblable à celle de la basilique Aemilia : elle aussi possède des arcades sur deux niveaux, mais l'édifice est beaucoup plus grand. Mesurant 101 mètres de long pour 49 mètres de large, il compte cinq nefs et une grande salle centrale d'une hauteur d'au moins 30 mètres – soit la taille d'un immeuble de dix étages. Vue de l'extérieur, la basilique ressemble à une cascade figée par le gel. Mais tout en marbre…

À quoi sert-elle ? C'est le siège du tribunal des centumvirs (*centumviri*), un collège constitué à l'origine de 105 membres en charge des procès relevant de trois volets spécifiques du droit romain : l'héritage, la servitude et la propriété.

En résumé, c'est dans ce bâtiment qu'on juge les délits rattachés à ces domaines. Et de toute évidence, la confusion y règne sans partage, à l'extérieur comme à l'intérieur. C'est un défilé d'avocats et de prévenus… mais aussi de témoins « à vendre ». Sur les marches, des individus promettent de raconter n'importe quoi en votre faveur, en échange d'une coquette rétribution, bien entendu…

Dans le ventre de la basilique Iulia sont traités quotidiennement une impressionnante quantité de dossiers. C'est là que se tiennent les principaux procès, c'est-à-dire ceux impliquant des personnages de premier plan. On y juge également les vols de bétail, les conflits de propriété, mais aussi, nous apprennent différentes sources antiques, les affaires conjugales impliquant, par exemple, des matrones accusées d'avoir une liaison avec un esclave de leur maisonnée. Tous ces sujets (et notamment le dernier) semblent piquer la curiosité du petit peuple, qui se presse en nombre pour assister aux audiences, avec le même engouement que les téléspectateurs des séries policières du XXIe siècle…

L'auditoire massé dans les galeries en hauteur ne se prive pas d'encourager bruyamment l'une ou l'autre partie. Et les avocats le savent bien. Il n'est d'ailleurs pas rare qu'ils monnaient son soutien, de manière à ce que ces réactions retentissantes influencent l'issue des débats. C'est ce qui s'appelle jouer avec le public…

Les affaires à traiter sont si nombreuses que le grand espace central est subdivisé en quatre salles d'audience, au moyen de cloisons en bois et de tentures. De cette manière, plusieurs dossiers peuvent être examinés en même temps.

Assister à un procès ici même, au Forum, peut s'avérer surprenant. Les avocats beuglent à tue-tête durant leurs harangues, au point que leurs voix couvrent parfois celles de leurs confrères dans les salles attenantes. L'effet est immédiat : le public s'empresse d'affluer là où les débats sont les plus vifs, et donc plus intéressants. Selon les termes d'aujourd'hui, nous dirions que les gens ont changé de chaîne, pour aller doper l'audience des avocats les plus habiles…

Les ténors du Forum

Je vous laisse donc imaginer le spectacle qui s'offre aux yeux et aux oreilles de Pline. Même s'il se trouve hors de la basilique, il parvient à discerner les voix qui résonnent à l'intérieur. On croirait entendre les cris des maîtres nageurs dans les piscines… Une, notamment, domine les autres. Une puissante voix de stentor suivie, chaque fois qu'elle marque une pause, par des tonnerres d'applaudissements. Pline a aussitôt reconnu l'orateur : c'est Publius Galerius Trachalus, l'un des plus célèbres avocats de l'époque de Néron.

Peut-être est-il originaire de Rimini, comme le laisse penser son rythme d'élocution. C'est également un sénateur assez chevronné. Il ne manque pas de relations haut placées et est passé maître dans l'art de slalomer au milieu des intrigues de palais, ce qui lui permettra de garder de bonnes relations avec Néron, au point de devenir consul. À la mort de l'empereur, Trachalus ne sera pas éliminé par son successeur, Galba. Il sera même nommé conseiller du suivant, Othon, l'ancien mari de Poppée. Quand, à la mort d'Othon, Vitellius prendra le pouvoir, Trachalus jouera finement en devenant un ami proche du nouveau maître de l'Urbs, et tout particulièrement de sa seconde épouse… Comme vous le voyez, les hautes sphères du pouvoir à Rome constituent un véritable microcosme. Tous les protagonistes se connaissent, quand ils ne sont pas carrément apparentés.

Les harangues de l'avocat-sénateur sont parmi les plus applaudies du public, nous indique Quintilien dans son *Institution oratoire*. Très certainement à cause de son « éloquence ample et sonore, faite pour remplir l'oreille des auditeurs » – reconnaissable jusque dans les discours qu'il écrira pour Othon, si l'on en croit Tacite. Ce qui nous rappelle l'importance considérable de l'art oratoire dans le monde romain, et l'estime dans laquelle on le tient. Bref, la meilleure arme de Trachalus, c'est la parole.

Et à propos d'experts dans le maniement des mots, voici que sortent deux autres ténors du Forum. Le premier est Agathon, un avocat connu à l'époque de Néron. C'est un personnage ambigu, retors et cynique. Détesté par Sénèque, qui le met dans le même sac que d'autres individus peu recommandables, Agathon a acquis une fortune gigantesque en profitant d'une décision de Claude : l'abolition de la *lex Cincia*, qui limitait les donations et imposait la gratuité des services rendus par les plaideurs au tribunal. Agathon est-il de ces avocats qui se font payer avant même de commencer à traiter un dossier ? Impossible à dire. Quoi qu'il en soit, l'avidité de certains était si éhontée que Néron a remodelé cette loi en décret, dès son accession au pouvoir.

Agathon discute avec une autre figure louche de cette période, Marcus Aquilius Regulus, passé à la postérité comme un délateur de la pire espèce. Quelques mois plus tard, quand éclatera la répression contre les auteurs de la conjuration de Pison, il obtiendra la condamnation à mort de personnalités renommées, ce qui contribuera à l'enrichir et à le faire accéder au poste de questeur... Lui aussi a une capacité innée à survivre aux changements de régime. Il restera à son poste sous les six règnes qui suivront, en enchaînant les succès personnels et professionnels, mais aussi en faisant condamner à mort les opposants de Domitien, entre autres « abominations », pour reprendre le terme employé par le neveu de Pline dans l'une de ses lettres.

Au passage de ce sale type à la morgue ostentatoire, le naturaliste retient les noms d'oiseaux qui lui brûlent les lèvres et se contente d'esquisser une grimace de dégoût. Très vite, les deux avocats disparaissent, engloutis par la cohue, et il monte les marches de la basilique Iulia. Il y a des gens partout, beaucoup sont massés sur les escaliers.

Pline frôle un groupe de personnes qui hurlent et rient. Lui-même esquisse un sourire. Tout le monde est concentré sur les derniers coups d'une partie qui se dispute autour d'un plateau gravé sur le marbre des marches. On pourrait rapprocher cela du jeu du moulin, où les joueurs déplacent chacun à leur tour leurs pions sur des lignes disposées de manière à former des carrés concentriques, reliés entre eux au milieu de chaque côté. Le but ? Aligner trois pions côte à côte.

Un peu plus loin, des petites niches sont intaillées dans le marbre. C'est ce qu'on appelle le jeu des fossettes. À tour de rôle, chaque joueur dispose des billes, généralement des noyaux ou des cailloux, dans des trous disposés sur deux rangées parallèles, tout en essayant de bloquer la progression de l'adversaire. Un jeu similaire existe de nos jours en Afrique, avec les mêmes « fossettes » creusées sur des tables en bois. Et si vous avez déjà eu l'occasion de voir la passion avec laquelle les joueurs et l'assistance se consacrent aux différentes phases du jeu, vous n'aurez aucun mal à imaginer l'enthousiasme dont il devait être l'objet au cœur de la Rome antique.

Les *tabulae lusoriae* gravées sur les marches de la basilique, ainsi que sur le sol de nombreux autres lieux publics de l'Empire, n'ont pas disparu. Elles sont toujours là, muettes, prêtes à accueillir, comme chaque jour, des éclats de rire, des paris, des phrases latines que nous ne connaîtrons jamais… et qui ne résonneront plus en ces lieux.

Comment ne pas être saisi par un mélange de nostalgie et de tristesse ? Que sont devenus ces jeunes gens si heureux d'exister ? Leurs os ont été réduits en poussière depuis bien longtemps. Il n'existe plus rien d'eux, ils ont disparu à tout jamais. Sur ces traces désormais solitaires et dans le creux de ces fossettes muettes, orphelines d'un temps perdu, il ne demeure que l'écho d'une immense envie de croquer la vie.

Retrouvailles avec un ancien compagnon d'armes

Mais ça, Pline ne peut pas le savoir. Autour de lui, tout déborde d'énergie. On rigole, on crie, on discute… Arrivé en haut des marches, il observe la foule du Forum, comme pour l'estimer d'un seul regard. Ce qu'il est effectivement en train de faire.

Il faut savoir que, en l'absence de montres, on a recours à des indications concrètes pour se donner rendez-vous, du type : « quand le Forum sera rempli à moitié » ou « entièrement rempli »… D'une certaine façon, Pline consulte l'heure. Et justement, aussi précis qu'une horloge, voici que son ami arrive, le visage barré par un sourire solaire, en se frayant un passage au milieu de la multitude.

Préparez-vous à avoir une surprise. Car le jeune homme qui vient à la rencontre de Pline, les bras grands ouverts, n'est pas n'importe qui. Il deviendra empereur. Le dixième dans l'histoire de Rome.

Son nom complet est Titus Flavius Caesar Vespasianus, mais on l'appelle simplement Titus pour le distinguer de son père, l'empereur Vespasien. Il ne régnera qu'un peu plus de deux ans, de 79 à 81, mais laissera une empreinte très positive chez ses contemporains. Au point que Suétone le décrira ainsi : « Amour et délices du genre humain » (« *Amor ac deliciae generis humani* »). Il vantera aussi « [sa] beauté incomparable faite de majesté non moins que de grâce » et

« [sa] vigueur extrême, malgré une petite taille et un ventre un peu trop proéminent ».

Si nous avons imaginé cette rencontre entre les deux hommes, c'est parce que Titus se trouvait peut-être à Rome à la veille du grand incendie – à moins qu'il ait choisi de s'installer pour l'été dans une *domus* hors de la ville, aux abords d'une localité moins torride, comme le font habituellement les familles aisées. Mais il y a de bonnes chances pour que, comme Pline, Titus ait été en ville. À l'instar de son ami, il est très actif et ne semble pas appartenir à cette élite n'aimant que l'oisiveté et les banquets. Depuis quelque temps, il a entrepris une brillante carrière d'avocat (lui aussi...), ce qui le force à être régulièrement présent sur le Forum. Voilà pourquoi leur rendez-vous a été fixé près de la basilique Iulia, où il vient de s'entretenir avec plusieurs personnes.

Mais comment se fait-il que Titus et Pline l'Ancien se connaissent étant donné leur grande différence d'âge ? (Le premier a vingt-quatre ans, l'autre quarante et un...) Eh bien, ils se sont rencontrés sous les drapeaux, lors de la campagne de Germanie. Leur amitié est née à cette époque, et c'est peu dire qu'ils se tiennent en très haute estime. La preuve : quand Titus deviendra empereur, Pline lui dédiera son œuvre la plus célèbre, l'*Histoire naturelle*. De son côté, Titus le nommera préfet de la flotte basée à Misène, non loin de Pouzzoles.

Mais le motif de leur entrevue du jour est tout autre : Pline travaille à ses *Guerres de Germanie*, un projet monumental. Vu l'expérience de Titus sur les champs de bataille, mais aussi sa mémoire prodigieuse, on peut imaginer que le savant souhaite lui demander des informations sur des actions militaires auxquelles ils ont participé ensemble. Suétone écrit en effet : « [Titus] avait une mémoire extraordinaire, et une disposition à tous les arts civils et militaires. Il maniait avec beaucoup d'habileté les armes et les chevaux, possédait une connaissance parfaite de la langue grecque et de la langue latine, ainsi qu'une facilité extrême pour l'éloquence. Quant à la musique, la poésie et même l'improvisation, il en connaissait assez pour chanter avec méthode et jouer avec goût. » Et l'historien de poursuivre : « Je tiens de plusieurs personnes qu'il écrivait si vite que, par jeu, il se plaisait à se mettre en compétition avec ses secrétaires, et qu'il savait si bien contrefaire toutes les écritures qu'il disait souvent qu'il aurait pu devenir un excellent faussaire. »

Les deux hommes s'assoient un court instant pour prendre un verre de vin dans une *popina* donnant sur le Forum. En les regardant, leur réelle amitié et leur estime réciproque sautent aux yeux. Tandis qu'ils discutent, en entrecoupant leurs récits d'éclats de rire et d'anecdotes, on ne peut s'empêcher de penser que le Forum est un lieu unique. Où ailleurs qu'ici pourriez-vous assister à des scènes pareilles : des personnages que vous ne connaîtrez jamais que par les livres d'histoire qui se trouvent assis sous vos yeux, une coupe de *falernum* bien frais à la main ? C'est ça aussi, la Rome antique.

Le futur empereur remet à Pline des feuilles de papyrus. Il est temps pour eux de se quitter. Les deux amis se saluent chaleureusement. Se reverront-ils à nouveau ? Peut-être pas durant l'incendie, mais très certainement après. L'un et l'autre auront l'opportunité, peu enviable, d'être les témoins de deux des plus grands cataclysmes qui aient frappé la civilisation romaine : l'incendie de Rome et l'éruption du Vésuve qui détruira Pompéi, causant la mort du célèbre naturaliste.

Pline remonte sur sa litière, armé des feuillets remplis d'informations et de souvenirs, et met le cap vers le Palatin. Destination : l'extraordinaire Bibliothèque palatine, où il compte consulter d'autres documents qui serviront à la rédaction de son ouvrage.

Et Titus ? Après s'être acquitté de ses obligations, il décide d'aller prendre un bain aux thermes. Lesquels ? Ceux de Néron, bien entendu.

7

Au feu !

Le baptême du feu de Saturninus

Revenons maintenant à nos deux *vigiles*, qui continuent la ronde de formation de la jeune recrue. Vindex et Saturninus abandonnent les bruyantes « arcades de la finance » et poursuivent leur chemin en direction du Cirque Maxime. Sur leur droite, au milieu des maisons, ils aperçoivent un mouvement de foule. Un détail en particulier glace le sang de Vindex. Là-bas, une épaisse colonne de fumée grise s'élève depuis la base d'un édifice ! Ni une ni deux, nos pompiers foncent droit devant. Saturninus est athlétique mais, dans sa tête, mille pensées se bousculent. Et il a peur. Que doit-il faire, au juste ? Son collègue, lui, ressemble à un taureau en train de charger. Il a déjà bousculé deux vendeurs ambulants, qu'il a envoyés par terre, et avance en se fichant du reste. Sans ralentir, il sort un sifflet dans lequel il souffle à pleins poumons. Saturninus, lui, détache la cloche qu'il porte à la ceinture. Leur arrivée est signalée par ces deux sons – l'un métallique et cadencé, l'autre bref et strident. L'équivalent antique de nos sirènes de pompiers…

Une poignée de secondes plus tard, les deux *vigiles* sont sur les lieux. La fumée s'échappe du sous-sol d'un bâtiment. À leur grande surprise, ils voient sortir des hommes et des femmes nus comme des vers. Certaines de ces femmes ont des cheveux roux ; d'autres, bleus… Des prostituées. C'est un lupanar qui a pris feu ! Pas si étonnant de trouver un tel établissement dans les parages. Le port est tout proche, le marché aussi. Avec la foule de clients potentiels qu'on imagine…

En un instant, Vindex évalue la situation. À en juger par la couleur et l'odeur de la fumée, c'est une matière végétale qui brûle, mais peu de chance que ce soit du bois. À la faveur de sa longue expérience, il devine de quoi il peut bien s'agir. Il hurle donc à Saturninus de tremper son foulard réglementaire dans la fontaine à proximité, de le nouer autour de son visage et de le suivre, vite.

Les pompiers pénètrent dans une salle en sous-sol. Il y a de la fumée partout, le jeune homme commence à tousser. Vindex semble avoir disparu. Les lampes à huile pendant au plafond ou posées sur les rebords des fenêtres éclairent par petites taches un air irrespirable, telles des étoiles dans un ciel brumeux.

Sur les murs qui cernent Saturninus sont représentées des scènes érotiques peintes sur des tableautins. On trouve aussi plusieurs petites chambres : en écartant le rideau faisant office de porte, on peut voir un banc en maçonnerie sur lequel une paillasse a été posée pour accueillir les ébats. Par terre, on marche sur des vêtements, des sandales, des couvertures, preuve que les lieux ont été évacués dans la précipitation. Saturninus finit par retrouver Vindex : il ne distingue que le visage de son collègue, couvert par son foulard et éclairé par la lueur des flammes qui percent la fumée. Le vétéran a identifié l'origine de l'incendie : l'une des paillasses crasseuses sur lesquelles les prostituées font leurs passes. Il y a de grandes chances pour qu'une lampe à huile soit tombée dessus, peut-être pendant un rapport sexuel avec un client. Le matelas est rempli de feuilles sèches et de paille, ce qui en faisait une torche prête à l'emploi… L'huile s'est chargée du reste.

Pas une seconde à perdre, il faut à tout prix éviter que les flammes ne se propagent. À l'aide d'un rideau qu'il vient d'arracher, Vindex tente de les étouffer. Il ordonne à Saturninus d'aller au bout du couloir où, si ses souvenirs sont bons, il avait vu une cruche d'eau dont les prostituées se servent pour leurs ablutions lors d'une précédente ronde. La voilà ! Elle ne contient pas grand-chose, espérons que cela suffise… Le jeune homme se hâte de la rapporter. Avec des gestes aussi mesurés que précis, Vindex renverse son contenu sur la paillasse. Ce qui dégage encore plus de fumée mais a aussi le mérite d'éteindre les flammes à plusieurs endroits. L'atmosphère est devenu étouffante. Heureusement, le foyer s'est réduit, comme le voulait Vindex, qui réussit à attraper le matelas par un bout pour le retourner et contenir un instant le feu. Puis, à son signal, Saturninus et lui le soulèvent pour le traîner dans le couloir, vers la sortie.

Assez vite, le jeune homme aperçoit de la clarté. La porte n'est plus très loin… Après un dernier effort, il est le premier à sortir, suivi par son aîné qui lance la paillasse dans la rue, loin de ce qui pourrait faire repartir l'incendie. Tout autour, la foule est pétrifiée et sans voix. Les deux hommes regagnent aussitôt le bâtiment pour éteindre les rares flammes qui subsisteraient encore. Plus aucun danger à l'horizon, semble-t-il. En fouillant la pièce où s'est déclaré le feu du bout de leur chaussure, ils s'assurent qu'il ne reste pas des braises susceptibles de repartir. Le pire a été évité. Leur intervention rapide a sauvé la situation. Voilà qui prouve bien que des réflexes affûtés et une condition physique optimale sont encore les meilleures armes des pompiers à une époque qui ne bénéficie pas de nos moyens technologiques. Pour Saturninus, il s'est agi d'un véritable baptême du feu. Vindex le regarde, tout sourire, et referme sa grande main sur la nuque de son collègue.

Risquer sa vie… pour moins de dix euros par jour

Ce petit début d'incendie aurait-il pu dégénérer et détruire Rome ? Théoriquement, oui. Les *vigiles* ne sont pas si nombreux et n'ont pas les outils des pompiers du XXIe siècle. Une étincelle peut déclencher un brasier susceptible de se propager à un bâtiment, à un pâté de maisons, puis, s'il n'est pas contenu, à un quartier entier. Et donc potentiellement à toute la ville, dans le pire cauchemar d'un soldat du feu.

La manière dont la situation a été maîtrisée nous a appris une chose : dans un centre urbain si densément peuplé, un feu peut naître à tout moment, et c'est uniquement en agissant au plus vite qu'on l'empêche de faire des ravages. D'où ces rondes incessantes des *vigiles* et la nécessité d'agir sans hésiter, ce qui implique une condition physique sans faille. Chaque pompier, notre nouvelle recrue y compris, a dû se plier à la *probatio*, un examen d'admission strict qui se déroule en trois étapes. Dans la première phase, on contrôle le statut juridique du candidat : il ne doit ni être un esclave ni avoir de « casier judiciaire ». On évalue ensuite ses aptitudes à travers d'éprouvantes épreuves de force et d'endurance. Pour finir, on examine ses capacités mentales et les éventuelles compétences spécifiques qu'il peut avoir. Si, par exemple, il est affecté aux services administratifs, il devra connaître parfaitement le latin et avoir un certain degré de connaissance du droit.

Une fois qu'il a passé avec succès sa *probatio*, le pompier est soumis à un entraînement intensif, semblable, par certains aspects, à celui des légionnaires et des prétoriens. Au cours de cette période, il apprend le maniement des armes et la lutte au corps à corps ; il est également formé aux longues marches (en prévision des rondes) et aux techniques d'intervention. Nombre d'entre eux s'engagent dans de véritables spécialisations, pour devenir préposé aux pompes (*siphonarius*), par exemple. Mais c'est d'abord l'esprit d'équipe qu'on enseigne.

Quand on a choisi – comme ça a été mon cas – le corps des pompiers pour y effectuer son service militaire, et qu'on a donc connu l'ambiance des entraînements et les conseils des vétérans, il est assez facile d'imaginer comment les choses devaient se passer dans les casernes il y a deux mille ans. L'esprit d'équipe, j'insiste, est absolument fondamental : c'est ensemble qu'on affronte les flammes et c'est ensemble qu'on arrive à les éteindre. Chaque pompier ressort sain et sauf d'un combat contre le feu grâce à ses camarades. Autre règle d'or : une décision sensée vaudra toujours mieux qu'un geste héroïque. Pas question de foncer tête baissée dans une maison en flammes s'il est impossible de s'en extraire : ce serait mettre sa propre vie en danger, sans sauver celle des autres. C'est en examinant la situation avec sang-froid qu'on trouve la meilleure solution.

Je me souviens que les instructeurs avaient la main lourde (et pas qu'au sens figuré) dès qu'il s'agissait de réprimander les recrues peu attentives. Ces personnages redoutables, qu'on peut rapprocher des centurions, finissaient pourtant par être aimés et appréciés. Les ressorts psychologiques devaient être les mêmes il y a deux mille ans. Je me rappelle également que les recrues étaient soumises à une sélection drastique, pour s'assurer qu'elles n'avaient ni problème de vertige, ni peur du vide. On nous conduisait dans le bâtiment utilisé pour les exercices d'entraînement (qui reproduit la forme d'un immeuble) et on nous faisait marcher sur une poutre placée en travers de la cage d'escalier, au troisième étage. À noter qu'il n'y avait pas de marches en dessous de nous, mais directement le rez-de-chaussée en contrebas… Un filet de sécurité était évidemment tendu au deuxième étage. Mais entre le vide et la minceur de la planche sur laquelle on avançait avec précaution, pas à pas, il y avait de quoi trembler, je vous assure. Une autre épreuve de sélection consistait à nous faire grimper à tour de rôle en haut des fameuses échelles télescopiques des camions de pompiers. Petite subtilité : on ne la déployait pas contre un bâtiment, mais dans le vide. Escalader les premiers barreaux n'était pas compliqué car ils sont solides et très rapprochés. En revanche, plus on montait, plus l'échelle se rétrécissait et s'amincissait, avec des barreaux de plus en plus espacés (on pouvait passer à travers). Une fois qu'on arrivait tout en haut, l'échelle tanguait de façon inquiétante au moindre souffle de vent. Les *vigiles* de l'époque de Néron devaient-ils se soumettre à des tests similaires ? C'est fort possible.

Parmi les techniques peut-être utilisées à l'entraînement par les soldats du feu de l'Antiquité également : je me souviens qu'on nous faisait passer plusieurs minutes dans une pièce envahie par la fumée ; qu'on nous apprenait à éteindre des jerrycans de combustible à l'aide de simples toiles (mais le raisonnement peut s'appliquer aux amphores d'huile) ; et, enfin, qu'on nous demandait de parvenir jusqu'en haut des bâtiments à l'aide d'échelles en bois dont les différents segments étaient rajoutés au fur et à mesure. Même chose pour les minces échelles métalliques qui présentent, à leur extrémité, des crochets recourbés aux allures de grappins : depuis le sol, on les fixait au rebord des fenêtres du premier étage d'un immeuble le long duquel on voulait grimper. Une fois au niveau de la mince bande de béton, il fallait se mettre debout, hisser l'échelle, et se pencher légèrement en arrière pour l'accrocher à la fenêtre de l'étage supérieur, et ainsi de suite, jusqu'au sommet. Non, le métier de pompier n'est pas fait pour les personnes souffrant de vertige ou de claustrophobie. Et ce qui est vrai aujourd'hui l'était sans aucun doute jadis.

De toute évidence, la meilleure école reste la pratique, c'est-à-dire les interventions. Voilà pourquoi Saturninus a été associé au vétéran Vindex. Un jour, ce sera à lui d'apprendre le métier à une nouvelle recrue. Et d'expliquer, entre autres choses, l'importance de connaître les rues d'un quartier comme sa poche, mais aussi ses bâtiments et leurs habitants, en multipliant les rondes, en sachant précisément où se situent les points d'eau et les zones à risques, afin d'être en mesure d'y opérer, même la nuit. Le voilà, le grand avantage des *vigiles* sur le feu : ils ont une connaissance parfaite du territoire sur lequel ils évoluent. Un détail que nous avons tendance à oublier.

À ce propos, à quel âge devient-on *vigil* dans la Rome antique ? En règle générale, les nouvelles recrues ont entre dix-neuf et vingt-trois ans (mais on trouve de nombreuses inscriptions évoquant des jeunes hommes de dix-sept ans et d'autres de vingt-neuf). Vindex et Saturninus viennent de risquer leur vie. Mais pour quelle contrepartie ? Leur salaire est très faible. Il est même inférieur à celui d'un légionnaire, d'un prétorien ou de n'importe quel soldat des cohortes urbaines. Selon toute vraisemblance, la paie d'un pompier à l'époque néronienne est de cent cinquante deniers annuels.

À quoi correspondrait une telle somme de nos jours ? Difficile à dire. Deux mille ans nous séparent de cette époque, si éloignée de la nôtre… Ce qui ne doit pas nous empêcher d'essayer. Comprendre le « pouvoir d'achat » d'un sesterce à la période que nous décrivons implique de s'appuyer sur des calculs et des estimations fondés sur les prix des produits vendus à l'ère romaine (et que nous connaissons grâce aux textes antiques, aux inscriptions, ou aux listes de prix sur les murs de Pompéi). Il est bien évident que nous ne pourrons jamais avoir de certitude absolue. Malgré tout, on peut considérer qu'en ce temps-là la valeur d'un sesterce tourne, bon an mal an, autour de six euros d'aujourd'hui. Dès le règne de Trajan, soit un demi-siècle plus tard, il ne représentera déjà plus que deux euros environ.

Puisque un denier équivaut à quatre sesterces, la paie d'un pompier (cent cinquante deniers par an) oscille autour de trois mille six cents euros, soit trois cents euros par mois. Ou, si vous préférez, moins de dix euros par jour. Tout ça pour risquer sa vie…

Il va sans dire qu'il s'agit de la rémunération d'un pompier au bas de l'échelle, sans mauvais jeu de mots. À mesure qu'on monte en grade, tout change : un *optio*, le bras droit du centurion, gagne déjà le double. À quoi s'ajoutent des avantages non négligeables. À commencer par le gîte (à la caserne) et le couvert assurés, éléments fondamentaux dans une ville comme Rome ! Au bout de quelques années de service, on intègre également la liste des *frumentationes*, ce qui assure une ration de blé gratis.

L'objectif que chaque pompier souhaite atteindre reste néanmoins la citoyenneté romaine. À cette époque, les *vigiles* sont des affranchis, d'anciens esclaves. Mais au bout de six années de service, il leur est possible de devenir des *cives romani* à part entière, avec l'ensemble des droits liés à ce statut : ils cessent ainsi d'être des citoyens de seconde zone. Bien plus tard (mais il n'est pas à exclure que la chose se produisait déjà sous Néron), les rangs des *vigiles* accueilleront également des citoyens romains, généralement très pauvres, et attirés par les avantages économiques et l'hébergement gratuit.

Une question, pour finir. À votre avis, d'où vient l'argent affecté aux salaires des *vigiles* ? Du marché aux esclaves – les premiers temps, tout du moins. Auguste a en effet institué une taxe de 2 % sur les ventes pour payer les pompiers sans devoir solliciter davantage le contribuable…

Quelle cote d'amour pour les vigiles ?

La carrière d'un soldat du feu romain dure en moyenne entre quinze et vingt ans, pendant lesquels il lui est interdit de se marier. Toute relation ne pourra être reconnue légalement qu'au terme de son service actif, avec sa mise à la retraite, l'*honesta missio*. Même chose pour ses enfants s'il en a. Durant cette période, le pompier met de côté une part importante de sa paie et d'éventuels dons de l'empereur en les versant dans la caisse de la caserne : il récupérera cet argent au moment de la retraite pour en vivre avec sa famille jusqu'à la fin de ses jours. Mais s'il vient à mourir dans l'exercice de ses fonctions, cette somme servira à payer ses funérailles.

Combien de pompiers meurent en intervention, d'ailleurs ? L'historien Robert Sablayrolles a tenté de le découvrir en examinant leurs épitaphes et stèles funéraires, puis les a comparées avec celles des soldats prétoriens ou des cohortes urbaines. Il en ressort que le métier de pompier était, de toute évidence, le plus dangereux. Un exemple ? Entre l'an 205 et l'an 210 ap. J.-C., la Ve cohorte de *vigiles* de Rome a perdu environ 6 hommes par an sur un effectif de 150. Soit 4 % du total. Parmi les victimes, beaucoup de recrues. Sur les 16 ou 17 jeunes hommes qui ont commencé le métier ces années-là, seuls 10 ou 11 sont arrivés en fin de carrière. Traduction : un peu plus d'un tiers d'entre eux a perdu la vie. Preuve du fait que le manque d'expérience était très certainement la cause principale de ces décès, le chercheur a relevé que l'écrasante majorité des victimes (18 sur 27, soit les deux tiers) se concentrait parmi les pompiers âgés de moins de trente ans, c'est-à-dire la frange la plus jeune.

Un Néron aux cheveux roux et aux yeux bleus, dans une reconstitution en 3D imaginée par Daniel Voshart.

Buste de Poppée présentant une coiffure élaborée, conservé au Palazzo Massimo alle Terme (Rome).

Sans doute Agrippine la Jeune, la mère de Néron, ici représentée assise sur cette magnifique statue en marbre conservée au Museo Archeologico Nazionale de Naples.

Des fouilles réalisées dans le fort de Vindolanda, à proximité du mur d'Hadrien (qui marquait la frontière entre la province romaine de Bretagne et la Calédonie, ou actuelle Écosse), ont permis de retrouver plus de 3 000 chaussures romaines en cuir. La semelle présente de petits clous qui laissent une empreinte à la façon d'un logo.

L'*excubitorium* de la VIIe cohorte dans le Trastevere, d'une époque postérieure à celle de Néron.

Les rues peuvent être très dangereuses. *L'Histoire de Virginia* (1882), de Camillo Miola, représente un crime venant tout juste d'être commis. Les badauds se pressent pour en savoir plus. C'est dans des moments pareils que le rôle des *vigiles* s'avère fondamental.

L'*antlia ctesibiana*, pompe ancienne similaire à celle employée par les vigiles pour intervenir en cas d'incendie.

Une scène de la vie quotidienne dans la Rome antique reconstituée sur ce tableau d'Ettore Forti (1850-1940), intitulé *Chez le vendeur de fruits*.

Dans cette autre scène du quotidien, le Forum accueille des gens venus acheter et vendre toutes sortes de denrées. Fresque retrouvée à Pompéi dans la *praedia* de Julia Felix.

La *tessera nummularia* était utilisée pour identifier le *nummularius* qui avait contrôlé et garanti l'authenticité des pièces de monnaie avant de les enfermer dans une bourse.

Le Meunier Plautus (1864), de Camillo Miola, nous offre un aperçu d'un intérieur de l'époque, ou du moins tel qu'imaginé par le peintre, ici avec des fresques murales et un petit autel votif.

Représentation d'une vente de pain sur une fresque retrouvée dans une maison de Pompéi et aujourd'hui conservée au Museo Archeologico Nazionale de Naples. Les miches sont de forme circulaire et prédécoupées en huit portions, de manière à pouvoir les séparer facilement, sans l'aide d'un couteau.

Le *thermopolium* de Pompéi, une taverne spécialisée dans la vente d'aliments et de boissons, conservés dans de grandes jarres encastrées dans le comptoir en maçonnerie.

Vestiges de la synagogue d'Ostia Antica, érigée sous le règne de Claude (41-54 ap. J.-C.). En haut de la colonne, on remarque le candélabre à sept branches.

Le Marchand de vin (1869), de Lawrence Alma-Tadema, évoque l'ambiance conviviale qui pouvait régner dans ce genre de boutique.

Des *insulae* adossées les unes aux autres, des rues étroites : voilà à quoi devait ressembler Rome à l'époque de notre récit.

Caracalla et Geta (1907), de Lawrence Alma-Tadema. Ce tableau nous propose un aperçu de l'atmosphère des spectacles du Cirque Maxime, ainsi que des mises en scène fastueuses offertes par les empereurs.

‘*Entrée au théâtre* (1866), de Lawrence Alma-Tadema. Le célèbre peintre britannique immortalise une scène de vie quotidienne dans la Rome antique avec un sens inouï du détail.

Alcimus, l'esclave de Néron chargé des décors du Théâtre de Pompée, ici représenté sur sa tombe avec une hache et un burin, deux de ses outils de travail.

Détail de la mosaïque de Piazza Armerina montrant comment les brides étaient tenues par l'*agitator* à la tête d'un quadrige.

La course effrénée des quadriges sur le plateau de *Ben-Hu*r, au cœur du parc à thème de Cinecittà World (Rome).

Une reconstitution du Cirque Maxime, à une époque légèrement postérieure à celle de notre récit, qui donne une idée de sa structure et de ses dimensions.

Les cuves d'une tannerie dans la ville de Fès, au Maroc. Les *fullonicae* de l'époque romaine devaient présenter une structure similaire. Et la même odeur nauséabonde…

Fresques retrouvées sur un pilier de la *fullonica* de Stephanus à Pompéi. On y voit des ouvriers au travail. L'un d'eux étend un linge tout juste lavé sur une perche ou une tige en roseau, tandis qu'un autre porte une cage fabriquée à partir de fins morceaux de bois et servant à pratiquer des fumigations au soufre pour blanchir des tissus. Au sommet de la cage, une chouette symbolisant la déesse Athéna, protectrice des marchands de laine.

Les incroyables natures mortes de la « maison des Cerfs » d'Herculanum. Notez, au centre, le plateau en argent contenant des figues sèches, des prunes et des dattes dans lesquelles sont glissées une pièce en or et une autre en argent, sans doute un signe d'hospitalité.

Fresque retrouvée à Pompéi et représentant les convives d'un banquet dans un *triclinium*. Une véritable invitation à la fête.

C'est également de Pompéi que provient cette magnifique pièce d'artisanat. Le raffinement et le soin apporté aux détails sur ce « vase bleu » en verre camée est stupéfiant.

La *Bocca della Verità*, une « plaque d'égout » en marbre de la Rome antique, aujourd'hui exposée dans le *pronaos* de l'église de Santa Maria in Cosmedin.

Des lampes à huile semblables à celles utilisées au quotidien dans l'Antiquité.

Le Forum Boarium et le temple de Portunus, encore visibles à Rome.

Paradoxalement, même s'ils risquent davantage leur peau que les prétoriens, les *vigiles* ont aussi une expérience de vie supérieure à celle d'un citoyen lambda. Sans doute parce que ce corps de métier sélectionne uniquement des jeunes hommes en bonne santé et dans une condition physique optimale, pour leur garantir ensuite une alimentation et une hygiène bien meilleures, en comparaison de la plupart des habitants de la cité.

Mais quel regard la population porte-t-elle sur les *vigiles* ?

Nous avons tendance à penser qu'ils sont vus comme des héros, à l'image des pompiers new-yorkais après le 11 septembre 2001. Des professionnels qui, jour après jour, risquent leur vie et leur santé pour sauver les autres, sans jamais flancher. De vrais soldats du feu, donc...

De fait, certains spécialistes – comme l'archéologue et historienne Catherine Salles, autrice d'un excellent essai sur les *vigiles* et le grand incendie – estiment que c'est également le cas dans l'Antiquité romaine. Les gens du peuple connaissent leur condition d'affranchis, c'est-à-dire de personnes humbles, à la position sociale plus ou moins similaire à la leur. Par ailleurs, leurs rondes quotidiennes font d'eux des figures familières. En découle une proximité qui les unit à l'ensemble de la communauté, un peu comme avec les *bobbies* anglais ou les îlotiers parisiens au début du siècle dernier.

Vous serez peut-être surpris d'apprendre que les *vigiles* de Rome ont une fête annuelle, avec un grand défilé similaire à celui de leurs lointains homologues new-yorkais. Elle se tient le 1er mars, à la date marquant le début de l'année dans le calendrier romain. On y fête également les matrones (*matronalia*), qui célèbrent Junon Lucine, considérée comme leur protectrice, en se rendant dans le temple consacré à cette divinité sur l'Esquilin. Raison pour laquelle les pompiers se travestissent en femmes et effectuent cette parade haute en couleurs aux quatre coins de la ville, dans l'hilarité générale.

D'autres spécialistes voient néanmoins les choses différemment. Les *vigiles* ont beau être perçus comme des professionnels indispensables, ils ne jouissent pas d'une réputation sans tache, en raison de leurs origines (puisqu'ils sont recrutés au sein des couches les plus humbles de la société), mais aussi de leurs activités de contrôle pour le moins intrusives, dans les magasins ou les habitations. Sans parler de leurs manières rugueuses qui doivent parfois déplaire, surtout parmi les plus pauvres. Une chose est sûre : ils sont la bête noire de la faune criminelle qui infeste la ville la nuit venue…

Vindex et Saturninus ont quitté la zone du Forum Boarium et pris la direction du Cirque Maxime. Ils se sont arrêtés devant une célèbre statue à l'effigie d'Apollon regardant le ciel – d'où son nom, *Apollo Caelispex* (« qui scrute le ciel »). Il suffit de l'observer pour sentir un mélange de paix et de sérénité vous envahir. Le dieu a la tête légèrement penchée en arrière et les yeux tournés vers l'infini. Le bras droit relevé est délicatement posé sur ses cheveux tressés, qui retombent en partie sur sa poitrine. Le buste un peu déhanché sur la droite, dans une pose très féminine, le dieu tient une lyre dans sa main gauche. Ce corps nu, la douceur qui s'en dégage, cette posture et ce regard rêveur donnent à cette statue un caractère érotique, encore saisissant deux mille ans plus tard. Il en existe de nombreuses copies. L'une des plus célèbres a été retrouvée en Tunisie, au cœur de la cité romaine de Bulla Regia, dans la région de Jendouba. Peut-être est-ce précisément le caractère ambigu de cette sculpture associant un corps à l'énergie masculine à une pose empreinte de délicatesse féminine qui attire le regard de Saturninus. L'œuvre mesure au moins 3 mètres de haut et est protégée par un édicule constitué de quatre colonnes surmontées d'une arche. Cette sculpture est là depuis deux cent dix ans, explique Vindex à son compère. Jadis érigée à Carthage, elle fut incluse dans le butin de Scipion l'Émilien après sa victoire sur les Carthaginois et sa conquête de la ville en 146 av. J.-C.

C'est désormais un autre lieu emblématique de Rome qui attend les deux *vigiles* : le Cirque Maxime.

8

Le Cirque Maxime

Le plus grand stade de l'histoire de l'humanité...

Saturninus reste bouche bée. Il n'aurait jamais pensé qu'un bâtiment réservé aux courses de chevaux puisse être aussi grand. Et pourtant, ce qu'il a sous les yeux n'en est que le plus petit côté... Face à lui se dressent en effet les impressionnantes structures des *carceres*, d'où s'élancent les chars. Pour faire simple : si vous imaginez le Cirque Maxime comme un fer à cheval très allongé, les *carceres* relient les deux branches et constituent, dans les faits, un bâtiment monumental de 120 mètres, tout en longueur. De part et d'autre surgissent deux tours imposantes, chacune surmontée d'un quadrige en bronze doré. Au centre, l'édifice s'élève à la façon d'une cathédrale gothique ; juste en dessous, on voit s'ouvrir un portail grandiose : l'une des deux grandes portes d'entrée du Cirque (l'autre se trouve à l'extrémité opposée), la Porta Pompae, d'une largeur de 5 mètres. Elle est appelée ainsi car c'est par là qu'entre dans l'arène le grand cortège inaugurant les courses (*pompa circensis*). Pas aujourd'hui, puisque l'empereur se trouve à Antium, ce qui n'empêche pas les Romains de pouvoir assister aux compétitions. En réalité, nous ignorons si des courses ont eu lieu ce 18 juillet 64 mais, vu la multiplicité des compétitions et la belle saison, il est possible (et même plus que probable) qu'il y en ait bien eu ce jour-là.

Quoi qu'il en soit, n'allez pas croire que le Colisée est la principale attraction de la Rome antique. L'amphithéâtre des Flaviens n'existe pas encore, alors que les premières structures du Cirque Maxime sont sorties de terre depuis déjà trois siècles et demi. Les Romains apprécient peut-être les combats de gladiateurs, mais ce sont de vrais passionnés de chevaux et de courses de chars, en voici la preuve !

Une autre information nous le confirme sans la moindre ambiguïté. Le Colisée comptait entre 50 000 et 80 000 places assises, là où le Cirque Maxime en possédait au moins trois fois plus (voire carrément cinq fois plus). Des chiffres stupéfiants, mais il nous manque des données fiables pour les étayer. Certaines estimations flirtent avec le demi-million de spectateurs, d'autres tournent autour de la moitié.

Pourquoi une telle disparité ? S'agissant de la capacité du stade, Marialetizia Buonfiglio (responsable de la zone archéologique du Cirque Maxime) pointe un fait très pertinent : les auteurs antiques se réfèrent souvent à un calcul théorique basé sur les *loca*, à savoir un espace d'environ 40 centimètres dont dispose chaque spectateur. Si l'on s'en tient à ce système, le Cirque du Ier siècle oscille entre 150 000 spectateurs sous Auguste et 250 000 sous le règne des Flaviens. Les régionnaires du IVe siècle fournissent même quant à eux le chiffre de 385 000 (ou 485 000 !) spectateurs. À cette période, le Cirque possède très certainement d'autres superstructures en bois adossées aux collines, ce qui expliquerait cette capacité d'accueil hors norme : près de la moitié des habitants de l'Urbs…

Les gradins encore visibles dans la zone archéologique sont très étroits, signe qu'il devait y avoir vraiment peu de place pour les jambes des spectateurs entre deux rangées. Dans le cas d'un autre édifice romain présentant des gradins similaires, le cirque de Maxence, on a émis l'hypothèse que le public s'asseyait sur une rangée sur deux. Malgré tout, l'inconfort du Cirque Maxime était de notoriété publique. On en retrouve même la trace chez un auteur comme Ovide, qui se décrit en train de rappeler à l'ordre les voisins de sa bien-aimée, gênée par leurs mouvements intempestifs : « Toi, le voisin de droite, prends garde à Madame : tu la gênes en te serrant contre elle. Et toi, le spectateur derrière nous, retire tes jambes, si tu as un peu de tenue, et ne viens pas froisser de ton dur genou les épaules de ma voisine. »

Il y a de grandes chances pour que la capacité d'accueil du Cirque Maxime ait en partie varié au fil du temps, à cause des incendies qui obligeaient à constamment le reconstruire. Il n'y a rien d'improbable à ce que la structure ait pu accueillir jusqu'à 250 000 personnes à certaines occasions, comme l'écrit Pline, mais le chiffre était probablement inférieur en temps normal. On ne devait cependant pas descendre en dessous d'un minimum de 150 000 personnes. Ce qui en fait l'un des plus grands bâtiments (si ce n'est le plus grand) jamais construit sur la planète au cours de son histoire pour accueillir des spectacles et des événements sportifs.

À l'heure actuelle, il est rare que les grands stades de foot dépassent officiellement les 90 000 places. La plus grande structure existante, le stade du Premier-Mai, en Corée du Nord, peut accueillir jusqu'à 150 000 spectateurs, soit la jauge minimale du Cirque Maxime.

Bref, devant les deux *vigiles* trône une véritable merveille de l'Antiquité, aussi bien en matière d'ingénierie que d'architecture, avec ses 610 mètres de longueur et ses 140 mètres de largeur.

Et voilà qu'en cet instant il laisse éclater toute sa puissance, tandis que le public d'une course se fait bruyamment entendre.

… *mais aussi le plus grand centre commercial de l'Antiquité*

Les deux *vigiles* se fraient un chemin au milieu de la foule, avec la sensation d'être au cœur d'une ruche tant l'esplanade face à eux est noire de monde. Les compétitions ont commencé tôt ce matin au Cirque, dans une affluence digne de celle des grands concerts en plein air. Des gens se sont pressés aux entrées dès l'aube, même si l'accès est gratuit. À cette multitude s'est depuis mêlée celle des Romains venus ici faire leurs emplettes. Le Cirque Maxime est en effet constitué, au niveau de la rue, d'une succession d'arcades. Au-dessus, un mur élevé est percé de fenêtres chargées d'éclairer les galeries et les pièces des étages, comme au Colisée. Les ouvertures du rez-de-chaussée ont trois fonctions, établies suivant une séquence bien précise. Les premières sont réservées aux sénateurs et aux membres de l'ordre équestre : elles les mènent directement aux premiers rangs du Cirque ; les deuxièmes sont dotées d'escaliers permettant d'accéder aux gradins les plus en hauteur, où s'installe le reste de la population ; les dernières, qui ne communiquent pas avec le reste de l'édifice et dont le fond est muré, sont utilisées comme boutiques.

Cette suite de trois se répète grosso modo pour toutes les ouvertures (*fornices*) qui jalonnent le périmètre du Cirque. Étant donné qu'il comptait environ cent vingt arches, un tiers du total devait accueillir des boutiques. Leur nombre exact nous est inconnu, cependant. Aux *tabernae* qui donnaient sur la rue, il faut ajouter celles qui se trouvaient en face, de l'autre côté de la chaussée, ainsi que les dizaines de vendeurs ambulants et la profusion d'étalages de nourriture et de souvenirs...

Bref, le Cirque et l'ensemble de son pourtour constituent le plus grand centre commercial de l'Antiquité, l'une des meilleures zones pour faire du shopping à Rome. Tout au long de l'année, ces lieux sont un pôle d'attraction pour le peuple de l'Urbs, même quand il n'y a pas de courses. Entre les estaminets, les échoppes et les prostituées, il y a toujours du mouvement dans le secteur, à toute heure du jour ou de la nuit.

Au fond, ce n'est pas un hasard si la ronde des deux *vigiles* passe par cet endroit à la fois hors du commun et incontournable. Et ce n'est pas un hasard non plus si l'incendie de ce soir va éclater ici même...

Mais en cette journée de courses, quelle est l'ambiance ? Revenons à Vindex et Saturninus. Ils ont décidé d'emprunter la rue qui se déroule à la gauche du Cirque, à l'emplacement actuel de la via dei Cerchi. En levant les yeux, ils parviennent à apercevoir la pointe du grand obélisque de Ramsès II, d'une hauteur de 26 mètres, qu'Auguste a fait rapporter d'Égypte pour décorer la *spina*, le mur central qui coupe l'arène en deux. Il orne désormais la piazza del Popolo. Admiré tout à tour par Ramsès II, César, Cléopâtre, Auguste et tant d'autres grandes figures du passé, il constitue également un témoin muet du grand incendie, les premières flammes ayant surgi à quelques dizaines de mètres de là.

La marée humaine qui frôle les deux *vigiles* est aussi dense que bigarrée. On y trouve des clients des échoppes, des supporters en retard qui s'engouffrent à toute vitesse sous les arcades, des marchands et des visiteurs étrangers, des bookmakers qui crient les cotes des paris, des marchands ambulants qui s'époumonent. À la différence du marché, où l'on croisait une majorité d'hommes, on aperçoit ici de nombreuses femmes venues faire leurs emplettes. Le long de cette rue s'ouvrent une multitude de boutiques de vêtements (*tabernae vestiariae*). Sous l'actuelle basilique Sant'Anastasia al Palatino ont en effet été mises au jour des traces archéologiques datant de l'époque de Domitien. Postérieures, donc, mais des sources épigraphiques nous indiquent que, dès le temps d'Auguste, le secteur accueillait de nombreux tailleurs (*vestiarii*). Il n'est pas à exclure qu'à côté figuraient également les échoppes des *lanarii* (vendeurs de laine).

Les *vigiles* passent à proximité de nombreux cordonniers (*sutores*) qui se sont installés sur les trottoirs. Certains font penser aux cireurs de souliers du siècle dernier : ils attendent le client pour effectuer des réparations minute. D'autres ont disposé leurs créations sur une toile. Devant nos yeux apparaissent toutes sortes de chaussures, à l'allure parfois très surprenante. On va des *caligae* classiques pour militaires, découpées à partir d'une seule pièce de cuir (un vrai jeu d'enfant), à des chaussures fermées pour femme, agrémentées de décorations et de pierres colorées d'une grande élégance. Sachez qu'aucune Romaine ne porte de talons, de quelque hauteur que ce soit. Pour les soirées de gala et les événements importants, les matrones optent souvent pour des espèces de compensées qu'un esclave transporte à l'intérieur d'une boîte spécifique, jusqu'à l'endroit où leur propriétaire est censée les mettre. Étonnamment, les semelles de certains modèles comportent un dessin en relief, réalisé en alignant des clous qui laissent à chaque pas une empreinte par terre, à la manière d'un logo. Des arabesques et des motifs décoratifs qui semblent anticiper de près de deux mille ans ce qu'ont conçu de célèbres marques (de sport, mais pas seulement) pour signer les traces laissées par leurs chaussures, faisant d'elles de véritables affiches publicitaires...

Si vous souhaitez vous faire une idée de la variété des chaussures des Romains, rendez-vous à l'extraordinaire musée archéologique de Vindolanda, non loin de la frontière anglo-écossaise (ou, plus simplement, sur son site, www.vindolanda.com). En creusant au milieu des ruines de ce fort, érigé à quelques encablures du mur d'Hadrien, les archéologues ont mis la main sur des milliers d'objets en cuir parfaitement conservés (mais aussi les lettres pour lesquelles cet endroit est désormais connu). Dont plus de trois mille chaussures ! Vous serez soufflé par leur élégance, leur diversité, leur raffinement, et par la créativité avec laquelle elles ont été réalisées. Une énième preuve de l'erreur que nous commettons régulièrement en sous-estimant l'habileté ou l'intelligence des peuples qui ont vécu avant nous.

Dans une boutique de vêtements, avec son tailleur

Vindex entre chez un vendeur de vêtements. Le magasin est-il si éloigné des nôtres ? Pas tellement, à vrai dire. Il ne comporte aucune vitrine : on ignore encore comment réaliser des plaques de verre de cette dimension. À la place figurent néanmoins des tables et des étals sur lesquels est exposée la marchandise, et qui occupent une bonne partie des trottoirs. Il y a de quoi être frappé par cette enfilade d'échoppes, avec leurs tentes multicolores, leurs auvents (*pergulae*) qui protègent les articles en vente du soleil et de la pluie. Des enseignes portent des inscriptions et des figures en relief, peintes dans des tonalités criardes ; elles sont généralement décrochées à la tombée du jour.

Les tissus étant de nature inflammable, il s'agit d'une étape obligée pour nos *vigiles*, qui entrent à cet instant dans le champ de vision des propriétaires. C'est le moment que choisit le public pour se déchaîner en tapant des pieds sur les gradins, quelques mètres au-dessus de leurs têtes. On croirait entendre un interminable grondement de tonnerre. Le bruit est si assourdissant que tout le monde préfère se taire quelques secondes en attendant que ça passe.

Grâce aux fresques (surtout celles des villes autour du Vésuve) et aux découvertes archéologiques, nous savons que ces boutiques comportent un atelier. Y figure toujours un comptoir en bois, souvent orné de part et d'autre de panneaux décoratifs, et sur lequel sont déployés les articles ou les étoffes présentés aux clients par un vendeur. Derrière, des rayonnages remplis de vêtements ou de tissus repliés, qu'un esclave fait descendre en un clin d'œil, au gré des caprices des acheteurs. Sur une perche en bois fixée au plafond et traversant toute la pièce, on voit pendre ceintures, coussins ou tissus. La *taberna* choisie par les deux *vigiles* est l'une des plus luxueuses. Sur des bancs aux allures de canapés, des clients attendent leur tour, en dégustant parfois les boissons fraîches et les petits en-cas qui leur sont offerts.

Le responsable du magasin vient à la rencontre de Vindex, tout sourire. C'est un homme de petite taille, maigre et extrêmement distingué, Titus Aquilius Pelorus. Une inscription funéraire retrouvée sur la via Appia nous informe qu'entre l'an 70 et l'an 90 il travaillait avec sa femme, Plotia Flora, dans les Horrea Volusiana, c'est-à-dire dans la zone de l'actuel quartier de Testaccio, non loin du Cirque Maxime. On peut penser qu'il possédait une boutique dans la rue du Cirque, voire carrément sous l'une de ses arcades, et qu'il s'est installé à proximité des Horrea Volusiana après avoir vu le grand incendie réduire son ancien commerce en poussière.

Pelorus est en train de discuter avec le *vestiarius* d'une échoppe voisine, un homme aux cheveux blonds, Marcus Licinius Laetus. Originaire de la Gaule narbonnaise, c'est un affranchi, comme on peut le lire sur sa stèle funéraire, conservée dans les musées du Vatican. Sans crier gare, voilà que Vindex et Marcus commencent à parler… en celtique, la langue des Gaulois. Un événement rarement décrit dans la vie quotidienne de la Rome antique, mais qui souligne le caractère cosmopolite de la cité.

Un peu à la façon dont des personnes ayant émigré à l'étranger peuvent s'interpeller dans leur langue lorsqu'elles se croisent, les deux hommes, qui proviennent de régions limitrophes, échangent des boutades dans un idiome (ou plutôt l'un des innombrables dialectes du monde gaulois) que les autres sont incapables de comprendre et qu'ils écoutent, les sourcils froncés. Saturninus en particulier en reste bouche bée. Jamais il n'aurait cru que son collègue puisse parler une langue inconnue. Rien de surprenant, pourtant : durant l'Antiquité, Rome sert de point de jonction entre le monde occidental et le monde méditerranéen.

D'un geste, Vindex demande à son acolyte d'aller inspecter l'arrière-boutique tandis qu'il poursuit sa discussion avec le Gaulois. Le jeune homme s'éloigne, accompagné par le propriétaire des lieux, qui lui montre une seconde pièce, plus petite. C'est là que se trouvent les réserves d'eau.

La majorité des Romains portent des habits très simples, qui exigent peu de retouches au moment de l'achat – hormis dans le cas de vêtements à manches longues, ou des *cuculli*, sortes de ponchos à capuche utilisés pour se protéger de la pluie (notons que l'Antiquité connaît déjà les ombrelles, dont se servent Grecs, Étrusques et Romains afin de se protéger du soleil, mais pas les parapluies). Cependant, lorsqu'il s'agit de satisfaire une clientèle riche et exigeante, habituée à des tissus et des tenues de qualité, mais aussi attentive aux plis du drapé, de petits ajustements sont de mise. En règle générale, le *vestiarius* se rend directement chez ses clients aisés pour les essayages. Mais il lui faut impérativement un atelier, raison pour laquelle les boutiques de vêtements disposent souvent d'une petite pièce à l'arrière. Les esclaves qu'on y fait travailler sont capables de réaliser à la fois de banales tuniques et des habits sur mesure. De ce point de vue, Titus Aquilius Pelorus est d'abord un tailleur avant d'être un commerçant. Comme le prouve le talent avec lequel il confectionne des tenues toujours impeccables (à commencer par la sienne, qui tombe parfaitement), mais aussi ses manières raffinées et son vocabulaire soigné.

Dans un coin, Saturninus remarque une presse (*pressorium*), très proche de celle qui a été retrouvée en parfait état à Herculanum, dans la boutique d'un *lanarius*. Elle sert à repasser le linge encore humide mais également, grâce à un ingénieux système, à plier rapidement les étoffes, qui n'ont plus qu'à être soigneusement rangées sur les rayonnages. Un gain de temps notable pour le propriétaire, qui peut affecter ses esclaves à d'autres tâches.

En sortant, les deux *vigiles* croisent un jeune garçon venu effectuer une commission à la demande de ses parents. L'espace d'un instant, ils échangent un regard. Malgré son très jeune âge, on devine les traits qu'il aura dans une cinquantaine d'années, quand son visage d'homme mûr rappellera celui du principal adversaire de l'agent 007 dans *Opération Tonnerre*, joué par le grand acteur italien Adolfo Celi. Autant dire une vieille connaissance, si vous avez eu l'occasion de lire certains de mes précédents livres…

La check-list des pompiers

Vindex s'arrête pour boire à l'une des innombrables fontaines disposées sous les arcades du Cirque Maxime. En s'essuyant la bouche avec le dos de la main, il indique les autres à Saturninus. Tous les pompiers doivent connaître leur emplacement exact dans le quartier où ils opèrent, afin de pouvoir y remplir des seaux en cas d'urgence. La moindre source d'eau a son importance, que ce soient ces fontaines ou celles de plus grande taille, les piscines des thermes, les ramifications privées des aqueducs, les citernes, et même les *impluvia*, ces petites vasques creusées dans l'*atrium* des habitations privées.

De la même façon, chaque *vigil* se doit de connaître et de contrôler sans relâche les lieux où des flammes peuvent être allumées. Et la liste est longue, entre les boutiques des boulangers ou celles des céramistes, les ateliers des orfèvres et des forgerons, les lieux publics dotés en permanence de lampes à huile allumées, sans compter les thermes dont l'eau est réchauffée par des fours, les lieux de restauration qui cuisent les aliments et les sanctuaires où sont pratiqués des sacrifices…

Mais ce serait oublier les dépôts de bois, d'huile et de tissus, matériaux tous hautement inflammables. Il faut aussi tenir compte de l'étourderie ou de l'inconscience des gens, qui laissent des lampes à huile ou des braseros sans surveillance près des tentes ou dans d'autres endroits tout aussi dangereux…

Le soir est le moment le plus critique, car c'est là qu'on allume des fourneaux pour manger, des braseros pour réchauffer les chambres à coucher (en hiver) et, surtout, des lampes à huile pour y voir clair dans l'obscurité. Pour autant, le pire cauchemar des *vigiles* reste les fêtes nocturnes organisées par des particuliers ou par l'empereur lui-même, avec leur quantité de torches et de flambeaux qui brûlent pendant que le vin coule à flots…

On est presque étonné que Rome ne soit pas quotidiennement dévorée par des incendies catastrophiques… Dans la plupart des cas, c'est sans doute grâce à l'intervention des *vigiles* en patrouille que les petits départs de feu peuvent être éteints à temps. La ville entière est sauvée sans que personne n'en ait vraiment conscience.

Hélas, les choses en iront autrement cette nuit.

Pourquoi tant de monde dans les rues ?

Les deux *vigiles* reprennent leur route en se frayant un chemin dans la foule. L'atmosphère estivale est de plus en plus étouffante. Avec ces températures qui ne cessent de grimper, heure après heure, cette cohue est un cauchemar. Rares sont les chanceux qui ont pu se réfugier ailleurs. Il s'agit de ces riches Romains qui possèdent une résidence secondaire en bord de mer, généralement dans la zone de Baïes et du golfe de Naples, à moins de 200 kilomètres de Rome. Mais ils représentent une minorité. L'écrasante majorité des habitants reste en ville, assommée par cet été caniculaire. Et tous semblent être descendus dans la rue, aujourd'hui...

Mais comment se fait-il qu'il y ait autant de monde à Rome ? La population de la cité oscille entre 800 000 et 1 200 000 habitants, nous l'avons dit. Sans compter les personnes qui arrivent des campagnes dans la matinée et qui y retournent le soir. Or nous manquons de données précises. Comme l'a souligné Catherine Salles, des recensements sont effectués régulièrement mais ils ne prennent en compte que les hommes libres d'âge adulte, pas les autres. Voilà pourquoi les historiens ont toujours tendance à s'en tenir au chiffre générique d'un million. Lequel est tout sauf négligeable : cela signifie que 2 % des habitants de tout l'Empire romain vivent à Rome (l'Empire comptait, selon certaines estimations, près de 50 millions d'habitants, un chiffre inférieur à la population actuelle de la péninsule italienne).

La Ville éternelle, vous l'aurez compris, accueille beaucoup de monde dans un espace restreint. Par ailleurs, personne ou presque ne reste chez soi dans la journée (pas de télétravail, donc...), ce qui explique cette affluence dans les rues et dans l'ensemble des lieux publics. Mais comment en est-on arrivé là ?

Le processus s'est déroulé sur le temps long, de façon progressive. À l'origine, il y eut l'exode de paysans partis massivement des campagnes pour s'offrir de meilleures conditions de vie en milieu urbain. Ajoutez à cela les esclaves en provenance des territoires conquis : à la fin de la République, leur nombre aurait été multiplié par quatre par rapport aux générations précédentes. D'après Catherine Salles, ils représenteraient désormais un tiers de la population de la Rome néronienne.

Pour finir, il y a les étrangers qui migrent vers l'Urbs, pareils à des papillons de nuit attirés par la lumière. Un phénomène que Sénèque décrit avec des mots qui pourraient s'appliquer à des époques et des circonstances bien différentes : « Regarde un peu tout cette population que les toits de notre immense capitale suffisent à peine à abriter : la grande majorité de ces gens ne sont-ils pas des expatriés ? De leurs municipes, de leurs colonies, en un mot de tous les coins du monde, ils sont venus confluer ici. Les uns y ont été conduits par l'ambition, d'autres par les obligations d'une fonction publique, d'autres par une mission dont on les a chargés, d'autres par le goût des plaisirs, qui leur fait rechercher une résidence où la débauche soit facile et abondante, d'autres par l'amour des études libérales, d'autres par l'attrait des spectacles ; tel y est entraîné par l'amitié, tel autre par l'espoir de déployer ses talents sur un plus vaste théâtre ; d'aucuns y vendent leur beauté, et d'aucuns leur éloquence. Il n'est pas une race humaine qu'on ne trouve représentée dans cette ville où l'on cote à si haut prix et les vertus et les vices. Fais comparaître successivement tous ses habitants devant toi, et demande à chacun d'eux d'où il est : tu verras qu'en majeure partie ils ont déserté leur pays d'origine, pour une ville qui sans contredit est la plus grande et la plus belle du monde, mais qui cependant n'est pas la leur. »

Comment gérer ce flux ininterrompu de travailleurs et de personnes en quête d'un avenir meilleur ? En construisant dans les quartiers populaires des bâtiments susceptibles de les accueillir, quitte à les faire vivre dans des conditions précaires, les uns sur les autres. Des bâtiments tout en hauteur mais mal entretenus, prêts à s'embraser à la moindre étincelle…

Vindex et Saturninus ont la sensation de marcher à contre-courant. Ils passent à côté d'hommes et de femmes très différents. Voici deux marchands orientaux originaires d'Antioche. Quant à cet individu de haute taille, un rideau de tresses blondes sur l'oreille, ce doit être un noble germain invité au Cirque Maxime, accompagné de deux gardes du corps. Des marins, au grec relevé d'intonations orientales, peut-être d'Éphèse, rient d'une blague. Passe également un jeune esclave aux cheveux roux – à en juger par ses tatouages verts, il se pourrait qu'il ait été récemment capturé dans la province romaine de Bretagne. Derrière lui, nous voyons deux hommes aux traits asiatiques – très certainement des voyageurs arrivés d'Inde au terme d'un périple interminable. Il existait en effet des échanges commerciaux réguliers entre l'Empire et l'Inde : à la belle saison, c'est en moyenne un bateau tous les deux jours qui quitte les ports romains de la mer Rouge. Dans leurs cales, de la soie et des épices à l'aller, des pièces d'or et du vin au retour. Grâce à la copie médiévale d'une carte ancienne (*Tabula Peutingeriana*), nous savons que les Romains connaissaient la Chine, appelée « Sera Maior », ou « Grande Sérique » en français (le mot « soie » dérive de l'expression *sericae vestes*, par laquelle on indiquait les tissus en provenance de cette région habitée par les Sères). Par ailleurs, l'Inde devait certainement abriter des comptoirs impériaux. La carte signale même l'existence d'un temple dédié à Auguste (*templum Augusti*). Pour finir, on voit surgir une jeune femme à la peau noire, aux jambes longues et au sourire resplendissant. Il y a toutes les chances pour qu'elle vienne d'un pays situé au sud du Nil. Son regard est profond et le parfum exotique qu'elle laisse dans son sillage a de quoi vous faire tourner la tête.

Bref, Rome est une ville cosmopolite… Seuls Londres et, en partie, New York ou Paris peuvent aujourd'hui vous donner une idée de l'univers urbain protéiforme que les Romains ont créé.

Au milieu de ce flot de visages anonymes, il demeure possible de croiser des personnages qui entreront dans l'Histoire et qui nous sont familiers. À condition de passer au bon endroit, au bon moment.

Tout comme la Florence des Médicis vous aurait offert la possibilité de tomber sur Léonard de Vinci, Michel-Ange, Raphaël, Botticelli ou le Pérugin, la Rome de Néron vous permet de faire des rencontres mémorables, ce qui nous est d'ailleurs arrivé au fil de ces pages. Entre de futurs empereurs comme Vespasien, Titus et Domitien, mais aussi des philosophes, écrivains, poètes et intellectuels tels que Pline l'Ancien, Sénèque, son neveu Lucain, Pétrone, Columelle… en ce Iᵉʳ siècle déjà bien entamé, Rome traverse une époque de grande effervescence, culturellement parlant. Une véritable « Renaissance » de l'Antiquité.

Un empereur aimé des affranchis et haï des sénateurs

Depuis quelques années, une atmosphère inédite flotte d'ailleurs sur la ville. On la perçoit jusque dans les rues, dans les conversations, l'activité commerciale et même les noms de certains personnages à la réussite grandissante.

Car l'époque est d'abord celle des affranchis, à qui Néron accorde des charges et dont il encourage l'ascension sociale, pour des raisons variées. Le monde romain est un terrain fertile pour tous les ambitieux, doués pour les affaires (honnêtes ou pas) et surtout capables de produire de la richesse. À travers leur soif de réussite, leurs compétences et leur flair, alimentés par la volonté indomptable de tourner la page sombre de la pauvreté et de la servitude, les affranchis constituent un puissant moteur social et économique. Une sève nouvelle qui revivifie la société romaine. Il s'agit néanmoins d'une classe émergente de nouveaux riches, souvent ignorants, frustes et sans grands scrupules.

Si vous souhaitez vous faire une idée de l'ambiance qui règne à Rome à cette période, lisez Juvénal. Dans l'une de ses *Satires*, il profite d'une promenade dans la ville pour en raconter le déclin moral. Ou alors, prenez le *Satiricon* de Pétrone, qui se déroule précisément au temps de Néron. L'épisode du banquet interrompu par l'arrivée fracassante des *vigiles* (c'est le cas de le dire) vous raconte ce nouveau visage de l'Urbs. Et n'allez pas croire qu'il s'agisse d'une simple invention de l'auteur : à Pompéi, l'une des plus belles *domus* est celle, bien connue, des deux frères Vettii, d'anciens esclaves grecs devenus riches à millions, à l'instar du Trimalcion de Pétrone. Aux murs, on retrouve des fresques comme celle, très célèbre, des amours qu'on voit réaliser des travaux d'orfèvrerie ou récolter du vin, entre autres activités. L'intention est de montrer à tout le monde comment les maîtres des lieux se sont enrichis. Exactement comme Trimalcion qui, lors du banquet imaginé dans le *Satiricon*, fait lire par l'un de ses esclaves une liste indiquant par quels moyens il est devenu riche, et jusqu'à quel point…

Inutile de préciser que Néron saisit l'importance de ce phénomène d'ascension sociale des affranchis, qu'il encourage, ne serait-ce que pour contrecarrer les aristocrates et affaiblir leur pouvoir. De la même façon qu'il profitera de l'incendie de Rome, d'ailleurs. À la place de leurs élégantes *domus* du Palatin, réduites en cendres par le feu, on verra sortir de terre des structures commerciales qui marqueront, de fait, la fin du pouvoir de l'aristocratie romaine au cœur de Rome, notamment visuellement.

Mais si les aristocrates sont hostiles à Néron, ce n'est pas uniquement pour les postes et le pouvoir qu'il accorde à une classe sociale en formation et aux origines modestes. D'autres raisons motivent cette inimitié, à commencer par cette réforme monétaire qui a dévalué les pièces d'or au profit des pièces d'argent, favorisant à la fois les classes populaires et l'armée, au détriment des sénateurs.

Au cours de ses cinq premières années de règne, Néron a pourtant entretenu de bonnes relations avec les sénateurs (issus, pour la majorité d'entre eux, de très anciennes lignées), sous l'influence de sa mère Agrippine, du préfet du prétoire Afranius Burrus et de Sénèque. Mais avec la mort des deux premiers et la marginalisation progressive du philosophe, leurs rapports se sont dégradés, jusqu'à faire naître chez les aristocrates une hostilité croissante à l'égard de Néron et de sa façon de gérer la charge d'empereur. N'oublions pas que nous parlons d'un descendant de Marc Antoine : son idéal monarchique aspirant à créer un pont avec l'Orient grâce à ses titres en Asie et en Égypte rappelle largement le style et les idées d'Antoine (ainsi que de Cléopâtre). Raison pour laquelle Néron est aussi mal vu au Sénat : on ne le considère plus comme un souverain de matrice occidentale et romaine (à l'image d'Auguste, pour simplifier). On sent et on redoute chez lui une forte dérive orientalisante.

Cette haine est partagée. Dans un an, en l'an 65, on découvrira la fameuse conjuration de Pison visant à l'abattre. Néron exterminera la moitié du Sénat, au point qu'il ne fera pas une seule fois référence à la noble institution lors de l'inauguration des travaux d'excavation du canal qui aurait dû traverser l'isthme de Corinthe. La rupture est consommée, désormais...

Si vous demandez à tous ces gens circulant autour de nous leur opinion sur l'empereur, ils n'auront généralement que du bien à en dire. À cause des spectacles qu'il offre au peuple, certes, mais aussi parce qu'il apparaît comme un prince généreux et cultivé. Et pourtant, la réalité est bien différente... Personne ne se doute de la puissance sans limites que cet homme laisse progressivement s'exprimer dans sa manière de gouverner. Car la période où l'on tentait de le garder sous contrôle appartient au passé. Au cours de ses premières années de règne, Néron n'a eu d'autre choix que de suivre les conseils de ses deux précepteurs d'exception et, surtout, les directives de sa mère Agrippine, la véritable éminence grise du pouvoir. Pendant longtemps, Néron s'y est soumis, mais avec de plus en plus de difficulté. Jusqu'à l'an 55 ap. J.-C., où tout a changé. Pour atteindre sa mère Agrippine, peut-être à l'instigation de Sénèque d'ailleurs, il a fait empoisonner Britannicus lors d'un banquet, comme nous le verrons. Quatre ans plus tard, à l'âge de vingt-deux ou vingt-trois ans, c'est d'elle qu'il a souhaité se débarrasser, non sans mal, puisqu'il a d'abord tenté de la noyer lors d'un naufrage soigneusement planifié, avant de la faire tuer par des assassins. Dès lors, qui pouvait l'arrêter ? Par la suite, Néron a continué d'éliminer de nombreuses autres figures de son entourage. Y compris sa femme Octavie afin d'épouser Poppée. C'était en 62, deux années seulement avant notre récit...

Parmi les personnes que nous croisons dans la rue circulent donc quelques-uns des individus qui ourdissent un complot contre le maître de l'Empire et dont les rangs ne font que grossir. Mais leurs visages restent inconnus : ils traversent la foule comme des ombres, souvent dissimulés derrière les rideaux de leurs élégantes litières.

9

Un après-midi au Cirque

Entrons dans le Cirque Maxime

À mesure qu'ils remontent le trottoir, les *vigiles* se rapprochent d'un bâtiment de deux étages dont la cour est entourée par de jolies arcades. Dans les salles intérieures, les archéologues découvriront des mosaïques représentant des personnages qui brandissent des étendards. Ce sont les *nuntii circi*, les hérauts chargés d'ouvrir le cortège de la *pompa circensis* qui inaugure les journées de compétitions. En raison, rappelons-le, de l'absence de l'empereur, le cortège n'a pas défilé et leur siège, la Schola Praeconum, est resté fermé. Vindex et Saturninus passent devant les anneaux en bronze du grand portail, contre lequel un mendiant s'est accroupi pour demander l'aumône, puis traversent la rue en jouant des coudes.

Leur destination ? L'entrée du Cirque Maxime. Il leur faut néanmoins franchir des étals alignés le long du trottoir, sans doute de façon illégale pour une bonne partie d'entre eux, et proposant au public des aliments à emporter. Olives, figues, beignets, miches de pain, gâteaux et fromages posés sur des feuilles de figuier, attendent les clients affamés.

Vindex s'arrête devant un homme bedonnant et à la barbe fournie. Celui-ci fait cuire des brochettes de viande sur un brasero de fortune, lui-même posé sur un étal improvisé, en équilibre au milieu du flot de passants. Le tout dans l'illégalité la plus totale. Une réaction s'impose… Les yeux plongés dans ceux du vendeur, le pompier chevronné attrape un broc d'eau bien en évidence, vu la chaleur infernale, et le verse sur les braises, qui s'éteignent en sifflant au milieu d'un épais nuage de fumée. Le contrevenant fait mine de réagir, avant de se raviser, et regarde autour de lui : Vindex serait tout à fait capable de le mettre K.-O. d'un simple coup de poing. Mais surtout de le placer en état d'arrestation… Cet épisode nous rappelle qu'il est formellement interdit par la loi de vendre des aliments cuits dans les tavernes ou dans la rue, à l'exception des légumineuses et des herbes. Une décision prise deux ans plus tôt par Néron (en 62 ap. J.-C.), vraisemblablement à la suite d'un incendie ayant causé la destruction de plusieurs bateaux au mouillage au Portus Emporium.

Les *vigiles* pénètrent ensuite sous le portique extérieur du Cirque en empruntant l'une des arches. Adossés aux piliers, des bookmakers tentent de les retenir par le bras pour leur proposer des tuyaux. Victoire garantie !

L'escalier en travertin menant aux gradins est animé par les allées et venues des spectateurs, dont les voix résonnent sous le plafond voûté. On rit, on parle, on hurle le nom d'un ami. En prêtant bien l'oreille, vous aurez remarqué que ces mots, ces phrases et ces exclamations ont une sonorité proche de l'italien ou de certains dialectes régionaux de la péninsule. Tous ces gens s'expriment pourtant bien en latin… mais un latin dont nous ne sommes pas coutumiers, très éloigné de celui que nous avons entendu sur les bancs de l'école, au théâtre, voire dans des documentaires historiques à la télé. Et surtout, que plus personne n'emploie dans la vie de tous les jours depuis des siècles ! Rien que de très normal, au demeurant : même si nous connaissons une langue étrangère à la perfection, notre prononciation sera toujours quelque peu artificielle. Elle n'aura jamais la souplesse, la capacité à articuler rapidement les mots (et à les manger, parfois) ou l'inflexion naturelle d'un locuteur originaire de telle ou telle région. Voilà qui explique pourquoi le latin « réel », celui qui résonne dans les rues de Rome, est si fascinant. Nous pouvons certes repérer certains termes – comme quand nous entendons parler portugais ou roumain, deux autres langues romanes – mais, même s'il nous semble familier, il nous échappera à coup sûr.

Existe-t-il des accents et des prononciations particulières à l'époque romaine ? Évidemment que oui. Dans plusieurs zones de la péninsule, le latin est parlé de façon différente, comme c'est le cas pour l'italien d'aujourd'hui. Un exemple parmi d'autres : sur une pièce retrouvée dans le Samnium (région anciennement contrôlée par le peuple samnite, au sud de la chaîne des Apennins), le portrait de l'empereur est surmonté par la liste de ses titres, écrits en abrégé. À ceci près qu'au lieu de lire « IMP », pour *imperator*, il est écrit « IMB »… *Imberator*, donc, en se calquant sur l'accent et le phrasé qu'on entend encore de nos jours dans ce coin d'Italie.

Mais ça y est, nous y sommes ! Nos pompiers s'apprêtent à arriver en haut des gradins. Vindex laisse passer Saturninus pour qu'il puisse savourer cette découverte d'un Cirque Maxime plein à craquer…

Le jeune homme peine à en croire ses yeux. Exception faite de l'arène, des dizaines de personnes occupent tout le périmètre du Cirque, à perte de vue. Il n'a jamais vu autant de monde au même endroit. C'est une foule bariolée qui agite des banderoles et des foulards, pour devenir une masse informe à mesure que les rangées s'étirent. Encore plus impressionnant : le bruit. Sur un rayon de quelques mètres, Saturninus parvient à distinguer chaque mot. Mais aussitôt après, tout se mélange et se transforme en un rugissement grave, puissant, ininterrompu. Le centre du Cirque est dominé par la piste, traversée d'un long mur recouvert de plaques de marbres précieux, autour duquel les chars devront effectuer sept tours. Sur cette *spina* se dressent des statues de divinités, des édicules et un compte-tours constitué de grands « œufs » en bronze doré qu'on abaisse l'un après l'autre à chaque fin de tour.

En réalité, les compte-tours sont au nombre de deux. À l'autre bout du mur, du côté des *carceres*, se trouvent les *Delphini*, sept petites statues de dauphins, animaux associés à Neptune, dieu de la mer… et des chevaux. On les abaisse dès que le premier de la course passe devant.

L'ambiance des courses

Saturninus ne pouvait pas choisir un meilleur moment pour monter sur les gradins. Par une arcade sur sa droite, en haut du bâtiment flanqué de deux tours qui abrite les stalles, apparaît le personnage qui a financé ces courses, un sénateur controversé et très lié à Néron. Il agite un mouchoir d'une blancheur immaculée (*mappa*), qu'il laissera tomber afin de donner le signal du départ... Ce sera là le moment crucial pour lui, et il le sait : l'attention de dizaines de milliers de Romains se trouvera concentrée sur sa personne. Durant quelques instants, le public le verra comme le centre de l'univers. Et pour un homme de pouvoir qui recherche l'adhésion du plus grand nombre, cela vaut bien la somme colossale qu'il a déboursée.

Tout le Cirque est en ébullition. Les cris redoublent d'intensité, le public commence à taper des pieds sur les gradins, déclenchant ce grondement puissant que les deux *vigiles* avaient entendu de chez le tailleur. La suite se déroule en une fraction de seconde. Saturninus n'arrive même pas à saisir l'instant où le mouchoir tombe. Autour de lui, tout le monde se lève et se met à crier. Un bruit sourd signale que les lourdes grilles se sont ouvertes et, sous les douze arches des *carceres*, on voit s'élancer une enfilade de chevaux. Il y a là douze quadriges côte à côte, pour un total de quarante-huit chevaux. Un détail nous saute aux yeux : les bêtes filent au galop. Les chars avec les auriges à leur bord, eux, ne ressemblent qu'à un élément de second plan. Les hommes agitent sans relâche leurs fouets pour que leurs bêtes prennent le meilleur départ. Seule obligation : l'entrée dans la première ligne droite doit s'effectuer avec l'ensemble des chars alignés. Ensuite, chacun est libre de faire ce qu'il veut. Dépasser ses adversaires, leur couper la route, les coincer contre le mur pour leur faire faire un tonneau ou carrément réduire leur véhicule en miettes... Tous est permis, hormis fouetter les autres concurrents.

Parmi le cortège de mythes qui entourent les courses de chars, beaucoup méritent qu'on les corrige. À commencer par le nom qu'on leur donne. En réalité, celles-ci se disputent à bord de quadriges (un char tiré par quatre chevaux, donc) et non de biges (à deux chevaux), essentiellement réservés aux débutants, vu la vitesse limitée qu'ils peuvent atteindre. Par ailleurs, le terme d'« aurige » est incorrect, même si, pour plus de commodité, c'est lui que nous utiliserons. Il vaut pour les conducteurs de biges, mais pas pour ceux de quadriges, qu'on appelle des *agitatores*. Si un Romain de l'Antiquité voyait *Ben-Hur*, il froncerait les sourcils, croyez-moi... Certes, le film est très bien fait et restitue l'ambiance qui devait régner lors de ces courses. Mais il contient, çà et là, de petites incohérences qui n'échappent pas à un œil averti. Nous avons tous l'image de Charlton Heston planté sur un char imposant, doté de larges roues. L'avant remonte très haut et est richement décoré, à la façon d'une balustrade de balcon... Ces chars lourds n'étaient cependant utilisés qu'à l'occasion des parades triomphales. C'est un peu comme si, dans deux mille ans, on filmait une course de Formule 1 en utilisant des véhicules présidentiels...

Les chars du Cirque Maxime sont bien différents de ceux présents dans *Ben-Hur*. En l'espèce, il s'agit de plateaux quasiment au ras du sol avec de petites roues, afin d'éviter de verser dans les virages, à la manière des kartings ou des voitures de Formule 1. Il est indispensable qu'ils pèsent le moins possible, pour que les chevaux atteignent leur vitesse maximale au prix d'un minimum d'efforts. Parmi les matériaux utilisés, on trouve certainement des bois légers, du cuir et des joncs. Le char de Toutankhamon exposé au Grand Egyptian Museum de Gizeh donne une bonne idée de la souplesse et du caractère aérien des chars rapides de l'Antiquité, ainsi que des matériaux qui servaient à leur construction. Et c'est une vraie splendeur.

Conduire un quadrige n'est pas une mince affaire. L'*agitator* est dressé sur son véhicule, en équilibre précaire. Pour se tenir, il ne peut compter que sur la « rambarde » du char, qui se résume à une simple planche de bois recourbée, à laquelle est fixé un morceau de tissu peint. Il passera une partie de la course un genou posé dessus (son pantalon est d'ailleurs renforcé pour le lui permettre). De toute évidence, un sens de l'équilibre non négligeable s'impose, car manœuvrer le véhicule oblige à savoir rester debout, un peu comme quand on fait du surf ou du skateboard.

Les mosaïques extraordinaires de Piazza Armerina qui représentent, précisément, une course au Cirque Maxime sont, au fond, comme une photo d'époque. Elles nous révèlent une foule de détails sur ces compétitions.

À la façon des pilotes de Formule 1, les *agitatores* ont un casque (en cuir) et une combinaison aux couleurs de leurs écuries.

De même que les casques des pilotes du XXIe siècle sont rembourrés pour prévenir le risque de « coup du lapin » lors des chocs violents, les *agitatores* portent un justaucorps dont les lanières de cuir les protègent lors des chutes. La tenue a aussi un rôle pratique : le conducteur n'a pas besoin de tenir les brides comme dans *Ben-Hur* (surtout qu'il faudrait le faire pendant sept tours complets), celles-ci étant passées autour de son buste et glissées dans des anneaux accrochés à son justaucorps, à la manière d'une ceinture. Ses mouvements rappellent donc ceux d'un navigateur qui se couche sur le côté au moment de virer, et parfois même au-dessus de l'eau, afin de garder son embarcation bien stable et contrebalancer les poussées centrifuges. Des détails que les mosaïques de piazza Armerina montrent avec une précision remarquable.

Problème : en cas d'incident, le char vole en éclats et se sépare des chevaux, qui traînent le conducteur sur la piste (une scène d'ailleurs reconstituée dans le film). Pour s'en tirer, l'*agitator* est censé sortir un poignard glissé dans sa cuirasse de cuir et, tant bien que mal, réussir à couper les brides, ce qui n'a rien d'évident. Le métier est certainement très bien payé, mais c'est l'un des plus dangereux de Rome, vu le nombre élevé d'*agitatores* morts dans l'arène. En attestent les sarcophages et les épitaphes dédiés aux héros des jeux du cirque.

Au milieu des spectateurs

Une main tire Saturninus par sa tunique. C'est Vindex qui le rappelle à l'ordre. Pas question de s'attarder. À contrecœur, le jeune homme jette un dernier coup d'œil alentour, heurté par un adolescent qui circule au milieu des travées avec un plateau rempli de beignets. Autour de lui, les gens vocifèrent. Et pourtant, les chars ont disparu derrière le mur de la *spina*. Même s'ils ne sont plus visibles, il est possible de suivre leur course grâce aux beuglements des spectateurs d'en face, qui eux les voient et les encouragent bruyamment. C'est une véritable vague sonore, une ola rauque et puissante qui court le long des gradins, à vous donner des frissons. Le rugissement du Cirque.

Le monde des supporters de la Rome néronienne n'est pas si différent de celui des stades du XXIe siècle. Très souvent, on s'habille aux couleurs de son écurie favorite, en agitant foulards et banderoles assortis. Inutile de préciser que les conversations des heures et des jours qui précèdent les compétitions tournent constamment autour des *agitatores* et des chevaux. Villes d'origine, parcours personnels, victoires, stratégies collectives… Au fond, tout ce que vous entendez au sujet des footballeurs ou des pilotes de Formule 1 a déjà été dit il y a deux mille ans… Bien souvent, cette passion atteint des niveaux presque pathologiques. Les sources antiques nous décrivent des supporters si fervents qu'ils imitent la démarche et l'attitude de leurs champions. D'autres passent un temps fou dans les écuries pour voir les bêtes à l'entraînement. Le médecin Galien raconte que l'un d'eux est même parvenu à ramasser les excréments d'un cheval pour s'assurer qu'il n'avait pas mangé des aliments frelatés…

De la même façon, parmi les *defixiones*, ces malédictions gravées sur de fines plaques de plomb et glissées dans les tombeaux afin qu'elles soient exécutées par les divinités d'outre-tombe, on demande souvent à ce qu'il arrive malheur à l'*agitator* d'une écurie adverse. Dans le seul but de faire gagner son équipe de cœur…

Le jeune Saturninus suit Vindex, qui descend les marches des gradins noirs de monde en distribuant des coups de coude. Ceux qui gênent le passage sont sommés de se lever. Il sait qu'en cas d'urgence ces escaliers engorgés poseraient problème, tout comme la foule qui se presse dans la galerie couverte. Par deux fois, il oblige des petits groupes de spectateurs à éteindre les braseros sur lesquels ils se font cuire un en-cas au débotté. N'allez pas croire que le *vigil* fasse du zèle. Le bas du Cirque Maxime a beau être constitué de blocs de tuf, de marbre et de ciment, le haut de la structure est entièrement en bois et à son sommet court un long portique surmonté d'un auvent en tuiles. Comment le savons-nous ? Grâce aux fragments d'une mosaïque mise au jour dans la cité romaine de Luni, dans le golfe de La Spezia : celle-ci ornait le sol d'un entrepreneur qui avait manifestement fourni des blocs de marbre destinés au Cirque. Rien n'empêche de supposer que c'était également le cas à l'époque de Néron. On a du mal à croire qu'il soit permis d'allumer un brasero ou une flamme dans ce secteur, simple réflexion de bon sens. Mais comment faire respecter l'interdiction ?

Où qu'il se trouve, le feu est une réelle menace et nous fait comprendre qu'à tout moment, à Rome comme dans chacune des villes de l'Empire, des incendies dévastateurs peuvent éclater. Seulement, contrôler un million d'habitants, partout, tout le temps ? Impensable. La seule solution est de tuer dans l'œuf les moindres foyers en multipliant les rondes et de se tenir prêt en cas d'urgence, toujours.

En descendant les gradins, Saturninus a la sensation de... gravir les échelons de la société romaine. Le Cirque donne en effet une bonne idée de la hiérarchie sociale. Plus on se rapproche de l'arène, plus les spectateurs se distinguent par leur fortune.

Tout en haut, on trouve le petit peuple. Hommes et femmes peuvent s'asseoir les uns à côté des autres, mélangés, contrairement à ce qui sera la norme au Colisée : les deux sexes seront séparés, avec les femmes dans l'anneau supérieur. Dans son *Art d'aimer*, Ovide lui-même considère le Cirque Maxime comme l'un des meilleurs coins de Rome... pour draguer. Il fournit d'ailleurs des conseils sur la façon de s'y prendre. Tout d'abord, s'asseoir à côté d'une femme, puis la couvrir de mille attentions et essayer de comprendre quelle est son écurie préférée, ce qui facilitera le contact. Il va sans dire que les Romaines ne sont pas nées de la dernière pluie, elles savent très bien ce qui se passe ici. Selon le poète, c'est presque toujours elles qui mènent le jeu amoureux en réalité, se « laissant conquérir » par un séducteur… qu'elles ont déjà repéré depuis un moment !

L'arène ménage également un espace VIP, où prennent place sénateurs et chevaliers, à l'écart du peuple. Pour autant, les grilles de séparation s'ouvrent comme par enchantement devant les deux *vigiles*, même s'il est impossible pour des affranchis comme eux de trop s'approcher. Saturninus est tout de même impressionné de voir en vrai, et si près de lui, les visages des puissants dont il entend parler chaque jour…

Non loin de là, à la hauteur de la ligne d'arrivée, se dresse la loge impériale (*pulvinar*) avec ses emblèmes, ses colonnes et son porphyre rouge, un type de marbre désormais considéré comme l'apanage des empereurs. Une signature, en quelque sorte.

La loge est vide. Et en cette journée si étouffante, ils sont nombreux à regretter l'absence de Néron. Car la venue de l'empereur est l'assurance de recevoir toutes sortes de cadeaux. Suétone nous en donne un exemple dans ses *Vies des douze Césars* en évoquant les grands jeux organisés en 59 ap. J.-C., année où, notamment, Néron a fait assassiner sa mère Agrippine : « Chaque jour, on fit aussi pleuvoir sur la foule des cadeaux tout à fait variés ; quotidiennement un millier d'oiseaux de toutes espèces, des victuailles diverses, des bons de blé, des vêtements, de l'or, de l'argent, des pierres précieuses, des perles, des tableaux, [des bons donnant droit à] des esclaves, à des bêtes de somme et même à des fauves apprivoisés, en dernier lieu à des navires, à des maisons, à des terres. »

Des distributions similaires devaient certainement avoir lieu à l'occasion du premier jour de compétitions.

Néron, un supporter passionné de chevaux

Tout le monde au Cirque sait que Néron est un mordu de courses de chars. Un intérêt qui ne va pas sans arrière-pensées, car il recherche l'adhésion du plus grand nombre à travers la stratégie du *panem et circenses.* Mais les sources antiques nous apprennent qu'il s'agit d'une passion sincère. Dès sa plus tendre enfance, nous indique Suétone, « la plupart de ses conversations roulaient, quoiqu'on le lui défendît, sur les jeux du cirque ». Une autre scène relatée par l'historien prêterait presque à sourire : le jeune Néron aurait été surpris par son pédagogue alors qu'il pleurait, entouré de ses amis, la mort d'un *agitator* entraîné par ses propres chevaux ; il s'en tira en prétendant qu'ils ne faisaient que réagir au triste sort du héros troyen Hector…

Même une fois devenu empereur et en dépit des reproches de sa mère Agrippine, Néron aurait continué de jouer avec de petits quadriges en ivoire. Et, dès qu'il en avait la possibilité, il filait au Cirque pour assister aux courses. Impossible de savoir avec certitude si ces anecdotes, rapportées elles aussi par Suétone, sont véridiques ou si elles sont le fruit de la campagne de dénigrement qui visera Néron après sa mort. Il n'empêche : cette passion est à ce point authentique qu'il s'est même essayé à la conduite de chars. Rien d'étonnant quand on sait que son père était réputé pour ses talents de conducteur de quadriges. Sénèque et tous les conseillers voyaient néanmoins cet engouement d'un très mauvais œil, tout comme celui pour le théâtre, deux activités relativement peu dignes du chef suprême d'un empire... Constatant qu'il était impossible de refréner les penchants de leur élève, Sénèque et Afranius Burrus décidèrent d'achever la construction du cirque en bois de Caligula, dans la plaine du Vatican, de manière à ce que le jeune souverain puisse conduire des chars sans provoquer l'hilarité ou le scandale, à l'abri des regards du peuple. Certaines sources nous apprennent qu'il se consacra corps et âme à cette activité et, selon le journaliste Massimo Fini, il serait devenu un aurige d'un assez bon niveau. Deux ans après cette journée du 18 juillet 64, il profitera d'un long voyage en Grèce pour se mettre à la tête d'un char tiré par dix chevaux. La tentative se soldera par une chute, c'est vrai, mais un tel tour de force aurait donné du fil à retordre à plus d'un professionnel...

Néron ne manque pas de défauts, mais comment ne pas voir une part de sincérité et d'humanité dans ce goût pour les chars et le théâtre ? Il les assumera avec courage et conviction, sans se soucier de l'opinion des autres. Le problème, comme on l'a observé à juste titre, est qu'il finira par donner la priorité à ces deux centres d'intérêt, sans s'interroger sur le bénéfice politique de la chose, pour en faire les signes distinctifs de son règne...

En effet, comme l'écrit Tacite, à un certain moment « on en vint à inviter le peuple romain, qui l'applaudissait et le portait aux nues, vu que la foule est avide de divertissements et se réjouit quand elle voit que le prince suit les mêmes penchants ».

Sans doute à la fin de l'année 64, il se produit ainsi en public au cirque du Vatican, pour la première fois après le grand incendie de la ville. À cette prestation viendront s'en ajouter d'autres, dont une, citée par Suétone, au Cirque Maxime récemment restauré, et de nouvelles encore au cours de son voyage en Grèce.

En parallèle, Néron transforme les compétitions. Il multiplie leur nombre par deux les jours de courses (de douze à vingt-quatre), qu'il prolonge jusque tard dans la nuit ; il réduit largement le nombre de tours de piste et augmente les récompenses réservées aux vainqueurs.

Il ira même jusqu'à organiser des courses avec des quadriges tirés par des dromadaires…

Comme d'autres empereurs, de Caligula à Domitien, Néron supporte l'écurie des Verts. À partir de 64-65 ap. J.-C., une fois débarrassé de Sénèque et de tous les conseillers qui le bridaient, il commencera à se présenter au Cirque élégamment vêtu aux couleurs de son équipe préférée.

Et les choses ne s'arrêteront pas là. Comme nous l'apprend Dion Cassius, il accueillera en grande pompe Tiridate, roi d'Arménie, en tenue d'aurige – verte, bien entendu – et coiffé d'un casque ! Un peu comme si, de nos jours, un chef d'État recevait l'un de ses homologues habillé du maillot et du short de son équipe de foot de cœur…

Dans les entrailles du Cirque

Vindex et Saturninus se glissent dans un couloir sombre. L'escalier descend jusque dans les tréfonds du bâtiment. La ronde se poursuit désormais dans le fascinant monde caché du Cirque Maxime. Chaque pièce est éclairée par le même genre de flambeaux que nous avons vus dans la caserne des *vigiles*, ainsi que par des lampes à huile. Autant de sources potentielles pour un départ d'incendie.

Dans ces pièces circule un flot ininterrompu d'employés du Cirque, d'esclaves, de membres des écuries... Un groupe d'hommes sort d'une petite salle intérieure. Ils appartiennent tous à l'écurie des Rouges et viennent de se réunir pour parler stratégie. Imaginez que dans une course de huit quadriges, la plus fréquente, chaque équipe aligne deux chars – exactement comme en Formule 1 de nos jours. Les réunions servent à déterminer la meilleure tactique à adopter pour gagner, en décidant par exemple lequel des deux chars servira de lièvre afin de fatiguer les adversaires qui se lanceront à sa poursuite, quand l'autre s'économisera et attendra l'emballement final pour coiffer tout le monde au poteau.

Parmi les personnes qui passent en cet instant se trouve aussi le *dominus factionum*, le patron de l'écurie. S'il est là, cela signifie qu'une course de prestige s'apprête à démarrer. C'est un membre de l'ordre équestre, d'une puissance et d'une influence considérables. Dans certains cas, des hommes de sa trempe parviennent à parler directement à l'empereur afin de résoudre d'importantes questions liées aux compétitions. Lors de ces réunions sont également présents des personnages étonnants mais essentiels, particulièrement en cette journée brûlante du 18 juillet : les porteurs d'eau (*sparsores*). À l'aide de leurs seaux coniques, ils s'acquittent d'une mission dangereuse. Si dangereuse, même, que certaines représentations antiques les montrent écrasés par des chars lancés à pleine vitesse. Grâce aux mosaïques, nous savons qu'ils devront se positionner à des endroits précis et asperger les chevaux de leur écurie pour les soulager. Il leur faudra également mouiller les roues et les essieux des chars pour éviter la surchauffe. La piste est sans doute arrosée d'une manière ou d'une autre, elle aussi, afin que le passage des quadriges ne soulève trop de poussière.

Une bonne partie des gens que nous croisons portent les couleurs de l'une des quatre écuries. Lesquelles ne sont pas choisies au hasard. Chacune est liée à une saison et à l'un des quatre éléments : blanc/automne/air ; rouge/été/feu ; vert/printemps/terre ; bleu/hiver/ciel et eau. Cette association des couleurs des équipes aux saisons, nous la retrouvons régulièrement chez les auteurs antiques. Le citoyen romain n'ignorait pas l'origine religieuse, liée aux premiers rites agraires, des courses de chevaux qui se tenaient dans la vallée du Cirque à une époque ancestrale. Comme le fait remarquer Marialetizia Buonfiglio, la symbolique religieuse est très forte : le char de l'aurige représente le mouvement du soleil ; les sept tours de piste, les sept planètes du système ptolémaïque et les sept jours de la semaine ; les quatre couleurs des équipes, les saisons ; les douze stalles de départ (*carceres*), les mois de l'année et les signes du zodiaque ; enfin, les *metae*, sortes de grandes quilles autour desquelles tournent les chars à chaque extrémité de la piste, sont les limites de l'Occident et de l'Orient, sillonnés chaque jour par le soleil…

Les écuries les plus appréciées du public sont celles des Bleus (*Veneta*) et des Verts (*Prasina*), tandis que celles des Blancs (*Albata*) et des Rouges (*Russata*), moins puissants et moins suivis, gravitent autour des deux premières. Les Rouges tendent à collaborer avec les Verts ; et les Blancs, avec les Bleus. Cependant, un peu comme lors du Palio, la célèbre course de chevaux au cœur de la ville de Sienne, des accords sont conclus en sous-main et peuvent bouleverser l'issue d'une compétition. Avec, à la clé, des semaines de polémiques et d'insultes entre les différents groupes de supporters... N'oublions pas un détail crucial : derrière chaque course au Cirque Maxime, c'est l'argent des paris qui coule à flots.

À la sortie du couloir plongé dans la pénombre, Vindex s'arrête, pétrifié. Devant lui, trois célèbres auriges discutent avant le départ d'une course. Une scène rare, vu la rivalité qui les oppose en règle générale. Ces champions, nous les connaissons à la faveur d'inscriptions retrouvées au niveau de la via Salaria. Elles nous renseignent sur la vie qui a été la leur au cours de ces années. Les deux premiers s'appellent Gigas et Adrastos, ils appartiennent à l'écurie des Verts. Le troisième, lui, fait partie des Bleus. Et ce gamin d'à peine vingt-deux ans est l'idole de notre pompier. En dépit de son jeune âge, il a fini 47 fois premier, 131 fois deuxième, et 146 fois troisième, excusez du peu... L'inscription l'évoquant ne contient hélas pas son nom, mais nous informe qu'il a gagné à deux reprises dans une discipline très étrange, appelée *pedibus ad quadrigam*. Concrètement, les premiers tours s'effectuent à bord des chars, puis les conducteurs sautent de leurs véhicules et terminent la course à pied... L'esprit de la compétition n'est au fond pas si éloigné de l'Ironman moderne, qui démarre par quelques kilomètres à la nage, avant d'enchaîner sur un long parcours à vélo et, pour finir, un marathon. Dans le cas présent, les distances sont évidemment plus limitées et il manque la natation, qui n'était pas considérée comme un sport dans l'Antiquité. Bref, notre époque n'a pas inventé grand-chose.

Hélas, cet espoir des courses de chars mourra trois ans plus tard, en 67. S'il survivra à l'incendie de Rome, un tragique accident sur la piste lui sera fatal…

Un détail curieux d'ordre capillaire nous ramène à Néron. Les trois auriges ont la même coiffure, très recherchée : une coupe au bol, avec une longue frange sur le front, à l'exception d'une mèche centrale qui forme une sorte de virgule. Néron ayant un look très similaire, les chercheurs se sont toujours demandé si c'est lui qui l'a adopté, vu sa passion pour les courses de chars, ou, à l'inverse, si ce sont les auriges qui se sont inspirés de l'empereur – un phénomène courant, toutes époques confondues.

Le petit groupe d'*agitatores* est rejoint par deux hommes qui descendront eux aussi sur la piste pendant la course, mais pas sur un char. En quel honneur ? Ils sont l'équivalent antique de la radio qui relie les pilotes de Formule 1 à leurs box, dont ils reçoivent informations et conseils. À ceci près que, en l'absence de l'appareil inventé par Marconi des siècles plus tard, les Romains recourent à des messagers à cheval qui précèdent les chars de leur écurie et lancent aux coureurs des indications à la volée, peut-être en les aidant à mieux exécuter certaines manœuvres et en servant de lièvre. Nous connaissons leurs noms grâce à leurs épitaphes, remontant sans doute à l'époque néronienne : Astactus, des Verts, et Clemens, des Bleus – lequel enterrera sa femme, Artoria Prima, dans la nécropole de Santa Rosa, aux abords de la basilique Saint-Pierre.

Saturninus et Vindex traversent différentes pièces sous les arcades du Cirque et se rapprochent progressivement des stalles de départ. Dans une salle règne une agitation palpable. Les médecins soignent un *agitator* tombé sur la piste. Par la faute d'un adversaire, son quadrige a heurté le mur et a été réduit en mille morceaux. Des *naufragia*, tel est le nom éloquent que le public donne à ce genre d'incidents. Les morceaux éparpillés dans l'arène ressemblent aux débris d'un bateau flottant sur la mer qui vient de l'engloutir. Le patient est dans un état grave. Lentement, on lui retire son casque, sur lequel le sabot d'un cheval qui arrivait derrière a laissé une trace en profondeur. Il saigne abondamment, mais son crâne semble intact. En revanche, il y a de quoi s'inquiéter pour ses jambes, en partie broyées. Les deux médecins s'interrogent : faut-il amputer ou essayer de les sauver ?

Ces hommes de l'art font partie du « staff médical » qui assiste toujours aux courses, prêt à intervenir. Pour eux, opérer au Cirque équivaut à pratiquer de la chirurgie de guerre. Les patients arrivent avec des traumas terribles, d'une extrême gravité dans la quasi-totalité des cas. Et il n'est pas rare qu'ils soient déjà morts.

L'un des médecins est Tiberius Claudius Demetrius, un ancien esclave peut-être affranchi par l'empereur Claude, ainsi que nous l'indique son nom ; l'autre s'appelle Eutychus, c'est-à-dire « chanceux » en grec, libéré par Néron en personne. Tous les deux sont originaires de Grèce, comme la quasi-totalité de leurs confrères. Logique : c'est en Orient que se trouve l'épicentre du monde médical et scientifique. Éphèse et Alexandrie sont l'équivalent des grands centres de recherches et des prestigieuses écoles de médecine de notre temps.

Les médecins ne sont pas seuls. En plus des brancardiers, ils ont également des assistants. Les inscriptions mises au jour nous informent qu'Eutychus est lui-même aidé par deux autres affranchis, un homme et une femme, Nicostratus et Andromaque.

Les chevaux romains

Les chevaux ne sont pas seulement irremplaçables dans les transports ou sur le champ de bataille : ils sont très aimés des Romains, qui nourrissent une véritable passion pour ces bêtes. Même entre deux courses, on les fait participer aux intermèdes destinés à divertir le public. Et à ce propos, des acrobates équestres font leur entrée ! Ils chevauchent leurs montures debout, sautent d'un animal à l'autre, lancés au grand galop, ou leur font exécuter des pas complexes, à la manière des fameux lipizzans de l'École espagnole de Vienne. Ce sont les *desultores*, de vraies célébrités, aussi talentueux que leurs lointains homologues du cirque moderne.

Vindex et Saturninus sont désormais au niveau des stalles, au nombre symbolique de douze, donc, à l'égal de celui des dieux ou des signes du zodiaque. Mais surtout, un nombre toujours divisible par quatre, puisqu'il y a quatre écuries. Dont on voit les couleurs partout dans le Cirque – sur les portes, les drapeaux, les tuniques du personnel…

L'atmosphère devient électrique. On amène les chars pour les faire entrer dans les compartiments, chacun d'une largeur de 6 mètres, et assignés par tirage au sort aux différents équipages.

Des palefreniers (*moratores*) ont la tâche délicate d'accompagner et de tranquilliser les chevaux, déjà attelés, jusqu'à leur emplacement. Les animaux sont nerveux. Ils ont passé la nuit dans les box situés dans le Cirque ou dans les environs et sont très sensibles à la tension ambiante. Entre les dizaines de personnes qui défilent, les grondements de la foule dans les gradins, la vue et l'odeur d'autres chevaux, difficile pour eux de rester calmes. Certains se cabrent, secouant tout le quadrige.

Les chevaux qu'on peut voir à l'époque romaine sont globalement plus petits que les nôtres. Les mosaïques de Piazza Armerina laissent deviner que, les jours de course, ils étaient tellement bichonnés qu'ils semblaient prêts pour une parade plutôt que pour une compétition. Leurs queues sont nouées ou tressées de tissus colorés, leurs crinières piquées de plumes ou de branches de laurier. Et à leurs cous pendent des amulettes en forme de demi-lune renversée (*lunulae*).

Leurs noms sont extrêmement variés. Dans son essai consacré aux courses dans la Rome antique, l'historien hollandais Fik Meijer en a rassemblé toute une liste, idéale pour nous replonger dans l'ambiance électrisante des courses : « On avait coutume d'appeler les chevaux blancs "Candidus" ; ceux à la crinière abondante, "Crinitus" ; ceux à la robe tachetée, "Maculosus" ; ceux qui se distinguaient par leur vitesse, "Cursor" ("Coureur") ou "Sagitta" ("Flèche"). Les animaux ayant de nombreuses victoires à leur actif étaient surnommés "Polyneices" ("Plusieurs fois vainqueur") ou "Palmatus" ("Récompensé par la palme de la victoire"). Parmi les noms mythologiques les plus fréquents, citons Pégase, Castor, Pollux, Achille, Ajax. Les chevaux portaient parfois le nom d'autres animaux : Leo, Catta ou Aquila. » Sans oublier Andrémon, cité par le poète Martial, et les nombreux chevaux de course nommés Amor ou Dominator…

Pour l'heure, on contrôle une dernière fois la stabilité du char, on vérifie si les roues tournent avec fluidité. De leur côté, les vétérinaires examinent les yeux, les pattes et les sabots des chevaux. Les auriges sont debout à côté de leur véhicule, prêts à s'élancer. On leur donne leur fouet et leur casque, qu'ils enfilent lentement. Il est temps pour eux de grimper à bord, de faire le vide et de se concentrer sur la course.

N'importe quelle prière, n'importe quelle superstition, n'importe quel rituel est justifié quand il s'agit de gagner. Le champion de Formule 1 Fernando Alonso n'a-t-il pas avoué que, les jours de Grand Prix, il avait l'habitude de s'habiller en commençant toujours par le côté gauche ? Manche gauche, chaussure gauche, et ainsi de suite… À chacun sa méthode !

Vindex et Saturninus assistent au départ d'une nouvelle course. Puis, cernés par le vacarme du public, ils sortent du Cirque Maxime pour se retrouver à nouveau dans la rue, au milieu de la foule…

Barbe, cheveux… et aqueducs

Cette fois, les deux *vigiles* sont dans la rue qui longe le Cirque, face à la colline de l'Aventin. Il y a toujours autant de boutiques, et toujours autant de monde, mais Saturninus note qu'on entend résonner beaucoup de mots et de phrases dans des langues orientales. Il leur a fallu seulement 120 mètres (soit la distance séparant les deux rues qui bordent le Cirque) pour atterrir dans un autre monde, de la même façon qu'à New York, traverser un carrefour suffit pour se retrouver plongé au milieu des ambiances, des visages et des enseignes de Chinatown ou (dans le passé, surtout) de Little Italy. C'est en effet sur l'Aventin que vivent de nombreux étrangers, essentiellement des marchands, en provenance des quatre coins du bassin méditerranéen, et tout particulièrement des provinces les plus à l'est.

Les barbiers n'ont (sans doute) pas eu d'autre choix que de s'adapter, comme nous le voyons dans nos quartiers marqués par la présence de communautés venues de l'étranger. Outre la coupe « romaine », les clients peuvent demander des coiffures orientales et faire entretenir leurs barbes, que les Romains de l'époque ne se laissent pas encore pousser, estimant qu'il s'agit d'un attribut réservé aux philosophes... ou aux barbares.

Les deux *vigiles* s'arrêtent devant l'échoppe d'un barbier (*tonsor*). Vue de l'extérieur, elle rappelle largement celles qu'on peut croiser dans certains pays d'Afrique ou d'Asie : dépouillée, très simple, avec une enseigne rudimentaire. Dehors, des clients attendent sur un banc tandis que, à l'intérieur, c'est sur un simple tabouret que s'assied celui qui s'en remet aux instruments du *tonsor*. Et ce n'est pas qu'une formule : ces professionnels ne se contentent pas de faire la barbe ou de tailler les cheveux, ils arrachent des dents et, en cas d'urgence, peuvent aussi soigner des plaies bénignes. Nous savons en effet que les coupures causées par leurs rasoirs affûtés sont traitées par des crèmes et des tissus à garder plaqués sur la peau, mais aussi une sorte de gaze fabriquée à partir de toiles d'araignée...

Nous l'avons dit, la mode est à la coupe au bol, mais ceux qui ont les moyens peuvent exiger des coiffures plus recherchées, avec usage de lotions, d'onguents et d'un *calamistrum* (c'est-à-dire un fer à friser), grâce auxquels on discipline les mèches pour créer des vagues pleines d'élégance. Mais il s'agit là d'un traitement généralement réservé à une clientèle riche qui reçoit les coiffeurs à domicile... L'échoppe face à nous est moins raffinée, plus authentique, à l'image des autres boutiques qui se déroulent le long de ce bout de rue, comme en attestent les sources antiques, qui parlent des *tonsores circi* (« coiffeurs du cirque ») au début du Clivus Publicius, une artère qui grimpe sur l'Aventin à partir de cet endroit précis.

Soudain se fait entendre un éclat de rire tonitruant. Rien n'a changé depuis des siècles. Le matin, les barbiers sont au cœur de la vie sociale de Rome. On raconte des histoires drôles, on se moque des puissants, on colporte des potins. Chacun a la langue bien pendue, ce que nous montre cette blague venue tout droit de l'ère romaine : « Un barbier bavard demande à un petit plaisantin : "Comment veux-tu que je te coupe les cheveux ?" "En silence", lui répond l'autre. »

Nous sommes devant le salon de Publius Voluminus. Juste après se dresse celui de Titus Sallustius Pusio, puis celui de Marcus Calidius. Les deux derniers, morts avant 68-70 ap. J.-C., pourraient faire partie des victimes du grand incendie qui se déclenchera non loin d'ici...

Mais reprenons notre chemin au milieu des gens qui défilent autour de nous. On peine à croire qu'ils seront tous emportés par le cataclysme de ce soir. Pour l'heure, nous les voyons rire, plaisanter, s'énerver ou discuter sereinement. Et pourtant nombre d'entre eux mourront ou seront gravement brûlés, leurs proches également. Tous ou presque perdront leur toit, leur commerce, leur travail, leurs projets d'avenir... Comment ne pas être accablé par cette perspective ? On aurait presque envie de leur crier de se mettre à l'abri. Mais qui nous croirait ? Qui voudrait fuir à jamais son domicile ou sa boutique pour aller au-devant d'un avenir incertain ? Sans en avoir conscience, un million de personnes sont en marche vers une tragédie à nulle autre pareille. Et nous ne pouvons rien y faire…

Vindex et Saturninus ignorent eux aussi dans quel brasier ils seront projetés. Sauf qu'eux auront l'obligation de s'y plonger, sans possibilité de fuir, contrairement à tous les autres…

Les deux pompiers poursuivent leur route, qui les mène jusqu'à un bâtiment adossé à l'Aventin (à l'emplacement actuel de la via della Greca). Une structure carrée et anonyme, mais d'une importance vitale pour la cité. Elle marque en effet le point d'arrivée du grand aqueduc de l'Aqua Appia. C'est un *castellum aquae* qui recueille l'eau arrivant des environs de Rome et la répartit pour alimenter le Forum Boarium ainsi qu'une bonne partie du quartier où nous nous trouvons.

Pour un pompier, un aqueduc est une arme précieuse en vue d'éteindre les incendies. On peut donc penser que les soldats du feu sont constamment en relation étroite avec le personnel du réseau hydrique urbain. Sans doute connaissent-ils ceux qui y travaillent, au moins de nom.

Les aqueducs sont gérés par des techniciens et divers types de professionnels, à commencer par des ingénieurs et des architectes, dont le rôle est de concevoir mais aussi d'entretenir l'édifice, en comblant ses fissures, en restaurant des conduites, en rectifiant des pentes, etc. D'autres s'occupent de déterminer l'inclinaison des conduits hydrauliques, d'évaluer le débit des sources (*libratores*) ou de réaliser des ramifications dans le quartier à l'aide de tuyaux en plomb (*plumbarii*, dont le mot français « plombier » a gardé le souvenir).

Mais le corps de métier le plus fourni (avec 700 employés, soit 50 par *regio*) est celui des *aquarii*, qui gèrent directement l'alimentation de la ville en eau. Vindex salue justement l'un d'eux, en charge du *castellum aquae* face à lui. C'est un *castellarius* prénommé Onesimus, qui est en train de donner des ordres à deux de ses subordonnés, des esclaves impériaux appelés Antiochus (originaire d'Orient, de toute évidence) et Grathus. Des noms bien réels, là encore, qui ont refait surface au travers d'épitaphes de l'ère néronienne mises au jour par des archéologues, mais qui ne nous disent rien de plus sur ces hommes, forcés une fois de plus de replonger dans les brumes du temps.

Il est étrange de penser que toute l'eau courante qui arrive jusqu'à Rome, soit un million de mètres cubes par jour, ne suffira pas à éteindre l'incendie qui mettra la ville à genoux.

Les prêtresses de la Lune

L'attention de Vindex est attirée par l'allure très féminine de plusieurs personnes vêtues de blanc qui fendent la foule. Ce sont les prêtresses du temple de la Lune, qui se dresse non loin de là, un peu plus haut sur l'Aventin, avec d'autres bâtiments sacrés populaires. Depuis la zone comprise entre les *carceres* et les salons des barbiers, où se trouvent nos deux pompiers, on arrive peut-être à apercevoir son sommet. Même si Vindex l'ignore encore, c'est la dernière fois qu'il le voit. Le temple sera détruit par l'incendie, et jamais plus reconstruit.

Il doit son existence au roi Servius Tullius, des siècles plus tôt. Il présente la structure typique des temples tuscaniques de jadis (malgré les restaurations et, peut-être, les reconstructions dont il avait bénéficié) et devait, pour cette raison, être majoritairement en bois, ce qui expliquerait pourquoi il a été totalement dévoré par les flammes.

L'intérieur du temple abrite la statue de la déesse Lune, avec sur la tête son croissant de lune aux pointes dressées vers le haut. Une splendeur. Certainement y a-t-il aussi de magnifiques vases en bronze, arrachés au théâtre de la ville de Corinthe après la conquête de la cité par le consul Lucius Mummius Achaicus, en 146 av. J.-C. Ils étaient placés sous les planches de la scène et servaient à amplifier la voix des acteurs. Peut-être continuent-ils d'en faire autant avec celle des prêtresses durant les cérémonies religieuses. Il est à noter que les rituels accomplis au temple de la Lune sont d'un genre particulier…

Ce culte ancestral est très répandu au sein de nombreuses cultures du bassin méditerranéen. Les Grecs l'appellent Séléné, les Égyptiens l'identifient à Isis, d'autres à Hécate, voire à Aphrodite.

Dans ce quartier historiquement fréquenté par des marchands étrangers, originaires pour l'essentiel du Proche-Orient, on imagine très bien l'affluence dans l'édifice d'une large communauté où les traits orientaux dominent.

La fête dédiée à la déesse tombe le 31 mars, l'ensemble des cérémonies étant présidées par ces prêtresses. Du fait qu'il s'agit d'une divinité associée à la nuit, le culte se traduit par des rites orgiaques et des pratiques liées au monde des croyances « magiques » des Romains. On pourrait dire qu'il renferme également le champ obscur des désirs de chacun. C'est en effet à la Lune qu'on s'adresse pour éloigner les esprits, ou encore pour pousser une personne à tomber amoureuse si d'aventure une attirance ou un doux sentiment n'est pas payé de retour…

La caserne mystérieuse

Vindex regarde le groupe des prêtresses s'éloigner d'un pas chaloupé. Soudain, il sent qu'on l'agrippe vigoureusement par le bras. Peu habitué à croiser quelqu'un d'assez fort pour le faire sursauter, il fait volte-face, intrigué. Devant lui se dresse la silhouette imposante d'un homme barbu. C'est Laetorius, peut-être le pompier le plus costaud de toute la ville. Il est centurion, donc d'un grade supérieur à celui de Vindex, mais aussi l'un de ses vieux amis. Les deux hommes se donnent l'accolade en riant.

Il n'est pas rare que des rondes de *vigiles* se croisent. Et quand cela se produit, on s'échange les informations recueillies en cours de route, mais aussi une flopée d'anecdotes et de blagues, comme dans le cas de ces vieilles connaissances. La troupe de Laetorius se dirige vers la caserne de la *regio XI* de Rome, celle du quartier du Cirque Maxime. Elle représente un véritable casse-tête pour les historiens : nul n'est capable de déterminer son emplacement exact !

Rappelons que Rome compte sept cohortes de pompiers, avec deux casernes pour chaque *regio* de la ville (la principale, la *statio*, et une autre plus petite, l'*excubitorium*). Ce qui nous donne un total de quatorze casernes. À quoi il faut ajouter le bâtiment administratif qui les chapeaute, la préfecture.

Combien y avait-il de *vigiles* à Rome au moment de l'incendie ? La question n'a jamais été complètement éclaircie. Certains parlent de 3 500 unités, d'autres de 4 000 ou 5 000, un chiffre peut-être plus vraisemblable. En les répartissant dans les quinze édifices en présence (les quatorze casernes plus la préfecture, donc), nous obtenons environ 330 pompiers par structure. Et si nous retranchons les petits détachements qui devaient sans doute se trouver à différents endroits de la ville, comme dans les dépôts de blé (*horrea*) ou dans les thermes, nous arrivons à un effectif moyen de 300 *vigiles* par bâtiment. Une quantité loin d'être négligeable. Alors, où pouvait bien être située cette mystérieuse caserne de la *regio XI*, jamais retrouvée lors des fouilles, et pourtant si cruciale lors de l'incendie de Rome ?

Différentes hypothèses ont été avancées. Selon certains, elle était implantée au Forum Boarium ; mais son rayon d'action aurait été trop limité. Pour d'autres, elle s'ouvrait dans la rue des tailleurs (*vestiarii*) à côté du Cirque ; mais il n'existe aucune trace archéologique étayant cette hypothèse. Par ailleurs, elle aurait été isolée dans une zone qui comportait peu d'issues. On a également évoqué les pentes de l'Aventin, mais il y avait déjà une autre caserne dans les environs (celle de la IVe cohorte, en l'occurrence).

La seule solution possible nous est donnée par le pompier aux allures de géant qui vient de quitter Vindex : il se dirige vers un périmètre compris entre l'extrémité de l'aqueduc Appien et les stalles de départ du Cirque. Il se pourrait en effet que la mystérieuse caserne se soit trouvée à cet endroit. De façon très stratégique, elle protégerait alors à la fois le Forum Boarium et le Portus Emporium, en plus du Cirque Maxime...

C'est justement là qu'entrent Vindex et Saturninus pour une visite de courtoisie à leurs collègues de la cohorte toute proche.

10

Ordre et chaos

À la recherche des sources du Nil

Au terme de leur visite, Vindex et Saturninus ont repris leur route le long du Cirque Maxime et sont parvenus à l'exact opposé des *carceres*. Ce côté-ci est constitué du grand « virage » de l'arène, une autre fourmilière remplie de boutiques, d'entrepôts, avec là aussi de nombreux accès aux gradins. Le décor est toujours le même : des parieurs qui vocifèrent, des supporters en train de courir, des clients qui s'attardent au milieu des commerces. Le tout enveloppé des rugissements soudains de la foule dans les tribunes. Les deux hommes l'ignorent, mais ils ne sont plus très loin de « Ground Zero », l'épicentre de la tragédie. L'endroit précis où éclatera l'incendie, dès ce soir…

Ils laissent derrière eux la vasque en travertin d'une fontaine publique à la blancheur immaculée (on voit encore les vestiges de celle qui la remplacera après l'incendie). Au beau milieu du flot de passants, ils décident d'entrer dans une *popina* pour un contrôle inopiné. La flamme sous les fourneaux est trop haute et jette sa lumière dans le fond de la salle. Vindex ne sanctionne pas le propriétaire mais lui demande d'atténuer la force des braises. Résultat : nos *vigiles* sont invités à s'asseoir pour boire quelque chose, cadeau de la maison ! Une esclave en charge de servir aux tables leur apporte deux verres d'eau glacée aromatisée, refroidie à l'aide de la glace conservée à la cave, bien au frais.

Non loin de là sont assis deux centurions qui les ont salués d'un geste avant de reprendre leur discussion avec enthousiasme. La conversation est si animée que Vindex et Saturninus ne peuvent s'empêcher d'écouter, intrigués. Les militaires parlent du Nil et de l'Afrique, où ils ont participé à une expédition sensationnelle, aux confins du monde.

Néron les a en effet chargés, avec d'autres, de se rendre en Égypte et de remonter le Nil à la recherche de ses sources.

Cette expédition, survenue selon toute vraisemblance en l'an 61 ap. J.-C., est évoquée à la fois par Pline l'Ancien dans son *Histoire naturelle* et par le tuteur de Néron, Sénèque – qui indique pour sa part une autre date, mais il y a d'assez bonnes chances pour qu'il fasse allusion à la même aventure.

Le jour de l'incendie, les centurions en question étaient déjà rentrés ; nous aurions donc pu les croiser à Rome, en théorie.

Nous savons en effet qu'une telle expédition, ou plus probablement une *vexillatio*, c'est-à-dire un petit détachement de légionnaires (Pline parle d'une unité de prétoriens commandée par un tribun), très certainement accompagnés par une poignée de géographes et de scientifiques, a tenté d'apporter une réponse à cette interrogation ancestrale : où le Nil prend-il naissance ?

Ce n'est pas la première fois que les Romains tentent de pousser si loin vers le sud. Dès le règne d'Auguste, et plus tard au temps des Flaviens, des expéditions ont sondé des contrées très lointaines, au-delà du *limes*, c'est-à-dire les confins de l'Empire, et au-delà du Sahara, en suivant les routes caravanières et les fleuves. Leur but : explorer des régions inconnues, avec l'espoir d'y trouver de potentielles richesses ou des territoires à conquérir.

Dans ses *Questions naturelles*, Sénèque cite ce voyage entrepris à l'époque de Néron ainsi que le récit des deux centurions qui, « avec l'aide du roi d'Éthiopie », ont remonté le large cours d'eau jusqu'à atteindre une immense zone humide, couverte de marécages, et sur laquelle il était souvent impossible de naviguer. Ils ont néanmoins réussi à poursuivre leur route et découvert, plus au sud, « un fleuve considérable jaillissant d'entre deux rochers » (« *ibi, inquit, vidimus duas petras, ex quibus ingens vis fluminis excidebat* »). Le Nil, dans l'esprit des centurions.

Beaucoup estiment aujourd'hui que, après avoir quitté l'Égypte, l'expédition est entrée au Soudan, où elle a été reçue et aidée par un souverain de Méroé. En continuant le long du Nil Blanc, elle aurait atteint la grande région marécageuse du lac No, au Soudan du Sud.

Il n'est pas à exclure que ce lieu où le fleuve « jaillissait d'entre deux rochers » désignait en réalité les chutes Murchison, en plein Ouganda, où un affluent du Nil Blanc génère de puissantes cascades. Ces eaux en provenance du lac Victoria sont la véritable source du Nil (avec, cela va sans dire, l'ensemble des torrents et ruisseaux qui se jettent dans le grand fleuve tout au long de son parcours).

Si c'est bien le cas, cela voudrait dire que cette expédition était sur le bon chemin. Et même tout près du but ! Dites-vous que, pour l'époque, c'était un peu comme aller sur la lune. Et ces deux centurions ont réalisé un exploit digne de Neil Armstrong et de Buzz Aldrin.

« *Ad investigandum caput Nili* », écrivait Sénèque. Partir à la recherche des sources du Nil... Tel est aussi le monde créé et voulu par Néron.

Ground Zero

En sortant de la *popina*, les deux *vigiles* sont agressés par une odeur d'urine nauséabonde. Bizarre, songe Vindex. Les couloirs du Cirque sont certes jalonnés d'urinoirs, mais il y a toujours l'eau courante pour empêcher les mauvaises odeurs de stagner.

En réalité, la cause de cette puanteur est une petite *fullonica*, une sorte de blanchisserie où des esclaves, plongés jusqu'aux genoux dans de l'urine, foulent des tissus et des tuniques. Une machine à laver humaine, pourrait-on dire, puisque l'urée présente dans l'urine se transforme en ammoniaque, une substance alcaline qui remplit une fonction détergente ou dégraissante.

Cette *fullonica*, définie comme « de la *fornix* XII » par les archéologues, est située au niveau de la seule portion du Cirque Maxime qui existe toujours. Précisément la zone dont partira l'incendie, figurez-vous ! Les vestiges d'arcades, d'escaliers et de couloirs qu'il est encore possible d'admirer ne datent cependant pas de l'époque de Néron, car tout a été détruit, mais du « nouveau » Cirque Maxime reconstruit près de cinquante ou soixante ans plus tard, sous Trajan.

Pour autant, on peut faire l'hypothèse qu'il existait bien ici des *fullonicae* en cette année 64 ap. J.-C., les activités artisanales ayant tendance à se perpétuer aux mêmes endroits au fil du temps.

Ce n'est pas tout : comme le souligne Antonio De Simone, nous savons que les Romains étaient particulièrement soucieux de l'hygiène des tenues qu'ils portaient. Leur entretien était assuré presque exclusivement par ces ateliers dont l'activité était hautement spécialisée. On peut déduire l'importance de ce corps de métier au travers du poids politique exercé par les employés, les foulons (*fullones*), au moment des élections. À Pompéi, qui était une petite ville avec ses 12 000 habitants, on a à ce jour retrouvé quatorze laveries. Et étant donné qu'un tiers du site reste à fouiller, on peut présumer qu'il y en avait une vingtaine au total. À l'évidence, une métropole de l'ampleur de Rome devait en compter bien davantage, au fonctionnement probablement plus industriel et perfectionné technologiquement que celles de Pompéi.

Mais lave-t-on aussi son linge à son domicile ? D'après De Simone, on peut raisonnablement penser qu'on n'envoyait à la *fullonica* que les *amicti*, c'est-à-dire les pièces de linge portées en journée. Les *indumenta*, destinés à la vie intime et à la nuit, étaient plus volontiers lavés chez soi et mis à sécher sur les toits, aux fenêtres et dans les cours, les péristyles ou les jardins des maisons. Étendait-on le linge sur des fils ou des câbles tendus entre deux bâtiments ? C'est peu probable, nous l'avons dit. Surtout que le droit romain, inlassable défenseur de la propriété privée, interdit toute intrusion dans celle d'autrui. Difficile d'imaginer des cordes ou des perches accrochées entre deux *insulae* de part et d'autre d'une rue.

Mais revenons à nos *vigiles*. Au grand dam de Saturninus, Vindex décide d'entrer dans le petit atelier.

Non loin de là se trouve une fontaine publique où coule, sans relâche, l'eau qui provient des conduites du Cirque Maxime. Il faut donc s'assurer que les *fullonicae* n'accaparent pas ce bien précieux en pratiquant des raccordements illégaux. Le vol d'eau est très répandu à Rome. Et lutter contre ce phénomène est l'une des missions des *vigiles*.

Vindex et Saturninus sont accueillis par deux blanchisseurs d'origine grecque : Philomusus (dont le nom signifie littéralement « amant des muses ») et Caius Publilius Timotheus, un homme de petite taille et toujours hors d'haleine, dont le crâne dégarni est entouré d'une couronne de cheveux frisés. Leurs stèles funéraires ont été réalisées entre l'an 50 et l'an 70 ap. J.-C. Leur présence à Rome est donc envisageable à la période dont nous parlons. La pierre tombale de Timotheus a même été retrouvée non loin du Cirque Maxime, au début de la via Latina.

Tandis que les blanchisseurs montrent à Vindex les conduites de leur commerce, un grand cri déchire subitement le silence. Une femme appelle à l'aide, ça vient de l'entrepôt à côté !

Vindex et Saturninus échangent un regard. En un éclair, le vétéran est déjà ressorti, laissant les deux blanchisseurs cloués sur place. Vu sa carrure de colosse, il ne met guère de temps à enfoncer les vieux panneaux branlants de la porte.

Les yeux du pompier ont besoin de quelques secondes pour s'habituer à la pénombre… Devant lui, une enfilade d'amphores qu'il reconnaît aussitôt à leur forme arrondie : elles sont remplies d'huile d'olive, sans doute importée d'Espagne. De part et d'autre, il aperçoit de nombreuses piles de tissus, sans doute entreposées ici par un *vestiarius* du quartier. Et puis de vieilles planches utilisées pour des échafaudages sur un chantier quelconque. Dans un coin, il remarque des fagots de bois servant à allumer le feu en hiver. Çà et là, des rouleaux de papyrus ont été jetés pêle-mêle.

Tout peut prendre feu. Cet endroit n'est pas qu'un capharnaüm, c'est une véritable bombe à retardement !

Un autre cri attire l'attention de Vindex. Il provient de la mezzanine, juste au-dessus du bric-à-brac. Le pompier grimpe l'escalier instable, et se retrouve face à un homme et une femme en pleine bagarre. Ils sont carrément en train de s'étrangler ! Vindex essaie de les séparer, tant bien que mal. Mais il finit par y parvenir…

La jeune femme ne nous est pas inconnue : c'est elle que nous avons vue à l'aube, en train d'observer danser la flamme d'une lampe à huile sous l'une des arches du Cirque. À côté d'elle, encore essoufflé, son maître, le commerçant originaire de Célésyrie.

Vindex ne peut évidemment pas intervenir dans une altercation entre un maître et son esclave. Mais s'il s'agit d'une tentative de meurtre. En tant que membre des forces de l'ordre, il a le devoir de comprendre de quoi il retourne.

Le commerçant se met à bafouiller des explications incompréhensibles. Il semblerait que ses « avances » n'étaient pas du goût de son esclave, qui s'est rebellée.

Vindex jette un coup d'œil alentour : il n'y a ici que des objets du quotidien et un misérable lit. Mais une chose attire son attention. Là, en équilibre sur une étagère de la mezzanine, une lampe à huile ! En dessous, le vide, puis les tissus et les amphores d'huile. À peine a-t-il ouvert la bouche que la jeune femme s'éclipse sans demander son reste. À chaque marche qu'elle descend, c'est toute la structure en bois qui tremble.

Les vibrations ont pour effet de pousser imperceptiblement la lampe à huile… jusqu'à la faire basculer.

L'effroi qui remplit le regard du pompier cède soudain la place à la stupeur. La lampe reste en suspens au-dessus du sol, immobile… Elle a été retenue par la main de Saturninus, qui vient de faire son apparition en haut des marches. Il a vu la flamme tressauter et a attrapé l'objet au vol, d'instinct.

Vindex ferme les yeux pour se ressaisir. Lorsqu'il les rouvre, il est dans une colère noire. Il attrape le marchand par le col et commence à le cogner contre le mur, faisant tomber de petites cascades de poussière. Il va s'arranger pour que ce cochon ferme boutique, car les normes de sécurité les plus élémentaires ne sont pas respectées. Où se trouvent les réserves d'eau à utiliser en cas d'urgence ? Pourquoi a-t-on mis des tissus, des fagots de bois et de l'huile au même endroit ?

Saturninus appelle son collègue. Ils doivent sortir, vite, deux groupes de supporters sont en train de se battre en pleine rue ! Vindex laisse tomber le Célésyrien sur son lit. « Je reviendrai te voir. Et si rien n'est réglé, je te ferai arrêter ! » lui lance-t-il. Avant de descendre, le *vigile* plaque la lampe à huile contre le torse de l'homme pour qu'il l'attrape. « Et range-moi ça ! »

En créant un petit tremblement de terre sur la mezzanine, Vindex s'engage dans l'escalier puis sort de l'entrepôt en faisant claquer la porte.

Resté seul, le commerçant se sent d'autant plus humilié et frustré qu'il ne peut pas se venger. Presque de manière machinale, il repose la lampe à huile au même endroit de l'étagère, le bec dangereusement tourné au-dessus du vide.

Puis il descend lui aussi l'escalier, pour s'en aller noyer sa colère dans le vin d'une *popina* des environs.

À force de peser lourdement sur les marches pour évacuer son énervement, il a de nouveau poussé la lampe à huile au bord du gouffre. Et plus grand-chose ne la retient de basculer.

Tout le monde l'ignore, mais c'est de cet équilibre précaire que dépend l'avenir de Rome, ainsi que la vie de milliers d'habitants…

Rixe entre supporters

À peine sorti du local, Vindex voit la foule concentrer son attention sur un point. En l'occurrence, un attroupement de personnes en train de hurler et de s'agiter. Au cœur de la mêlée, il aperçoit une matraque brandie en l'air de façon menaçante tandis qu'un sifflet émet des plaintes stridentes. Il met peu de temps à cerner la situation. Deux soldats des cohortes urbaines viennent d'arrêter un supporter violent, mais ses camarades ont volé à son secours et les militaires sont encerclés. De toute évidence, des renforts s'imposent, et vite. Sans quoi les choses risquent de mal finir…

Vindex dégaine à son tour son bâton et commence à distribuer de grands coups pour s'ouvrir un passage. Inutile de faire dans la dentelle. Il frappe dès qu'il croit remarquer des tenues ou des banderoles de la même couleur. Mais surtout, il vise ceux qu'il a tout de suite identifiés comme les meneurs. Lorsque trois d'entre eux s'écroulent à terre, inanimés, les autres s'immobilisent. Il suffit au pompier d'en mettre encore deux K.-O., dans un bruit sinistre d'os brisés, pour que tout le monde commence à reculer. Comment ne pas frémir devant la puissance et la précision de ses coups ? C'est une tornade, rien ne l'arrête. Pour lui, la méthode est simple : si on veut neutraliser les délinquants, il faut être plus méchant qu'eux. Rappelons que nous sommes à une époque où on ne fait pas dans la demi-mesure. Même quand il s'agit d'appliquer la loi.

Pas facile de garantir l'ordre public au sein d'une ville d'un million d'habitants. *A fortiori* parce que nous sommes dans une société antique, où la violence est monnaie courante : il suffit de penser à la manière dont on traite les esclaves, au pouvoir qu'un homme a le droit d'exercer sur une femme (surtout dans le cadre familial), aux châtiments atroces réservés aux criminels, au fait qu'il soit jugé « normal » de massacrer ou de réduire en esclavage des peuples ennemis vivant aux frontières de l'Empire, ou bien aux terribles bains de sang occasionnés par la moindre guerre civile. Voilà peut-être pourquoi la Rome impériale interdit de circuler armé dans les rues, hormis pour des raisons d'ordre professionnel ou dans des circonstances particulières (pour escorter une personne importante, par exemple). Si vous examinez les victimes de Pompéi et d'Herculanum, vous noterez qu'elles portaient peu de glaives, d'épées ou de poignards sur elles. Il s'agissait pourtant d'un moment d'urgence, et quelle urgence ! Chacun essayait de sauver sa peau, en emportant ses économies pour ne pas tout perdre. En toute logique, on aurait dû trouver davantage de gens armés et, donc, en mesure de se défendre. Mais visiblement, les choses se passaient différemment.

Les études sur la criminalité dans le monde grec et romain (comme celle de Jens-Uwe Krause) semblent indiquer qu'en général les épisodes de violence non prémédités tels que les bagarres dans les rues ou dans les *tabernae* se règlent à coups de bâtons ou de cruches plutôt qu'un couteau à la main. À l'inverse, dans le cas des homicides avec préméditation et des agressions, on préfère recourir à des lames bien affûtées.

Les supporters des auriges peuvent eux aussi se montrer violents, mais ce ne sont pas des criminels. Dans le cas présent, gagnés par la panique et un peu effrayés, ils insultent les *vigiles* et les deux soldats, mais ont renoncé à attaquer. D'autant que ces derniers ont dégainé leurs glaives. Les agresseurs reculent pour se fondre dans la foule quand, à l'entrée de la rue, ils aperçoivent un nouveau détachement de soldats en train de se frayer un chemin dans la cohue pour secourir leurs collègues.

Le supporter est remis à la patrouille venue en renfort par les membres des cohortes urbaines, qui expliquent la raison de cette arrestation. Il n'est pas improbable que ces deux hommes se soient appelés Caius Cornelius Successus et Quintus Flavius Proculus. Des inscriptions portant ces noms et retrouvées par les archéologues nous indiquent en effet que ceux-ci pourraient avoir officié en l'an 64 ap. J.-C. Le premier était un vétéran, comme Vindex, et mourra au bout de dix-sept ans et cinq mois de carrière, sans doute en intervention.

Gendarmerie, police et garde impériale

Les deux soldats remercient Vindex et Saturninus pour leur aide, il était moins une ! Nous voilà donc face aux représentants des unités assurant le maintien de l'ordre à Rome : les *vigiles* et les soldats des cohortes urbaines. Des corps distincts, un peu à la façon de la gendarmerie et de la police aujourd'hui. À quoi il convient d'ajouter les prétoriens, uniquement chargés de veiller sur l'empereur, à la manière de la Garde impériale sous Napoléon Ier.

Rome n'abrite pas de légions implantées sur son territoire. Les seules troupes armées responsables de la sûreté des citoyens et de la sécurité de l'empereur appartiennent à ces trois forces, pour un total de plusieurs milliers d'hommes.

Elles ont été instaurées par Auguste. Et n'ont pas toutes le même statut.

Les *vigiles*, nous le savons désormais, luttent contre les incendies et garantissent le maintien de l'ordre durant la nuit. En journée, cette mission incombe pour l'essentiel aux cohortes urbaines.

Les prétoriens, quant à eux, n'opèrent que là où se trouve l'empereur. Ils garantissent sa protection, mais pas celle des simples citoyens. Servir dans leurs rangs est un privilège, incontestablement : les membres de ce corps reçoivent un salaire supérieur et bénéficient des nombreux cadeaux que leur offre l'empereur afin de s'assurer leur fidélité. Compréhensible, vu le nombre de complots et d'intrigues de palais… Néron dispose également de ses propres gardes du corps personnels, presque toujours recrutés au sein d'autres ethnies (Germains, Bretons, Bataves…). Ceux de César, par exemple, étaient originaires d'Espagne. Et c'est quelque temps après avoir renoncé à leur protection qu'il fut assassiné…

Tandis que les *vigiles* ont une tunique jaune foncé, les soldats des *cohortes urbanae* portent vraisemblablement des tuniques blanches. Glaives, poignards, lances et boucliers constituent leur armement. Sans compter le *fustis*, la matraque également utilisée par Vindex. Ils représentent un total de

3 500 hommes répartis, comme les *vigiles*, en cohortes et en centuries. Nous ne disposons que de peu d'informations sur ces soldats, hormis quelques noms et des détails glanés sur des épigraphes.

À la tête des cohortes urbaines figure un *praefectus urbi*, l'une des charges les plus importantes de l'Empire. Fait intéressant, à la période dont nous parlons, le poste est occupé par le frère aîné du futur empereur Vespasien, Titus Flavius Sabinus.

Vindex et Saturninus poursuivent leur discussion avec les soldats, émaillée de boutades. À croire qu'ils se connaissent depuis des années ! Certes, le fait d'avoir évité le pire les incite à évacuer la pression. Mais d'ordinaire cette symbiose ne va pas de soi, officiellement du moins. Entre les *vigiles* et les membres des cohortes, il existe en effet de grosses différences. Ces soldats (tout comme les prétoriens) sont des citoyens romains depuis leur naissance ; les *vigiles*, eux, sont des affranchis et, pour mémoire, ne peuvent aspirer à la citoyenneté romaine qu'au bout de six ans de service. Aux yeux de tous, ce sont des individus de basse extraction, inférieurs par leur statut et par les droits dont ils disposent. Et qui se sont enrôlés par intérêt : leur carrière est un raccourci vers la promotion sociale.

Pour toutes ces raisons, on peut s'attendre à ce que les soldats des cohortes urbaines (et les gradés encore plus) les regardent d'un œil suffisant et dédaigneux. Comme des individus de seconde zone.

On peine aujourd'hui à saisir à quel point la société romaine était terriblement hiérarchisée. Ce qui est encore le cas dans certains pays du monde, à l'image de l'Inde, où les castes sont souvent hermétiques et organisées suivant des normes strictes. La société romaine n'en reste pas moins extraordinairement ouverte cependant, car elle permet une ascension sociale rapide. Pas besoin d'attendre la génération suivante ! Pour autant, quand vous arpentez les ruelles et les grandes artères de l'Urbs, seuls deux facteurs font la différence : la citoyenneté et le patrimoine. À quoi il faut ajouter, dans d'autres milieux, la lignée dont on est issu (la gens) et dont le prestige dépend, sans surprise, du degré de pouvoir de la famille en question, lui-même lié à sa richesse.

L'origine des *vigiles* est indissolublement liée à la figure la plus importante de l'histoire de Rome : Auguste.

La ville ne comptait initialement aucun corps de pompiers. Il n'existait que des groupes d'esclaves au service de leurs maîtres fortunés : ils n'intervenaient qu'en cas d'urgence. Les choses changèrent vers la fin de la République et les guerres civiles qui l'accompagnèrent. Outre les incendies accidentels, déjà fréquents, il fallut faire face à ceux que des personnes malintentionnées déclenchaient pour frapper leurs adversaires, au risque de laisser les flammes se propager du bâtiment visé jusqu'à l'ensemble du quartier. Lors de son ascension vers le pouvoir, Octavien, le futur Auguste, créa le premier détachement de pompiers proprement dit, constitué de 600 esclaves publics. Mais de nouveaux incendies dévastateurs lui firent comprendre que cela n'était pas suffisant. Il décida donc de fonder la *militia vigilum*, en l'an 6 av. J.-C. Et puisque c'étaient des esclaves qui s'occupaient depuis toujours d'éteindre les feux, il prit conscience qu'il ne pouvait pas confier de but en blanc cette mission à des citoyens romains. Il opta donc pour une solution de moyen terme : les affranchis, d'anciens esclaves mais qui dans la plupart des cas n'étaient pas encore devenus des citoyens à part entière. Ainsi leur promit-il, pour les inciter à s'engager, l'obtention de cette citoyenneté tant désirée (*civitas romana*) au bout de quelques années de service (six au départ, puis seulement trois au IIe siècle). L'unité nouvellement créée acquit par la suite le nom de *cohortes vigilum*, avec un effectif officiel qui, d'après les spécialistes, atteignit les 7 000 hommes vers la fin du IIe siècle. À l'époque de Néron, on estime néanmoins que les sept cohortes se composaient d'un nombre inférieur qui, comme nous l'avons déjà évoqué, devait osciller entre 3 500 et 5 000 membres. Ce sont eux que nous avons appris à connaître tout au long de ce récit.

Et même s'il s'agit du premier vrai corps de pompiers de l'histoire de l'Occident, ce n'est pas le premier de l'Histoire en général, contrairement à ce qu'on lit souvent : Alexandrie disposait déjà de forces chargées de lutter contre les incendies, et c'est certainement d'elles que s'inspira Auguste.

Être esclave à Rome

Vindex et Saturninus reprennent leur chemin en discutant de leur mésaventure. La jeune recrue n'aurait jamais imaginé vivre autant de choses au cours de son premier jour de service. Mais on lui avait bien dit que, avec Vindex, la ronde ne lui laisserait pas le temps de s'ennuyer !

Tout en causant, ils croisent un individu ramenant chez lui trois esclaves qu'il vient d'acheter, deux hommes et une femme. Le spectacle est insoutenable.

Les yeux rivés au sol, résignés, l'un des hommes et la femme présentent des traits nordiques ; il n'est pas impossible qu'ils aient été capturés lors des âpres combats qui ont suivi la récente révolte menée par la reine Boudicca dans la province romaine de Bretagne, en 61 ap. J.-C. L'autre homme a des traits africains, et il jette des coups d'œil apeurés autour de lui, affolé par toute cette foule. Nous imaginons le terrible voyage qui l'a conduit de l'autre bout de la Méditerranée jusqu'ici. De nos jours, tout ceci nous semble monstrueux, mais à l'époque c'est la norme. L'esclavage est une pratique très répandue – à Rome et dans l'ensemble du monde antique, y compris chez les Grecs et les Carthaginois. Les marchands se procurent ces malheureux de différentes façons : en suivant les légionnaires, à qui ils rachètent les femmes et les hommes faits prisonniers lors d'une razzia ou une bataille (c'est l'un des butins autorisés), ou bien en les acquérant directement auprès des populations barbares. On sait en effet que la conquête de la Gaule par César a conduit au développement d'un commerce florissant, alimenté par les Gaulois eux-mêmes, qui capturaient des membres d'autres tribus pour les revendre aux marchands romains. En échange, ils recevaient des amphores de vin. Une pour chaque esclave.

Une famille aisée peut avoir jusqu'à une dizaine d'esclaves à domicile. À bien y regarder, ces derniers effectuent toutes ces corvées dont la technologie nous a en grande partie débarrassés : du lave-linge au lave-vaisselle, de l'aspirateur au micro-ondes, du téléviseur à la chaîne hi-fi, le progrès technique a permis la conception d'appareils capables d'assumer des charges parfois extrêmement lourdes et pénibles. Jadis assurées par des esclaves, donc, elles ont échu aux domestiques après l'abolition de l'esclavage. Du moins, chez qui était assez riche pour se payer de tels services ; partout ailleurs, ces tâches ont fini par peser sur les épaules des femmes, épouses ou filles…

Dans la Rome de Néron, chaque propriétaire est maître de son esclave et, même s'il n'a plus le droit de le tuer selon son bon vouloir, il peut en disposer à sa guise. En le revendant, ou encore en revendant les enfants que celui-ci a eus avec une autre esclave de la famille. Tout cela nous semble intolérable, car nous serions incapables de faire des choses pareilles. Pourtant, un exemple simple suffit pour entrer dans la tête d'un Romain et comprendre ce comportement (sans pour autant le justifier) : ne fait-on pas la même chose avec les chiens et les chats, qu'on achète, qu'on vend et qu'on pousse à s'accoupler pour ensuite donner ou revendre leurs petits ? Le tout sans que personne ne s'en scandalise. Eh bien, un Romain de l'Antiquité vous tiendrait un discours similaire… mais au sujet d'êtres humains.

Rome compte des marchés aux esclaves spécialisés, pour ainsi dire : on y propose des hommes de peine, d'autres destinés au divertissement (musiciens, danseurs, acrobates) ou à l'enseignement, des hommes et des femmes souffrant de nanisme ou de difformités (comme on a pu en voir dans de nombreuses cours européennes au cours des siècles), ainsi que des eunuques. Néron lui-même en aura un à sa cour, lequel deviendra d'ailleurs très puissant.

On peine à croire que deux affranchis tels que Saturninus et Vindex puissent ne pas plaindre les trois esclaves qu'ils viennent de croiser. D'autant qu'ils devront, entre autres obligations, se plier aux exigences sexuelles de leurs propriétaires (*patroni*), aussi bien les hommes que les femmes, la bisexualité étant une pratique fréquente dans la société romaine.

Précisons que le monde antique repose sur un mécanisme qu'on prend rarement la peine d'aborder. Exception faite des esclaves employés dans les exploitations agricoles, dans les carrières, les mines ou les zones de production, contraints de supporter des conditions d'existence dont l'extrême dureté laisse peu de chances d'atteindre un âge avancé, il existe une lueur d'espoir pour ceux travaillant en ville ou chez les particuliers : la servitude ne dure pas éternellement…

Pour être clair, un esclave peut devenir un excellent collaborateur aux yeux de son maître, en l'assistant dans son travail ou bien en gérant des activités pour son compte (certains finissent même parfois par « faire partie de la famille », un peu à la façon des nounous du siècle dernier). Au bout de quelques années, il est possible qu'il soit affranchi, et change ainsi de statut. Cependant, l'intéressé n'est pas encore complètement « libre » : il continue à gérer différentes activités pour son maître, auquel il reverse une partie des bénéfices. Même libéré, il est toujours légalement lié à son *patronus*, pour qui il reste une source de revenus. N'oubliez pas qu'à Rome c'est le sesterce qui fait la loi… C'est seulement à la mort de son ancien maître qu'un esclave peut commencer à travailler pour son propre compte : le voilà dégagé de ses responsabilités. Et, assez souvent, en mesure de s'enrichir. Mais surtout, il peut commencer à grimper dans l'échelle sociale. Une manière de tourner définitivement la page de ces années d'esclavage.

Et n'est-ce pas ce que font aussi Vindex et Saturninus ? Leur ambition est d'avoir droit à la citoyenneté romaine, ainsi qu'aux distributions publiques de blé.

Ce mécanisme, qui concerne uniquement une partie de la population des esclaves, recèle un avantage non négligeable pour la société : il fournit régulièrement de nouveaux citoyens, respectueux des règles, souvent dotés de réels talents et, surtout, animés d'une volonté farouche de percer, d'obtenir ce que la vie ne leur a jamais offert. La richesse qu'ils produisent n'a dès lors plus qu'à profiter à l'ensemble de l'économie. Si de nombreux secteurs sont si actifs, du commerce à l'artisanat en passant par les transports et la production agricole, c'est surtout grâce au travail et au « business » créé par les affranchis.

Depuis plus d'un siècle, Rome subit un déclin du nombre de citoyens romains. Avec la diminution des mariages et l'effondrement de la natalité (les femmes font beaucoup moins d'enfants), la démographie de l'Urbs est sauvée par les étrangers, des anciens esclaves, mais qui – et c'est fondamental – se sont pleinement approprié le *modus vivendi* de la culture romaine en matière d'économie, de religion, de vie quotidienne. Bref, de nouveaux citoyens à tous les égards, et non plus des barbares. En résumé, Rome a une société multiethnique, mais une seule culture.

Le « Google Maps » de l'Antiquité

Les deux *vigiles* reprennent leur route. Devant eux s'ouvre une large avenue pavée d'une longueur de 100 à 130 mètres. Depuis le Cirque Maxime, celle-ci mène vers l'une des grandes portes de Rome, percée dans la muraille Servienne. Là commence la célèbre via Appia, la *regina viarium* ou « reine des voies ».

Le périmètre entourant l'extrémité du Cirque est l'un des plus fréquentés. Pas de chars à l'horizon, puisqu'il est interdit de faire circuler des véhicules à l'intérieur des murs de la ville (à de rares exceptions près : les « voitures de fonction » des sénateurs et des puissants ou les chars devant livrer des matériaux de construction et quelques autres marchandises autorisées). Dans cette immense zone piétonne, la seule circulation est celle générée par les passants – considérable, d'ailleurs. Sur cette foule aux allures de marée humaine, on croit voir flotter les litières des riches, portées par leurs esclaves…

Tout autour des *vigiles* se dressent les *insulae*, ces bâtisses hautes de plusieurs étages assez proches de nos immeubles actuels avec, au niveau de la chaussée, des échoppes et des *tabernae* aux produits variés…

Pas évident de se repérer au milieu de cette fourmilière. Ce que pourrait nous confirmer le facteur (*tabellarius*) qui croise nos pompiers tout en scrutant avec attention les environs. À Rome, les rues n'ont pas de noms, hormis quelques-unes qui ont gardé celui des corporations qui s'étaient jadis implantées dans le secteur. Des exemples ? La rue en pente des banquiers, Clivus Argentarius ; celle des vendeurs de jougs pour bêtes de trait, Vicus Iugarius… et ainsi de suite. Mais surtout, il manque un élément essentiel pour la distribution du courrier : les numéros.

À défaut d'une adresse précise, il faut donc se contenter d'indications géographiques génériques, comme quand vous essayez d'expliquer la route à quelqu'un.

Dans le cas de Rome, on donne le nom des portes de la ville les plus proches, de manière à vous orienter vers le bon quartier. On indique ensuite un temple, une rue ou un monument qui servira de point de repère immanquable, puis des éléments plus précis (une niche sacrée, une fontaine, un bâtiment particulier) qui permettent de trouver la bonne rue. En règle générale, c'est à partir de ce moment-là qu'il est vraiment possible de se mettre en quête de celui ou celle que l'on cherche. Dans la rue, tout le monde se connaît, comme dans les quartiers historiques de nos petites villes. Par ailleurs, les personnes en charge de la distribution des messages finissent par devenir familières des différents quartiers et des gens susceptibles de les aider (commerçants, tenanciers de *popinae*, etc.). Ne reste plus qu'à remettre le courrier. Une illustration de ce système figure encore sur un mur de Pompéi, où un admirateur a ainsi inscrit l'« adresse » de Novellia Primigenia, une actrice originaire de Nuceria Alfaterna (aujourd'hui Nocera, en Campanie), dans un style digne de Google Maps : « À Nuceria, près de la Porta Romana, dans le quartier de Vénus, demander Novellia Primigenia. »

Le facteur disparaît au milieu de la foule, le nez en l'air, à la recherche de ses indications géographiques.

Même s'il existe des zones où se concentrent des activités spécifiques, comme celles des *argentarii* et des *nummularii*, ici, tout est mélangé. Les ateliers d'artisans entourent des temples, des bâtiments administratifs et même des monuments emblématiques de Rome. À en croire des études récentes, Sénèque habitait sans doute sur la colline de la Velia, un quartier chic à deux pas du Forum. Ce qui ne l'empêchait pas de se plaindre du bruit des échoppes à proximité de son domicile.

Si les ateliers des chaudronniers et des marbriers sont bruyants, la chose est moins vraie pour les potiers et les commerçants d'objets en terre cuite qui constellent la rue dans laquelle passent nos *vigiles*. Accrochées à l'entrée et disposées sur des étals à plusieurs niveaux, coupes, amphores, assiettes, marmites, casseroles, mais surtout statuettes et lampes à huile s'offrent à nos yeux. La plupart du temps, ces objets affichent des décorations rouge orangé ou rouge brique dans le style en vogue à l'époque, avec des cortèges bachiques et marins, des scènes érotiques et mythologiques, ou bien encore, vu la faible distance qui nous sépare du Cirque, des quadriges triomphants, des chevaux ou des auriges célèbres, des images de victoire mais également de divinités. Pour beaucoup, ils présentent aussi une estampille permettant d'identifier le céramiste qui les a produits.

Vindex et Saturninus entrent dans différentes boutiques pour s'assurer qu'il y a bien des réserves d'eau à l'arrière, au milieu des tours de potier et des petits fours servant à la cuisson des pièces de taille réduite, potentiellement dangereux.

En réalité, ces *tabernae* s'occupent de vente au détail : le gros de la production est réalisé dans les *figlinae*. L'archéologue Clementina Panella indique que l'un des rares ateliers de céramiste mis au jour à Rome se trouvait sur le Caelius (sous l'actuelle via Gallia). Il y en avait d'autres dans une rue de l'Esquilin (près de la piazza Vittoria), appelées *ex figlinis*. Il existait également des fours sur le Janicule (au niveau de la via Dondolo, sous la villa Corsini alla Lungara).

Avoir à disposition des réserves d'eau dans ce secteur de la ville n'a rien de bien sorcier puisque le Caelius, tout proche, est riche en sources, sacrées pour certaines. L'une d'elles est encore active de nos jours : la source de Mercure (*aqua Mercurii*), réputée pour la qualité, la pureté et l'abondance de ses eaux. Les deux *vigiles* l'observent. Elle se trouve à l'extérieur d'un petit temple dédié, précisément, à Mercure. Le dieu aux sandales ailées est également le protecteur des marchands qui, aux ides de mai (soit le 15 du mois), se rendent au temple et adressent à la divinité « des prières en brûlant de l'encens afin qu'elle leur fasse gagner de l'argent », comme le note Ovide avec une pointe d'ironie.

Et de poursuivre : « Avec une urne qu'une fumigation a purifiée, [le marchand] puise, après s'être lui-même purifié, de l'eau à emporter. Il y trempe une branche de laurier et de ce laurier humide il arrose tout ce qui doit changer de propriétaire. Lui-même s'arrose les cheveux avec le laurier ruisselant et, d'une voix habituée à tromper, prononce cette prière : “Lave mes parjures passés, dit-il, lave mes tromperies d'hier ! [...] Accorde-moi seulement de gagner de l'argent, accorde-moi la joie que donne le gain, et fais que j'aie le plaisir de duper l'acheteur !” »

La source est fréquentée quotidiennement par des marchands de passage, ce n'est donc pas un hasard si Vindex et Saturninus en aperçoivent justement un en train d'effectuer ses ablutions et ses prières.

Les pas des pompiers finissent par les conduire à la hauteur de la Porta Capena, à leur grand soulagement. Découvrons pourquoi.

La porte qui pleure

La Porta Capena est percée dans la muraille Servienne, qui lui sert de cadre. De part et d'autre viennent se greffer deux aqueducs : celui de l'Aqua Appia et le Rivus Herculaneus, un embranchement de l'aqueduc de l'Aqua Marcia. Bref, de l'eau coule sans discontinuer au-dessus de la porte et d'inévitables fuites laissent perler sous l'arche de petites gouttes (pas si petites, affirme même Martial). Pour cette raison, les

Romains l'appellent la porte « *madida et stillans* », « humide et dégoulinante ». Voilà qui doit ravir nos deux *vigiles*, qui passent sous sa voûte. Quoi de mieux pour se rafraîchir en cette étouffante journée de juillet ? Il leur faut cependant contourner une petite foule d'enfants du quartier qui s'amusent, les uns derrière les autres, à attraper au vol les gouttes d'eau, la bouche grande ouverte. Un spectacle qui suscite l'hilarité des soldats des cohortes urbaines en faction au niveau de la porte.

Voir toute cette eau s'écouler d'une des grandes portes de Rome est bien la preuve que la capitale mérite, parmi ses nombreux surnoms, celui de « Regina Aquarum » (« reine des eaux »). Car elle n'en manque pas, loin s'en faut. Sous le règne de Néron, Rome possède neuf aqueducs (le plus récent d'entre eux a été réalisé par Claude) qui acheminent chaque jour 990 000 mètres cubes d'eau, répartis sur 247 *castellae aquae*, qui jouent un rôle de répartiteurs. À leur tour, ils alimentent les vasques et les fontaines monumentales, les jardins impériaux, les demeures des particuliers et les bâtiments publics (bains et thermes, marchés, amphithéâtres, casernes militaires). Certes, la majorité des habitations où vivent les plus humbles n'ont pas l'eau courante, mais les locataires peuvent s'approvisionner auprès de l'une des 590 grandes fontaines publiques qui fonctionnent vingt-quatre heures sur vingt-quatre ou encore aux centaines de points d'eau secondaires, se rendre dans l'un des bains publics de l'Urbs (on en dénombre plus de 200 au Iᵉʳ siècle), ou bien dans les grands thermes de Rome, comme ceux d'Agrippa ou de Néron, inaugurés moins de deux ans plus tôt, en 62 ap. J.-C.

Tout ceci permet aux Romains de se laver quotidiennement. L'eau qui entre dans la ville par les aqueducs et les eaux usées qui en sortent par les égouts contribuent de manière déterminante à l'hygiène publique, tellement importante dans une ville aussi peuplée.

D'où cette question en forme de paradoxe : comment se fait-il que ce volume impressionnant n'ait pas suffi à éteindre le grand incendie qui se déclenchera dans quelques heures ? La réponse est aussi simple que surprenante : il n'existe aucun procédé, aucune technologie pour faire ressortir l'eau des canalisations et l'utiliser contre les flammes.

Par ailleurs, les Romains ne sont pas arrivés à inventer un système pour redistribuer l'eau en s'appuyant sur la pression : l'absence d'électricité en vue d'alimenter des pompes ou d'autres dispositifs hydrauliques se fait sentir. La seule solution est d'exploiter la gravité, manière peu coûteuse et très pratique pour distribuer une grande partie des eaux potables – ce qui est encore le cas à l'heure actuelle, d'ailleurs.

En résumé, les Romains sont en mesure de faire descendre l'eau à un niveau très bas grâce aux aqueducs, parfois sur des dizaines de kilomètres, mais ils sont incapables de la faire monter, par exemple pour alimenter les étages en hauteur des *insulae*, sauf dans de très rares cas où ils utilisent le système du siphon inversé.

L'absence de ces moyens techniques à grande échelle coûtera la vie à des milliers de personnes et entraînera la quasi-destruction de la ville…

Sitôt passé la Porta Capena, les deux *vigiles* abordent un autre visage de Rome, plus populaire et moins monumental par comparaison avec la *regio XI* que nous venons de laisser derrière nous. Nous voici désormais dans la *regio I*, qui s'étend jusqu'au Caelius. Le premier tronçon de la via Appia qu'empruntent les pompiers présente des portiques de chaque côté de la chaussée. Rien de surprenant, donc, à ce que des sources antiques la qualifient de *via tecta*, c'est-à-dire de « voie couverte ».

Si les villes italiennes se distinguent aujourd'hui de celles de presque tous les autres pays, c'est parce que l'art, la culture et l'histoire y sont présentes à pratiquement tous les coins de rue au cœur des centres historiques : églises de la Renaissance, murs médiévaux, architectures, bâtiments et statues romaines, étrusques ou grecques rappellent à chacun que cette nation compte, au bas mot, trois mille ans de civilisation ininterrompue. Une culture omniprésente, qui s'exprime au travers des monuments présents dans ses villes, bien sûr, mais aussi de ses traditions, de sa langue, de sa façon de concevoir la vie et le monde, et même de sa cuisine.

Curieusement, il en va de même dans la Rome antique, déjà riche de plusieurs siècles d'histoire au temps de Néron. Et nous en avons la preuve partout, y compris aux abords de cette via Appia qui s'ouvre à peine. De nombreux bâtiments et tombeaux, liés aux origines de l'Urbs, rappellent à tous les événements, les actes glorieux ou les familles qui ont fait son histoire.

À la gauche des deux *vigiles* en train de traverser une esplanade, un monument en pierres carrées. Comme le raconte Tite-Live, il a été édifié en souvenir d'Horatia. La légende veut que la jeune femme ait été tuée, à cet endroit précis, par l'un de ses frères, les célèbres Horaces. Son crime ? Être tombée amoureuse d'un des Curiaces, leurs ennemis jurés. Plus qu'à une personne, le monument entend rendre hommage à une valeur intimement liée à la mentalité des

Romains, à la manière d'un panneau publicitaire culturel adressé à l'ensemble des citoyens.

Un peu plus loin, un autre exemple s'offre à nous : un autel votif de petite taille portant l'inscription « *Fortuna Redux Caesari Augusti – SPQR* ». Il s'agit de l'autel de Fortuna Redux, protectrice des voyageurs sur le chemin du retour. Le Sénat l'a fait ériger pour honorer le retour d'Auguste du Proche-Orient, en l'an 19 av. J.-C., après avoir conclu un traité de paix très avantageux avec les Parthes, irréductibles ennemis de Rome. Si vous observez la célèbre statue d'Auguste de Prima Porta, qui le représente le doigt pointé vers le ciel, vous remarquerez que sa cuirasse décrit cet événement : on y voit la déesse Rome recevoir d'un ennemi parthe les enseignes (des aigles) ravies des années plus tôt aux légions écrasées lors de la bataille de Carrhe (en 53 av. J.-C.), l'une des plus cuisantes défaites jamais subie par les Romains. Récupérer ces prises de guerre et contraindre l'adversaire à signer un traité humiliant a permis à Auguste de laver ce souvenir honteux et d'être acclamé en héros. Cet autel rappelle donc à tout le monde la force de Rome, son honneur (plus important que tout), et la grandeur d'Auguste.

Pour finir, à quelques pas de là se dresse le temple de l'Honneur et de la Vertu (*aedes Honoris et Virtutis*), bâti plus de deux siècles et demi avant Néron. Il témoigne des hauts faits de Quintus Fabius Maximus et de Marcus Claudius Marcellus, le général ayant mené le siège de Syracuse (au cours duquel Archimède perdit la vie).

Bref, ce que nous prenons simplement pour des temples et des monuments, si beaux soient-ils, étaient à l'origine des illustrations de la mentalité des Romains.

De nos jours, tout ceci nous semblerait sonner faux. Nous n'y verrions que des messages de propagande martelés par un régime qui ferait de sa force, de son sentiment de supériorité et de la domination qu'il exerce sur les autres peuples les piliers de son identité. De ce point de vue, Auguste a été un maître en la matière.

11

Un futur empereur dans les rues de Rome

L'après-midi de Titus

Retrouvons à présent Pline l'Ancien et Titus, qui viennent de se croiser près de la basilique Iulia.

Après avoir salué son ami, Titus prend le chemin des thermes. À en croire Suétone, c'est un homme aux qualités rares et surprenantes. Malgré son jeune âge, il possède un impressionnant *curriculum vitæ*. Avant d'entamer cette carrière d'avocat, il a remporté de beaux succès dans la légion en tant que tribun militaire, d'abord en Germanie (entre 58 et 60 ap. J.-C.), puis dans la province romaine de Bretagne, où il s'est distingué. « Il se rendit célèbre non moins par sa modération que par ses talents militaires, comme en témoignent le grand nombre de ses statues et de ses images répandues dans ces deux provinces, et leurs inscriptions », rappelle Suétone.

Mais c'est plus tard qu'il laissera une empreinte encore plus indélébile dans l'Histoire. Deux ans après les événements que nous décrivons, il enfilera de nouveau l'uniforme et se placera à la tête de deux légions, la *legio V* « Macedonica » et la *legio X* « Fretensis », durant la répression de la révolte en Judée. Il mènera le siège de Jérusalem aux côtés de son père

Vespasien, puis se lancera à l'assaut de la ville seul avec ses troupes, son père ayant entretemps été nommé empereur. En 70 ap. J.-C., au plus fort des combats, le Second Temple de Jérusalem disparaîtra dans un incendie.

Si vous visitez les vestiges du Forum, vous pouvez encore y admirer l'arc de Titus, dont les côtés représentent clairement son cortège triomphal dans Rome, le chandelier juif à sept branches exhibé comme butin.

Il va sans dire que l'ensemble de ces événements appartiennent à un avenir lointain. Pour l'heure, Titus s'éloigne du Forum en passant à l'emplacement de la future piazza Venezia, au pied du Capitole. Mais en ce 18 juillet 64, aucune trace du flux de voitures qui rendent la circulation si compliquée à gérer pour la police municipale de nos jours. On trouve en revanche un entrelacs de ruelles, d'immeubles et de boutiques. Traverser ces venelles labyrinthiques permet de mieux comprendre la description que, près de cent ans plus tôt, Cicéron donnait de Rome, « située sur un site fait de collines et de vallées, et comme suspendue dans les airs avec ses maisons à plusieurs étages, percée de rues médiocres et très étroites ».

En cours de route, Titus est reconnu par plus d'une personne, souvent des légionnaires qui ont combattu sous ses ordres ou des *clientes* croisés dans le cadre de son activité d'avocat. Il n'est évidemment pas seul : il s'agit d'une personnalité en vue et son oncle est préfet de la ville. Il est donc suivi par son esclave attitré, qui lui sert discrètement de garde du corps, ainsi que par deux amis et trois clients de longue date (son petit fan-club, dirions-nous de nos jours), avec qui il échange avis et boutades.

Il s'engage dans une rue, qui ressemble davantage à un marché qu'à une simple rue, vu la quantité d'étals qui encombrent les trottoirs. Quand l'espace est libre, c'est uniquement pour marquer l'entrée d'une grosse boutique ou d'un entrepôt, au milieu des incessantes allées et venues des chalands. Contrairement à ce qui se passe à notre époque, les centres de production à grande échelle d'objets (lampes à huile ou tissus), les centres commerciaux et les vastes hangars dédiés à la vente en gros ne sont pas implantés en périphérie mais se mêlent aux habitations du centre-ville. Mieux : plus ils sont situés au cœur de l'Urbs, plus ils enrichissent ceux qui les contrôlent. Je vous laisse donc imaginer la pollution engendrée par la fumée des fours, les désagréments causés par les livraisons nocturnes, avec un voisinage réveillé par les chars et leurs conducteurs, les bouchons dans les rues… Tout cela paraît néanmoins normal aux yeux de Titus. C'est ainsi qu'on vit à Rome et dans l'ensemble des villes de l'Empire.

Do ut des

Tandis qu'il marche sur un bout de trottoir dégagé, Titus tombe sur une longue file de personnes, certaines assises sur un banc collé au mur. De toute évidence, elles sont d'origine modeste, comme l'indique la simplicité de leur mise. Il s'agit de *clientes* attendant d'être reçus par le puissant propriétaire de la luxueuse *domus* dont la porte d'entrée donne sur la rue, à proximité du banc. Ce que nous voyons là est l'un des visages les plus typiques de la vie quotidienne romaine. Et plus exactement, un puissant moteur des dynamiques de pouvoir au sein de la société.

Chaque jour, de nombreux habitants du quartier se rendent chez le personnage le plus influent du secteur afin de lui présenter leurs hommages. En attendant, ils font antichambre dehors. Et qu'obtiennent-ils une fois conviés à entrer ? De l'aide pour remédier à un grave problème d'ordre familial, des recommandations pour un proche, une promesse d'assistance pour un procès en cours et, surtout, ce qu'on appelle la *sportula*, un peu de nourriture ou de quoi s'acheter à manger.

Le système des *clientes* a donné naissance au terme de « clientélisme », bien plus péjoratif. À l'époque romaine, les choses se passent de façon légèrement différente. De toute évidence, il s'agit d'un arrangement donnant-donnant (*do ut des*, suivant la formule latine) entre la plèbe et un puissant, qui se transforme ainsi en protecteur. Une sorte de code tacite de droits et de devoirs établi au fil des générations et profitant aux deux parties.

Comme le fait remarquer avec justesse Catherine Salles, ce mécanisme de solidarité sociale des riches au bénéfice des pauvres a été très présent au temps de la République. Mais après l'avènement de l'Empire, la situation a quelque peu évolué. Avec la disparition de la vie politique, ces échanges de bons procédés entre le puissant et ses *clientes* n'ont plus lieu d'être. Désormais, c'est l'empereur qui a remplacé le *dominus* et distribue de la nourriture par le biais des *frumentationes*.

Pour autant, cette pratique sociale ancestrale persiste encore dans des zones secondaires de l'Empire, comme à Pompéi, notamment parce qu'on y élit les responsables des charges administratives : ces derniers continuent d'exercer une autorité considérable sur la communauté, ainsi que sur la vie économique. À la période qui nous occupe, ce sont essentiellement les familles d'entrepreneurs affranchis qui se disputent le pouvoir politique et économique, signe de leur ascension sociale fulgurante.

Et à Rome ? Cette compétition entre anciens esclaves devenus des nouveaux riches désireux de se tailler une place au soleil n'existe plus. La *sportula* s'est transformée en une sorte de *status symbol* permettant d'afficher l'ampleur de ses moyens aux yeux de tous. Des enjeux d'image qu'on observe toujours dans certains quartiers populaires, où la pègre fait la loi. Et ce partout dans le monde.

C'est bien cette tradition ancestrale que semble évoquer une courte scène de l'adaptation cinématographique du *Jour de la chouette*, un roman à la fois sublime et courageux de Leonardo Sciascia. Peut-être connaissez-vous cette fameuse phrase du livre, prononcée par le chef mafieux local, pour qui les êtres humains se répartissent en cinq catégories, « les hommes, les moitiés d'hommes, les homuncules, les paille-au-cul (sauf votre respect) et les coin-coin-coin-coin ».

Dans le film réalisé par Damiano Damiani en 1968, Rosa Nicolosi (incarnée par la somptueuse Claudia Cardinale) se rend dans la riche demeure du puissant don Mariano Arena (interprété par un inoubliable Lee J. Cobb). Avant de la raccompagner jusqu'à la porte, il lui fait remettre de la nourriture enveloppée dans un linge. Au-delà des enjeux narratifs du scénario, ce geste auquel on pourrait facilement ne pas prêter attention fait revivre, dans une optique moderne, celui du *dominus* qui aide ses *clientes* en leur remettant la *sportula*.

Il n'en faut pas beaucoup pour basculer dans l'illégalité. Dans la Rome des Césars, le clientélisme alimente au quotidien une galaxie de rapports humains où riches et pauvres sont liés par un réseau de valeurs et de devoirs sociaux (lequel confère au *dominus* un pouvoir et un ascendant troublants). Mais dans les quartiers « à risques » dirigés par la pègre, un tel système ne peut qu'engendrer des connivences, une omerta et une forme de complicité avec les criminels. Tout dépend des valeurs de la communauté en question.

Sous les yeux de Titus, la porte de la *domus* s'ouvre sur un homme, qui s'éloigne aussitôt d'un pas soutenu. Sur le sommet de sa tête, un brasero sur lequel est posée une casserole. C'est l'image que, dans quelques dizaines d'années, Juvénal décrira pour critiquer la pratique de la *sportula* : « Cent convives, suivis chacun de leur batterie de cuisine ! Même Corbulon aurait peine à soulever tous ces vases énormes, tous ces ustensiles juchés sur la tête d'un malheureux petit esclave qui les porte, le cou roidi, et de sa course avive le feu. »

Le Panthéon

Pendant son trajet, Titus entre dans une zone qui fait rêver les touristes du XXIe siècle par les chefs-d'œuvre qu'elle offre au regard, le largo Argentina et la place Navone. Mais que voient les yeux du futur empereur, dans ces mêmes lieux, près de deux mille ans plus tôt ? Même à l'époque romaine, ce secteur de la capitale – le Champ de Mars, pour reprendre son appellation générale – contient une foule de monuments et de bâtiments extraordinaires. À commencer par le Panthéon.

A-t-il déjà l'aspect que nous lui connaissons ? C'est peu probable. Au lieu d'être rond, « en tambour », il a un plan plus classiquement rectangulaire, tel que l'avait souhaité Marcus Vipsanius Agrippa, le gendre d'Auguste, en 25 ou

27 av. J.-C., pour le dédier, affirme Catherine Salles, aux divinités protectrices de la gens Iulia. L'une des rares informations dont nous disposons…

Destin tourmenté que celui du Panthéon. Seize ans après cette journée du 18 juillet 64, en l'an 80 ap. J.-C., un nouvel incendie le ravagera du sol au plafond. Il sera restauré par Domitien, puis à nouveau endommagé et démoli par un impact de foudre en 110 ap. J.-C., sous le règne de Trajan, qui ordonnera sa reconstruction, une fois de plus. À compter de ce moment, il prendra l'apparence que nous lui connaissons.

Qui a eu l'idée de lui donner cette forme ronde ? Les archéologues ont retrouvé des briques comportant les estampilles des ateliers qui les ont produites et allant de 115 à 127 ap. J.-C. Ce qui tendrait à prouver que la beauté et le caractère majestueux datent de l'époque de Trajan, et non de celle d'Hadrien, comme on a coutume de le penser. Ces briques semblent l'attester sans ambiguïté. Si la chose est avérée, cela voudrait dire que le Panthéon est le fruit du développement culturel que Trajan et son entourage ont promu, en conduisant notamment l'Empire romain à atteindre une puissance et une superficie qu'il n'égalera jamais plus.

Et à qui revient le mérite de ce coup de génie architectural ? Une seule personne était capable de concevoir des projets aussi extraordinaires : Apollodore de Damas, architecte et ingénieur de renom. Une sorte de Brunelleschi de l'Antiquité, auteur (dit-on) de la colonne Trajane, ornée de 2 500 figures sculptées, et d'un pont sur le Danube dont les piliers ont survécu.

Même si nous n'en avons pas la preuve incontestable, seul un visionnaire de son envergure peut avoir eu l'idée de réaliser un temple capable de contenir de façon idéale une sphère de 43 mètres de diamètre au sein de sa « forme » intérieure parfaite. Ainsi que nous l'explique Valentina Cosentino, il fallait un talent hors norme pour imaginer cette coupole (qui demeure la plus grande jamais réalisée en ciment non armé) dont l'*oculus* central, avec son diamètre de 9 mètres, a pour mission d'alléger la voûte et en même temps de laisser entrer le soleil de manière à ce que le rayon lumineux frappe différents endroits à l'intérieur du Panthéon en fonction du jour de l'année, comme un cadran solaire – notamment la porte d'entrée, éclairée le jour anniversaire de la naissance de Rome, le 21 avril.

Hélas, le temple ne sera pas achevé sous Trajan. La mort de l'empereur interrompra les travaux, et son groupe de collaborateurs, d'une efficacité pourtant prodigieuse, sera remercié par l'empereur suivant, Hadrien, qui ira même jusqu'à faire tuer Apollodore…

Hadrien finira de rebâtir le Panthéon, sa structure extérieure essentiellement, en apportant d'infimes modifications par rapport au projet initial, comme la réduction de la hauteur des colonnes du pronaos. Ce qui lui permettra de passer pour le grand artisan de la renaissance du monument d'Agrippa dans l'imaginaire collectif… Une entourloupe historique en bonne et due forme.

Déterminer à quoi ressemble le Panthéon sous Néron tient-il de la gageure ? Pas forcément, grâce au travail des archéologues, mais également aux mots de Pline, qui l'a en partie décrit.

En premier lieu, l'entrée regarde vers le sud, c'est-à-dire à l'opposé de l'entrée actuelle. L'allure globale de l'édifice rappelle les temples grecs classiques – rectangulaires, nous l'avons dit. Dans son *Histoire naturelle*, Pline ajoute qu'il possède des chapiteaux en bronze de Syracuse et des cariatides dans le pronaos, sculptées par Diogène d'Athènes, également auteur de plusieurs sculptures pour le fronton...

Lieux de quiétude... et de sinistre mémoire

Exactement comme aujourd'hui, c'est au milieu d'une foule de bâtiments du Champ de Mars qu'est coincé le Panthéon (ou plus exactement le Pantheum, suivant son appellation latine, comme n'auraient pas manqué de vous l'indiquer des Romains).

Avant d'arriver sur place, Titus s'est en effet éloigné de l'actuelle piazza Venezia, en laissant derrière lui le Capitole. Il est ensuite passé à l'emplacement de la via delle Botteghe Oscure, puis a longé l'élégant Théâtre de Balbus (*theatrum Balbi*), l'un des plus beaux de Rome. On doit son existence à un ami d'Auguste, le banquier Lucius Cornelius Balbus, qui a puisé dans le butin de sa campagne victorieuse contre les Garamantes, un redoutable peuple du Sahara qui vendait du sel et des esclaves.

Le voilà qui s'engage à présent sur ce qui constitue de nos jours le célèbre largo di Torre Argentina, et traverse cet incroyable décor que les touristes actuels admirent et prennent en photo. Imaginez le jeune homme à proximité des quatre temples dont l'alignement formait déjà un important quartier sacré à l'époque de la République. On a l'impression de le voir déambuler à côté des colonnes et des marbres, dans le sillage de la foule. Aussitôt après, c'est l'imposant complexe du Théâtre de Pompée (Theatrum Pompeium) qui apparaît sous ses yeux. Le premier en pierre jamais bâti à Rome, et dont la silhouette impressionnante se découpe sur le ciel, comme le ferait aujourd'hui un gratte-ciel surplombant les autres bâtiments.

Au lieu de le contourner, Titus, homme pratique s'il en est, choisit de couper par le théâtre en entrant dans le grand jardin rectangulaire entouré d'un portique qui fait office de *foyer**. Il est d'abord accueilli par la tiédeur de l'ombre de ses colonnades, puis par la fraîcheur du jardin orné d'allées et d'arbres (où les moustiques sont très certainement légion). En cours de route, il croise des matrones en pleine discussion, des gouvernantes accompagnées d'enfants occupés à jouer, des hommes riant à une blague salace... Le Théâtre de Pompée est l'un des rares havres de tranquillité dans le chaos romain, à la manière des grands parcs de nos villes.

Mais au milieu de ces paisibles scènes du quotidien, Titus ne peut s'empêcher de nourrir de sombres pensées, marquées par l'empreinte de la mort, de la violence. En lançant un regard au bâtiment qui s'ouvre sur un côté, la Curie de Pompée, il se souvient de César. Car c'est ici même qu'on l'a assassiné. Titus vient très certainement de voir l'escalier menant à la Curie, où Marc Antoine, qui aurait sans doute pu sauver le grand conquérant, a été retenu par l'un des conjurés sous un prétexte fallacieux... La guerre civile qui, quatorze années durant, a ensanglanté Rome et ses territoires, au prix de dizaines et de dizaines de milliers de morts, est partie d'ici. Oui, de cet escalier et de ce bâtiment... Tout s'est joué près de cent ans plus tôt. Cent huit ans, quatre mois et trois jours, pour être exact. Mais le souvenir de ces événements est encore bien présent dans la mémoire des Romains.

À peine a-t-il quitté la quiétude des jardins du Théâtre de Pompée que Titus replonge dans l'agitation ambiante. Mais il est brusquement contraint de s'arrêter pour laisser passer un char en provenance du Portus Tiberinus tout proche. À l'intérieur, un lion. Vous avez bien lu. Enfermé dans une caisse en bois, pareille à celles qu'on peut voir sur la gigantesque mosaïque de piazza Armerina par exemple, l'animal rugit bruyamment, excité par le brouhaha des passants et, surtout, par l'odeur des quartiers de viande accrochés à l'entrée d'une boucherie. À la manière d'un puissant klaxon, ses cris résonnent entre les murs de la ruelle et aident le véhicule à se frayer un chemin. Difficile de dire où on le conduit. Va-t-il rejoindre le zoo privé d'un riche Romain ? Figurera-t-il prochainement dans un de ces spectacles de chasse (*venationes*) donnés au Cirque ? Seule certitude : il s'agit d'un convoi exceptionnel, qu'on a autorisé à circuler en ville dans la journée. Le char disparaît au bout de la venelle, suivi par une cohorte de curieux et de gamins attirés par ce qui représente l'un des innombrables spectacles que les rues de Rome offrent gratuitement…

À la découverte du Champ de Mars, le quartier en marbre

Le fauve parti, Titus observe une autre merveille architecturale : le *diribitorium*, l'ancien centre de comptage des votes lors des élections, tombé en désuétude et devenu un théâtre d'été. Il est doté du plus grand toit de tout l'Empire romain et détiendra ce record jusqu'à la fin du siècle suivant. Titus marque un arrêt, comme à chaque fois qu'il passe ici, émerveillé. Comment est-on parvenu à réaliser une toiture à une seule pente de cette dimension ?

La prouesse technique est telle que, soixante-dix ans plus tôt, les constructeurs auraient laissé bien en évidence une poutre en bois longue de 100 pieds romains (soit plus de 30 mètres) qui était supposée être utilisée... mais qui est finalement restée exposée afin que les citoyens puissent l'admirer. Un peu comme les lanceurs spatiaux Saturn V qu'on peut admirer au Centre spatial Lyndon B. Johnson de Houston ou au Centre spatial Kennedy de Cap Canaveral de nos jours.

Titus opte à présent pour l'ombre d'une rue étroite, coincée entre deux bâtiments historiques. À droite, des étals sont alignés sans interruption le long de l'interminable mur d'enceinte qui referme la vaste cour des *saepta Iulia*. À l'époque de la République, c'est traditionnellement ici qu'avaient lieu les votes auxquels prenaient part les citoyens, plus tard remplacés par ceux du Sénat à l'ère impériale. Dès lors, ce vaste édifice, entouré par un immense portique, est devenu un lieu de promenade idéal, où se tiennent régulièrement des combats de gladiateurs (le Colisée n'existant pas encore), des spectacles de chasse et même des naumachies (ces batailles navales dont nous avons eu l'occasion de parler). Sous Néron, l'endroit accueille également des spectacles de gymnastique.

À gauche, en revanche, on voit se dresser les majestueux thermes d'Agrippa (*thermae Agrippae*), d'une longueur de 120 mètres, et d'une largeur qui oscille entre 80 et 100 mètres. Le premier bâtiment thermal public de la capitale, dont les eaux proviennent de l'aqueduc de l'Aqua Virgo, celui-là même qui alimente la fontaine de Trevi.

À l'intérieur, Titus le sait bien, on découvre péristyles, jardins, fontaines et colonnades avec, pour les rehausser, pas moins de trois cents sculptures et œuvres d'art, dont une statue parmi les plus admirées et photographiées au monde (même s'il ne s'agit en l'occurrence que d'une copie en marbre datant de l'époque de Claude) : l'*Apoxyomène* de Lysippe, représentant un athlète en train de se nettoyer après l'effort. Se déploie ensuite une immense salle circulaire de 25 mètres de diamètre, très similaire au Panthéon. Peut-être le *frigidarium*, où l'on prend des bains d'eau froide.

Les thermes, pour les Romains, remplissent le même rôle que nos gymnases et salles de sport. On en sort raffermi et détendu. Il s'agit d'un lieu de rencontre et de délassement, une oasis au cœur de l'agitation frénétique de la vie urbaine.

En cours de route, Titus n'a pas cessé de croiser des gens entrant dans les thermes, la touffeur de l'été romain encore agrippée à leurs corps, et d'autres qui en ressortaient propres et détendus, en laissant flotter dans leur sillage d'agréables effluves... Mais ça y est, il n'est plus très loin du Panthéon, en face duquel il aperçoit la basilique dite de Neptune (*basilica Neptuni*), un temple dédié au dieu de la mer par Agrippa, en remerciement de la longue série de victoires remportées du temps où il était amiral de la flotte.

Il en existe encore quelques colonnes, aux chapiteaux corinthiens surmontés de splendides sculptures de dauphins, qui se cachent dans une minuscule ruelle située derrière le Panthéon (la via delle Palombelle) et dont la plupart des gens ne soupçonnent pas l'existence. D'autres décorations en forme de dauphins sont aujourd'hui conservées à l'intérieur du Panthéon justement, dans une nouvelle salle faisant office de musée.

Finalement, au bout de cette longue promenade, Titus se retrouve au pied du bâtiment proprement dit...

Une piscine pour banquets (et orgies)

Voilà donc Titus parvenu à destination. Enfin presque. Dépassant le Panthéon, il fait son entrée sur la grande esplanade devant les thermes de Néron. On l'imagine assailli par les éclats de voix de la foule qui se baigne dans le lac artificiel au centre de la place. La scène rappelle les piscines publiques du XXIe siècle, en été. En effet, il s'agit de la *natatio*, la piscine des thermes d'Agrippa. Avec la chaleur de ces derniers jours, le lieu est très recherché...

Sur ce plan d'eau artificiel, que les Romains connaissent sous le nom des *stagnum Agrippae*, le redoutable bras droit de Néron, Tigellinus, le préfet du prétoire, a organisé il y a quelques mois à peine une grande fête en l'honneur de l'empereur.

De cet événement qui en a estomaqué et scandalisé plus d'un, Dion Cassius nous fournit une description très détaillée. À prendre avec des pincettes, certes, bien qu'elle se rapproche largement de celle de Tacite. En tous les cas, cela nous donne une idée claire de ces fêtes publiques dominées par les excès, le vin et le sexe : « Au milieu de l'amphithéâtre et sur l'eau avaient été d'abord placés de grands tonneaux en bois, sur lesquels étaient fixées des planches ; et, à l'entour, on avait construit des cabarets et des lieux de débauche. De cette façon, Néron, Tigellinus et leurs convives occupaient l'espace central, se livrant à la bonne chère sur des tapis de pourpre et de moelleux coussins, tandis que tous les autres allaient contenter leurs caprices dans les cabarets. Puis les hommes se rendaient dans les lupanars et, sans aucune retenue, jouissaient à leur aise de toutes les femmes qui s'y trouvaient : il y avait là les femmes les plus belles et les plus illustres, esclaves, libres, courtisanes, vierges, femmes mariées ; pas seulement des filles et des femmes du peuple, mais aussi des plus nobles familles. Chacun avait la liberté de prendre à son gré celle qui lui plaisait, car il ne leur était permis de refuser qui que ce fût. Aussi la foule, composée de la lie du peuple, buvait avec excès et se laissait aller à une insolence brutale : un esclave jouissait de sa propre maîtresse en présence de son maître ; un gladiateur, d'une jeune fille noble sous les yeux de son père. Il y eut aussi des altercations, des coups, des désordres honteux de la part non seulement de ceux qui entraient, mais aussi de ceux qui se tenaient en dehors ; et on dénombra de nombreux morts, certains furent étouffés, d'autres écharpés.. »

Les thermes de Néron

Titus s'immobilise devant l'imposant bâtiment des thermes de Néron, dont une foule de personnes entrent et sortent dans une frénésie digne d'une fourmilière. Au passage de quelques-unes d'entre elles, une phrase capte son attention : « *Quid thermis melius Neronianis ?* » (« Qu'y a-t-il de plus beau que les thermes de Néron ? »). Exactement la question que se posera Martial au sujet de ce monument.

Une chose est sûre : ce sont les plus spectaculaires de Rome. Et il se pourrait (le conditionnel est de rigueur) qu'ils inaugurent, architecturalement parlant, cette lignée de grands édifices thermaux de la Rome impériale, avec ceux de Trajan et de Caracalla... Pour vous faire comprendre leur ampleur, dites-vous que leur plan carré occupe un quartier entier et recouvre une zone qui va du Panthéon jusqu'à la place Navone. Soit une distance qui nécessite plusieurs minutes de marche, à l'heure actuelle. Ce n'est pas tout : la zone englobe même la totalité du siège du Sénat de la République italienne, le Palazzo Madama. Coïncidence curieuse : c'est lors de la rénovation de son système de chauffage, dans les années 1980, qu'on a mis au jour, en creusant le sol, une énorme vasque en granit égyptien qui occupait très certainement un *calidarium* des thermes, c'est-à-dire la salle réservée aux bains chauds. On peut aujourd'hui la voir, restaurée et reconvertie en fontaine, sur la piazza della Costituente, non loin du Sénat. En réalité, la vasque (comme la plupart des vestiges retrouvés dans le secteur) est de l'époque des Sévères. Mais elle nous aide à cerner à quoi ressemblaient les thermes de Néron.

Notons que plusieurs éléments datant de cette même période sont indissociables de la Rome moderne. Deux des colonnes ont ainsi été intégrées au Panthéon lors de la restauration du pronaos au XVIIIe siècle (ce sont les premières du coin gauche de la colonnade). Deux autres ont été érigées de nouveau et sont désormais adossées au mur d'un palais de la via di Sant'Eustachio, où passent distraitement les Romains tandis que les touristes sirotent d'excellents expressos.

À l'intérieur, les thermes de Néron sont extraordinaires. Au centre du complexe se trouve la *natatio*, autour de laquelle s'articulent toutes les pièces thermales monumentales. La partie droite est parfaitement symétrique à celle de gauche – comme lorsqu'on exécute un dessin à l'encre fraîche sur une feuille de papier puis qu'on la plie en deux pour obtenir exactement le même en miroir sur l'autre moitié.

Impossible de dresser la liste de toutes les merveilles abritées en ces lieux. Stucs, mosaïques, fresques ont été pour certains détruits, pour d'autres pillés, quand ils ne sont pas encore ensevelis. Les marbres en particulier ont tous été réutilisés au cours des époques postérieures, entre autres choses pour construire la basilique Saint-Pierre. La structure colossale a progressivement disparu, grignotée petit bout par petit bout. Une partie se trouve désormais englobée dans des bâtiments qui sont sortis de terre plus tard…

Titus est toujours immobile, les yeux tournés vers la majestueuse façade des thermes. Il esquisse un sourire puis pénètre à l'intérieur à son tour. Il ne doit pas traîner, car il sera bientôt temps pour lui de rentrer : sa femme est enceinte de son premier enfant, qui naîtra en septembre.

Le pouvoir à Rome, une affaire de famille

Titus a beau être humble et offrir l'image d'un homme à la mentalité saine, il aurait eu toutes les raisons d'afficher la morgue des riches et des puissants. Né dans une demeure très modeste, il a reçu, enfant, une éducation complète, tant du point de vue culturel que militaire. Ce qui lui a permis, notamment en raison des bons rapports qui liaient son père Vespasien à Claude, de grandir à la cour. Il y est devenu le fidèle ami de Britannicus, le fils que Messaline a donné à l'empereur. Il a également très bien connu Néron, fils de la seconde épouse de Claude, Agrippine. Pour autant, difficile d'imaginer ces deux-là jouer ensemble, malgré les trois petites années qui les séparaient : Titus était très proche de Britannicus, et la relation que ce dernier entretenait avec Néron n'a jamais été au beau fixe…

Suétone nous révèle d'ailleurs une anecdote sidérante : « [Titus] fut élevé à la cour avec Britannicus et fit les mêmes études que lui, sous la direction des mêmes maîtres. À cette époque, dit-on, un physionomiste consulté par Narcisse, l'affranchi de Claude, pour étudier le visage de Britannicus, affirma imperturbablement que celui-ci n'avait aucune chance de devenir empereur, mais que Titus, qui se trouvait alors à côté de lui, le serait certainement. Ils étaient d'ailleurs si intimes que, croit-on, Titus, son voisin de table, goûta lui aussi au breuvage qui empoisonna Britannicus et en resta longtemps fort malade. Aussi, plus tard, se rappelant tous ces souvenirs, il lui fit ériger une statue d'or au Palatium et lui en consacra une autre, équestre et en ivoire, qu'il entoura d'honneurs et que l'on porte encore aujourd'hui en tête de la procession du cirque. »

Bref, même s'il connaissait Néron depuis l'enfance, Titus aurait failli devenir à son tour une « victime collatérale » du meurtre de Britannicus ! De quoi vous donner une idée de l'atmosphère délétère qui régnait dans les plus hautes sphères. « Rien de personnel là-dedans, *business is business* », vous dirait-on dans un autre milieu où le cynisme règne en maître, celui de la finance. Nous retrouvons là un aspect du pouvoir au sein de l'Urbs auquel nous sommes déjà accoutumés : tout le monde se connaît et appartient souvent à la même famille…

Un autre exemple qui prouve à quel point l'élite romaine est un petit monde concerne la seconde épouse de Titus. Elle se nomme Marcia Furilla et est issue d'une lignée de premier plan, la gens Marcia. Sa sœur épousera un homme d'action, appelé à se distinguer en qualité de commandant de la *legio X* « Fretensis » en Judée, de sénateur puis de gouverneur de différentes provinces. Il parviendra même à repousser l'invasion des Parthes venus de Syrie… Et savez-vous de qui il s'agit ? De Marcus Ulpius Trajanus, le père naturel du futur empereur Trajan. Traduction : Titus est l'oncle de Trajan. Et l'histoire ne s'arrête pas là. Ce même Trajan sera l'oncle d'Hadrien, qui lui succédera. Dire que l'Empire romain, en ce Iᵉʳ siècle comme dans d'autres, est une affaire de famille (et de familles) est tout sauf une vue de l'esprit.

Marcia Furnilla en est à son septième mois de grossesse, elle a donc plus de mal à se déplacer. Nous ignorons comment le couple arrivera à échapper au grand incendie – en admettant qu'ils aient été en ville. Il est aussi possible que l'épouse de Titus se trouve en ce moment à la campagne, dans l'une des villas de sa famille, afin de ne pas souffrir de la chaleur qui écrase la capitale en juillet. Quoi qu'il en soit, elle survivra, puisque au mois de septembre de cette même année 64 (peut-être le 13, comme l'affirment certaines sources) elle donnera naissance à leur fille, Julia Flavia.

Hélas, le couple divorcera moins d'un an plus tard. Sans doute s'agit-il d'un mariage arrangé, où les sentiments comptent peu, comme dans la quasi-totalité des unions à l'époque. Mais surtout, lorsqu'on s'apercevra de l'implication de la famille de Furnilla dans la conjuration de Pison, Titus choisira de prendre ses distances.

Pour la gloire d'Auguste

Tandis que le futur empereur disparaît de l'autre côté de la grande porte d'entrée des thermes, poursuivant son chemin vers la postérité, imaginez-vous en train de décoller du sol, à la façon d'une montgolfière, afin de scruter les environs de l'imposant bâtiment.

Vous apercevez aussitôt un grand amphithéâtre. Une sorte de version réduite du Colisée, mais en bois. Sous Néron, la structure abrite la plupart des grands combats de gladiateurs. Au même moment, un grondement parvient jusqu'à vos oreilles : la foule a réagi au coup fulgurant d'un thrace (*thrax*) dont l'épée recourbée a frappé la visière en bronze de son adversaire puissamment cuirassé, un mirmillon (*murmillo*) qui avance, sans une égratignure, prêt à plonger sa lame dans le corps de son rival.

Vous laissez cependant ces combattants face à leur destin et continuez à vous élever dans le ciel. Vous évitez les colonnes de cette fumée dense qui s'échappe des cheminées sur le toit des thermes, produite dans les entrailles de l'édifice par les fours qui réchauffent l'eau des vasques et l'air qui circule sous le sol comme dans l'épaisseur des murs. Vous vous éloignez de la poussière des rues. Vous abandonnez les cris de l'amphithéâtre tout comme le brouhaha et les éclats de rire qui résonnent dans les ruelles. Et soudain, plus un bruit. S'étend alors devant vous la zone peut-être la plus spectaculaire du Champ de Mars : celle qui accueille le grand projet visant à glorifier Auguste.

Dans ce secteur se trouve une vaste plaine, formée par une ample anse du Tibre. Un lieu dépouillé, exposé aux crues du fleuve, où traditionnellement se tiennent les exercices militaires et les cérémonies. Si, dans le quartier que nous venons de quitter, Agrippa avait acquis une surface considérable pour y établir la plupart des palais, des thermes et des théâtres que nous avons pu découvrir, il a ici repoussé encore un peu plus ses limites. Son projet ? Édifier une véritable apothéose en l'honneur d'Auguste.

Trois bâtiments sont juxtaposés, presque sur la même ligne. Le premier est la magnifique Ara Pacis (*Ara Pacis Augustae*), parvenue jusqu'à nous : on y célèbre la paix et la prospérité qu'Auguste a offertes au monde, au travers de ses victoires (et des massacres qu'elles ont occasionnés). Réalisée en fusionnant différents styles artistiques, l'Ara Pacis est un splendide exemple d'art augustéen. Elle consiste en une enceinte carrée en marbre avec, au centre, un grand autel à destination des rites sacrés. De toutes parts, sur ses murs extérieurs, on aperçoit des feuilles d'acanthe, une plante qui décorait les chapiteaux corinthiens et qui est devenue le symbole de l'art officiel augustéen. Mais surtout, imaginez l'Ara Pacis colorée et peinte, un spectacle extraordinaire.

La *pax romana* s'exprime partout où s'étendent la culture et la domination de Rome. Il est ainsi fait allusion à Énée, le héros troyen, venu s'établir dans le Latium au terme de son long périple initié à Troie, mais également au Lupercal, la grotte où, selon la légende, la louve aurait allaité Romulus et Rémus. La famille régnante apparaît au complet, en procession. De la propagande sans ambiguïté…

À côté de l'Ara Pacis se trouve l'horloge d'Auguste (*horologium Augusti*), l'une des constructions les plus insolites de l'Antiquité : un gigantesque cadran solaire de la taille d'une place, sur lequel le rôle du gnomon servant à projeter l'ombre est tenu… par un obélisque égyptien, rien que ça !

L'obélisque, acheminé depuis l'Égypte au terme d'un voyage interminable et semé d'embûches, n'a pas disparu : depuis le XVIIIe siècle, il s'élève devant le siège du Parlement italien. En revanche, il ne reste plus grand-chose de l'esplanade de 75 mètres de largeur. Une partie se cache encore sous un immeuble, au niveau des caves. Parce qu'elle est submergée par une nappe phréatique, il est nécessaire d'activer des pompes pour pouvoir l'examiner. Mais le jeu en vaut vraiment la chandelle : les dalles de travertin sur lesquelles vous marchez sont celles que foulaient les habitants de la Rome impériale ! On distingue encore les grandes encoches en bronze de l'échelle graduée gravée sur la place et sur laquelle s'étirait l'ombre de la sphère posée au sommet de l'obélisque – c'est elle qui marquait l'enchaînement des saisons, des mois et des jours de l'année, l'alternance des constellations ainsi que la longueur des journées et des nuits. L'horloge était si précise, paraît-il, qu'elle projetait son ombre sur l'Ara Pacis à la date exacte de la naissance d'Auguste (le 23 septembre). On aperçoit même nettement une inscription en grec faisant référence aux vents étésiens (*etesii*), qui cessaient de souffler quand l'ombre de l'obélisque atteignait cette période de l'année.

Pline raconte cependant qu'au temps de Néron la merveilleuse horloge d'Auguste ne fonctionnait plus, peut-être parce que l'obélisque s'était désaxé à la suite d'un tremblement de terre ou d'un glissement de terrain. Par ailleurs, en raison des inondations du Tibre, une énorme quantité de déchets s'étaient accumulés sur les pavés.

À côté des deux premières constructions se dresse, pour finir, le somptueux mausolée d'Auguste, en forme de tumulus. Avec un diamètre de 88 mètres, il demeure aujourd'hui l'un des plus grands tombeaux circulaires connus. Deux obélisques ornent son entrée (ils ont depuis été placés pour l'un devant le palais du Quirinal, résidence du président de la République italienne, et pour l'autre sur la piazza dell'Esquilino, derrière la basilique Santa Maria Maggiore).

Il faut vous figurer une sorte de pièce montée basse et large. Mais laissons Andrea Carandini nous guider : « [Le mausolée] est composé d'une structure centrale cylindrique et d'une série de murs en anneaux. Les murs intérieurs, des promenoirs disposés autour de la structure centrale, entièrement construits à partir de blocs de travertin pour le premier niveau, constituaient le tombeau. Les structures extérieures [...] étaient, elles, remplies de terre, avec un double objectif : assurer une fonction statique et structurelle, mais aussi apporter de l'ampleur et un caractère monumental au tombeau. »

Au moment de choisir sa sépulture, le prince s'est inspiré de celle d'Alexandre le Grand, qu'il avait admirée dans la capitale égyptienne après l'avoir emporté définitivement sur Marc Antoine et Cléopâtre.

Ce qui subsiste aujourd'hui de ce magnifique et gigantesque mausolée n'est qu'un pâle souvenir de ce qu'on pouvait admirer à l'époque impériale : il a été dépouillé de l'ensemble de ses marbres, puis a servi de château, d'habitation, de vignoble, de petite *plaza de toros* accueillant des corridas et, pour finir, de théâtre et de salle de concert. Quant aux cendres d'Auguste et des autres empereurs enterrés ici, nous ignorons ce qu'elles sont devenues...

Autour de ces constructions, d'une blancheur immaculée et à l'allure si géométrique, les êtres humains nous apparaissent comme de petits points lointains. Toutes les trois trônent à l'orée de la grande étendue déserte qui s'étend à partir du Champ de Mars. On croirait voir certaines images d'après-guerre, quand les architectures futuristes et d'un blanc aveuglant du quartier romain de l'EUR (comme le célèbre palais de la Civilisation italienne, aussi connu sous le nom de « Colisée carré ») créaient un contraste saisissant avec la campagne stérile qui les entourait.

Les dernières heures de la Rome d'Auguste

La Rome qui sera détruite d'ici peu est celle qu'Auguste – se trouvant devant une cité ancienne, chaotique, avec de trop nombreux siècles d'histoire superposés – avait réorganisée et améliorée. « La beauté de Rome ne répondait pas à la majesté de l'empire et la ville se trouvait exposée aux inondations et aux incendies : Auguste l'embellit à tel point qu'il put se vanter à bon droit "de la laisser en marbre après l'avoir reçue en briques". Quant à la sécurité, il la lui garantit même pour l'avenir, autant que la prudence humaine peut y pourvoir », raconte Suétone.

Après lui, Tibère, Caligula et Claude laisseront leur empreinte ainsi que de nouvelles structures. Mais tout le monde s'accorde pour attribuer la transformation de Rome à Auguste, qui lui a donné l'aspect dont nous sommes les témoins en ce 18 juillet 64. Une réputation loin d'être usurpée, car il y a engagé des améliorations profondes, que ce soit en augmentant le périmètre urbain de près de 3 kilomètres ou en faisant assainir les quartiers les plus malsains et pollués, par exemple.

Grâce à son gendre Marcus Vipsanius Agrippa, par ailleurs l'un de ses plus fidèles généraux, il ne s'est pas contenté de donner un nouveau visage à la cité : il a lancé la construction de bâtiments publics et religieux exceptionnels, mais surtout de structures permanentes destinées aux combats de gladiateurs ou aux représentations théâtrales, qui se tenaient auparavant dans des constructions en bois éphémères.

En parallèle, sur les terrains du Champ de Mars achetés par Agrippa ont commencé à sortir de terre le Panthéon, l'amphithéâtre de Statilius Taurus, le Théâtre de Marcellus, puis celui de Balbus, mais aussi les premiers grands thermes gratuits de Rome que nous avons vus lors de la promenade de Titus (les thermes d'Agrippa), alimentés par un plan d'eau lui-même relié à un long canal courant droit vers le Tibre (l'Euripe ou *Euripus*), et pour finir, la basilique de Neptune, comme l'explique l'archéologue Clementina Panella. Sans surprise, cette frénésie architecturale a privé la ville de grandes surfaces constructibles, alors qu'elle manquait déjà de place pour l'édification de logements.

Bref, ce qui se dessine sous nos yeux, dissimulé derrière le caractère majestueux de ces ouvrages, relève bel et bien d'une intention de glorifier la personne d'Auguste digne d'un régime totalitaire…

À ce projet fait d'ailleurs écho, ailleurs dans Rome, le forum d'Auguste, plus imposant encore que celui de César. Recouvert de marbre, un grand temple dédié à Mars Ultor (« Mars vengeur ») s'élève en son centre, en référence à l'assassinat de son père adoptif. La présence de statues représentant César (mais également d'autres membres de la gens Iulia) ainsi que Énée et Romulus jette un pont entre l'histoire d'Auguste et celle de l'Urbs.

L'habileté de ce dernier a été de ne pas reproduire l'erreur commise par tant de dictateurs. Au lieu d'ériger de grandes statues à son effigie sur les places et de truffer l'espace de références à sa propre gloire, il a préféré associer son image à des valeurs profondes de la culture romaine ou à des figures légendaires et très aimées du passé (Énée, Romulus, César lui-même), mêlant ainsi sa gloire à celle de la cité. Un procédé des plus astucieux.

Par ailleurs, ce culte de sa personne le montre éternellement jeune. Les statues le représentent juvénile et dans la fleur de l'âge, faisant oublier l'inévitable passage du temps.

Sans vraiment s'en apercevoir, les gens ont fini par habiter une ville où tout parlait d'Auguste comme d'un père de la patrie. Ce qui les a poussés à s'attacher à lui. Un exemple ? Il suffit de s'arrêter à un carrefour, comme viennent de le faire Vindex et Saturninus…

Les demeures des riches présentent toujours des niches pourvues de battants en bois, aux dimensions et à la forme rappelant celles d'une armoire. Des temples miniatures dédiés aux divinités associées à la famille et au quotidien, les Lares, qui protègent les habitants de la *domus* des incendies, des cambriolages et des coups du sort. Ce n'est pas le cas des pauvres vivant dans de grandes *insulae* et qui n'ont pas les moyens d'avoir de telles structures chez eux. En l'an 12 av. J.-C., Auguste a fait construire à chaque carrefour des édicules et des temples miniatures, suivant un usage datant de la monarchie mais aboli par César – les fêtes autour des *compita*, les *Compitalia*, ayant été à l'origine de séditions durant les guerres civiles. Ces « Lares des carrefours » (*Lares compitales*) sont comparables aux niches murales abritant des saints et des madones qu'on voit parfois au détour des ruelles dans certains centres historiques. Des espèces de « saints patrons » d'une rue ou d'un quartier, en quelque sorte, si aimés des habitants qu'on organise de grandes cérémonies en leur honneur.

Petit détail : ces Lares se trouvent être ceux de la famille d'Auguste et incluent également son *genius*, la divinité qui le protège personnellement (à la manière d'un ange gardien). Ainsi, au travers des Lares des carrefours, les gens continuent de vénérer Auguste et sa famille. En perpétuant chaque jour un véritable culte de la personnalité impériale aux quatre coins de la ville…

12

Habiter à Rome

Ville éternelle, éternels problèmes

Avant de continuer notre route aux côtés des deux *vigiles*, posons une question qui ne va pas de soi concernant la Rome antique : qui gère la ville ?

Au moment de priver de leurs pouvoirs les magistrats de l'époque républicaine, Auguste a mis en place des préfets répondant directement à ses ordres (et, par la suite, à ceux de ses successeurs) : celui de l'annone (responsable des ravitaillements urbains et des distributions de blé), le puissant préfet du prétoire (à la tête des prétoriens qui protègent l'empereur) et celui des *vigiles*. Il a également réformé la charge du préfet de la ville, qui supervise les épineux problèmes de l'Urbs. Plus puissant que ses homologues, ce dernier ne prend ses ordres que de l'empereur, lui aussi. Nous pouvons pleinement l'assimiler à un maire, à ceci près que ses pouvoirs sont bien supérieurs à ceux des édiles modernes.

Ce préfet a en effet la charge d'une ville qui compte quatorze *regiones*, chacune dirigée par un fonctionnaire tiré au sort tous les ans. De nombreuses responsabilités lui incombent, de l'attribution des permis de construire à la gestion de l'administration. Une *regio* est à son tour subdivisée en quartiers (*vici*), au nombre de 265 au total. Chacun d'eux possède un collège de quatre magistrats (*magistri vicorum*), choisis parmi les habitants et renouvelés annuellement. Leur mission consiste à contrôler la zone à une échelle à la fois globale et locale, en résolvant les problèmes qui se présentent. Ils peuvent également arrêter toute personne coupable d'un délit. Une organisation qui rappelle celle d'un ensemble de villages, regroupés en petites villes, elles-mêmes réunies en une mégalopole de l'Antiquité… Ainsi fonctionne la ville qui prendra feu dans quelques heures.

Mais le moment est venu de retrouver nos *vigiles*, Vindex et Saturninus. Où en sont-ils de leur ronde ?

L'ambiance dans laquelle baignent les pompiers est incontestablement celle d'un quartier populaire. Avec son lot de soucis, qu'une kyrielle d'auteurs antiques ont décrits.

La foule dans les rues, pour commencer. Pourquoi y a-t-il autant de monde ? Imaginez Rome comme un grand camping, où la tente ne servirait qu'à dormir. Si vous souhaitez vous laver, manger ou travailler, vous n'avez pas d'autre choix que de sortir. Le raisonnement vaut aussi pour l'Urbs : les gigantesques *insulae* sont essentiellement des dortoirs. En journée, on sort pour se laver aux *thermae*, manger dans les *popinae*, aller travailler dans les *tabernae*, ou bien se chercher un travail… Voilà pourquoi les rues sont si bondées.

La pollution sonore évolue à des niveaux très élevés : les bruits produits par les allées et venues des gens ainsi que les activités artisanales sont assourdissants. La pollution atmosphérique est très forte également, entre la poussière en suspension dans l'air, les fumées et les particules fines qui émanent des chaudières des thermes, des fours, des feux allumés un peu partout dans les échoppes et des lampes à huile des particuliers. Dans certaines zones, les seuils d'alerte fixés dans nos villes seraient allègrement dépassés.

À chaque pas, il faut aussi faire attention où l'on met les pieds, à cause des innombrables étals, et veiller à ne pas se faire bousculer par les autres passants.

Vivre à Rome est très anxiogène, c'est indéniable.

Ce n'est pas le cas partout, bien évidemment. Dans les hauteurs, sur les collines, plus ventilées, et sur leurs pentes, on voit se concentrer les *domus* des plus riches. Quant au Palatin, il accueille les demeures impériales. C'est dans les zones basses, humides et chaudes, que vit le peuple. Des quartiers densément peuplés tels que l'Argilète et Suburre sont un véritable enfer en ces heures de juillet.

La spéculation immobilière, complice de l'incendie

Vindex et Saturninus ont une destination bien précise en tête. Le puissant pompier a été chargé par les responsables de quartier de contrôler un bâtiment en construction. En l'occurrence, une *insula* qui s'est écroulée et qu'on a rebâtie peut-être un peu trop rapidement, comme souvent.

De la même façon que de nos jours, les architectures sont pleines de contrastes, parfois extrêmement marqués. C'est une époque où l'on peut admirer des constructions inventives et révolutionnaires, avec des solutions d'une modernité géniale, dignes des plus innovants designers et autres architectes stars, y compris en matière d'agencement des intérieurs ou de réalisation des décorations – à l'image de la Domus Aurea, dont débutera prochainement le chantier, sur les cendres de Rome. À côté de ces ouvrages architecturaux de haute volée, on voit s'entasser des sortes d'immeubles HLM, émanations d'une spéculation immobilière sans scrupule, bâtis à la va-vite avec des matériaux de mauvaise qualité, et manifestement à grand renfort de pots-de-vin, par des entrepreneurs véreux. Voilà pourquoi les *vigiles* observent les travaux de construction d'un œil attentif.

Il faut peu de temps à Vindex et Saturninus pour arriver sur le chantier, qui recouvre tout un pâté de maisons. Quelques semaines plus tôt, une *insula* s'est écroulée, en emportant de nombreuses vies. À en croire certains, l'absence d'entretien et des infiltrations d'eau jamais assainies ont, des années durant, silencieusement préparé le terrain aux pluies et aux orages de printemps qui ont donné le coup de grâce aux structures moisies du bâtiment. En peu de temps, le propriétaire, privé de l'argent des loyers et incapable d'assumer le coût d'une reconstruction, a vendu la zone à des spéculateurs. C'est tout sauf inhabituel.

L'immeuble en cours de construction présente la structure classique d'une *insula*. Le rez-de-chaussée accueillera des boutiques, tandis qu'au premier étage, le long d'une coursive qui fera tout le tour du bâtiment, on aménagera de nombreux appartements. Ceux des quatre étages suivants seront bien plus modestes. Pour l'heure, la bâtisse n'est construite qu'à moitié. Le tout est entouré d'échafaudages précaires sur lesquels on voit s'activer sans relâche une foule d'ouvriers. Des esclaves, pour la plupart. Nombre des outils qu'ils utilisent nous sont cependant familiers (comme le montre par exemple la fresque d'un tombeau découvert à Rome, celui de Trebius Justus, sous l'ancien atelier d'un garagiste de la via Mantellini, aux abords du Parco dell'Appia Antica) : des truelles, des seaux pour le mortier, des échafaudages en escalier... Pas de poulies, en revanche. Les matériaux sont portés à dos d'homme, à commencer par les briques.

Ces briques sont le principal atout des Romains : nous pouvons les considérer comme de véritables outils « high tech » de l'époque puisqu'elles sont encore intactes de nos jours, tout comme les murs qui les contiennent... Et ce n'est pas un hasard : si l'on se fie aux explications de Vitruve, il faut des mois pour en fabriquer une. Et les briqueteries hors de Rome les produisent en quantités industrielles. Il en existe de différentes dimensions (appelées, suivant leurs mesures, bessales, pedales, sesquipedales, bipedales). Sur les estampilles apposées quand la brique est encore fraîche, on lit les noms des propriétaires des ateliers (parfois celui du consul en charge aussi), et si ce disque en contient un autre, cela veut dire qu'elle a été réalisée à moins de 50 kilomètres de Rome.

L'autre atout des constructeurs est le béton (du ciment mélangé à des fragments de roche ou de brique), inventé par les Romains eux-mêmes en utilisant de façon bien particulière la cendre volcanique de Pouzzoles qui, entre autres propriétés, est compacte et capable de résister au passage du temps. À titre d'exemple, seuls des coups de canon répétés auront été en mesure d'abattre les murs de Rome durant l'assaut de Porta Pia, ultime page de la réunification italienne (1870).

Dernière arme des architectes de l'Urbs : les arches. Toutes les constructions de la ville, des aqueducs au Colisée en passant par les portiques des maisons, y recourent pour alléger le poids des structures et leur apporter élasticité, légèreté et robustesse.

Si ces trois atouts étaient exploités à bon escient, beaucoup moins de bâtiments s'écrouleraient. Or c'est monnaie courante. Pourquoi ? Parce qu'on ne construit pas les maisons dans les règles de l'art et que l'on a tendance, conjointement, à rogner sur les matériaux et à contourner les lois.

D'un simple coup d'œil, Vindex s'aperçoit que les murs extérieurs sont trop étroits et n'ont pas l'épaisseur nécessaire pour supporter le poids de l'édifice. Par ailleurs, pour avoir le plus d'espace intérieur possible, l'*insula* est très large, et dangereusement proche des autres bâtisses de la rue. Pour un pompier d'expérience, il y a de quoi frémir. Un incendie ou un éboulement risque de s'étendre aux immeubles alentour, c'est certain ! Il existe bien un cadre légal, mais aucune des mesures de prévention n'est respectée. Conséquence inévitable : durant l'incendie, nous verrons des *insulae* s'effondrer les unes après les autres, précisément parce que personne ne s'est jamais plié à la réglementation en vigueur. Pire : on a mis en danger la vie de nombreuses personnes pour permettre à quelques individus de s'enrichir…

Les murs, des torches prêtes à s'embraser

Le géographe Strabon pointe du doigt le business juteux des reconstructions. Il dénonce notamment « les ventes et reventes d'immeubles qui se succèdent […] sans interruption » et « équivalent en quelque sorte à des effondrements volontaires, puisque les nouveaux acquéreurs démolissent les unes après les autres les maisons qu'ils achètent pour en reconstruire d'autres à leur place ».

En ce sens, la spéculation permet d'accumuler des sommes inimaginables, comme le souligne Catherine Salles. Marcus Licinius Crassus, le vainqueur de Spartacus, a su devenir riche à millions en achetant pour une bouchée de pain des *insulae* détruites par des incendies. Il a ensuite organisé leur reconstruction avec l'aide d'une véritable « entreprise de BTP », composée de 500 esclaves et affranchis remplissant le rôle d'ouvriers, d'architectes, etc.

Il va sans dire que de tels personnages souhaitent tirer le maximum de profits de leurs activités. Et ça, Vindex s'en aperçoit clairement en inspectant le chantier et en grimpant dans les étages en construction. Il l'explique d'ailleurs à Saturninus, qui doit apprendre à repérer les potentiels dangers. Les murs en briques sont bien trop fins. Et, chose préoccupante, ils n'arrivent pas jusqu'au sommet du bâtiment. À partir du deuxième ou troisième étage, la brique cède la place au bois et aux clayonnages.

Devant les deux *vigiles*, des ouvriers sont justement en train de réaliser un mur de ce type. Tandis que leurs collègues des étages inférieurs ont élevé des murs en briques consolidés avec du mortier, ici, on se croirait dans un autre lieu, avec une autre culture. Parmi les matériaux, c'est le bois qui domine. L'ossature principale des parois extérieures est constituée de poutres qui forment de grands rectangles, à la manière d'espèces de cadres, renforcés par des montants internes, parfois verticaux, parfois en croix. À l'intérieur, pas de blocs de tuf, ni de briques. Le clayonnage est fabriqué à l'aide de fines poutrelles en bois, en roseaux ou en fibres végétales. Le tout est ensuite recouvert d'une couche « crémeuse » de torchis de boue et de paille (on dirait de l'argile) qui, au fil des heures et des jours, finit par sécher et durcir, donnant un aspect solide aux murs. En réalité, ceux-ci sont très légers, peu résistants, et surtout inflammables… C'est ainsi que sont construites la plupart des *insulae* où vit le petit peuple de Rome.

Il n'est pas inutile de s'attarder sur ces murs en clayonnage, car ils sont comme autant de torches n'attendant qu'une étincelle pour s'embraser. Ils seront en grande partie responsables de la propagation du feu durant l'incendie qui dévastera la ville. Un fait souligné par le grand architecte Vitruve en son temps : « S'agissant des clayonnages, je souhaiterais qu'ils n'aient jamais été inventés car, si en effet ils font gagner du temps et de l'espace, ils constituent également une cause majeure et courante de désastres, tant ils semblent conçus spécialement pour brûler comme des torches en cas d'incendie. Il paraît donc préférable d'engager des frais en payant des briques cuites plutôt que d'être mis en danger en réalisant une économie avec les clayonnages. »

Autre aspect inquiétant de ces parois bon marché : les fissures. Dans toutes les *insulae* de Rome, il est très courant de voir des lézardes parcourir les murs ou les plafonds, minant ainsi la stabilité et la sécurité des appartements. Mais comment se forment ces fissures et pourquoi sont-elles aussi fréquentes dans les ouvrages bâtis par des spéculateurs sans scrupules ? Là encore, Vitruve nous donne la réponse : « Cette technique entraîne aussi des fissures sur les enduits en raison de la disposition des montants et des traverses. Quand ils sont recouverts, ces bois prennent en effet l'humidité et gonflent, puis, en séchant, ils se resserrent et, s'étant ainsi rétractés, ils désagrègent l'enduit. »

La littérature latine se fait l'écho de l'indignation de nombreux auteurs, qui soulignent la fragilité de ce type de murs, et surtout la négligence des propriétaires en matière d'entretien.

« Nous habitons une ville qui n'est en grande partie étayée que sur de minces poutres. C'est de cette façon-là que le gérant pare aux écroulements ; et, quand il a bouché la fissure d'une vieille crevasse, il invite les gens à dormir en toute sécurité – sous la menace du désastre ! », raconte par exemple Juvénal.

Sénèque n'est pas en reste : « Quel service ne nous rend pas celui qui, à notre logis prêt à choir, vient mettre un étai et, lorsque toute une maison de rapport est lézardée depuis le bas, par les secrets merveilleux de son art, sait la maintenir en l'air ! »

Le cynisme des spéculateurs ne s'arrête pourtant pas là. Car non contents d'utiliser des matériaux inflammables et de réaliser des parois rongées par les fissures, ils ont tendance à construire des immeubles aussi hauts que possible, de manière à accueillir davantage de locataires… et donc à s'enrichir encore plus.

Parvenir à ce but en rognant sur les matériaux et l'épaisseur des murs reste néanmoins une absurdité, source d'inévitables tragédies. Il existe des lois et des contrôles, nous l'avons dit, mais qui sont régulièrement ignorés ou contournés. Catherine Salles souligne que, en son temps, Auguste a imposé une limite à la hauteur des constructions (en l'occurrence d'environ 21 mètres), pour des raisons de sécurité. Hélas, cette règle a rarement été respectée. Résultat : l'incendie de ce 18 juillet 64 frappera des *insulae* dépassant parfois les 28 mètres de haut. En réaction à la tragédie, Néron établira de nouvelles limites. Lesquelles, à leur tour, seront constamment enfreintes... La preuve ? Au siècle suivant, Trajan, Marc Aurèle et Lucius Verus seront tour à tour obligés de fixer la hauteur maximale des habitations à 18 mètres environ.

Voilà qui nous ramène vers Juvénal, qui décrit avec une précision glaçante l'incendie d'une *insula*. Si les occupants des étages inférieurs sont parvenus à fuir, ceux qui vivent dans les mansardes, où les oiseaux font leurs nids, vont connaître une mort atroce car, de là-haut, les malheureux s'apercevront trop tard que la bâtisse a pris feu : « Déjà Ucalégon réclame de l'eau, déjà il déménage sa camelote, déjà le troisième étage est en feu, et toi, tu n'en sais rien. Depuis le rez-de-chaussée, c'est la panique. Mais celui qui rôtira le dernier, c'est le locataire qui n'est protégé que par la tuile où les colombes langoureuses viennent pondre leurs œufs. »

Visite d'une maison de riches

Vindex et Saturninus abandonnent le chantier et ses bruits assourdissants pour s'enfoncer à nouveau dans la rue bondée. À cette heure de la journée, les thermes ont brûlé des tonnes de bois pour satisfaire aux exigences quotidiennes de nombreux Romains. De quoi donner pas mal de fil à retordre aux détachements de *vigiles* présents en permanence à l'intérieur de ces structures : il s'agit de *vigiles balnearii*, qui ont pour mission de contrôler sans relâche les grands fours servant à réchauffer l'eau, ainsi que les dépôts de bois pour les alimenter, mais aussi d'arrêter les *fures balnearii*, ces voleurs qui opèrent spécifiquement au sein des thermes, à l'affût de vêtements et d'objets laissés sans surveillance. Une traque tout aussi épuisante que celle des *fures nocturni*, les malfrats rôdant dans les rues de Rome à la nuit tombée.

Soulignons que les thermes publics et les *balnea* (des structures privées, de taille réduite) ne sont pas seulement le lieu de prédilection où se laver et se faire masser. C'est également un lieu de sociabilisation, où il est possible de se retrouver, discuter et se restaurer en bonne compagnie. Existe-t-il de nos jours des endroits susceptibles de nous donner une idée de ce qui pousse les Romains à se rendre aux thermes, au-delà des raisons d'hygiène ? La réponse est oui. Si vous souhaitez comprendre un Romain de l'Antiquité, entrez dans une de ces grandes salles de sport dotées de piscines et d'installations annexes, ou bien dans l'un de ces nombreux cercles sportifs liés à des institutions, des entreprises ou des ministères. Vous vous apercevrez qu'on n'y vient pas uniquement pour le sport. Beaucoup, après la douche, restent manger, parler, faire de nouvelles rencontres (et plus si affinités), ou simplement se détendre avant de se replonger, en pleine forme, dans le tourbillon du travail ou du quotidien. Ce sont de petites oasis où l'on se consacre pleinement à soi-même et à son bien-être. Ce qui plaît aujourd'hui plaisait aussi il y a deux mille ans. Pour les Romains, les thermes remplissent un rôle identique. Et bien davantage : beaucoup vont même jusqu'à organiser de véritables réunions de travail entre deux vasques…

Parmi les missions des *vigiles* en journée figure, rappelons-le, la vérification des réserves hydriques de chaque habitation. Il leur faut également contrôler le bon fonctionnement de tout espace contenant des sources d'eau, sous la forme de citernes, de vasques, de fontaines, de thermes privés, ou de tuyauteries, utiles en cas d'urgence.

C'est justement l'un de ces lieux que Vindex et Saturninus vont inspecter au cœur du quartier. En l'espèce, une élégante *domus* dotée d'un important accès à l'eau, conséquence d'une dérogation spécialement accordée par l'empereur quelques années plus tôt.

Les *vigiles* frappent à une porte à deux battants, ornés d'anneaux en bronze ouvragés. De part et d'autre, de longs bancs de pierre, sur lesquels s'asseyent dès le matin les solliciteurs et les *clientes* du maître de maison, venus réclamer des services, de l'aide ou simplement la *sportula*.

Entrer n'a rien d'évident. Après que la porte s'est entrouverte et que l'esclave-concierge les a reconnus, il leur faut patienter de longues minutes avant de recevoir l'aval du propriétaire. Une fois à l'intérieur, on les invite à n'employer que les accès réservés aux domestiques, tout en leur recommandant la plus grande discrétion. Qu'ils fassent vite, surtout. Même si l'après-midi est loin d'être terminé, on prépare déjà le banquet qui se tiendra ce soir pour la famille du *dominus*.

Escale hors du temps

Les deux pompiers s'engagent dans le couloir décoré de mosaïques qui mène à la première pièce de la *domus* : l'atrium. Dès l'instant où les lourdes portes se sont refermées, le chaos et le vacarme de la rue ont disparu pour laisser place à l'ombre, à la fraîcheur et au silence, à peine troublé par le glougloutement lointain d'une petite fontaine. On a quasiment l'impression d'avoir changé de lieu et d'époque : nous voilà presque au Proche-Orient, dans la lumière diffuse et intime d'un hammam.

L'atrium s'ouvre devant eux, avec au centre son incontournable vasque centrale, haute d'une main et située juste en dessous de l'ouverture carrée du toit, l'*impluvium*. Sur son bord trône une sculpture de Vénus, que la famille des propriétaires vénère avec dévotion. Mais cette représentation de la déesse de l'amour risque de vous surprendre. Vous vous êtes, je suppose, imaginé une statue dont la nudité sensuelle est exaltée par le blanc d'un marbre d'une extrême pureté. En réalité, elle est peinte, dans des couleurs vives d'ailleurs. Les yeux, les cheveux, les lèvres, les mamelons de la déesse semblent prendre vie.

N'en déplaise à notre regard « moderne », un vandale ne s'est pas amusé à barbouiller l'œuvre. À l'Antiquité, toutes les statues étaient peintes, de la tête aux pieds pour certaines, et leurs marbres somptueux étaient recouverts de couleurs. Au fil du temps, après avoir passé des siècles enterrées ou livrées aux agents atmosphériques, elles ont entièrement perdu leurs coloris. D'où l'erreur qu'on a pu commettre au cours des époques postérieures, et surtout à la Renaissance, en voulant recréer des statues d'une blancheur immaculée, inspirées de celles de l'Antiquité. Si un Romain du temps de Néron voyait le *David* et la *Pietà* de Michel-Ange, ou bien les chefs-d'œuvre de Canova, il s'exclamerait certainement : « Magnifique ! Mais quand compte-t-on les achever ? »

Vindex contrôle le niveau d'eau de pluie dans la citerne alimentée par la vasque. Grâce aux canalisations d'eau courante, les citernes de cette *domus* ont cessé de répondre aux besoins de toute la maisonnée, comme c'était encore le cas dans les habitations romaines quelques générations plus tôt. Elles n'en restent pas moins de précieux réservoirs en cas d'incendie dans le quartier.

La visite de contrôle se poursuit dans la zone la plus intime de la demeure, le péristyle (*peristylium*), avec sa cour intérieure où figurent une grande fontaine, une autre citerne et les tuyaux de raccordement au réseau de distribution. Les *vigiles* devront tout vérifier. Les maisons présentant la structure traditionnelle des *domus* (et donc similaires à celles que vous pouvez admirer de nos jours à Pompéi, pour faire simple) sont devenues rares, vu le manque de place chronique dont souffre Rome.

Les deux pompiers, qui suivent un affranchi du maître des lieux, passent par un couloir de service jouxtant le *tablinum*, le cabinet privé du *dominus*. Du coin de l'œil, Saturninus le voit en train d'écrire, assis à son grand bureau, sur une chaise aux allures de trône. En cours de trajet, le jeune homme ne peut s'empêcher d'admirer les fresques murales si vivantes, les essences exotiques du mobilier raffiné, la vaisselle en argent qu'on s'est plu à exposer, les statuettes en bronze doré du *lararium* domestique… Tout l'impressionne. Même chose pour le jardinet intérieur, parfumé et silencieux, où deux gamines, les filles du *dominus*, jouent en compagnie de l'esclave qui leur sert de nounou. Un détail le frappe : le grand complexe de statues en bronze au centre du jardin, dont jaillissent des jets d'eau.

Vindex, lui, voit les choses d'un autre œil. Il note ce qui pourrait amorcer un incendie dans cette maison, et plus largement dans les demeures des riches en général. Tout est en bois ancien : les poutres, qui ont plusieurs décennies d'existence, le plafond à caissons, jusqu'aux lits du *triclinium* où les esclaves préparent le banquet, qui sont fabriqués à partir d'essences exotiques, odorantes et résineuses. Or il n'y a pas mieux pour propager le feu... Et puis il y a les matelas, remplis de matière végétale. Partout, on voit des draperies et des coussins en soie posés sur des petits bancs ou des tabourets, des couvertures légères (nous sommes en été), et même des rideaux tendus entre les colonnes qui encadrent la cour intérieure – dans de nombreux sites, comme à Éphèse, les fouilles ont en effet révélé l'habitude ancestrale de placer entre les colonnes des perches en bronze sur lesquelles on fait glisser des rideaux percés d'anneaux, afin de masquer les rayons du soleil et rafraîchir les pièces. Et même si l'ameublement des maisons romaines est bien plus dépouillé que celui présent dans les nôtres, le problème est ailleurs : par rapport à celles du petit peuple, les demeures des puissants débordent d'objets et de pièces de mobilier hautement inflammables. Sans compter les lampes à huile, plus nombreuses que dans les simples appartements et positionnées un peu partout : tantôt accrochées au plafond, tantôt posées sur les tables ou sur les rebords intérieurs des fenêtres, et assez fréquemment en équilibre sur des candélabres étroits tout en hauteur. Faciles à renverser, donc.

Oui, même les maisons des riches sont des torches potentiellement prêtes à s'embraser en un clin d'œil...

Visite d'une insula où vivent les plus modestes

En dépit de ces considérations, Vindex et Saturninus ressortent de la *domus* satisfaits. Les réserves d'eau sont abondantes et le maître des lieux entretient le système hydrique.

Mais après ce petit paradis, il est temps pour eux de retourner en enfer. Pour cela, il suffit de traverser la rue. À deux pas de la *domus* trône en effet une immense *insula* à six étages.

L'édifice a une teinte ivoire, même si les nombreuses infiltrations causées par la pluie ont noirci par endroits ses façades, telles des taches sur une peau de léopard. La base du bâtiment est entourée d'une sorte de bande de peinture rougeâtre, largement écaillée. Les locataires ont beau être des gens modestes, on remarque un certain désir d'embellir les lieux avec les moyens du bord – des pots contenant des fleurs ou des plantes devant les fenêtres, par exemple. Certaines *insulae* romaines sont même de véritables « jardins suspendus », qui précèdent de deux mille ans les tendances actuelles en matière d'architecture et de décoration…

L'entrée, un grand portail crasseux couvert d'empreintes de doigts, est contrôlée par une sorte de portier assis sur un tabouret, qui vous fixe de son seul œil valide, l'air torve. L'autre, qu'il a perdu des années plus tôt, est masqué par un bandeau de tissu.

Tandis que les deux *vigiles* approchent, on entend de grands cris résonner à l'intérieur. Une expulsion est en cours.

Habiter à Rome coûte cher, y compris en location et dans des endroits aussi populaires que les *insulae*. Il y a même une vraie crise du logement. Les résidents sont nombreux et l'espace pour les immeubles limité. Raison pour laquelle on a commencé à construire en hauteur afin de multiplier le nombre d'habitations et d'appartements. Il n'est pas exagéré d'affirmer que la plupart des personnes vivant dans l'Urbs dorment non pas sur le plancher des vaches mais à plusieurs mètres du sol. Et il y a bien plus mal loti qu'eux…

En règle générale, les baux de location sont annuels et impliquent de verser une traite tous les six mois. Ceux qui se soustraient à cette obligation ou s'en acquittent en retard sont chassés sans ménagement. À en croire certains auteurs antiques, on va jusqu'à murer la porte de l'appartement pour empêcher le locataire fautif d'y entrer, le temps qu'il paie ses arriérés.

L'encaissement des loyers a ainsi lieu deux fois par an, début janvier et début juillet – il y a donc un peu plus de deux semaines. Ce à quoi nous sommes en train d'assister est l'expulsion d'une famille entière qui souhaitait gagner quelques jours sur le paiement, en vain. Une troupe de gros bras à la solde du propriétaire les poussent dehors. Inutile de supplier, pleurer ou faire des promesses. La décision est irrévocable. Une fois à l'extérieur, les locataires expulsés n'ont plus qu'à regarder leurs maigres biens voler jusqu'à leurs pieds.

Ces malheureux n'ont désormais plus qu'une seule perspective : dormir sous des arcades ou dans un quelconque abri de fortune, qu'ils devront disputer à d'autres ayant subi le même sort. Une guerre entre pauvres très commune à cette période de l'année.

Mais ils ignorent une chose : c'est précisément le fait de ne pas avoir payé leur loyer à temps qui leur sauvera la vie et leur offrira un avenir. Étant déjà dans la rue, ils pourront fuir dès les premières heures de l'incendie.

Vindex et Saturninus observent la scène avec indifférence. Par habitude, bien sûr, et parce qu'ils n'ont aucune raison valable d'intervenir. Ils se hâtent donc d'entrer, sans se soucier de l'approbation du portier-gardien. Pendant quelques mètres, ils sont plongés dans la pénombre, exactement comme dans la *domus* qu'ils viennent de visiter.

Cependant, si cette demeure cossue donnait la sensation de baigner dans le silence délicatement ombragé d'un hammam, avec son atmosphère romantique agrémentée par le jardin à l'orientale, il n'en est rien ici : on se croirait de retour dans la tannerie du Trastevere que nous avons visitée au début de notre voyage. Une forte odeur d'urine agresse aussitôt notre odorat. Et pour cause : les latrines se trouvent au rez-de-chaussée et, avec la chaleur estivale, il s'en dégage des effluves nauséabonds. Tel est le prix à payer pour visiter une *insula*...

Nos deux *vigiles* se hâtent donc de grimper en haut de la première volée d'escalier en bois de l'édifice. Il fait noir et les marches plutôt élevées grincent à chaque pas.

Pas d'ascenseur dans l'immeuble, cela va sans dire. Monter et descendre ces cinq ou six étages plusieurs fois par jour tient du calvaire. Ce qui explique pourquoi les « étages nobles » sont généralement les tout premiers, tandis que les galetas, soupentes et autres mansardes offrant une vue à couper le souffle sur Rome sont réservés aux pauvres. En plus du fait qu'on y gèle en hiver et qu'on y meurt de chaud en été. Vivre assez bas permet également d'être à proximité des boutiques et de l'eau courante (celle des fontaines ou des canalisations), mais aussi de se mettre à l'abri plus facilement en cas d'incendie ou d'éboulement : ce n'est pas une coïncidence si les logements au rez-de-chaussée sont plus chers.

C'est justement dans ces premiers étages que se concentre ce qu'on pourrait appeler une classe moyenne, voire une petite bourgeoisie (concept qui n'existe évidemment pas à l'époque romaine), constituée de commerçants ou de fonctionnaires. Leurs domiciles sont mieux meublés et avec plus d'élégance que ceux des plus modestes, signe de conditions d'existence meilleures, même si elles restent très éloignées du train de vie des occupants d'une *domus*.

Chaque *insula* ressemble en quelque sorte à un village vertical : elle est constituée d'une communauté de personnes qui se connaissent, pour la plupart, à l'exception des locataires « saisonniers » des derniers étages, les plus démunis. Comme dans les immeubles modernes, on s'efforce de développer des relations de bon voisinage, ce qui n'évite pas la présence d'enquiquineurs : litiges et vieilles rancœurs ne sont pas rares et se soldent souvent par des prises de bec folkloriques sur les paliers. À l'image de celle dont les deux *vigiles* sont témoins en ce moment même.

Les cris sont ceux d'une femme à la voix si puissante qu'on ne parvient pas à distinguer les mots de son interlocutrice, plantée devant elle. L'une et l'autre ont les poings sur les hanches. Dans cet affrontement entre femmes du peuple, aucune ne veut battre en retraite. Au contraire : elles se rapprochent. Le pire est à craindre... Saturninus n'en mène pas large. Vindex, lui, sourit. Il connaît bien la plus mordante des deux antagonistes, comme beaucoup de gens ici. C'est une poissonnière très connue. Et dans quelques années, elle deviendra la plus célèbre de Rome...

Elle s'appelle Aurelia Nais, c'est une affranchie. Son nom a été mis au jour sur une stèle funéraire retrouvée dans la zone de l'Emporium, où elle tenait une poissonnerie. L'inscription est ornée d'une belle couronne, signe qu'il devait s'agir d'un personnage de renom au sein de la communauté et du *colle-*

gium des poissonniers romains. D'après les spécialistes, sa mort est vraisemblablement survenue vers la fin du Ier siècle, voire au début du suivant – soit une trentaine d'années après notre récit, donc. En l'an 64, elle est encore au début de sa carrière, ce qui expliquerait sa présence dans une *insula*, mais déjà aux meilleurs étages… Elle aussi survivra au grand incendie, tout comme sa poissonnerie, située dans les anciens Horrea Sulpicia (appelés ensuite les Horrea Galbana, à la suite de leur rénovation initiée par l'empereur Galba). Aurelia deviendra si célèbre que Juvénal en personne la citera dans ses *Satires*, où il se plaindra (déjà…) de l'appauvrissement de la mer Tyrrhénienne lié à la surpêche, obligeant à importer des poissons de lieux lointains : « C'est donc la province qui nous ravitaille ; c'est de là qu'on fait venir ces pièces pour que les achète Lénas le captateur et qu'Aurelia les vende. »

Vindex et Saturninus montent les différents étages et frappent aux portes des appartements pour contrôler l'intérieur. Ils sont bien conscients d'avoir affaire à des gens modestes. Si chaque journée est déjà une épreuve pour eux, comment auraient-ils le temps de s'inquiéter de potentiels incendies ? Raison pour laquelle Vindex les rappelle à l'ordre avec bienveillance mais fermeté. Chaque fois que les portes s'ouvrent, les *vigiles* sont projetés dans la même scène de pauvreté, mais interprétée par des acteurs différents.

Au-delà du deuxième étage, il est rare qu'un logement abrite une seule famille. Bien souvent, celui-ci est partagé par plusieurs personnes, voire plusieurs familles. En général, chacun dispose d'une ou deux pièces, mais on en arrive parfois à vivre dans une même pièce avec des étrangers, en délimitant l'espace à l'aide de tentures et de cloisons. Chaque mètre carré doit rapporter de l'argent au propriétaire. Il est fréquent que les occupants d'un appartement sous-louent à leur tour la moitié de leurs pièces afin de compléter leurs revenus et ainsi réussir à payer leurs loyers. Ce qui génère une série de sous-locations en chaîne, seul système permettant à tous les locataires d'avoir un endroit où dormir.

Dans ces lieux, c'est la pénombre qui domine, percée de rares lanternes alimentées par du suif, moins coûteux que l'huile, mais qui laisse une couche de gras sur les murs. Faire le ménage est d'autant plus éreintant qu'il n'y a évidemment pas d'eau courante dans les étages les plus en hauteur. Pour se laver, on va donc quotidiennement aux thermes, et pour boire, on se rend à la fontaine au coin de la rue armé de pichets et de petites amphores.

Les fenêtres n'ont pas de carreaux mais arborent des rideaux, des volets en bois ou des peaux tendues. Ce qui laisse forcément entrer le brouhaha et les bruits de la ville, les odeurs de cuisine des établissements qui jalonnent les trottoirs, mais aussi le froid, la chaleur et le vent, qu'il soit glacé ou brûlant…

Dans la mesure où il n'existe ni cheminées, ni radiateurs, la seule façon de se réchauffer au cours des nuits d'hiver glaciales consiste à allumer de petits braseros, que les *vigiles* doivent contrôler avec la plus grande attention pendant leurs rondes à cette période de l'année. À l'inverse, lors des soirées aussi étouffantes que celles de juillet, on garde tout ouvert puisque l'air ne circule pas. Ces nuits-là, ce sont avant tout les pleurs d'un enfant, les ébats amoureux d'un couple ou les ronflements d'un voisin qui vous empêchent de dormir…

Le mobilier est réduit à sa plus simple expression. Souvent, on y trouve juste une paillasse en fibres végétales tressées étendue sur un lit en bois, sur lequel un père et une mère dorment avec leurs enfants en bas âge. Il peut également y avoir des tabourets, une malle à vêtements, peut-être une table, des casiers contenant quelques écuelles en terre cuite, des cuillères en bois et, éventuellement, un petit écrin rangé sous le lit (on en a récemment retrouvé un similaire placé précisément à cet endroit du côté de Pompéi). À l'intérieur, les rares objets « précieux » de la famille – essentiellement des sesterces, voire quelques deniers, des épingles et des bagues en bronze, de simples colliers de perles ou encore des pendentifs en verre soufflé à l'effigie de divinités.

Impossible de faire la cuisine : il n'y en a tout simplement pas. On va manger dehors ou on envoie l'un des enfants dans une *popina* en bas de l'immeuble pour y acheter des plats déjà tout prêts ou à préparer sur un brasero improvisé.

Rappelons qu'on passe peu de temps chez soi, à moins d'être vieux ou malade. Le décor de la vie collective, c'est l'Urbs, avec ses rues, ses boutiques où l'on travaille, ses divertissements gratuits dans les grands cirques, les opportunités professionnelles ou humaines qu'elle offre. Vous comprenez maintenant qui sont ces personnes assises sur les bancs à l'entrée des *domus* des riches, ces *clientes* venus chercher un repas chaud ou une recommandation afin de trouver du travail. Nombre d'entre eux viennent d'ici.

13

Un dernier coup d'œil sur Rome

Au-dessus des toits

Plus on se rapproche du sommet de l'*insula*, plus les fissures courant sur les parois s'élargissent et se ramifient. À plusieurs endroits, on peut même y glisser une main… Si on saute, le sol oscille, et les pas lourds de Vindex font trembler les murs. Mais ça y est, les deux *vigiles* sont tout en haut du bâtiment. C'est ici que se trouvent les mansardes où vivent les moins bien lotis. Quelques couvertures et une poignée d'objets constituent les maigres biens de ces locataires aux allures de vagabonds. La chaleur qui règne sous les toits est infernale, même en cette fin de journée. Il manque souvent des tuiles, que le vent arrache et fait basculer dans la rue en contrebas, les transformant en projectiles mortels. La pluie s'insinue par ces ouvertures ou entre les tuiles disjointes et ruisselle jusqu'aux étages inférieurs.

Vindex et Saturninus poussent une porte et débouchent sur la terrasse de l'*insula*. Même ici, des familles sans ressources ni perspectives se sont établies et tentent de survivre. Les pompiers s'approchent du rebord, en retirant leur casque pour admirer la ville.

Le soleil se couche juste au-dessus du Trastevere, à l'endroit où se trouve leur caserne. Devant leurs yeux, c'est Rome qui se déploie. On distingue clairement les *insulae* et certains des aqueducs dont les arches majestueuses traversent des quartiers entiers en surplombant parfois les bâtiments. La masse imposante du Palatin domine l'horizon, avec ses palais impériaux et les *domus* des VIP de Rome. Un peu plus loin, on entrevoit le temple de Jupiter Capitolin, tandis qu'au pied de la colline trône le Cirque Maxime.

Au-dessus de cette étendue de toits, on voit partout s'élever de minces filets de fumée. Celle des milliers de foyers allumés pour préparer les repas ou des cheminées des thermes, qu'ils soient de taille modeste ou monumentaux.

Chacune de ces colonnes grises a le pouvoir de déclencher un incendie, songent les deux *vigiles*. Comment ne pas éprouver un sentiment d'impuissance devant leur profusion ? Il y en a aux quatre coins de la ville… et à cette heure, leur odeur âcre prend légèrement à la gorge.

Si vous demandez à un Romain de l'Antiquité ce que lui inspire cette odeur, il n'aura que des choses positives à vous dire : elle lui évoque le repas qui va le sustenter, les thermes où il se lave, les braseros qui le réchauffent en hiver. Nul ne pense à ces volutes sombres qui se dressent dans le ciel avec l'appréhension qui saisit les *vigiles*…

Rien d'étonnant : pour les habitants de Rome, le feu est l'un de leurs plus fidèles alliés. Un animal domestique, presque. Si l'on considère l'usage qu'on en fait à l'époque, comment leur donner tort ?

Il est lié aux rites religieux et figure toujours sur les autels.

Il est associé aux sacrifices et représente un signe de la part de la divinité, aussi bien dans les cérémonies publiques que dans les cultes domestiques, comme le souligne Antonio De Simone. C'est d'autant plus vrai qu'au sens strict le feu est lié à Vesta, et donc aussi à Vulcain.

Il est à l'origine de Rome (il suffit de penser aux vestales) et de nombreux mythes, comme celui de Prométhée, qui l'a volé aux dieux pour en faire cadeau aux humains.

Il est utilisé dans les échoppes pour faire fondre les métaux et en tirer bijoux, armes ou outils de travail. Toutes les activités artisanales y recourent : les potiers pour cuire leurs créations, les contremaîtres des chantiers navals pour plier le bois de charpente des embarcations, les forgerons pour façonner les métaux, et ainsi de suite.

Il sert à allumer les lampes à huile qui éclairent les maisons la nuit.

Il est indispensable pour cuisiner, préparer des cosmétiques (la cendre, le charbon et la poudre de dattes carbonisées figurent parmi les ingrédients de base du maquillage), chauffer l'eau aux thermes et dans les habitations en hiver (grâce aux braseros).

Il peut devenir un instrument de communication. Un exemple ? Grâce à une série de tours, Tibère échangeait des messages « en direct » avec le Sénat depuis Capri, par le biais de signaux (sans doute des feux combinés à des plaques de verre) qui voyageaient à la vitesse de la lumière. Il est nécessaire pour alimenter les grands phares (le plus célèbre étant celui d'Alexandrie). On l'utilise à la guerre pour tuer l'ennemi, à l'aide de flèches incendiaires ou d'outres d'huile bouillante envoyées par des catapultes, ou en médecine pour sauver des vies grâce à la cautérisation. Il joue aussi un rôle central dans le domaine de la littérature, de la philosophie, et d'une façon générale de l'écriture : la lampe à huile posée sur une table ou fixée sur une tête de lit a rendu possible la rédaction d'œuvres majeures ou de simples lettres. À ce propos, saviez-vous que le mot « élucubration » dérive justement du *lucubrum*, la lampe dont la lumière éclaire les pensées et les écrits nocturnes ?

Il permet d'illuminer théâtres et banquets.

Il sert à la crémation des morts…

Ce ne sont là que quelques-uns des usages qui donnent chaque jour à Rome les moyens de vivre et à l'Empire de grandir.

Il existe néanmoins un aspect auquel pas un Romain ne pense, hormis les *vigiles*. Et qui n'a rien de positif : en quelques heures, le feu peut aussi détruire tout votre passé, toute votre histoire. Et même votre ville…

Une lune rouge feu

Les deux *vigiles* regardent Rome depuis le toit. Devant eux, chaque pièce de l'engrenage du destin est à sa place. Tout est fin prêt pour l'une des pires tragédies de l'Histoire. Ils ignorent que l'Urbs n'aura jamais plus ce visage.

L'équation est simple. Un million de personnes ou plus qui occupent des habitations hautement inflammables et qui ne passent pas un jour sans allumer de feu. Une ville où les bâtiments sont à touche-touche, permettant aux flammes de se propager rapidement. Un inextricable réseau de venelles et de rues tortueuses qui ralentissent à la fois la fuite des civils et l'intervention des *vigiles*...

Comment aurait-on pu échapper à la catastrophe ?

Par ailleurs, comme le rappelle l'archéologue Clementina Panella, il suffit de se pencher sur le passé pour comprendre que l'incendie de juillet 64 n'était qu'une question de temps.

En l'an 7 av. J.-C., le Forum fut la proie d'un incendie qui sera à l'origine de la création du corps des pompiers par Auguste dès l'année suivante.

En 3 av. J.-C., les flammes détruisirent une partie du Palatin, dont la demeure d'Auguste et le temple de Cybèle.

En 27 ap. J.-C., ce fut au tour du Caelius.

En 36, le Cirque Maxime et l'Aventin subirent le même sort.

En 38, les Aemiliana furent entièrement détruits.

En 51, le feu anéantit des habitations et des temples à l'emplacement futur du Colisée.

Entre 53 et 54, sous le règne de Claude, les flammes endommagèrent à nouveau les Aemiliana.

Plus ou moins à la même période, un nouvel incendie dévasta le temple de Salus, sur le Quirinal.

À quoi il faut ajouter d'autres calamités qui frappèrent la cité au cours des vingt années précédant notre récit : une énorme crue du Tibre et deux tremblements de terre...

Pour finir, précisons que l'an 64 n'a pas commencé de la meilleure des manières. Il est fait mention d'une révolte de gladiateurs à Praeneste (aujourd'hui Palestrina), aux abords de Rome, et la flotte impériale basée à Misène a été décimée par un coup de vent d'une violence inouïe...

Mais tout cela passe bien au-dessus de la tête des deux *vigiles*, recrus de fatigue au terme d'une journée particulièrement prenante, mais pas si différente de l'ordinaire. Ils observent le soleil qui se couche sur la ville. Pour eux comme pour Poppée, c'est Apollon qui les salue, à bord de son char de feu qu'il conduit loin derrière l'horizon. Saturninus donne un petit coup de coude à Vindex : à l'autre bout du ciel vient d'apparaître Séléné, la lune. Magnifique, et si basse que les couches inférieures de l'atmosphère lui donnent une teinte pourpre. Une lune rouge feu…

À son tour, Vindex donne une tape sur la nuque de son jeune collègue. « Il est temps de rentrer », semble-t-il lui dire.

Au même instant, à Antium, à une cinquantaine de kilomètres d'ici, Poppée contemple le même spectacle en silence, émerveillée par la puissance magique de l'astre lunaire. Néron, lui, rit et plaisante avec ceux qu'il a conviés à cet énième banquet.

La soirée semble se poursuivre comme tant d'autres et s'ouvrir, une fois de plus, sur une somptueuse nuit d'été.

Mais il en ira autrement…

ANNEXES

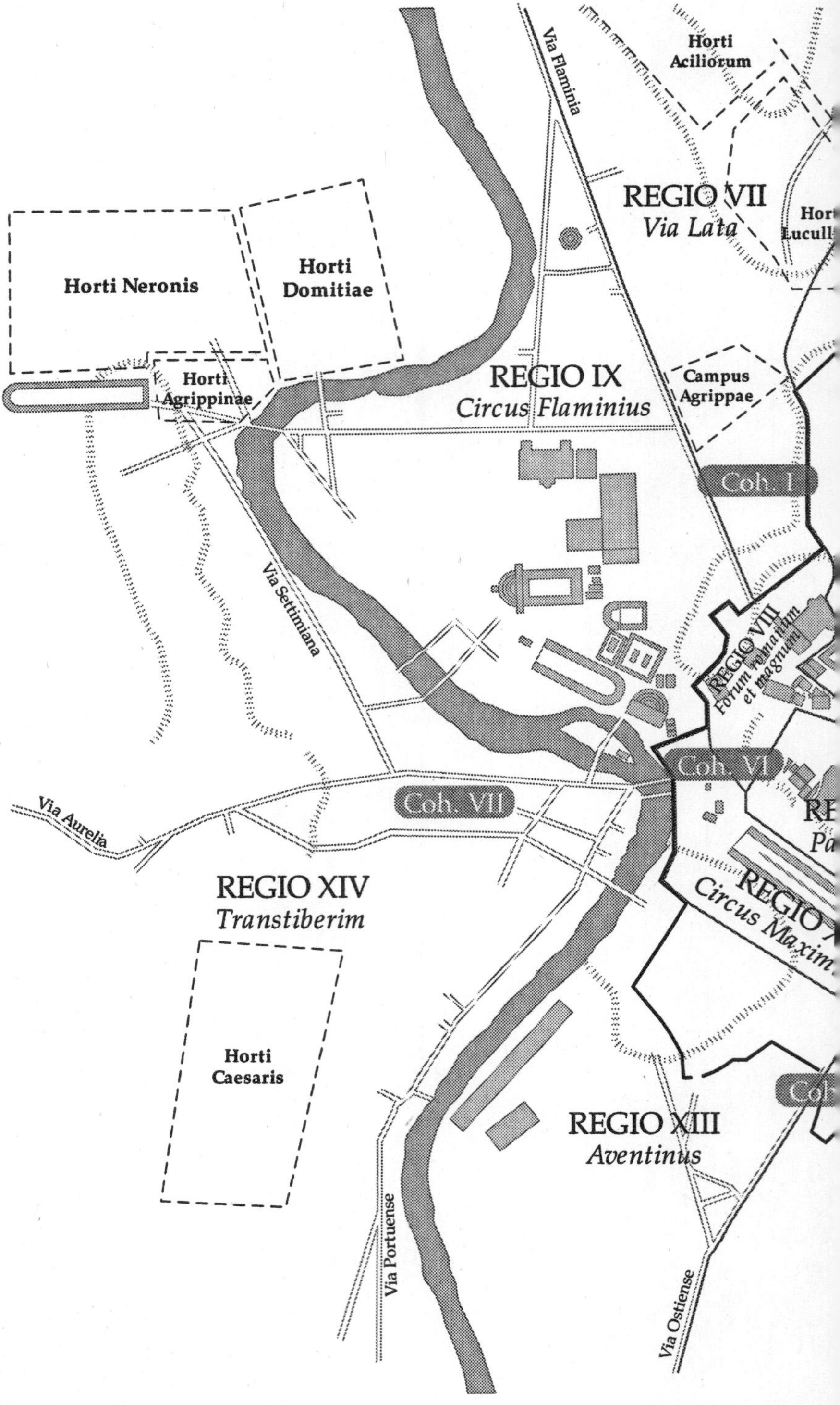

Via Flaminia
Horti Aciliorum
REGIO VII
Via Lata
Horti Neronis
Horti Domitiae
Horti Agrippinae
REGIO IX
Circus Flaminius
Campus Agrippae
Coh. I
Via Settimiana
REGIO VIII
Forum romanum et magnum
Coh. VI
Coh. VII
Via Aurelia
REGIO XIV
Transtiberim
Circus Maxim
Horti Caesaris
REGIO XIII
Aventinus
Via Portuense
Via Ostiense

ROME AVANT LE GRAND INCENDIE

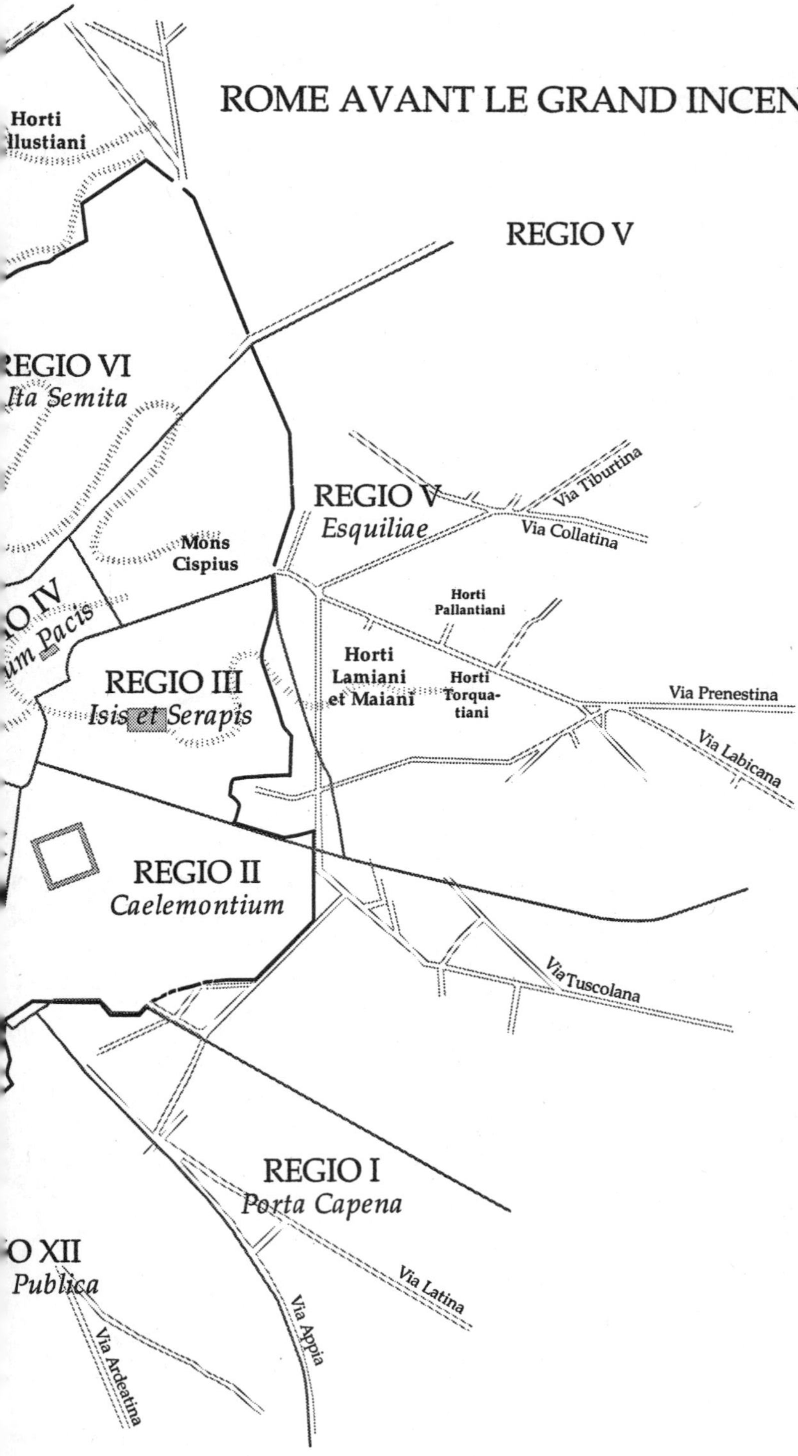

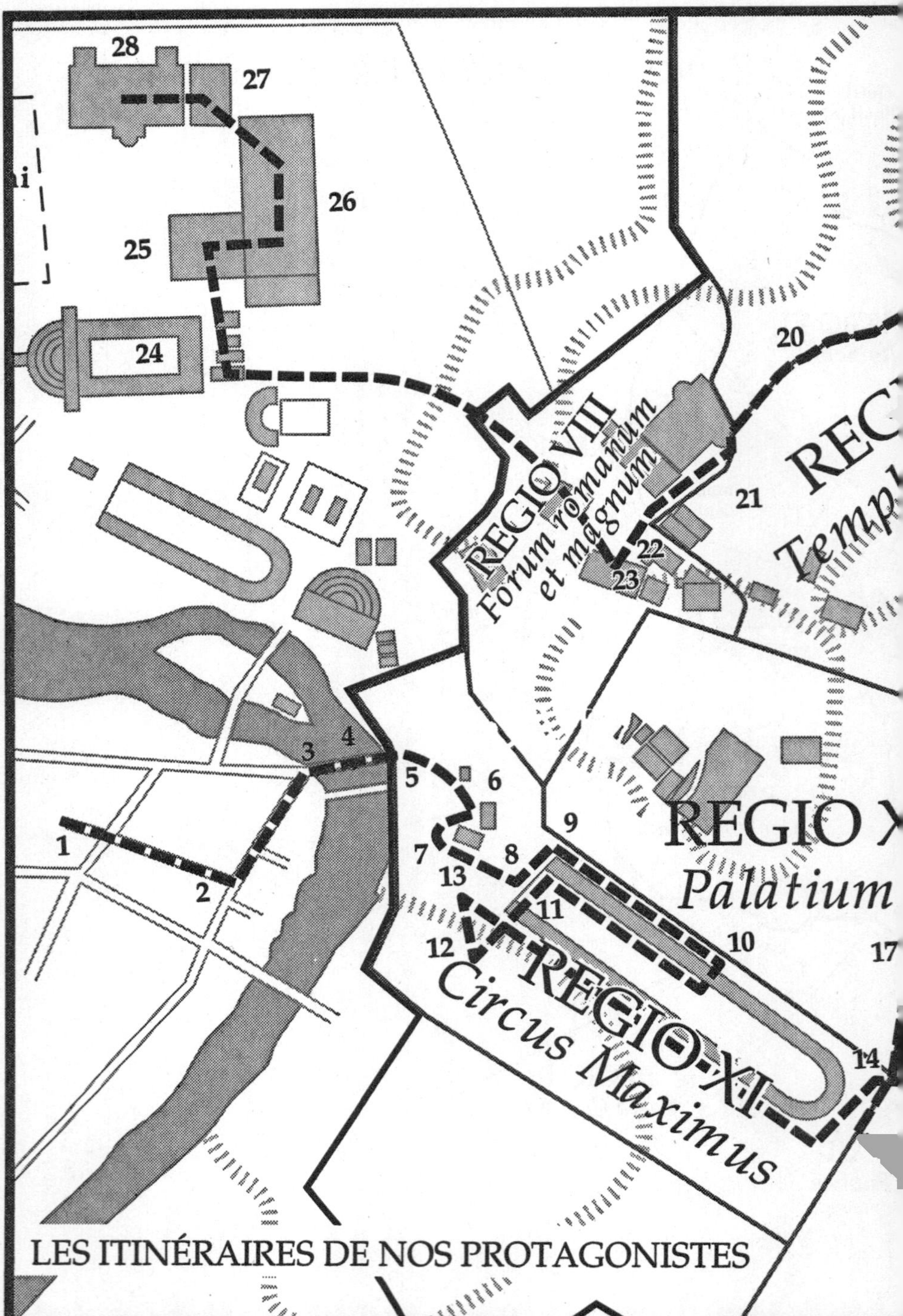

LES ITINÉRAIRES DE NOS PROTAGONISTES

ITINÉRAIRE DES VIGILES

1 – *Excubitorium de la VIIe cohorte*
2 – *Tannerie (coraria septimiana)*
3 – *Pons Aemilius*
4 – *Portus Tiberinus*
5 – *Horrea*
6 – *Forum Boarium*
7 – *Temple d'Hercule Victor*
8 – *Statue d'Apollon*
9 – *Boutiques des vestiarii*
10 – *Gradins du Cirque Maxime*
11 – *Carceres*
12 – *Temple de la Lune*
13 – *Possible emplacement de la caserne des vigiles*
14 – *Fullonica / Ground Zero*
15 – *Source de Mercure*
16 – *Porte Capène*
17 – *Domus*
18 – *Insula*

ITINÉRAIRE DE PLINE

19 – *Maison de Pline l'Ancien*
20 – *Carrefour du vicus Sandalarius (librairies)*
21 – *Macellum Magnum*
22 – *Temple du Divin César*
23 – *Basilica Iulia*

ITINÉRAIRE DE TITUS

23 – *Basilica Julia*
24 – *Théâtre de Pompée*
25 – *Diribitorium*
26 – *Saepta Julia*
27 – *Panthéon*
28 – *Thermes de Néron*

Crédits des images

p. 1 : en haut, © Daniel Voshart ; en bas à gauche, © Adam Eastland Art + Architecture / Alamy Stock Photo ; en bas à droite, avec l'autorisation du Ministero per i Beni e le Attività Culturali e per il Turismo – Museo Archeologico Nazionale de Naples. Photo de Giorgio Albano.

p. 2 : © Alberto Angela, avec l'autorisation de The Vindolanda Trust.

p. 3 : en haut à gauche, © Archivio fotografico del Servizio Documentazione Centrale dei Vigili del Fuoco ; en haut à droite, © Mark Edward Smith / Bridgeman Images ; au centre, © DeAgostini / L. Romano / Getty Images ; en bas, Museo Arqueológico Nacional, Madrid. Numéro d'inventaire : 1936/39/1. Photo : Raúl Fernández Ruiz.

p. 4 : en haut, © Yogi Black / Alamy Stock Photo ; au centre, avec l'autorisation du Ministero per i Beni e le Attività Culturali e per il Turismo – Museo Archeologico Nazionale de Naples – photo de Giorgio Albano ; en bas, avec l'autorisation du Ministero per i Beni e le Attività Culturali e per il Turismo – Museo Nazionale Romano.

p. 5 : en haut, © DeAgostini / L. Pedicini / Getty Images ; en bas, avec l'autorisation du Ministero per i Beni e le Attività Culturali e per il Turismo – Museo Archeologico Nazionale de Naples – photo de Giorgio Albano.

p. 6 : en haut, © Tarker / Bridgeman Images ; en bas, © Sites & Photos / Shmuel Magal / Alamy Stock Photo.

p. 7 : en haut, © Alto Vintage Images / Alamy Stock Photo ; au centre et en bas, reconstitutions Virtual3D réalisées par Altair4 Multimedia ALTAIR.COM.

p. 8 : en haut, © World History Archive / Alamy Stock Photo ; au centre à gauche, © The Picture Art Collection / Alamy Stock Photo ; en bas à droite, Musei Vaticani, © Governatorato SCV – Direzione dei Musei.

p. 9 : en haut, © 2020. DeAgostini Picture Library / Scala, Florence ; au centre à gauche et à droite, © Alberto Angela ; en bas, reconstitutions Virtual3D réalisées par Altair4 Multimedia ALTAIR.COM.

p. 10 : en haut à gauche et en bas, avec l'autorisation du Ministero per i Beni e le Attività Culturali e per il Turismo – Museo Archeologico Nazionale de Naples – photo de Giorgio Albano ; en haut à droite, © Konstantin Kalishko / Alamy Stock Photo.

p. 11 : en haut, avec l'autorisation du Ministero per i Beni e le Attività Culturali e per il Turismo – Museo Archeologico Nazionale de Naples – photo de Giorgio Albano ; au centre, avec l'autorisation du Ministero per i Beni e le Attività Culturali e per il Turismo – Museo Archeologico Nazionale di Napoli – photo de Luigi Spina ; en bas, avec l'autorisation du Ministero per i Beni e le Attività Culturali e per il Turismo – Museo Archeologico Nazionale de Naples – photo de Luigi Spina.

p. 12 : en haut à gauche, © Science & Society Picture Library / Getty Images ; en haut à droite, © Heinz Tschanz-Hofmann / Alamy Stock Photo ; en bas, © Dalibor Brlek / Alamy Stock Photo.

Pour les cartes :

p. 60 : studio Leksis (source : *La Militia Vigilum della Roma imperiale* de E. De Magistris, 1898, avec l'autorisation de l'Archivio fotografico digitale della Biblioteca della Direzione Centrale Prevenzione e Sicurezza Tecnica del Corpo dei Vigili del Fuoco).

pp. 364-367 : reconstitution et recherches scientifiques de Stefano Borghini et Raffaele Carlani.

Références des citations

Les éditions utilisées dans le texte sont indiquées dans la bibliographie.

Sources antiques

AULU-GELLE, *Les Nuits attiques*, XVIII, 4, 1.
CICÉRON, *Contre P. Servilius Rullus*, 96.
DION CASSIUS, *Histoire romaine*, LIX, 9, 4 ; LXII, 29, 3-4 ; LXII, 15, 2-6.
ÉPICTÈTE, *Entretiens*, III, 23 ; III, 29-30.
JUVÉNAL, *Satires*, III, v. 13-16 ; III, v. 62-65 ; III, v. 193-196 ; III, v. 198-202 ; III, v. 250-254 ; III, v. 268-279 ; III, v. 281-308 ; V, v. 97-98.
MARTIAL, *Épigrammes*, I, 66 ; I, 117 ; VI, 93 ; VII, 34, v. 5 ; X, 19 ; X, 20 ; XII, 57.
OVIDE, *L'Art d'aimer*, III, 2.
— *Les Fastes*, v. 670-690.
PÉTRONE, *Satiricon*, 78, 7.
PLINE LE JEUNE, *Lettres*, I, 5.
SÉNÈQUE, *Consolations*, 6, 2-3.
— *De la tranquillité de l'âme*, 9, 4-5.

— *Des bienfaits*, VI, 15, 7.
— *Lettres à Lucilius*, XV, 95, 47 ; XVII, 102, 26.
— *Questions naturelles*, VI, 8, 3 ; VI, 8, 4.
STRABON, *Géographie*, V, 3, 7.
SUÉTONE, *Les écrivains de l'histoire Auguste. Lucain*, 16-20.
— *Vies des douze Césars*, vol. I & II
Auguste, XXVIII
Claude, XVIII
Néron, XI ; XXII
Titus, I ; II ; III ; IV
TACITE, *Annales*, XII, 43, 1-2 ; XIII, 45 ; XIV, 14 ; XIV, 50, 2 ; XV, 36 ; XV, 71, 4.
— *Histoires*, I, 90, 2 ; V, 4-5
VITRUVE, *De l'architecture*, II, 8, 20.

Sources modernes et contemporaines

BEARD M., *Laughter in Ancient Rome*
CARANDINI A., *La Roma di Augusto in 100 monumenti*
MEIJER F., *Wagenrennen*
SCIASCIA L., *Le Jour de la chouette*

Bibliographie

Sources antiques

Ammien Marcellin, *Histoires*, éd. de É. Galletier, G. Sabbah *et al.*, Paris, Les Belles Lettres, 6 vol., 1968-1999.

Aulu-Gelle, *Les Nuits attiques*, éd. de R. Marache et Y. Julien, Paris, Les Belles Lettres, 1967-1998.

Cassiodore, *Variae epistulae*.

Cicéron, *La Nature des dieux*, éd. de C. Auvray-Assayas, Paris, Les Belles Lettres, coll. « La roue à livres », 2002.

— *Philippiques* (*Discours*, XIX-XX), éd. de A. Boulanger et P. Wuilleumier, Paris, Les Belles Lettres, 2 vol., 2002-2018.

— *Pour T. Annius Milon*, éd. de A. Boulanger, Paris, Les Belles Lettres, coll. « Classiques en poche », 2019.

— *Sur la loi agraire. Pour C. Rabirius* (*Discours*, IX), éd. de A. Boulanger, Paris, Les Belles Lettres, 2002.

Dion Cassius, *Histoire romaine*, éd. de M.-L. Freyburger, J.-M. Roddaz *et al.*, Paris, Les Belles Lettres, 8 vol., 1991-2014.

Épictète, *Entretiens. Manuel*, éd. de J. Souilhé, Paris, Les Belles Lettres, 2019.

Eutrope, *Abrégé d'histoire romaine*, éd. de J. Hellegouarc'h, Paris, Les Belles Lettres, 1999.

Fasti Ostienses.

Flavius Josèphe, *Autobiographie*, éd. de A. Pelletier, Paris, Les Belles Lettres, 1959.
— *Contre Apion*, éd. de T. Reinach, Paris, Les Belles Lettres, coll. « Classiques en poche », 2018.
— *Guerre des Juifs*, éd. de A. Pelletier, Paris, Les Belles Lettres, 3 vol., 2003.
Florus, *Tableau de l'histoire du peuple romain, de Romulus à Auguste*, éd. de P. Jal, Paris, Les Belles Lettres, 2002.
Frontin, *Les Aqueducs de la ville de Rome*, éd. et trad. de P. Grimal, Paris, Les Belles Lettres, 2002.
Héron d'Alexandrie, *Dioptra.*
— *Les Pneumatiques*, éd. de G. Argoud et J.-Y. Guillaumin, Saint-Étienne, Publications de l'université de Saint-Étienne, 1997.
Histoire Auguste, éd. de A. Chastagnol, Paris, Robert Laffont, coll. « Bouquins », 1994.
Isidore de Séville, *Étymologies*, éd. de O. Spevak, P.K. Marshall *et al.*, Paris, Les Belles Lettres, 20 vol., 2010-2020.
Juvénal, *Satires*, trad. de P. de Labriolle et F. Villeneuve, Paris, Les Belles Lettres, 2002.
Laus Pisonis, éd. de S. Di Brazzano, Pise, Scuola Normale di Pisa, 2004.
Macrobe, *Les Saturnales*, éd. de H. Bornecque et F. Richard, Paris, Garnier, 2 vol., 1953.
Martial, *Épigrammes*, éd. de H.J. Izaac, Paris, Les Belles Lettres, 3 vol., 2002-2018.
Orose, *Histoires*, éd. de M.-P. Arnaud-Lindet, Paris, Les Belles Lettres, 3 vol., 1991-1992.
Ovide, *L'Art d'aimer*, éd. de H. Bornecque, Paris, Les Belles Lettres, 2011.

— *Les Amours*, éd. de H. Bornecque, Paris, Les Belles Lettres, 2012.

— *Les Fastes*, éd. de R. Schilling, Paris, Les Belles Lettres, 2 vol., 2011-2013.

Paul, *De officio*.

— *Sententiae*.

Perse, *Satires*, éd. de A. Cartault, Paris, Les Belles Lettres, 2002.

Pétrone, *Fragmenta*.

— *Satiricon*, éd. de O. Sers, Paris, Les Belles Lettres, coll. « Classiques en poche », 2001.

Pline l'Ancien, *Histoire naturelle*, trad. É. Littré, Paris, Les Belles Lettres, 2016.

Pline le Jeune, *Lettres*, éd. de H. Zehnacker, Paris, Les Belles Lettres, 4 vol., 2009-2017.

Plutarque, *Alexandre-César* (*Vies parallèles*, IX), éd. et trad. de É. Chambry et R. Flacelière, Paris, Les Belles Lettres, 2003.

Procope de Césarée, *Histoire des Goths*, éd. de J. Auberger et D. Roques, Paris, Les Belles Lettres, 2015.

Quintilien, *Institution oratoire*, éd. de J. Cousin, Paris, Les Belles Lettres, 7 vol., 2002-2018.

Sénèque, *Consolations* (*Dialogues*, III), éd. de R. Waltz, Paris, Les Belles Lettres, 2015.

— *De la tranquillité de l'âme*, trad. C. Lazam, Paris, Rivages Poche, coll. « Petite bibliothèque », 2016.

— *Des bienfaits*, éd. de F. Préchac, Paris, Les Belles Lettres, 2002.

— *Lettres à Lucilius*, éd. de F. Préchac et H. Noblot, Paris, Les Belles Lettres, 5 vol., 2017-2018.

— *Questions naturelles*, éd. de P. Oltramare, Paris, Les Belles Lettres, 2002.

Stace, *Silves*, éd. de H. Frère et H.J. Izaac, Paris, Les Belles Lettres, 2 vol., 2003.

Strabon, *Géographie*, éd. de G. Aujac, R. Baladié et F. Lasserre, Paris, Les Belles Lettres, 13 vol., 2003-2018.

Suétone, *Les Écrivains de l'Histoire auguste*, trad. T. Baudement, Paris, J.-J. Dubochet, Le Chevalier et compagnie, 1848.

— *Vies des douze Césars*, éd. de H. Ailloud, Paris, Les Belles Lettres, 3 vol., 2011-2018.

Tacite, *Annales*, éd. de P. Wuilleumier, Paris, Les Belles Lettres, 4 vol., 2013-2018.

— *Histoires*, éd. de H. Le Bonniec et P. Wuilleumier, Paris, Les Belles Lettres, 3 vol., 2002-2018.

Tite-Live, *Histoire romaine*, éd. de J. Bayet, C. Guittard *et al.*, Paris, Les Belles Lettres, 33 vol., 1997-2002.

Ulpien, *Digeste.*

Varron, *La Langue latine*, éd. de P. Flobert et G. Bonnet, Paris, Les Belles Lettres, 3 vol., 2003-2021.

Végèce, *L'Art militaire*, trad. R. Tebib, Bordeaux, Éditions Ulysse, 1988.

Velleius Paterculus, *Histoire romaine*, éd. de Hellegouarc'h, Paris, Les Belles Lettres, 2 vol., 2002.

Vitruve, *De l'architecture*, éd. de P. Fleury, P. Gros, C. Saliou *et al.*, Paris, Les Belles Lettres, 10 vol., 1990-2015.

Sources modernes et contemporaines

Adamo Muscettola S., « Per un'interpretazione degli affreschi dall'agro Moregine », dans Guzzo P.G. (dir.), *Storie da un'eruzione. In margine alla mostra, atti della tavola rotonda (Napoli, 12 giugno 2003)*, Pompéi, F. Sicignano imprimeur, 2005.

Aitken F.W., Hilton E., *History of the Earthquake and Fire in San Francisco. An Account of the Disaster of April 18, 1906 and its Immediate Results*, San Francisco, The Hilton Co., 1906.

Arata, F.P., « La navigabilis fossa di Nerone », *Mélanges de l'École française de Rome (Antiquité)*, 126, 2014.

Ascoli D., Catalanotti A., Valese E. *et al.*, « Esperienze di fuoco prescritto in Italia : un approccio integrato per la prevenzione degli incendi boschivi », *Forest. Rivista di Selvicoltura ed ecologia forestale*, 9 (1), février 2012.

Avvisati C., *Poppea. Cronaca di un omicidio presunto tra potere, intrighi e passioni*, Rome, Bardi, 2006.

Baillie Reynolds P.K., *The Vigiles of Imperial Rome*, Oxford, Oxford University Press, 1926.

Balbi De Caro S., *La Banca a Roma. Operatori e operazioni bancarie*, Rome, Edizioni Quasar, 1989.

Baldassarre I., « Problemi archeologici », dans Pozzi Paolini E. (dir), *Napoli antica*, 1985.

Baldassarre I., Longobardo F., Lupia A. *et al.*, *Il Teatro di Neapolis. Scavo e recupero urbano*, Chiusi, Edizioni Luì, 2010.

Baraldi P., Baraldi C., Fagnano C. *et al.*, « Ricerche sui contenuti dei balsamari di Oplontis », *Rivista di studi pompeiani*, XV, 2004.

Beard M., *Laughter in Ancient Rome. On joking, tickling, and cracking up*, Berkeley-Los Angeles-Londres, University of California Press, 2014.

Beste H.J., « Domus Aurea, il padiglione dell'Oppio », dans Tomei M.A. et Rea R., *Nerone*, 2011.

Blanck H., *Das Buch in der Antike*, Munich, Beck, 1992.

Boetto G., Carsana V., Giampaola D., « Il porto di Neapolis e i suoi relitti », *Arqueologia nàutica mediterrània*, Museu d'Arqueologia de Catalunya, Girona, Centre d'Arqueologia Subaquàtica de Catalunya, 2009.

Bonacina G., *Comando bombardieri*, Milan, Longanesi, 1983.

Bonnet C., Sanzi E. (dir.), *Roma, la città degli dei. La capitale dell'impero come laboratorio religioso*, Rome, Carocci Editore, 2018.

Borghini S., D'Alessio A., Scoccianti M.M. (dir), *Aureo filo. La prima reggia di Nerone sul Palatino*, Milan, Electa, 2019.

Borghini S., « Alla ricerca della Domus Transitoria : architettura, urbanistica e ideologia », dans Borghini S., D'Alessio A., Scoccianti M.M. (dir), *Aureo filo*.

Boscolo F., « Aurelia Nais, *piscatrix de Horreis Galbae* e i *piscatores* di Roma », *Rivista Storica dell'antichità*, XXXV, 2005.

Bragantini I., « La pittura di età neroniana », dans Tomei, M.A. e Rea R., *Nerone*, 2011.

Bragantini I., Cavalieri Manasse G., Febbraro S. *et al.*, « Lo scavo di piazza Nicola Amore a Napoli : le fasi edilizie e decorative del complesso monumentale », dans Bragantini I. (dir), *Atti del X Congresso internazionale dell'AIPMA (Association internationale pour la peinture murale antique) (Napoli, 17-21 settembre 2007)*, Naples, L'Orientale-Università degli Studi, 2 vol., 2010.

BRIENZA E., « Il Portico neroniano », dans PANELLA C. (dir.), *Scavare nel centro di Roma. Storie, uomini, paesaggi*, Rome, Edizioni Quasar, 2013.

BRIZIARELLI F., « Le *tesserae nummulariae*, codici a barre del mondo antico », *Il Giornale della numismatica*, 14 avril 2016.

BRODE H.L., SMALL D., « A Review of the Physics of Large Urban Fires », *The Medical Implications of Nuclear War*, The National Academy of Science, 1986.

BRUNETTI M., « I Troica di Nerone e la Volta Rossa della Domus Aurea », *Ocnus*, 23, 2015.

BUONFIGLIO M., « La definizione di uno spazio urbano. Nuovi elementi sulle fasi di formazione del Circo Massimo alla luce delle recenti indagini (2009-2016) », *Bullettino della commissione archeologica comunale di Roma*, 119, Rome, L'Erma di Bretschneider, 2018.

BURNS J., *Great Women of Imperial Rome. Mothers and Wives of the Caesars*, Londres-New York, Routledge, 2006.

BUZZETTI C., « Roma. Noterelle di topografia antica, n. 9 », *Bollettino della Unione storia ed arte*, III, 5, 2010.

CADARIO M., « Nerone e il "potere delle immagini" », in TOMEI, M.A. e REA R., *Nerone*, 2011.

CADINU M., « I catasti e la storia dei luoghi », *Storia dell'urbanistica*, 4, 2012.

CAMODECA G., « Gli archivi privati di *tabulae ceratae* e di papiri documentari. Pompei ed Ercolano : case, ambienti e modalità di conservazione », *Vesuviana. An International Journal of Archaeological and Historical Studies on Pompeii and Herculaneum*, 2009.

CAMPANA A., « Macellum Magnum nei dupondi di Nerone », *Monete antiche*, 85, janvier-février 2016.

CAPASSO B., *Napoli greco-romana*, Naples, Società napoletana di storia patria, 1905.

CAPPONI S., MENGOZZI B., *I Vigiles dei Cesari. L'organizzazione antincendio nell'antica Roma*, Rome, Pieraldo Editore, 1993.

CARANDINI A., « *Domus* e *insulae* sulla pendice settentrionale del Palatino », *Bullettino della Commissione archeologica comunale di Roma*, 91, 2, Rome, L'Erma di Bretschneider, 1986.

— *La Roma di Augusto in 100 monumenti*, Turin-Novare, UTET-DeAgostini, 2014.

— *Io, Agrippina. Sorella, moglie, madre d'imperatori*, Bari-Rome, Laterza, 2018.

— *Le Case del potere nell'antica Roma*, Bari-Rome, Laterza, 2010.

CARANDINI A., BRUNO D., FRAIOLI F., « Gli atri odiosi di un re crudele », dans TOMEI M.A., REA R., *Nerone*, 2011.

CASADO C.F., *Ingenería hidráulica romana*, Madrid, Ediciones Turner, 1983.

CASSATELLA A., « Roma. Domus Aurea sul Palatino », *Rivista di topografia antica*, VIII, 1998.

CASSINA E., « Su una variante inedita di un dupondio di Nerone e sull'interpretazione della leggenda MAC.AVG », *Curiosità e saggi di numismatica torinese*, Turin, 1952.

CASSOU C., TERRAY L., PHILLIPS A.S., « Tropical Atlantic Influence on European Heat Waves », *Journal of Climate*, 18, 2005.

CASTAGNOLI F., « Il Campo Marzio nell'antichità », *Accademia Nazionale dei Lincei*, VIII, 1-4, 1946.

CÉBEILLAC-GERVASONI M., « Les rapports institutionnels et politiques d'Ostie et de Rome de la République au IIIe siècle ap. J.-C. », *Mélanges de l'École française de Rome (Antiquité)*, 114-1, 2002.

CENERINI F., *La donna romana. Modelli e realtà*, Bologne, Il Mulino, 2002.

— *Dive e donne. Mogli, madri, figlie e sorelle degli imperatori romani da Augusto a Commodo*, Imola, Angelini Editore, 2009.

CHAMPLIN E., *Nero*, Bari-Roma, Laterza, 2010.

CHEAR LEE K., JOORY K., MOIEMEN N.S., « History of burns. The past, present and the future », *Burns & Trauma*, 2, 4, octobre 2014.

CIARDIELLO R., « Alcune osservazioni sulle decorazioni della Villa di Poppea ad Oplontis », in *Amoenitas, Rivista Internazionale di Studi Miscellanei sulla Villa Romana Antica*, 2010.

— « *In argento plane studiosus sum*. Argenti romani nel Museo Archeologico Nazionale di Napoli », in *DHER*, VI-3, 2012.

CIRUCCI G., « Sculture greche di VI-IV secolo a.C. reimpiegate nella Roma antica. Una proposta di sintesi », in *Riasa. Rivista dell'Istituto Nazionale d'Archeologia e Storia dell'Arte*, 60, 2005.

CIZEK E., *Néron*, Paris, Fayard, 1984.

CLARKE J.R., DE CARO S., LAGI A., « Oplontis e le sue ville », *Città Vesuviane. Antichità e fortuna. Il suburbio e l'agro di Pompei, Ercolano, Oplontis e Stabiae*, Rome, Treccani, 2013.

COARELLI F., *Il Foro Boario. Dalle origini alla fine della Repubblica*, Rome, Edizioni Quasar, 1992.

— « Gli anfiteatri a Roma prima del Colosseo », dans LA REGINA A. (dir.), *Sangue e arena. Catalogo della mostra*, Milan, Electa, 2001.

— *Guide archéologique de Rome*, trad. R. Hanoune, Bari-Rome, Laterza, 2011.

— *Statio. I luoghi dell'amministrazione nella Roma antica*, Rome, Edizioni Quasar, 2019.

Courtney E., *The Fragmentary Latin Poets*, Oxford, Oxford University Press, 2017.

D'Alessio A., « Domus Transitoria e Domus Aurea : tempi e modi di un medesimo programma ideologico », dans Borghini S., D'Alessio A., Scoccianti M.M. (dir.), *Aureo filo*.

D'Arms J.H., *Romans on the Bay of Naples. A Social and Cultural Study of the Villas and Their Owners from 150 B.C. to A.D. 400*, Cambridge, Harvard University Press, 1970.

Daugherty G.N., « The *Cohortes Vigilum* and the Great Fire of 64 AD », *The Classical Journal*, 87, 3, février-mars 1992.

David L., Fedeli M., Villedieu F., « La *coenatio rotunda* della Domus Aurea sulla Vigna Barberini », *Archeologia sotterranea*, 8, mai 2013.

De Caro S., « La lucerna d'oro di Pompei. Un dono di Nerone a Venere Pompeiana », dans Adamo Muscettola S., Greco G. (dir.), *I Culti della Campania antica. Atti del convegno internazionale di studi in ricordo di Nazarena Valenza Mele (Napoli 15-17 maggio 1995)*, Rome, L'Erma di Bretschneider, 1998.

De Cristofaro A., Di Mento M., Rossi D., « *Coraria Septimiana* e *Campus Iudeorum*. Novità dai recenti scavi fuori Porta Portese », *Thiasos, Rivista di archeologia e architettura antica*, 6, 2017.

De Santis L., *Alla scoperta di Roma sotterranea. Luoghi, storie, segreti nascosti nella città*, Rome, Newton Compton Editore, 2019.

Di Fraia G., Lombardi N., Scognamiglio E., « Contributi alla topografia di Baia sommersa », *Puteoli. Studi di Storia Antica*, IX-X, 1985-86.

Di Luca G., « *Nullus in orbe sinus Bais praelucet amoenis.* Riflessioni sull'architettura dei complessi c.d. "dell'*Ambulatio*", "della Sosandra" e delle "Piccole Terme" a Baia », in *Babsech*, 84, 2009.

Di Pasquale G., *Tecnologia e meccanica. Trasmissione dei saperi tecnici dall'età ellenistica al mondo romano*, Florence, Olschki, 2004.

Domergue C., « Les mines de la péninsule Ibérique dans l'Antiquité romaine », Collection de l'École française de Rome, 127, Rome, 1990.

Ensoli S., « Una nuova ipotesi sul Colosso di Nerone. A proposito dei tre frammenti bronzei dei Musei Capitolini », dans Croisille J.-M., Perrin Y. (dir), *Neronia VI (Rome à l'époque néronienne : institutions et vie politique, économie et société, vie intellectuelle, artistique et spirituelle). Actes du* VIe *colloque international de la SIEN (Rome, 19-23 mai 1999)*, Bruxelles, Latomus, 2002.

— « Il Colosso di Nerone-Sol a Roma : una "falsa" imitazione del Colosso di Helios a Rodi. A proposito della testimonianza di Plinio, della ricostruzione del basamento nella valle del Colosseo e dei "tondi adrianei" », dans Perrin Y. (dir.), *Neronia VII (Rome, l'Italie et la Grèce. Hellénisme et philhellénisme au I*[er] *après J.-C.). Actes du VII*e *colloque international de la SIEN (Athènes, 21-23 octobre 2004)*, Bruxelles, Latomus, 2010.

Ferrari A., *Dizionario dei luoghi del mito*, Milan, BUR, 2011.

Filippi F., « Le indagini in Campo Marzio Occidentale. Nuovi dati sulla topografia antica : il ginnasio di Nerone (?) e l'"Euripus" », in Egidi R., Filippi F., Martone S. (dir.), *Archeologia e infrastrutture. Il tracciato fondamentale della Linea C della metropolitana di Roma : prime indagini archeologiche*, Florence, Olschki, 2011.

Fini M., *Nerone. Duemila anni di calunnie*, Venise, Marsilio, 2013.

Fornaciari E., « "Ambubaiae". Flautiste e non solo », *Studi Classici e Orientali*, 44, décembre 2005.

Fraioli F., « La "Domus Aurea". Continuità e trasformazioni tra Palatino, "Velia", Oppio, Celio ed Esquilino », *Workshop di archeologia classica. Paesaggi, costruzioni, reperti*, 4, Pise-Rome, Fabrizio Serra editore, 2007.

Friederich J., *L'Incendie. L'Allemagne sous les bombes (1940-1945)*, trad. I. Hausser, Paris, Éditions De Fallois, 2004.

Gasparri C. (dir.), *Palazzo Massimo alle Terme. Le collezioni*, Milan, Electa, 2013.

Ghini G., « Le terme Alessandrine nel Campo Marzio », *Monumenti antichi*, 52, Accademia dei Lincei, 1988.

— « Thermae Neronianae/Alexandrinae », dans Steinby E.M. (dir.), *Lexicon Topographicum Urbis Romae*, V, Rome, Edizioni Quasar, 1999.

Giampaola D., « Archeologia e città. La ricostruzione della linea di costa », *TeMALab (Trimestrale del Laboratorio Territorio Mobilità e Ambiente)*, II, 3, septembre 2009.

— « *Neapolis, graeca urbs,* al tempo di Augusto », dans Cinquantaquattro T.E., Capaldi C., Sampaolo V. (dir.), *Augusto e la Campania. Da Ottaviano a Divo Augusto 14-2014 d.C.*, catalogue de l'exposition, Milan, Electa, 2014.

GIAMPAOLA D. (dir.), *Napoli. La città e il mare. Piazza Bovio, tra Romani e Bizantini*, Milan, Electa, 2010.

GIAMPAOLA D. *et al.*, « La scoperta del porto di *Neapolis* : dalla ricostruzione topografica allo scavo e al recupero dei relitti », *Archaeologia maritima mediterranea. An International Journal on Underwater Archaeology*, 2, 2005.

GIANFROTTA P.A., « La topografia sulle bottiglie di Baia », *Rivista di archeologia*, XXXV, 2011.

— « Da Baia agli *horrea* del Lucrino : aggiornamenti », *Archeologia classica*, LXIII, 2012.

GIARDINA B., « La Fossa Neronis di Baia. Tra Lucrino e Fusaro », *Atlante tematico di topografia antica*, 13, 2004.

GILLESPIE C., « Poppaea Venus and the Ptolemaic Queens. An Alternative Biography », *Histos*, 8, 2014.

GRANT M., *Nerone*, trad. Jellinek F., Milan, Librex, 1971.

GRECO E., « Problemi urbanistici », in POZZI PAOLINI E. (dir.), *Napoli antica.*

GREGORI G.L., NONNIS D., « Culti pubblici a Pompei. L'epigrafia del sacro in età romana », dans LIPPOLIS E., OSANNA M. (dir.), *I Pompeiani e i loro dei. Culti, rituali e funzioni sociali a Pompei*, Rome, Edizioni Quasar, 2016.

GRIMALDI BERNARDI G., *Le Botteghe romane. L'arredamento*, Rome, Edizioni Quasar, 2005.

GRÜLL T., BENKE L., « A Hebrew/Aramaic graffito and Poppaea's alleged Jewish sympathy », *Journal of Jewish Studies*, 62-1, 2011.

GUALANDI G., « Plinio e il collezionismo d'arte », *Plinio il Vecchio sotto il profilo storico e letterario, parte 2. Atti della tavola rotonda nella ricorrenza centenaria della morte di Plinio il Vecchio (Bologna 16 dicembre 1979)*, Côme, 1982.

Gualandi M.L., *L'Antichità classica*, Florence, Carocci Editore, 2014.

Guidi F., *Vacanze romane. Tempo libero e vita quotidiana nell'antica Roma*, Milan, Mondadori, 2015.

Guidoni E., *L'Urbanistica di Roma tra miti e progetti*, Bari-Rome, Laterza, 1990.

Gulick S.L., *The Winning of the Far East. A Study of the Christian Movement in China, Korea, Japan*, New York, George H. Doran Company, 1923.

Hanson N., *The Dreadful Judgement. The True Story of the Great Fire of London*, Londres-New York, Doubleday, 2001.

Henderson B.W., *The Life and Principate of the Emperor Nero*, Londres, Methuen, 1905.

Herrmann L., « Quels chrétiens ont incendié Rome ? », *Revue belge de philologie et d'histoire*, 27, 3-4, 1949.

Hesberg H. (von), *L'Attività edilizia a Roma all'epoca di Nerone*, dans Tomei M.A., Rea R., *Nerone*, 2011.

Holland R., *Nero. The Man behind the Myth*, Stroud, Sutton, 2000.

Houston G.W., « The Slave and Freedman Personnel of Public Libraries in Ancient Rome », *Transactions of the American Philological Association*, 132, 1/2, automne 2002.

Johannowsky W., « Canali e fiumi per il trasporto del grano », *Le Ravitaillement en blé de Rome et des centres urbains des débuts de la République jusqu'au Haut-Empire. Actes du colloque international de Naples, 14-16 février 1991*, Naples-Rome, Centre Jean Bérard/École française de Rome, 1994.

Kottek M., Grieser J., Beck C. *et al.*, « World Map of the Köppen-Geiger climate classification updated », *Meteorologische Zeitschrift*, 15, 3, juin 2006.

Kragelund P., « The Temple and Birthplace of Diva Poppaea », *The Classical Quarterly*, 60, 2, décembre 2010.

Krause C., *Topografia antica nell'area della Domus Tiberiana*, dans Morganti G., *Gli Orti Farnesiani sul Palatino*, Rome, École française de Rome/Soprintendenza archeologica di Roma, 1990.

Krause J.U., *Kriminalgeschichte der Antike*, Rome, Carocci Editore, 2006.

Kurzman D., *Disaster ! The Great San Francisco Earthquake and Fire of 1906*, New York, William Morrow, 2001.

Lacerenza G., « Il mondo ebraico nella prima Età imperiale », dans A. Barbero (dir.), *Storia d'Europa e del Mediterraneo*, section III (« L'ecumene romana », sous la direction de G. Traina), volume VI (« Da Augusto a Diocleziano »), Rome, Salerno Editrice, 2009.

— « Stoltezza straniera. Forme di veicolazione dell'antigiudaismo in età imperiale », dans Capelli P. (dir.), *Roma e la Bibbia*, Brescia, Morcelliana, 2011.

— « Judaism in Italy and the West », dans Salzman R., Sweeney M.A., Adler W. *et al*, *The Cambridge History of Religions in the Classical World*, II (« From the Hellenistic Era to Late Antiquity »), Cambridge-New York, Cambridge University Press, 2013.

Landels J.G., *Engineering in the Ancient World*, Berkeley-Los Angeles, University of California Press, 2000.

Lega C., « Il Colosso di Nerone », *Bullettino della Commissione archeologica comunale di Roma*, 93, 2, Rome, L'Erma di Bretschneider, 1989-1990.

Lentano M., *Nomen. Il nome proprio nella cultura romana*, Bologne, Il Mulino, 2018.

LEPORE E., *La Città romana*, dans POZZI PAOLINI E. (dir.), *Napoli antica.*

LIVERANI P., « Due note di topografia vaticana. Il *theatrum Neronis* e i toponimi legati alla tomba di S. Pietro », *Rendiconti della Pontificia Accademia romana di archeologia*, vol. LXXIII, 2000-2001.

LJUNGQVIST F.C., « A New Reconstruction of Temperature Variability in the Extra-Tropical Northern Hemisphere During the Last Two Millennia », *Geografiska Annaler (Series A – Physical Geography)*, 92, 2010.

LO CASCIO E., *Roma imperiale. Una metropoli antica*, Rome, Carocci Editore, 2010.

LOWE D.G., *The Great Chicago Fire. In Eyewitness Accounts and 70 Contemporary Photographs and Illustration*, New York, Dover Publications, 2012.

LUGLI G., *Archeologia di Trastevere. Isola Tiberina, Trastevere, Gianicolo, Ager Vaticanus, Mausoleo di Adriano*, Rome, Bardi Editore, 2009.

— *Acque urbane in Roma antica. Fonti, sorgenti, acque, strutture*, Rome, Scienze e Lettere, 2010.

LUGLI G., GARCIA BARRACO M.E., *Il Circo Massimo e le strutture adiacenti. Mitreo, Portico, e Collegium Praeconum*, Rome, Arbor Sapientiae, 2016.

MACDONALD W.L., *The Architecture of the Roman Empire. An Introductory Study*, New Haven, Yale University Press, 1982.

MAIURI A., *La Giurisdizione criminale in Tacito. Aspetti letterari e implicazioni politiche*, Rome, Alpes, 2012.

MALITZ J., *Nero*, Munich, Beck, 1999.

MARSDEN E.W., *Greek and Roman Artillery. Technical Treatises*, Londres, Sandpiper Books, 1999.

Mastronardi V.M., De Luca R., *I serial killer. Il volto segreto degli assassini seriali*, Rome, Newton Compton, 2006.

Mastroroberto M., « Une visite de Néron à Pompéi : le *deversoriae tabernae* de Moregine, dans D'Ambrosio A., Guzzo P.G., Mastroroberto M., *Da Pompei a Rome. Histoires d'une éruption*, catalogue de l'exposition, Milan-Gand, Electa-Snoeck, 2003.

Mayer R., « What Caused Poppaea's Death ? », *Historia. Zeitschrift für Alte Geschichte*, 31, 2, 1982.

Medri M., « Suet. Nero, 31.1. Elementi e proposte per la ricostruzione della Domus Aurea », dans Panella C. (dir), *Meta Sudans 1.*

Meijer F., *Wagenrennen. Spektakelshows in Rome en Constantinopel*, Amsterdem, Athenaeum-Polak & van Gennep, 2008.

Meyboom P.G.P., Moormann (E.M.), *Le Decorazioni dipinte e marmoree della Domus Aurea di Nerone a Roma*, Louvain, Peeters, 2013.

Minieri L., « Sul "quasi incendiarius" », *Revue internationale des droits de l'Antiquité*, 58, 2011.

Miniero P., « La villa romana nel Castello di Baia. Un riesame del contesto », *Mélanges de l'École française de Rome (Antiquité)*, 122-2, 2010.

Miniero P., Di Marco M., Guardascione F., « Ville romane in Baiano sinu. Recenti rinvenimenti e riflessioni », dans Cicala L., Ferrara B., *« Kithon Lydios ». Studi di storia e archeologia con Giovanna Greco*, Naples, Naus Editoria, 2017.

Miranda De Martino E., « L'identità greca di *Neapolis* », in Brélaz C. (dir.), *L'Héritage grec des colonies romaines d'Orient. Interactions culturelles dans les provinces hellénophones de l'Empire romain. Actes du colloque de Strasbourg (8-9 novembre 2013)*, Paris, Éditions de Boccard, 2017.

MORACI A., « Edificio per spettacoli o magazzini ? Sulle strutture attribuite all'anfiteatro di Statilio Tauro nel Campo Marzio meridionale », *Ostraka. Rivista di antichità*, 27, 2018.

MORAUX P., *Der Aristotelismus bei den Griechen von Andronikos bis Alexander von Aphrodisias*, 3 vol., Berlin-New York, 1983-2001.

MORELLI C., « Nerone poeta e i poeti intorno a Nerone », *Athenaeum*, 2, 1914.

MORIZIO V., « La base in bronzo con dedica a Tiberio », dans PANELLA C. (dir.), *Meta Sudans 1.*

NAPPO S.C., « I triclini di Murecine, uso e interpretazione », dans VÖSSING K. (dir.), *Das römische Bankett im Spiegel der Altertumswissenschaften*, Stuttgart, Franz Steiner Verlag, 2008.

MARQUÉS N.F., *Un año en la antigua Rome. La vida cotidiana de los romanos a través de su calendario*, Barcelone, Espasa, 2018.

OLESON J.P., *Greek and Roman Mechanical Water-Lifting Devices*, Dordrecht-Boston-Lancaster, Reidel, 1984.

PAGLIANI M.L., « Poppea Sabina, tra storia e mito », dans CAMERINI S. (dir.), *L'Incoronazione di Poppea*, Bologne, Nuova Alfa Editoriale, 1993.

PALOMBI D., « Receptaculum omnium purgamentorum urbis (Liv. 1, 56, 2). Cloaca massima e storia urbana », *Archeologia classica*, vol. 64, 2013.

PANCIERA S., « L'iscrizione di Claudio », dans PANELLA C. (dir.), *Meta Sudans 1.*

PANELLA C., *Meta Sudans 1 : un'area sacra in Palatio e la valle del Colosseo prima e dopo Nerone*, Istituto Poligrafico e Zecca dello Stato, 1996.

— « La valle del Colosseo prima del Colosseo e la Meta Sudans », dans LA REGINA A. (dir.), *Sangue e Arena*, catalogue de l'exposition, Milan, Electa, 2001.

— « Nerone e il grande incendio del 64 d.C. », dans TOMEI M.A., REA R., *Nerone*.

— « La Domus Aurea nella valle del Colosseo e sulle pendici della Velia e del Palatino », dans TOMEI M.A., REA R., *Nerone*.

PANELLA C., ZEGGIO S., FERRANDES A.F., « Lo scavo delle pendici nord-orientali del Palatino tra dati acquisiti e nuove evidenze », *Scienze dell'Antichità*, 20, 1, 2014.

PELLER MALCOLM J., *Anecdotes of the Manners and Customs of London During the Eighteenth Century*, 1810.

PEPYS S., *Journal*, éd. de A. Dommergues, Paris, Les Belles Lettres, coll. « Bouquins », 2 vol., 1994.

PESANDO F., « Libri e biblioteche », *Vita e costumi dei romani antichi*, Rome, Edizioni Quasar, 2015.

PLANTZOS D., « Crystals and Lenses in the Graeco-Roman World », *American Journal of Archaeology*, 101, 3, juillet 1997.

— « Nero and Poppaea on a Cornelian Ringstone », *Oxford Journal of Archaeology*, 12, 3, mai 2007.

POZZI PAOLINI E. (dir), *Napoli antica*, catalogue de l'exposition, Naples, Macchiaroli, 1985.

PROMIS C., *Gli Architetti e l'architettura presso i romani. Memoria per Carlo Promis*, Turin, Stamperia reale, 1871.

PYNE S.J., ANDREWS P.L., LAVEN A.R., *Introduction to Wildlandfire*, New York, John Wiley & Sons Edition, 1996.

RAINBIRD J.S., *The Vigiles of Rome*, thèse de doctorat soutenue auprès de la Durham University, 1976.

Ramieri A.M., *I Servizi pubblici*, Rome, Edizioni Quasar, 2003.

Rea R., Beste H.J., Lancaster L.C., « Il cantiere del Colosseo », *Römische Mittelungen*, 109, 2002.

Rea R., « Nerone, le arti e i ludi », dans Tomei M.A., Rea R., *Nerone.*

Reclus É., *Fragment d'un voyage à La Nouvelle-Orléans*, 1855

Ricci C., *Stranieri illustri e comunità immigrate a Roma.* Roma, Edizioni Quasar, 2006.

— « Note sull'iconografia dei soldati delle *cohortes urbanae* », *Sylloge Epigraphica Barcinonensis*, 9, 2011.

Riposati B., « Profili di donne nella storia di Tacito », *Aevum*, 45, janvier-avril 1971.

Rostagni A., *Svetonio* de poetis *e biografi minori*, Turin, Chiantore, 1944.

Rouanet G., « Étude de quatre pompes à eau romaines provenant de l'épave Dramont D. », *Cahiers d'archéologie subaquatique*, 3, 1974.

Sablayrolles R., *Libertinus Miles. Les* cohortes *de* vigiles, Collection de l'École française de Rome, 224, Rome, 1996.

Saitta A., *Il Mondo romano* (*Civiltà del passato*, II), Florence, Sansoni, 1968.

Salles C., *Le Grand Incendie de Rome*, Paris, Tallandier, 2015.

— *Néron*, Paris, Perrin, 2019.

Santoro V., « Nuove considerazioni sulla "cisterna neroniana" sul Palatino. Analisi delle fasi edilizie e ipotesi ricostruttive », *Mitteilungen des Deutschen Archäologischen Instituts, Römische Abteilung*, 124, 2018.

Sardoy S., Consalvi J.-L., Porterie B., Fernandez-Pello A.C., « Modeling Transport and Combustion of Firebrands from Burning Trees », *Combustion and Flame*, 150, 3 août 2007.

Savino E., « Nerone, Pompei e il terremoto del 63 d.C. », dans Storchi Marino A., Merola G.D. (dir.), *Interventi imperiali in campo economico e sociale. Da Augusto al Tardoantico*, Bari, Edipuglia, 2009.

Sciascia L., *Le Jour de la chouette*, trad. J. Bertrand, Paris, Flammarion, coll. « GF », 2015.

Shotter D.C., *Nero Caesar Augustus. Emperor of Rome*, Londres-New York, Routledge, 2005.

Smallwood E.M., « The Alleged Jewish Tendencies of Poppaea Sabina », *The Journal of Theological Studies*, 10, 2, 1959.

Sordi M., « Il rinnegamento della tradizione giulio-claudia e la svolta del 62 », dans Castagna L., Vogt-Spira G. (dir.), *Pervertere. Äesthetik der Verkehrung. Literatur und Kultur neronischer Zeit und ihre Rezeption*, Berlin, De Gruyter, 2002.

Southern P., *The Roman Army. A Social and Institutional History*, Oxford-New York, Oxford University Press, 2007.

Taylor R., « Roman Neapolis and the Landscape of Disaster », *Journal of Ancient History*, 3, 2015, 3.

Thomas G., Morgan-Witts (M.), *The San Francisco Earthquake. A Minute-by-Minute Account of the 1906 Disaster*, New York, Stein and Day, 1971.

Tomei M.A., « Nerone sul Palatino », dans Tomei M.A., Rea R., *Nerone*, 2011.

Tomei M.A., Rea R., *Nerone. Catalogo della mostra*, Milan, Electa, 2011.

Torelli M., « Ara Maxima Herculis : storia di un monumento », *Mélanges de l'École française de Rome (Antiquité)*, 118-2, 2006.

Vandenberg P., *Néron. Empereur et dieu, artiste et bouffon*, trad. de A. Müller, Paris, Robert Laffont, 1982.

Viscogliosi A., « Amphitheatrum Statilii Tauri », *LTUR*, 1, 1993.

— « La Domus Aurea », dans Tomei M.A., Rea R., *Nerone*, 2011.

Volpe R., Parisi A., « Alla ricerca di una scoperta », *Bullettino della Commissione archeologica comunale di Roma*, 110, Rome, L'Erma di Bretschneider, 2009.

Warmington B.H., *Nero. Reality and Legend*, Londres, Chatto-Windus, 1969.

Welch K.E., *The Roman Amphitheatre. From Its Origins to the Colosseum*, Cambridge-New York-Melbourne, Cambridge University Press, 2007.

Woods D., « Nero and Sporus », *Latomus. Revue des études latines*, 68, 1, 2009.

Zevi F., « Claudio e Nerone. Ulisse a Baia e nella Domus Aurea », dans Andreae B., Parisi Presicce C., *Ulisse. Il mito e la memoria*, catalogue de l'exposition, Rome, Progetti Museali Ed., 1996.

Composé et édité par HarperCollins France.

Achevé d'imprimer en février 2022.

FIRMIN-DIDOT

à Mesnil-sur-l'Estrée (Eure)

Dépôt légal : mars 2022.

Pour limiter l'empreinte environnementale de ses livres, HarperCollins France s'engage à n'utiliser que du papier fabriqué à partir de bois provenant de forêts gérées durablement et de manière responsable.

Imprimé en France